Aldous Huxley

Schöne Neue Welt

Ein Roman der Zukunft

Aus dem Englischen von Uda Strätling
Mit einem Nachwort von Tobias Döring

FISCHER TaschenBibliothek

MIX
Papier | Fördert gute Waldnutzung
FSC® C083411
FSC
www.fsc.org

7. Auflage, 2025

Erschienen bei FISCHER Taschenbuch
Frankfurt am Main, November 2015

Die englische Originalausgabe erschien 1932 unter dem Titel ›Brave New World‹ bei Chatto & Windus, London.

Umschlaggestaltung: buxdesign, München
Umschlagabbildung: Benjamin Harte/Arcangel Images
Satz: Dörlemann Satz, Lemförde
Druck und Bindung: CPI books GmbH, Leck
ISBN 978-3-596-52092-3

Kontaktadresse nach EU-Produktsicherheitsverordnung:
produktsicherheit@fischerverlage.de

Fischer TaschenBibliothek

Aldous Huxleys ›Schöne Neue Welt‹ ist einer der berühmtesten Zukunftsromane des 20. Jahrhunderts. Anders als in George Orwells ›1984‹ besteht das Totalitäre bei Huxley nicht in der unerbittlichen Kontrolle des Einzelnen durch einen Überwachungsstaat, eher im Gegenteil: Hier herrscht keine Bedrohung, hier haben alle Menschen am Luxus teil, leben in der genormten Wohlfühlatmosphäre einer hochentwickelten Gesellschaft, hier sind Elend und Krankheit überwunden, aber auch individuelle Freiheit und Kunst abgeschafft worden. Ein Wilder, der die längst verbotenen Texte Shakespeares auswendig kennt und sich sehnte nach der Neuen Welt, erlebt eine zerstörerische Enttäuschung, als er erkennen muss, wie der Staat die Menschen ruhigstellt und ihrem vermeintlichen Glück Stabilität verschafft.

Aldous Huxley (1894–1963) war ein englischer Schriftsteller und Journalist, ein scharfzüngiger Zeitkritiker und begeisterter Reisender. Nach dem Welterfolg seines zum Sprichwort gewordenen Romans ›Schöne Neue Welt‹ zog er 1937 nach Kalifornien, wo er u. a. das Drehbuch für eine Hollywood-Verfilmung von Jane Austens Roman ›Stolz und Vorurteil‹ schrieb. Neben zahlreichen Romanen, Essays, Kurzgeschichten und Reisetagebüchern verfasste er auch ein Kinderbuch: ›Die Krähen von Pearblossom und die Geschichte, wie dieses und jenes und überhaupt etwas sehr Komisches geschah‹.

Uda Strätling lebt in Hamburg und hat u.a. Emily Dickinson, Henry David Thoreau, Sam Shepard, John Edgar Wideman, Chinua Achebe und Marilynne Robinson übersetzt.

Weitere Informationen finden Sie auf www.fischerverlage.de

Les utopies apparaissent comme bien plus réalisables qu'on ne le croyait autrefois. Et nous nous trouvons actuellement devant une question bien autrement angoissante: Comment éviter leur réalisation définitive? … Les utopies sont réalisables. La vie marche vers les utopies. Et peut-être un siècle nouveau commence-t-il, un siècle où les intellectuels et la classe cultivée rêveront aux moyens d'éviter les utopies et de retourner à une société non utopique, moins ›parfaite‹ et plus libre.

Nicolai Alexandrowitsch Berdiajew

Kapitel I

Ein grauer, gerade mal vierunddreißigstöckiger Klotz. Über dem Hauptportal der Hinweis CITY-BRÜTER UND KONDITIONIERUNGSCENTER LONDON und auf einem Wappen der Wahlspruch des Weltstaats: KOLLEKTIVITÄT, IDENTITÄT, STABILITÄT.

Der große Raum im Erdgeschoss ging nach Norden. Kalt starrte, trotz des Sommers hinter den Scheiben, trotz der tropischen Hitze im Raum selbst, ein dürres, hartes Licht zu den Fenstern herein, suchte nach drapierten Gliederpuppen, nach der bleichen Gänsehaut erforschter Körper, fand aber nur Glas, Nickel und das kahl schimmernde Porzellan eines Labors. Der einen Wintrigkeit entsprach die andere. Die Overalls der Laborkräfte waren weiß, ihre Hände von fahlem, leichenfarbenem Gummi umschlossen. Das Licht war gefroren, tot, ein Gespenst. Nur den gelben Tuben der Mikroskope entlehnte es ein wenig Leben, legte sich Strich um satten Strich wie Butter auf die Röhren der langen, blanken Batterie auf den Labortischen.

»Und dies«, sagte der Direktor, indem er die Tür aufstieß, »ist die Fertilisationsstation.«

Tief über ihre Instrumente gebeugt, waren die dreihundert Fertilisatoren ganz bei der Sache, als der Direktor City-Brüter und Konditionierungscenter den Raum betrat – mit angehaltenem Atem oder unter abwesendem, einem Selbstgespräch ähnelnden Pfeifen beziehungsweise dem Summen höchster Konzentration. Ein Pulk neuer Studenten, sehr jung, rosig und unreif, folgte dem Direktor nervös und ziemlich devot auf den Fersen. Alle hatten sie Notizbücher dabei, in die sie, wann immer der große Mann sprach, eifrig kritzelten. Aus berufenem Munde. Seltenes Privileg. Der DCK London bestand stets darauf, Studienanfänger persönlich durch die Abteilungen des Centers zu führen.

»Damit Sie sich ein allgemeines Bild machen können«, sagte er ihnen dann. Ein allgemeines Bild mussten sie schließlich schon haben, wenn sie qualifizierte Arbeit leisten sollten – allerdings, da aus ihnen ja gute, glückliche Mitglieder der Gesellschaft werden sollten, eben so allgemein wie nur möglich. Denn der Schlüssel zu Tugend und Glück liegt, wie wir wissen, im Besonderen; das Allgemeine ist ein intellektuell notwendiges Übel. Nicht Philosophen, sondern Laubsäger und Briefmarkensammler bilden das Rückgrat der Gesellschaft.

»Ab morgen«, fügte er gerne an und lächelte seinen Studenten mit fast verhängnisvoller Leutseligkeit zu, »werden Sie sich reinknien müssen, da wird Ihnen für das Allgemeine keine Zeit bleiben. Bis dahin aber …«

Bis dahin war es ein seltenes Privileg. Aus berufenem Munde direkt ins Notizbuch. Die Neulinge kritzelten wie verrückt.

Hochgewachsen und etwas hager, aber sehr aufrecht führte sie der Direktor hinein. Er hatte ein langes Kinn, große Zähne und einen ausgeprägten Überbiss, den seine vollen, üppig geschwungenen Lippen gerade noch bedeckten, wenn er nicht sprach. Alt, jung? Dreißig, fünfzig, fünfundfünfzig? Schwer zu sagen. Außerdem stellte sich die Frage nicht; in diesem ihrem Jahr der Stabilität, 632 n.F., wäre sie niemandem in den Sinn gekommen.

»Ich fange am Anfang an«, verkündete der DCK, und die Streber unter den Zuhörern hielten seine Absicht in ihren Notizbüchern fest: *Fange am Anfang an.* »Das …«, er wedelte mit der Hand, »sind die Inkubatoren.« Er zog eine Schutztür auf und zeigte ihnen unzählige Stellagen nummerierter Reagenzröhrchen. »Die wöchentliche Lieferung Ova«, erklärte er, »die wir hier bei Körpertemperatur lagern, während die männlichen Gameten«, er zog eine weitere Tür auf, »von siebenunddreißig auf fünfunddreißig Grad runtergeregelt werden. Volle Körpertemperatur macht steril.« Thermowäsche macht den Bock zum Hammel, aber keine Lämmer.

Sich mit einer Hand an den Inkubatoren abstützend, gab er ihnen, während Bleistifte unleserlich über Seiten hasteten, einen kurzen Abriss des modernen Fertilisationsprozesses, sprach zunächst, natürlich, von seinem operativen Vorlauf – »dem freiwilligen Eingriff zum Wohle der Gesellschaft, mal ganz abgesehen von der Prämie eines Halbjahresgehalts –«; ging dann über zu einer Grobskizzierung der zur Erhaltung lebensfähiger, ja aktiv sich fortentwickelnder Eierstöcke eingesetzten Technik; holte zu einer Erläuterung optimaler Temperatur, Salinität, Viskosität aus; sprach von dem Liquor, in den die extrahierten und gereiften Eizellen gelegt wurden; und demonstrierte gleich darauf, indem er seine Schützlinge an die Labortische führte, wie der Liquor aus den Reagenzröhrchen auf die vorgewärmten Objektträger der Mikroskope geträufelt wurde; wie die enthaltenen Eizellen auf Defekte untersucht, gezählt und in einen porösen Behälter transferiert wurden; wie dieser (dabei zog er mit ihnen zum entsprechenden Arbeitsgang weiter) in eine temperierte Nährbouillon mit frei schwimmenden Spermatozoen getaucht wurde – bei einer Mindestkonzentration von hunderttausend pro ccm, wie er betonte –; und wie der Behälter dann nach zehn Minuten der Nährlösung wieder entnommen und sein Inhalt erneut untersucht wurde; wie in der Folge, sofern noch Eizellen unbefruchtet geblieben waren, der Tauchgang wiederholt wurde, und gegebenenfalls noch ein drittes Mal; wie daraufhin die befruchteten Eizellen in die Inkubatoren zurückgelegt wurden, wo Alphas und Betas nun bleiben würden, bis man sie auf Flaschen zog, während man Gammas, Deltas und Epsilons nach nur sechsunddreißig Stunden wieder entfernte und dem Bokanowski-Verfahren unterzog.

»Dem Bokanowski-Verfahren«, betonte der Direktor, und die Studenten unterstrichen die Worte in ihren kleinen Notizbüchern.

Eine Eizelle, ein Embryo, ein Erwachsener – im Normalfall. Eine bokanowskifizierte Keimzelle dagegen knospe und proliferiere. Acht bis sechsundneunzig Zellknospen, und aus jeder entstehe ein tadellos gebildeter Embryo, aus jedem Embryo ein normalgroßer Erwachsener. Also sechsundneunzig menschliche Wesen, wo zuvor nur eines entstanden war. Fortschritt.

»Im Wesentlichen«, schloss der DCK seinen Vortrag, »besteht die Bokanowskifizierung aus einer Reihe entwicklungshemmender Schritte. Wir blockieren den Reifungsprozess, und paradoxerweise reagiert die Keimzelle mit Vermehrung durch Zellknospung.«

Vermehrung durch Zellknospung. Die Bleistifte waren emsig.

Er zeigte dorthin, wo auf einem sehr langsam laufenden Band eine voll beschickte Reagenzstellage in einen großen Stahlkasten befördert wurde, aus dem ein zweiter gerade wieder auftauchte. Maschinen surrten leise. Acht Minuten seien die Reagenzröhrchen darin unterwegs, sagte er ihnen. Acht Minuten starke Röntgenstrahlung seien das Äußerste, was eine Eizelle verkrafte. Einige stürben ab, von den übrigen bildeten die unempfindlichsten zwei, die meisten vier, manche auch acht Zellknospen; sie alle kämen daraufhin wieder in die Inkubatoren, wo die neuen Knospen sich weiterentwickelten, bis sie nach zwei Tagen heruntergekühlt würden, heruntergekühlt und gehemmt. Dann träten aus zwei, vier, acht Zellknospen wiederum Knospen aus, die mit einer nahezu tödlichen Dosis Alkohol behandelt würden und sich daraufhin neuerlich vermehrten: Knospe aus Knospe aus Knospe, die fortan – da weitere Wachstumsblockaden sich in der Regel als fatal erwiesen – in Ruhe reifen dürften. Unterdessen seien also aus dem ursprünglichen einen Ei acht bis sechsundneunzig Embryonen geworden – ein ungeheurer Fortschritt, nicht wahr, gegenüber der Natur. Eineiige Zwillinge – aber nicht die albernen Zweier- und Dreierpacks vergangener viviparer Tage, als eine Eizelle sich gelegentlich spontan geteilt habe, sondern gleich im Dutzend, in Mengen.

»Mengen«, wiederholte der Direktor und warf die

Arme auseinander, als verteile er Spendabilität. »Mengen.«

Einer der Studenten aber war so unvorsichtig zu fragen, worin denn dabei der Vorteil liege.

»Mein lieber Junge!« Der Direktor schoss sich sofort auf ihn ein. »Verstehen Sie denn nicht? *Verstehen* Sie nicht?« Er hob mit feierlich ernster Miene die Hand. »Bokanowskis Verfahren ist ein Hauptinstrument gesellschaftlicher Stabilität!«

Hauptinstrument gesellschaftlicher Stabilität.

Genormte Männer und Frauen in konstanten Mengen. Aus einer einzigen bokanowskifizierten Eizelle die Belegschaft eines mittelgroßen Werks.

»Sechsundneunzig identische Zwillinge bemannen sechsundneunzig identische Maschinen!« Die Stimme bebte förmlich vor Begeisterung. »Da weiß man doch wirklich, was man hat. Zum ersten Mal in der Geschichte.« Er zitierte den planetarischen Wahlspruch: »Kollektivität, Identität, Stabilität.« Große Worte. »Könnten wir endlos bokanowskifizieren, alle unsere Probleme wären gelöst.«

Gelöst durch genormte Gammas, standardisierte Deltas, Einheits-Epsilons. Millionen eineiiger Zwillinge. Das Prinzip der Massenproduktion übertragen auf die Biologie.

»Doch leider«, der Direktor wiegte den Kopf hin und her, »können wir eben *nicht* endlos bokanowskifizieren.«

Sechsundneunzig schien die Obergrenze zu sein, zweiundsiebzig guter Durchschnitt. Aus ein und demselben Eierstock und mit Gameten eines einzigen Vertreters des männlichen Geschlechts die maximale Menge eineiiger Zwillinge zu produzieren – das war das Optimum (wenn auch leider suboptimal). Und selbst das war gar nicht so einfach.

»Denn in der Natur vergehen dreißig Jahre, bis zweihundert Eizellen heranreifen. Unsere Aufgabe jedoch ist es, die Bevölkerung zum gegenwärtigen Zeitpunkt zu stabilisieren, hier und heute. Ein Vierteljahrhundert stockende Zwillingsproduktion – was nützte uns das?«

Fraglos gar nichts. Doch hatte der Reifungsprozess dank der Podsnap-Technik enorm beschleunigt werden können. Inzwischen waren mindestens einhundertundfünfzig Eizellen binnen zwei Jahren garantiert. Fertilisieren und bokanowskifizieren – sprich mit zweiundsiebzig multiplizieren – und man bekam innerhalb von plus minus zwei Jahren im Schnitt nahezu elftausend Brüder und Schwestern in hundertundfünfzig Chargen eineiiger Zwillinge.

»In Ausnahmefällen können wir aus einem einzigen Eierstock über fünfzehntausend Erwachsene gewinnen.«

Er machte einem hellhaarigen, rotbackigen jungen Mann, der soeben vorbeiging, Zeichen. »Mr Foster!«, rief er. Der rotbackige junge Mann kam zu ihnen. »Kennen Sie den Rekord für einen einzigen Eierstock, Mr Foster?«

»Sechzehntausendundzwölf in unserem Center«, antwortete Mr Forster wie aus der Pistole geschossen. Er sprach sehr schnell, hatte lebhafte blaue Augen und offenkundig Freude an Zahlen. »Sechzehntausendundzwölf bei einhundertundneunundachtzig baugleichen Serien. Selbstverständlich sind die Kollegen in einigen tropischen Centern weit erfolgreicher«, sprudelte er. »Singapur erreicht oft sechzehntausendfünfhundert, und Mombasa hat sogar die Siebzehntausendermarke geknackt. Aber die sind auch fein raus. Sie müssten mal sehen, wie ein negrider Eierstock auf Hypophysenpräparate anspricht! Ganz erstaunlich, wenn man nur europäisches Material gewohnt ist. Trotzdem«, fügte er mit einem Lachen (aber auch kämpferisch blitzenden Augen und herausfordernd gehobenem Kinn) hinzu, »sind wir fest entschlossen, sie zu übertreffen. Ich arbeite da gerade an einem herrlichen Delta-Minus-Eierstock. Erst achtzehn Monate alt. Und schon über zwölftausendsiebenhundert Nachkommen, teils dekantiert, teils noch im Embryonalstadium. Und kein Ende abzusehen. Denen zeigen wir's schon noch.«

»Das ist die rechte Einstellung!«, lobte der Direktor und klopfte Mr Foster auf die Schulter. »Begleiten Sie uns doch, und lassen Sie die Jungen von Ihrer Fachkenntnis profitieren.«

Mr Foster lächelte bescheiden. »Mit Vergnügen.« Sie zogen weiter.

An der Füllstation herrschten harmonische Hektik und wohlgeordneter Hochbetrieb. Lappen frischen, passgerecht vorgestanzten Schweinebauchfells sausten per Rohrpost aus dem Organmagazin in einem Untergeschoss herauf. Zzzt und klack!, flogen die Rohrpostklappen auf; der Flaschen-Auskleider brauchte nur die Hand auszustrecken, einen Lappen zu greifen, ihn einzuführen, anzudrücken, und noch ehe die ausgekleidete Ballonflasche auf dem Endlosband außer Reichweite war, zzzt, klack!, kam bereits der nächste Bauchfelllappen aus der Tiefe hochgeschossen und wartete darauf, in eine weitere Flasche eingepasst zu werden, die nächste in der endlos vorrückenden Prozession auf dem Band.

Neben den Auskleidern standen die Matrikulatoren. Die Prozession zog herauf; eine nach der anderen wurden die befruchteten Eizellen aus ihren Reagenzröhrchen in die größeren Ballonflaschen transferiert; der jeweilige Bauchfellnährboden wurde rasch angeritzt, die Morula eingeführt, die Salzlösung eingefüllt … und schon war die Flasche vorübergezogen, und die Etikettierer kamen zum Einsatz. Heredität, Fertilisationsdatum, Bokanowski-Gruppe – die Daten wurden von den Reagenzröhrchen auf die Flaschen übertragen. Nicht länger anonym, sondern bezeichnet, identifiziert, schob sich die

Prozession durch eine Wandschleuse gemächlich weiter zur Sozialprädestinationsstation.

»Achtundachtzig Kubikmeter Registersätze«, verkündete Mr Foster genussvoll bei ihrem Eintreten.

»Mit *allen* einschlägigen Daten«, fügte der Direktor hinzu.

»Jeden Morgen aktualisiert.«

»Und nachmittags korreliert.«

»Die Basis der Kalkulationen.«

»Soundso viele Einzelwesen der verlangten Qualität«, sagte Mr Foster.

»In der und der Stückmenge geliefert.«

»Fortlaufend optimierte Dekantier-Rate.«

»Unverzüglicher Ausgleich aller Ausfälle.«

»Unverzüglich«, wiederholte Mr Foster. »Wenn Sie wüssten, wie viele Überstunden nach dem jüngsten japanischen Erdbeben bei mir aufgelaufen sind!« Er lachte gutgelaunt und schüttelte den Kopf.

»Die Prädestinatoren legen den Fertilisatoren ihre Zahlen vor.«

»Die ihnen die bestellten Embryonen zuteilen.«

»Und hier landen die Flaschen zur Prädestinationsfeinabstimmung.«

»Um anschließend ins Embryonenmagazin befördert zu werden.«

»Wo wir selbst uns nun hinbegeben wollen.«

Und mit diesen Worten öffnete Mr Foster eine Tür und führte sie eine Treppe tiefer ins Untergeschoss.

Die Temperatur war noch immer tropisch. Sie stiegen in ein sich verdichtendes Zwielicht hinab. Zwei Türen und ein doppelt gewendeter Korridor schirmten das Untergeschoss vor jedem Lichteinfall ab.

»Embryonen sind wie fotografischer Film«, scherzte Mr Foster und stieß die zweite Tür auf. »Sie vertragen nur rotes Licht.«

Und in der Tat war die drückende Dunkelheit, in welche die Studenten ihm nun folgten, sichtbar und blutrot, als blickte man bei geschlossenen Lidern in die Nachmittagssonne eines Sommertags. Die bauchigen Ränder endloser, sich in der Ferne verlierender Glasballons, Reihe um Reihe, Regal um Regal, funkelten von ungezählten Rubinen, und zwischen den Rubinen hantierten schemenhaft Männer und Frauen mit purpurvioletten Augen und allen Anzeichen von Lupus erythematodes. Das Surren und Rattern der Apparaturen wälzte kaum merklich die Luft um.

»Nennen Sie uns doch ein paar Zahlen, Mr Foster«, meinte der Direktor, der des Redens müde war.

Mr Foster war nur zu gerne bereit, ihnen ein paar Zahlen zu nennen.

Zweihundertundzwanzig Meter lang, zweihundert breit, zehn hoch. Er deutete nach oben. Die Studenten hoben wie Hühner beim Trinken die Augen zur fernen Decke.

Drei Lagerebenen: Parterre, erste und zweite Galerie.

Die spinnenartigen Verstrebungen der Galerieebenen verloren sich nach allen Seiten hin im Dunkel. Unweit von ihrer Gruppe entluden drei rote Gespenster an einer Fahrtreppe Glasballons.

Die Rolltreppe aus der Sozialprädestinationsstation.

Jeder Ballon kam auf eines von fünfzehn Regalen, jedes Regal war, obwohl man das mit bloßem Auge nicht sah, ein Förderband, das sich mit einer Geschwindigkeit von dreiunddreißigeindrittel Zentimeter pro Stunde bewegte. Zweihundertundsiebenundsechzig Tage lang acht Meter pro Tag. Zweitausendeinhundertundsechsunddreißig Meter insgesamt. Eine Runde ums ganze Untergeschoss, eine auf der ersten, anderthalb auf der zweiten Galerie und am zweihundertundsiebenundsechzigsten Morgen ins Licht des Tages der Dekantierstation. Ins unabhängige Dasein – das sogenannte.

»Doch bis dahin«, schloss Mr Foster, »haben wir mit ihnen einiges anstellen können. O ja, eine ganze Menge.« Sein Lachen klang vielsagend und selbstzufrieden.

»Das ist die rechte Einstellung!«, bekräftigte der Direktor. »Sehen wir uns doch einmal um. Wenn Sie dann alles erklären wollen, Mr Foster.«

Und Mr Foster erklärte.

Erklärte, wie der Embryo auf seinem Bauchfelllappen reifte. Ließ sie von dem reichhaltigen Blutsurrogat kosten, von dem der Embryo sich nährte. Erklärte, weshalb er mit Plazentin und Thyroxin stimuliert werden musste. Erzählte vom *Corpus-luteum*-Extrakt. Zeigte ihnen die Düsen, durch die dieser von der Null- bis zur 2040er-Marke alle zwölf Meter automatisch eingespritzt wurde. Sprach von der graduell gesteigerten Hypophysärdosierung auf den letzten sechsundneunzig Produktionsmetern. Beschrieb den künstlichen maternellen Kreislauf, der bei Meter 112 an jeder Ballonflasche angebracht wurde, zeigte ihnen den Blutsurrogattank, die Kreiselpumpe, die für die ständige Durchfeuchtung der Plazenta sorgte und das Surrogat durch die synthetische Lunge und Abbaustofffilter trieb. Erwähnte des Embryos lästige Anämieneigung und die erheblichen Dosen Schweinemagenextrakt und Fohlenfötusleber, die folglich verabreicht werden mussten.

Zeigte ihnen die einfache Vorrichtung, mit deren Hilfe auf den letzten beiden aller acht Meter sämtlichen Embryonen simultan die Bewegungsgewöhnung angerüttelt wurde. Deutete die Schwere des sogenannten Dekantiertraumas an und zählte die Vorbeugungsmaßnahmen auf, die diesen gefährlichen Schock beim Flaschenembryo durch entsprechendes Training verringern sollten. Klärte sie über die Tests zur Geschlechtsbestimmung ungefähr an der 200-Meter-Marke auf. Erläuterte das Etikettiersystem – ein T für männliche, ein Kreis für weibliche und für die zu Freemartins prädestinierten Embryonen ein schwarzes Fragezeichen auf weißem Grund.

»Denn in den allermeisten Fällen«, sagte Mr Foster, »ist Fertilität nur störend. Unter zwölfhundert ein fruchtbarer Eierstock – das wäre für unsere Zwecke vollkommen ausreichend. Nur brauchen wir eben auch eine ordentliche Auswahl. Und dann muss man zur Sicherheit natürlich Extrabestände vorhalten. Also lassen wir bei bis zu dreißig Prozent der weiblichen Embryonen die Entwicklung normal laufen. Die übrigen erhalten auf ihrem verbleibenden Weg alle vierundzwanzig Meter eine Dosis männlicher Sexualhormone. Das heißt, sie werden als Freemartins dekantiert – strukturell ganz normal (bis auf die Tatsache, wie er einräumte, dass sie doch ein *klein* wenig mehr zu Bartwuchs neigten), nur eben steril. Garantiert steril. Und damit«, schloss Mr Foster, »treten wir endlich aus der Sphäre lediglich sklavischer Nachahmung der Natur in die sehr viel interessantere der menschlichen Intervention.«

Er rieb sich die Hände. Denn selbstverständlich begnügte man sich nicht damit, Embryonen auszubrüten, das konnte schließlich jede Kuh.

»Nein, wir prädestinieren und konditionieren. Wir

dekantieren unsere Babys als sozialisierte Wesen, als Alphas oder Epsilons, als künftige Klärwerkskräfte oder …« – er hatte sagen wollen Weltcontroller, besann sich aber rasch und sagte: »künftige Direktoren von Brütern«.

Der DCK quittierte das Kompliment mit einem Lächeln.

Sie passierten gerade an der 320-Meter-Marke das Regal 11. Ein junger Beta-Minus-Monteur hantierte mit Schraubenzieher und Maulschlüssel an der Blutsurrogatpumpe einer vorüberziehenden Ballonflasche. Mit jeder minimalen Drehung der Mutter stimmte er das Brummen des E-Motors weiter herunter. Tiefer, tiefer … eine letzte Teildrehung, ein Blick auf den Drehzahlmesser, und fertig. Der Monteur rückte zwei Schritte weiter und nahm sich die nächste Pumpe vor.

»Verringert die Drehzahl«, erklärte Mr Foster. »So zirkuliert das Surrogat langsamer, sprich durchströmt die Lunge in längeren Abständen, sprich der Embryo bekommt weniger Sauerstoff. Es geht nichts über Sauerstoffmangel, wenn man einen Embryo unterdurchschnittlich halten will.« Wieder rieb er sich die Hände.

»Aber weshalb wollen Sie den Embryo denn unterdurchschnittlich?«, fragte einer der Studenten arglos.

»Schwachkopf!«, bemerkte der Direktor und brach

damit sein langes Schweigen. »Haben Sie sich noch nie überlegt, dass ein Epsilon-Embryo nicht nur eine Epsilon-Heredität verlangt, sondern auch ein Epsilon-Milieu?«

Nein, das hatte der Student sich offenbar noch nie überlegt. Er wand sich vor Verlegenheit.

»Je niedriger die Kaste«, erklärte Mr Foster, »desto weniger Sauerstoff.« Als erstes Organ wurde das Gehirn affiziert. Dann der Knochenbau. Bei siebzig Prozent der normalen Sauerstoffzufuhr kamen Zwerge heraus. Bei weniger als siebzig Prozent augenlose Monster.

»Die uns rein gar nichts nützen«, schloss Mr Foster.

Dabei wäre (hier wurde sein Ton verschwörerisch und sehr eindringlich) die Entwicklung einer Technik, die den Reifezyklus abkürzen könnte, ein wahrer Triumph, eine Wohltat für die Gesellschaft!

»Denken Sie nur an das Pferd.«

Sie dachten.

Mit sechs Jahren ausgewachsen, der Elefant mit zehn. Während der Mensch mit dreizehn noch nicht geschlechtsreif war und erwachsen erst mit zwanzig. Daher natürlich die Frucht der verzögerten Entwicklung: die menschliche Intelligenz.

»Doch bei Epsilons«, sagte Mr Foster sehr treffend, »brauchen wir keine menschliche Intelligenz.«

Brauchten sie nicht und bekamen sie nicht. Obwohl aber das Epsilon-Hirn mit zehn ausgereift war, blieb der Epsilon-Körper erst mit achtzehn einsatzfähig. Lange Jahre überflüssiger und vergeudeter Unreife. Ließe sich die körperliche Entwicklung auf das Tempo beispielsweise von Kühen beschleunigen, was für eine enorme gesamtgesellschaftliche Ersparnis!

»Enorm!«, murmelten die Studenten. Mr Fosters Enthusiasmus war ansteckend.

Er wurde nun etwas sehr technisch, sprach von endokrinen Anomalien, die für das verzögerte Wachstum des Menschen verantwortlich waren, nannte als mögliche Ursache germinale Mutationen. Konnten deren Folgen aufgehoben werden? Konnte der einzelne Epsilon-Embryo durch geeignete Methoden auf die Normalität von Hunden und Kühen zurückgeführt werden? Das war die Frage. Und sie war fast gelöst.

Pilkington in Mombasa hatte Wesen produziert, die mit vier geschlechtsreif und mit sechseinhalb voll ausgewachsen waren. Ein wissenschaftlicher Triumph. Gesellschaftlich allerdings irrelevant. Sechsjährige Männer und Frauen waren selbst für Epsilon-Arbeit zu blöd. Und leider hieß es bei dem angewandten Verfahren eben alles oder nichts: entweder die ganze Modifikation oder gar keine. Noch suchte man also den idealen Kompromiss zwischen zwanzig- und sechsjährigen Erwachsenen. Bisher erfolglos. Mr Foster seufzte und wiegte bekümmert den Kopf.

Ihr Rundgang durchs blutrote Zwielicht hatte sie in die Nähe der 170-Meter-Marke am Regal 9 geführt. An diesem Punkt verschwand Regal 9 in der Ummantelung des Tunnelbrüters, in dem die Ballonflaschen den restlichen Weg zurücklegten und in dem es nur hier und da Scharten von zwei, drei Metern Breite gab.

»Hitzekonditionierung«, bemerkte Mr Foster.

Heiße und kühle Tunnelabschnitte wechselten einander ab. Mit der Kühle ging Unbehagen in Gestalt harter Röntgenstrahlung einher. Bis zur Dekantierung würden die Embryos eine Aversion gegen Kälte entwickelt haben. Sie waren zur Emigration in die Tropen prädestiniert, als Bergleute, Acetatseidenspinner oder Stahlarbeiter. Ihre Hirne würden beizeiten dazu gebracht werden, das Urteil ihrer Körper zu billigen. »Wir konditionieren sie darauf, viel Hitze zu vertragen«, schloss Mr Foster. »Die Kollegen oben werden sie lehren, sie zu lieben.«

»Und genau das«, merkte der Direktor geschwollen an, »ist das Geheimnis von Tugend und Glück – zu lieben, was man tun *muss*. Darauf zielt alle Konditionierung ab: den Menschen ihre unentrinnbare soziale Bestimmung genehm zu machen.«

In einer der Lücken zwischen zwei Tunnelabschnitten führte eine Pflegerin vorsichtig eine lange, dünne Kanüle in den gallertartigen Inhalt eines vorbeiziehenden Glasballons ein. Die Studenten und ihre Mentoren blieben stehen und sahen einen Augenblick schweigend zu.

»Nun, Lenina«, sagte Mr Foster, als sie schließlich die Nadel herauszog und sich aufrichtete.

Die junge Frau fuhr überrascht herum. Unverkennbar war sie trotz Lupus und purpurvioletter Augen ungemein hübsch.

»Henry!« Sie strahlte ihn an – eine Reihe korallroter Zähne.

»Reizend, reizend«, murmelte der Direktor, der ihr zwei-, dreimal den Hintern tätschelte und im Gegenzug ein eher respektvolles Lächeln erhielt.

»Und was injizierst du?«, fragte Mr Foster betont geschäftsmäßig.

»Ach, den üblichen Typhus und Schlafkrankheit.«

»Tropenarbeiter werden ab Meter 150 vakziniert«, erklärte Mr Foster den Studenten. »Da haben die Embryonen noch Kiemen. Wir immunisieren den Fisch gegen die Krankheiten des künftigen Menschen.« Dann wandte er sich erneut Lenina zu und sagte noch rasch: »Heute um zehn vor fünf wieder auf dem Dach?«

»Reizend«, wiederholte der Direktor und eilte nach einem letzten Tätscheln seiner Gruppe hinterher.

Die kommende Generation von Chemiekräften des

Regals 10 wurde reihenweise auf Blei-, Ätznatron-, Teer- und Chlortoleranz getrimmt. Die ersten Stellagen einer Charge von zweihundertundfünfzig pränatalen Raketeningenieuren passierten soeben die Elfhundertmetermarke auf Regal 3. Eine spezielle Vorrichtung sorgte für stetige Rotation der Glasballons. »Um ihren Gleichgewichtssinn zu schulen«, erklärte Mr Foster. »Denn Außenreparaturen an einer Rakete im Einsatz vorzunehmen ist heikle Arbeit. Wir drosseln den Kreislauf, wenn sie aufrecht stehen, bis sie fast verhungern, und verdoppeln den Surrogatfluss, wenn sie kopfüber hängen. Irgendwann setzen sie die verkehrte Welt mit Wohlbefinden gleich; im Grunde fühlen sie sich am Ende nur wirklich wohl, wenn sie auf dem Kopf stehen.«

»Und jetzt«, fuhr Mr Foster fort, »möchte ich Ihnen noch die sehr interessante Konditionierung unserer Alpha-Plus-Intellektuellen vorführen. Wir haben gerade eine große Charge im Regal 5. Erste Galerie«, rief er zwei Jungen zu, die im Begriff waren, ins Parterre hinabzusteigen.

»Sie sind etwa bei Meter 900«, erläuterte er. »Effektive intellektuelle Konditionierung ist eigentlich erst möglich, wenn die Föten ihre Schwänze verloren haben. Hier entlang.«

Doch der Direktor schaute auf seine Uhr. »Zehn vor drei«, sagte er. »Ich fürchte, für die intellektuellen Embryonen bleibt uns keine Zeit. Wir müssen zur

Frühlernstation hinauf, ehe die Kinder ihren Mittagsschlaf beendet haben.«

Mr Foster war enttäuscht. »Aber doch wenigstens einen Blick in die Dekantierstation«, flehte er.

»Also gut.« Der Direktor lächelte begütigend. »Einen kurzen Blick.«

Kapitel II

Mr Foster blieb auf der Dekantierstation zurück. Der DCK und seine Studenten betraten den nächstbesten Fahrstuhl und wurden in den fünften Stock befördert.

FRÜHLERNSTATION. NEOPAWLOWSCHER KONDITIONIERUNGSTRAKT verkündete die Anschlagtafel.

Der Direktor öffnete eine Tür. Sie betraten einen großen, leeren Raum, sehr hell und sonnig, weil die ganze Südfront aus Glas bestand. Ein halbes Dutzend uniformierte Pflegerinnen in den vorgeschriebenen Anzügen aus weißem Viskoseleinen, die Haare aseptisch mit weißen Kappen bedeckt, war damit beschäftigt, auf dem Fußboden in einer langen Reihe Rosenschalen abzustellen. Große, randvolle Schalen. Tausende weit offener, seidiger Blüten, rund wie die Backen unzähliger Putten, Putten aber, die im strahlenden Licht nicht ausschließlich rosarot arisch waren, sondern teils schimmernd chinesisch, teils mexikanisch, teils apoplektisch vom übermäßigen Blasen der Himmelsposaunen, teils totenbleich, von posthumer Marmorblässe.

Die Pflegerinnen nahmen Haltung an, als der DCK den Raum betrat.

»Legen Sie die Bücher aus«, befahl er knapp.

Still kamen die Pflegerinnen der Aufforderung nach. Zwischen die Rosenschalen wurden Bücher platziert – eine lange Reihe Bilderbücher im Quartformat, deren einladend aufgeschlagene Seiten fröhlich bunte Abbildungen von Tieren, Fischen und Vögeln zeigten.

»Und nun bringen Sie die Kinder herein.«

Die Pflegerinnen hasteten davon und kehrten nach ein, zwei Minuten schon zurück, jede eine Art Stummen Diener vor sich her schiebend, dessen vier übereinander gestapelte Maschendrahtverschläge mit acht Monate alten Kleinstkindern beladen waren, alle vollkommen identisch (unverkennbar eine einzige Bokanowski-Gruppe) und alle (da sie der Kaste der Deltas angehörten) in Khaki gekleidet.

»Setzen Sie sie auf den Boden.«

Die Kleinstkinder wurden abgeladen.

»Drehen Sie sie so, dass sie die Blumen und Bücher sehen können.«

Gedreht, verstummten die Kinder, dann krabbelten sie auch schon auf die geballten, geschmeidigen Farben zu, auf die so lustigen und blanken Bilder auf den weißen Seiten. Im selben Moment brach die Sonne hinter einer Wolke hervor. Die Rosen loderten wie von plötzlichem innerem Feuer auf; neue und tiefe Bedeutung tränkte die leuchtenden Buchillustrationen. Von der krabbelnden Phalanx stiegen kleine, aufgeregte Kiekser auf, gurgelnde, glucksende Freudentöne.

Der Direktor rieb sich die Hände. »Ausgezeichnet!«, sagte er. »Fast wie bestellt.«

Die schnellsten Krabbler hatten bereits ihr Ziel erreicht. Kleine Hände grapschten, berührten, packten, entblätterten die verklärten Rosen, zerknitterten die illuminierten Buchseiten. Der Direktor wartete, bis alle eifrig beschäftigt waren. Dann sagte er: »Und nun passen Sie auf.« Mit erhobener Hand gab er das Signal.

Die Oberpflegerin, die am anderen Ende des Raums schon an einer Schalttafel bereitstand, drückte einen kleinen Hebel herunter.

Es tat einen Donnerschlag. Schrill und schriller jaulte eine Sirene. Alarmglocken bimmelten wild.

Die Kinder schraken zusammen, sie schrien und grimassierten vor Angst.

»Und nun«, brüllte der Direktor (denn der Lärm war ohrenbetäubend), »nun verleihen wir der Lektion noch mit milden Elektroschocks Nachdruck!«

Er gab erneut ein Zeichen, und die Oberpflegerin legte einen zweiten Hebel um. Das Kreischen der Krabbelkinder nahm ganz neue Töne an. Ihnen entfuhren nun Japser und spitze Schreie von einer verzweifelten, halb wahnsinnigen Dringlichkeit. Die kleinen Körper zuckten und krampften, ihre Glieder ruckten, als würde an unsichtbaren Drähten gezupft.

»Wir können den gesamten mittleren Bodenstreifen unter Strom setzen!«, bellte der Direktor zur Erklärung. »Aber das genügt jetzt.« Er gab der Pflegerin ein Zeichen.

Das Donnergetöse hatte schlagartig ein Ende, die Glocken hörten zu bimmeln auf, Ton um Ton erstarb das Jaulen der Sirene. Die steif ruckenden Körper entspannten sich, und was sich zum Geheul frühkindlicher Berserker ausgewachsen hatte, beruhigte sich wieder zu gewöhnlichem Angstbrüllen.

»Und nun drehen Sie sie noch einmal den Blumen und Büchern zu.«

Die Pflegerinnen gehorchten, doch schon beim Anblick der Rosen, schon bei Sichtung der kunterbunten Bilder von Hoppe-Hase und Ki-ke-ri-ki und Muh-Kuh kauerten sich die Kleinstkinder panisch zusammen, und das Gebrüll nahm prompt wieder an Lautstärke zu.

»Sehen Sie?«, freute sich der Direktor. »Sehen Sie?«

Bücher und schrille Töne, Blumen und Stromschläge – schon jetzt waren diese Pole im frühkindlichen Hirn negativ gekoppelt und würden nach zweihundert Wiederholungen dieser und ähnlicher Lektionen eine feste Verbindung eingehen. Denn was der Mensch zusammengefügt hat, soll die Natur nicht scheiden.

»Sie werden mit einer, wie die Psychologen einst sagten, ›instinktiven‹ Abscheu vor Büchern und Blumen aufwachsen. Einem unabänderlich konditionierten Reflex. Sie werden ihr Leben lang vor Büchern und der Botanik gefeit sein.« Der Direktor wandte sich an seine Pflegerinnen. »Bringen Sie sie fort.«

Noch immer laut plärrend wurden die Khaki-Babys auf die Stummen Diener geladen und hinausgerollt, und es blieben nur der Geruch nach saurer Milch und eine sehr willkommene Stille zurück.

Einer der Studenten hob die Hand, und obwohl ihm natürlich einleuchtete, dass man Niedrigkastigen schlecht gestatten konnte, Zeit, die dem Kollektiv gehörte, mit Büchern zu vergeuden und womöglich etwas zu lesen, was dummerweise ihre Reflexe dekonditionierte, war ihm … na ja … das mit den Blumen nicht ganz klar. Wozu sich die Mühe machen, Deltas Gefallen an Blumen psychisch zu verunmöglichen?

Der DCK erklärte geduldig. Kinder dazu zu bringen, schon beim Anblick von Rosen zu schreien, geschah im übergeordneten Interesse der Ökonomie. Vor nicht allzu langer Zeit (hundert Jahren vielleicht), waren Gammas, Deltas, ja, selbst Epsilons konditioniert worden, Blumen zu mögen – Blumen im Besonderen und die unberührte Natur im Allgemeinen. Dahinter habe das Kalkül gestanden, sie in jeder freien Minute aufs Land streben und somit Transport konsumieren zu sehen.

»Haben sie das denn nicht?«, fragte der Student.

»In hohem Maße«, erwiderte der DCK. »Aber eben sonst nichts.«

Primeln und Landschaft, erläuterte er, hätten eben einen entscheidenden Nachteil: Es gebe sie umsonst. Die Liebe zur Natur laste keine Produktionsanlagen aus. Man beschloss daher, die Liebe zur Natur abzuschaffen, zumindest bei den niedrigen Kasten, *nicht* aber den Bedarf an Transport. Denn selbstverständlich war man darauf angewiesen, dass die Menschen, und sei es widerstrebend, aufs Land hinaus fuhren. Die Herausforderung bestand darin, einen ökonomisch schlüssigeren Grund für den Transportkonsum zu finden als die schlichte Freude an Primeln und Landschaft. Er wurde gefunden.

»Wir konditionieren die Massen«, schloss der Direktor, »auf Naturfeindlichkeit bei gleichzeitiger Begeisterung für alle Natursportarten. Und wir sorgen dafür, dass alle Natursportarten die Nutzung vielfältiger Geräte erfordern. So werden neben dem Transport auch noch Sportartikel konsumiert. Und deshalb die Elektroschocks.«

»Verstehe«, sagte der Student und schwieg schwer beeindruckt.

Das Schweigen drohte lastend zu werden, da räusperte sich der Direktor und hob erneut zu sprechen an. »Einst, als Unser Ford noch auf Erden weilte, lebte ein kleiner Junge namens Reuben Rabinovitch. Reuben war das Kind polnischer Eltern.« Der Direktor unterbrach sich. »Sie wissen, was Polnisch ist, oder?«

»Eine tote Sprache.«

»Wie Französisch und Deutsch«, ergänzte ein zweiter Student neunmalklug.

»Und ›Eltern‹?«, fragte der DCK.

Es herrschte betretenes Schweigen. Etliche Jungen wurden rot. Sie hatten noch nicht gelernt, den entscheidenden, aber oftmals sehr feinen Unterschied zwischen Schweinkram und Wissenschaft zu machen. Einer aber traute sich schließlich, die Hand zu heben.

»Menschen waren einmal …« – er zögerte, das Blut schoss ihm in die Wangen. »Nun, sie waren einmal lebendgebärend.«

»Ganz recht, vivipar.« Der Direktor nickte wohlwollend.

»Und wenn Babys dekantiert wurden …«

»Geboren«, wurde er korrigiert.

»Nun, dann waren sie Eltern – das heißt, nicht die Kinder natürlich, die anderen.« Der arme Kerl war ganz konfus vor Verlegenheit.

»Kurz gesagt«, fasste der Direktor zusammen, »Eltern waren der Vater und die Mutter.« Dieser Schweinkram, der in Wahrheit Wissenschaft war, platzte wie eine BOMBE ins betretene, jeden Blickkontakt meidende Schweigen der Jungen. »Mutter«, wiederholte der Direktor deutlich vernehmbar und die Wissenschaftlichkeit unterstreichend, um sich dann auf seinem Stuhl zurückzulehnen. »Es sind in der Tat unschöne Fakten«, räumte er nüchtern ein. »Aber im Grunde sind die meisten historischen Fakten unschön.«

Er kehrte zu Klein-Reuben zurück, Klein-Reuben, in dessen Zimmer Vater und Mutter (BOMBE! und BOMBE!) eines Abends aus Versehen das Radio angelassen hatten.

(»Denn Sie müssen bedenken, dass Kinder in dieser kruden Ära viviparer Reproduktion stets von ihren Eltern betreut wurden, nicht in Weltstaatskonditionierungscentern.«)

Während das Kind schlief, setzte die Übertragung eines Rundfunkprogramms aus London ein, und am Morgen wiederholte Reuben – zur Verwunderung von BOMBE! und BOMBE! (die mutigeren Studenten riskierten mittlerweile ein Grinsen) – beim Aufwachen Wort für Wort einen sehr langen Vortrag des kuriosen einstigen Autors (»einer der wenigen, dessen Werke man auf uns hat kommen lassen«) George Bernard Shaw, der einer gut dokumentierten Tradition zufolge über sein eigenes Genie sprach. Für Klein-Reubens GRINS! und ZWINKERN! war der Vortrag natürlich vollkommen unverständlich, und aus Angst, ihr Kind habe plötzlich den Verstand verloren, schickten sie nach einem Arzt. Der verstand zum Glück Englisch, erkannte in der Rede eben diejenige Shaws aus der Rundfunksendung des vorigen Abends, erfasste die Bedeutung des Vorgangs und sandte ein Kommuniqué an die medizinische Fachpresse.

»Das Grundprinzip des Schlaflernens, der Hypnopädie, war gefunden.« Der DCK machte eine bedeutungsvolle Pause.

Das Prinzip war gefunden, aber es sollte noch viele, viele Jahre dauern, ehe es nutzbringend angewandt werden konnte.

»Die Sache mit Klein-Reuben geschah nur dreiundzwanzig Jahre, nachdem das Modell T Unseres Ford auf den Markt gelangt war.« (Hier machte der Direktor auf Bauchhöhe das T-Zeichen, und alle Studenten folgten andächtig seinem Beispiel.) Und doch …

Die Studenten kritzelten eifrig. *Hypnopädie, offiziell erstmals 214 n.F. Warum nicht eher? Zwei Gründe: (a) …*

»Frühe Experimente«, erläuterte der DCK, »gingen in die falsche Richtung. Man dachte, die Hypnopädie könnte zur Erziehung des Geistes eingesetzt werden …«

(Ein kleiner Junge schläft auf der rechten Seite, sein rechter Arm ragt über die Bettkante hinaus, die rechte Hand hängt schlaff herab. Aus dem runden Sprechloch eines Kastens säuselt eine Stimme.

»Der Nil ist der längste Fluss Afrikas und der zweitlängste der Welt. Wiewohl nicht so lang wie der Missouri-Mississippi-Strom, übertrifft der Nil alle anderen Flüsse im Hinblick auf die Länge seines Fließwegs, welcher sich vom 35sten Breitengrad bis …«

Morgens beim Frühstück wird jemand fragen: »Tommy, weiß du, welches der längste Fluss Afrikas ist?« Ein Kopfschütteln. »Erinnerst du dich nicht an Worte, die so beginnen: ›Der Nil ist der …‹?«

»Der-Nil-ist-der-längste-Fluss-Afrikas-und-der-zweitlängste-der-Welt …« Die Worte stürzen in einem Schwall hervor. »Wiewohl-nicht-so-lang …«

»Na siehst du, welches ist also der längste Fluss Afrikas?«

Leerer Blick. »Weiß ich nicht.«

»Na, der Nil, Tommy.«

»Der-Nil-ist-der-längste-Fluss-Afrikas-und-der-zweitlängste-der-Welt …«

»Welches ist also der längste Fluss, Tommy?«

Tommy bricht in Tränen aus. »Ich weiß es nicht!«, jault er.)

Dieses Gejaule machte der Direktor nun für die Resignation früher Forscher verantwortlich. Die Experimente wurden eingestellt. Es wurde kein weiterer Versuch unternommen, Kindern die Länge des Nils im Schlaf beizubringen. Und zu Recht. Man lernt ein

Fach nicht, wenn man keine Ahnung hat, worum es dabei geht.

»Hätten sie dagegen mit der *moralischen* Erziehung begonnen …«, sagte der Direktor und schritt voraus zu einer Tür, während ihm die Studenten, im Gehen und noch im Fahrstuhl eifrig kritzelnd, folgten, »die nie, unter keinen Umständen, rational sein darf …«

»Ruhe, Ruhe«, wisperte ein Lautsprecher, als sie im vierzehnten Stock ausstiegen; »Ruhe, Ruhe« wiederholten die Posaunenmäuler in Intervallen unermüdlich auf allen Fluren. Die Studenten und selbst der Direktor gingen bald automatisch auf Zehenspitzen. Sie mochten zwar Alphas sein, doch selbst Alphas sind wohlkonditioniert. »Ruhe, Ruhe.« Im ganzen vierzehnten Stock säuselte die Luft diesen kategorischen Imperativ.

Nach fünfzig Metern auf Zehenspitzen gelangten sie an eine Tür, die der Direktor vorsichtig aufdrückte. Sie traten über die Schwelle ins Zwielicht eines lamellenverdunkelten Schlafsaals. Achtzig Gitterbetten standen in Reih und Glied an der Wand. Man hörte leises, gleichmäßiges Atmen und ein anhaltendes Murmeln – wie sehr fernes Getuschel.

Eine Pflegerin erhob sich bei ihrem Eintritt und stand vor dem Direktor stramm.

»Was wird heute Nachmittag gelehrt?«, fragte er.

»Die ersten vierzig Minuten hatten wir Grundstufensex«, antwortete sie. »Jetzt läuft Grundklassenbewusstsein.«

Langsam schritt der Direktor die lange Reihe Gitterbetten ab. Rosig und schlafgelockert lagen dort sanft atmend achtzig kleine Jungen und Mädchen. Unter jedem Kopfkissen war ein Flüstern. Der DCK blieb stehen, beugte sich über eines der kleinen Betten und lauschte aufmerksam.

»Grundklassenbewusstsein, sagen Sie? Dann wollen wir doch mal eine Posaune auf laut stellen.«

An der Stirnseite des Raums ragte ein Lautsprecher aus der Wand. Der Direktor trat hin und betätigte einen Schalter.

»... tragen alle grün«, begann eine sanfte und doch sehr klare Stimme mitten im Satz, »und Delta-Kinder tragen Khaki. Nein, nein, ich will nicht mit Delta-Kindern spielen. Und Epsilons sind noch schlimmer. Die sind so dumm, dass sie nicht einmal lesen und schreiben können. Außerdem tragen sie Schwarz, und das ist eine so scheußliche Farbe. Ich bin ja *so* froh, dass ich Beta bin.«

Es gab eine Pause, dann hob die Stimme erneut an.

»Alpha-Kinder tragen Grau. Sie arbeiten viel härter als wir, weil sie so furchtbar schlau sind. Ich bin wirklich heilfroh, dass ich Beta bin, denn ich muss nicht so hart arbeiten. Und immerhin sind wir viel besser als Gammas und Deltas. Gammas sind dumm. Sie tragen alle grün, und Delta-Kinder tragen Khaki.

Nein, nein, ich will nicht mit Delta-Kindern spielen. Und Epsilons sind noch schlimmer. Die sind so dumm …«

Der Direktor schnippte den Schalter wieder in die Ausgangsstellung. Die Stimme verstummte. Nur ein gespenstisches Echo murmelte unter achtzig Kopfkissen weiter.

»Das kriegen sie noch vierzig, fünfzig Mal zu hören, ehe sie aufwachen; dasselbe am Donnerstag und noch einmal am Samstag. Einhundertundzwanzig Mal dreimal die Woche dreißig Monate lang. Danach geht es mit anspruchsvollerem Lernstoff weiter.«

Rosen und Elektroschocks, die Khakifarbe der Deltas und die Duftnote Stinkasant – feste Verbindungen, noch ehe ein Kind sprechen kann. Doch vorsprachliche Konditionierung ist primitiv und undifferenziert, sie kann keine feinen Unterschiede lehren, taugt nicht zur Internalisierung komplexer Verhaltensmuster. Dazu bedarf es der Worte, allerdings Worte ohne Sinn und Verstand. Kurzum, Hypnopädie.

»Die stärkste moralisierende und sozialisierende Kraft aller Zeiten.«

Die Studenten notierten es sich in ihren kleinen Notizbüchern. Aus berufenem Munde.

Erneut drückte der Direktor den Schalter.

»… so furchtbar schlau sind«, sprach die sanfte, einschmeichelnde, unermüdliche Stimme. »Ich bin wirklich heilfroh, dass ich Beta bin, denn …«

Weniger wie stete Wassertropfen – obwohl Tropfen, das lässt sich nicht leugnen, auf Dauer härtesten Granit aushöhlen –, eher wie flüssiges Siegelwachs, dessen Tropfen mit dem, worauf sie fallen, verkleben, verwachsen, verkrusten, bis der Fels ein einziger roter Klumpen ist.

»Bis schließlich der Kindergeist mit den Einflüsterungen *identisch* ist, die Summe der Einflüsterungen mit dem Kindergeist. Und nicht nur dem Kindergeist. Sondern auch dem des Erwachsenen – ein Leben lang. Der Geist, der urteilt und will und entscheidet – gemacht aus diesen Einflüsterungen. Und alle diese Einflüsterungen sind *unsere* Einflüsterungen!«

Der Direktor war vor Begeisterung sehr laut geworden. »Einflüsterungen des Staats.« Er hieb mit der Faust auf den nächstbesten Tisch. »Das heißt …«

Ein Geräusch ließ ihn herumfahren.

»O Ford!!«, sagte er in ganz anderem Ton. »Jetzt habe ich die Kinder geweckt.«

Kapitel III

Draußen im Garten war Spielstunde. In der warmen Junisonne liefen sechs-, siebenhundert nackte kleine Jungen und Mädchen kreischend über den Rasen, spielten Ball oder hockten still zu zweit, zu dritt in den blühenden Sträuchern. Die Rosen blühten, zwei Nachtigallen monologisierten im Gehölz, in den Linden traf ein Kuckuck letzte Töne. Die Luft war trunken vom Sirren der Bienen und Helikopter.

Der Direktor und seine Studenten verweilten etwas, um eine Partie Zentrifugen-Ballyhoo zu verfolgen. Zwanzig Kinder hatten sich im Kreis um einen Chromstahlturm aufgebaut. Ein auf die trichterförmige Plattform an der Spitze des Turms hochgeworfener Ball rollte nach innen, landete auf einer Zentrifugenscheibe, wurde zu einer der vielen Öffnungen des zylindrischen Gehäuses herausgeschleudert und musste gefangen werden.

»Eigenartig«, sinnierte der Direktor, als sie sich abwandten, »wenn man bedenkt, dass noch zu Zeiten Unseres Ford die meisten Spiele ohne viel mehr

Gerät als einem Ball, ein paar Schlägern und gelegentlich etwas Netz gespielt wurden. Stellen Sie sich die Kurzsichtigkeit vor, Menschen ausgeklügelte Spiele spielen zu lassen, die in keiner Weise den Konsum steigern. Irrwitz. Heute lassen die Controller kein neues Spiel zu, das nicht erwiesenermaßen mindestens so viel an Ausrüstung verlangt wie das raffinierteste der bereits existierenden.« Er unterbrach sich.

»Was für ein reizendes Bild«, sagte er und wies mit der Hand.

In einer kleinen Rasenbucht zwischen hohen Besenheidesträuchern waren zwei Kinder, ein Junge von etwa sieben Jahren und ein kleines, höchstens ein Jahr älteres Mädchen mit großem Ernst und der gesammelten Konzentration von Forschern an der Schwelle zu einer Entdeckung in ihr Spiel vertieft. Ein rudimentäres Sexspiel.

»Reizend, reizend!«, wiederholte der DCK gerührt.

»Reizend«, stimmten ihm die Studenten höflich zu. Aber sie lächelten eher herablassend. Sie hatten solch kindische Vergnügungen selbst zu kurz erst hinter sich, um sie jetzt schon ohne leise Verachtung mit ansehen zu können. Reizend? Na ja, ein paar Kinder, die herummachten, mehr nicht. Eben Kinder.

»Ich sage immer …«, bemerkte der Direktor im selben nostalgischen Ton, als er von lautem Geplärre unterbrochen wurde.

Aus einigen angrenzenden Sträuchern zerrte eine Pflegerin einen kleinen, greinenden Jungen an der Hand hervor. Hinterdrein trottete ein besorgt blickendes Mädchen.

»Was gibt es?«, fragte der Direktor.

»Nichts weiter«, antwortete die Pflegerin mit einem Achselzucken. »Der Kleine hier scheint sich nur unwillig auf die üblichen erotischen Spiele einzulassen. Ich habe das nun schon ein-, zweimal bei ihm beobachtet. Und heute wieder. Als er angefangen hat zu schreien …«

»Ehrlich«, versicherte das besorgte kleine Mädchen, »ich wollte ihm nicht weh tun. Ehrlich.«

»Natürlich nicht, meine Liebe«, beschwichtigte die Pflegerin. »Ich werde ihn mal zum Stellvertretenden Chefpsychologen bringen. Er soll prüfen, ob da irgendetwas anormal läuft.«

»Sehr richtig«, sagte der Direktor. »Bringen Sie ihn zur Prüfung. Augenblick, Kleine«, ergänzte er hastig, als die Pflegerin sich mit ihrem noch immer greinenden Schützling auf den Weg machte. »Wie heißt du?«

»Polly Trotzki.«

»Ein sehr guter Name«, sagte der Direktor. »Und nun ab mit dir, suche dir einen anderen kleinen Jungen zum Spielen.«

Das Kind lief in die Büsche zurück und war ihren Blicken entschwunden.

»Bezauberndes Geschöpf!«, fand der Direktor, der ihr noch eine Weile nachsah. Dann sagte er an seine Studenten gewandt: »Was ich Ihnen jetzt erzählen werde, dürfte für Sie kaum glaubhaft klingen. Aber wenn man mit der Geschichte wenig vertraut ist, klingt das *meiste* an der Vergangenheit kaum glaubhaft.«

Er entdeckte ihnen die erstaunliche Wahrheit. Lange Epochen vor Ford und selbst etliche Generationen danach noch waren erotische Spiele bei Kindern als abnorm betrachtet worden (schallendes Gelächter) oder nicht nur abnorm, sondern sogar unmoralisch (nein!), so dass man sie rigoros unterdrückt hatte.

Auf den Gesichtern seiner Zuhörer machten sich Staunen und Ungläubigkeit breit. Kleinen Kinder den Spaß verbieten? Sie trauten ihren Ohren nicht.

»Selbst Jugendliche«, sagte der DCK, »selbst Jugendliche in Ihrem Alter …«

»Nicht möglich!«

»Abgesehen von etwas heimlicher autoerotischer Befriedigung und Homosexualität – absolut nichts.«

»*Nichts*?«

»Meist bis über die zwanzig hinaus.«

»Zwanzig?«, erhob sich ein ungläubiger Stimmenchor.

»Zwanzig«, bekräftigte der Direktor. »Sagte ich doch, dass Sie mir nicht glauben würden.«

»Und was hieß das?«, wollten sie wissen. »Was hatte das für Folgen?«

»Es hatte furchtbare Folgen«, mischte sich eine tiefe, wohltönende Stimme überraschend in das Gespräch ein.

Sie wandten sich um. Am Rande ihres Grüppchens stand ein Fremder – ein schwarzhaariger Mann von mittlerem Wuchs mit Adlernase, vollen roten Lippen und sehr dunklen, durchdringenden Augen. »Furchtbar«, wiederholte er.

Der DCK hatte sich soeben auf eine der überall in den Gartenanlagen günstig platzierten gummierten Stahlbänke niedergelassen, doch beim Anblick des Fremden sprang er auf und stürzte mit ausgestreckten Händen und breitem, zähnebleckendem Grinsen überschwänglich auf ihn zu.

»Controller! Welch unerwartete Freude! Sie da, wo bleiben Ihre Manieren! Sie stehen vor dem Controller, Seiner Fordschaft Mustapha Mond.«

In den viertausend Räumen des Centers schlugen die viertausend elektrischen Uhren simultan vier. Körperlose Stimmen ertönten aus Posaunenmündern:

»Ende der Haupttagesschicht. Übernahme durch zweite Tagesschicht. Ende der Haupttagesschicht …«

Im Fahrstuhl hinauf zur Umkleidestation kehrten Henry Foster und der Stellvertretende Prädestinationsdirektor ihrem Kollegen Bernard Marx vom

Referat für Psychologische Fragen ziemlich demonstrativ den Rücken zu, wandten sich von seinem unappetitlichen Ruf ab.

Im Embryonenmagazin vibrierte die rote Luft noch immer von dem leisen Sirren und Rattern der Maschinen. Schichten mochten kommen und gehen, ein lupusfarbenes Gesicht dem anderen weichen: Ewig majestätisch krochen die Förderbänder mit ihrer Fracht künftiger Männer und Frauen weiter.

Lenina Crowne marschierte flott zur Tür.

Seine Fordschaft Mustapha Mond! Den salutierenden Studenten fielen fast die Augen aus dem Kopf. Mustapha Mond! Der Weltbereichscontroller Westeuropa! Einer der Zehn Weltcontroller. Einer der Zehn … setzte sich gerade zum DCK auf die Bank, er würde bleiben, ja, bleiben und tatsächlich mit ihnen sprechen … aus berufenem Munde. Aus dem Munde Fords selbst.

Zwei shrimpbraune Kinder tauchten aus den benachbarten Büschen auf, machten Stielaugen und kehrten dann zu ihren Vergnügungen im Blattwerk zurück.

»Sie erinnern sich gewiss«, sagte der Controller mit seiner starken, tiefen Stimme. »Sie erinnern sich doch gewiss an den wunderbar hellsichtigen Spruch Unseres Ford: Geschichte ist Humbug. Geschichte«, wiederholte er, »ist Humbug.«

Er machte eine wegwerfende Geste, und es war, als hätte er mit einem unsichtbaren Wedel Staub gewischt, und der Staub, das war Harappa, war Ur in Chaldäa, Spinnweben, nichts weiter, auch Theben und Babylon und Knossos und Mykene. Wisch und weg – wo blieb da Odysseus, wo Hiob, wo Jupiter, Gautama oder Jesus? Wisch! und diese Stäubchen antiken Drecks namens Athen und Rom, Jerusalem und Reich der Mitte, alles weg. Wisch! und anstelle von Italien war nichts. Wisch! die Kathedralen, wisch! wisch! *König Lear* und die *Gedanken* Pascals. Wisch! Passion, wisch! Requiem, wisch! Symphonie, wisch! …

»Gehen Sie heute Abend ins Fühlorama, Henry?«, fragte der stellvertretende Prädestinator. »Der neue Fühlfilm im Alhambra soll erstklassig sein. Es gibt da offenbar eine Liebesszene auf einem Bärenfell; ganz phantastisch, wie man hört. Jedes einzelne Bärenhaar wiedergegeben. Erstaunliche taktile Effekte.«

»Deshalb lernen Sie keine Geschichte«, sagte der Controller. »Doch jetzt ist es an der Zeit …«

Der DCK schielte nervös zu ihm hin. Es kursierten seltsame Gerüchte über einen geheimen Tresor voller alter, verbotener Bücher im Arbeitszimmer des Controllers. Bibeln, Dichtung – weiß Ford was.

Mustapha Mond entging der ängstliche Blick nicht,

und die Winkel seines vollen Munds zuckten spöttisch.

»Keine Sorge, Direktor«, sagte er mit leicht ironischem Unterton, »ich werde sie schon nicht verderben.«

Der DCK wollte im Erdboden versinken.

Alle, die sich verachtet fühlen, tun gut daran, verächtlich zu tun. Bernard Marx' Lächeln war verächtlich. Also ehrlich: jedes einzelne Bärenhaar!

»Den muss ich unbedingt sehen«, sagte Henry Foster.

Mustapha Mond beugte sich vor und hob den Finger. »Stellen Sie sich vor«, sagte er, und beim Klang seiner Stimme lief ein Schauer übers Zwerchfell. »Versuchen Sie sich nur einmal vorzustellen, was es hieß, eine lebendgebärende Mutter zu haben.«

Schon wieder dieser Schweinkram. Doch hätte diesmal im Traum niemand zu grinsen gewagt.

»Versuchen Sie sich vorzustellen, was ›bei der Familie wohnen‹ hieß.«

Sie versuchten es, aber offenbar vollkommen vergeblich.

»Und wissen Sie, was ›daheim‹ hieß?«

Allgemeines Kopfschütteln.

Aus ihrem schummrig roten Untergeschoss sauste Lenina Crowne siebzehn Stockwerke höher, wandte sich, als sie aus dem Fahrstuhl trat, nach rechts, ging einen langen Korridor hinab, öffnete die Tür mit der Aufschrift FRAUENUMKLEIDESTATION und stürzte sich in das fröhliche Getümmel von Armen, Busen und Unterwäsche. Katarakte heißen Wassers ergossen sich in oder gurgelten aus Hunderten von Wannen. Brummend und brausend walkten und saugten achtzig Vibrovakuum-Massagegeräte am festen, sonnengebräunten Fleisch von acht weiblichen Prachtexemplaren. Alle unterhielten sich lauthals. Aus der Synthimusikanlage flötete ein Superkornettsolo.

»Tag, Fanny«, sagte Lenina zu der jungen Frau, deren Spind und Haken neben ihren waren.

Fanny arbeitete auf der Füllstation und hieß mit Nachnamen ebenfalls Crowne. Da aber auf die zweitausend Millionen Erdbewohner nur zehntausend Nachnamen kamen, war das kein besonders frappierender Zufall.

Lenina zog an ihren Reißverschlüssen – abwärts an der Jacke, beidhändig abwärts an den zweien der Hosen und abwärts auch an der Unterkleidung. In Schuhen und Strümpfen spazierte sie zur Bäderzeile.

Daheim. Daheim hieß: ein paar kleine Zimmer, zum Ersticken überbelegt mit einem Mann, einer immer wieder graviden Frau, einer Brut Jungen und Mädchen aller Altersstufen. Keine Luft, kein Platz; ein untersterilisiertes Gefängnis; Düsternis, Krankheit und Gestank.

(Der Controller beschrieb das alles so lebhaft, dass ein besonders sensibler Student bei der Darstellung kreidebleich wurde und sich fast übergab.)

Lenina stieg aus der Wanne, trocknete sich ab, nahm einen langen, beweglichen Schlauch von der Wand, hielt sich die Düse suizidal an die Brust und drückte den Verschlusshebel. Eine warme Druckwelle bestäubte sie mit feinstem Talkumpuder. Am Waschbecken befanden sich Hähne mit acht verschiedenen Parfüm- und Eau-de-Cologne-Noten. Sie wählte den dritten von links, betupfte sich mit Chypre und ging dann, Schuhe und Strümpfe in der Hand, hinaus, um nachzusehen, ob eines der Vibrovakuum-Geräte frei war.

»›Daheim‹ war psychisch so verkommen wie physisch. Psychisch glich daheim einem Karnickelbau, einem Misthaufen, aus dem die Reibungshitze beengter Leben stieg, der Dampf der Emotionen. Welch erstickende Intimitäten, welch gefährliche, verrückte, obszöne Verhältnisse zwischen den Mitgliedern einer solchen Familie! Manisch umhegte die Mutter ihre Kinder (*ihre* Kinder …), strich um sie herum wie eine Katze um den Wurf, aber eine Katze, die imstande war zu sprechen, zu sagen: ›Mein Baby, mein Baby‹, und das wieder und wieder, ›Mein Baby, du hier an meiner Brust, deine kleinen Hände, die Gier und der unaussprechlich quälende Genuss! Bis mein Baby schlummert, mit einer weißen Milchblase im Mundwinkel schläft. Mein Baby schläft …‹«

Mustapha Mond nickte. »Ja, da schaudert es einen.«

»Und mit wem gehst du heute Abend?«, fragte Lenina, die rosig schimmernd wie eine von innen erleuchtete Perle vom Vibrovak zurückkehrte.

»Niemandem.«

Lenina hob überrascht die Brauen.

»Ich fühle mich in letzter Zeit nicht ganz so«, erklärte Fanny. »Dr. Wells empfiehlt eine Graviditätssubstitution.«

»Aber Liebes, du bist erst neunzehn. Der Substitutionsbeginn ist erst mit einundzwanzig vorgeschrieben.«

»Ich weiß, Liebes. Aber für manche ist eine frühzeitige Behandlung besser. Dr. Wells meinte, bei Brünetten mit breitem Becken wie mir sollte die erste Graviditätssubstitution schon mit siebzehn vorgenommen werden. Im Grunde bin ich also zwei Jahre zu spät, nicht zu früh dran.« Sie öffnete ihren Spind und zeigte auf eine Reihe Packungen und etikettierte Röhrchen im Ablagefach.

»LUTROPINSAFT«, las Lenina. »OVARIN (FRISCH), VERWENDBAR BIS 01–08–632 N.F. BRUSTDRÜSENEXTRAKT 3 X TÄGLICH VOR MAHLZEITEN MIT ETWAS FLÜSSIGKEIT EINNEHMEN: PLACENTIN ALLE 3 TAGE 5 CC I.V. … Ih!« Lenina schüttelte sich. »Wie ich intravenöse Injektionen hasse, du nicht?«

»Schon. Aber wenn sie einem doch guttun …« Fanny war eine besonders vernünftige junge Frau.

Unser Ford – oder Unser Freud, wie er sich aus unerfindlichen Gründen gern genannt hatte, wenn er sich zu psychologischen Fragen äußerte –, Unser Freud war der Erste, der die erschreckenden Risiken familiären Lebens offenbart hatte. Die Welt war voller Väter – also voller Leid; voller Mütter – also voller Perversionen jeglicher Spielart, vom Sadismus bis hin zur Enthaltsamkeit; voller Brüder, Schwestern, Onkel und Tanten – also voller Wahn und Suizid.

»Und doch herrschten bei manchen Wilden auf Samoa, auf gewissen Inseln vor der Küste Neuguineas …«

Die tropische Sonne ergoss sich wie warmer Honig auf die nackten Leiber der zwischen dem Hibiskus promisk herumtollenden Kinder. ›Daheim‹ waren sie in jeder der zwanzig palmbedeckten Hütten. Auf den Trobriand-Inseln war Zeugung das Werk der Ahnengeister; Väter kannte man nicht.

»Extreme«, sagte der Controller, »treffen aufeinander. Aus dem einfachen Grund, dass sie genau das sollen.«

»Dr. Wells meint, eine dreimonatige Graviditätssubstitution zum jetzigen Zeitpunkt werde sich auf drei, vier Jahre hin äußerst günstig auf meine Gesamtverfassung auswirken.«

»Nun, hoffentlich hat er recht«, sagte Lenina. »Aber Fanny, willst du damit sagen, dass du drei Monate lang nicht …«

»Aber nein, Liebes. Nur ein, zwei Wochen. Ich werde den Abend im Club verbringen und Musikbridge spielen. Du gehst vermutlich aus?«

Lenina nickte.

»Mit wem?«

»Henry Foster.«

»Schon wieder?« Kummer, Missbilligung und Verwunderung lagen auf Fannys freundlichem Mondgesicht im Widerstreit. »Du gehst doch nicht etwa *immer noch* mit Henry Foster aus?«

Mütter und Väter, Brüder und Schwestern. Doch es gab außerdem Ehemänner, Ehefrauen, Liebhaber. Es gab außerdem Monogamie und romantische Liebe.

»Obwohl Sie vermutlich nicht wissen, was das war«, bemerkte Mustapha Mond.

Allgemeines Kopfschütteln.

Familie, Monogamie, romantische Liebe. Hier wie da wie dort Exklusivität, hier wie da wie dort gerichtete Aufmerksamkeit, eine Engführung von Impulsen und Energie.

»Dabei gehört doch jeder jedem«, zitierte er abschließend den hypnopädischen Sinnspruch.

Die Studenten nickten eifrig zu einer Feststellung, die sie im Laufe von über zweiundsechzigtausend Wiederholungen im Dunkeln nicht nur zu akzeptieren, sondern als axiomatisch, als evident, als unwiderlegbar zu empfinden gelernt hatten.

»Wieso denn!«, begehrte Lenina auf. »Henry nehme ich doch erst seit rund vier Monaten.«

»Erst? Du bist gut. Außerdem«, Fanny hob mahnend den Finger, »hat es in der ganzen Zeit außer Henry sonst niemanden gegeben, oder?«

Lenina wurde knallrot, aber Blick und Ton blieben aufmüpfig. »Nein, niemanden«, antwortete sie fast pampig. »Und ich sehe auch gar nicht ein, warum es andere hätte geben sollen.«

»Ach, sie sieht gar nicht ein, warum es andere hätte geben sollen«, wiederholte Fanny wie für einen unsichtbaren Lauscher hinter Leninas linker Schulter. Dann sagte sie in verändertem Tonfall: »Jetzt mal im Ernst, du solltest wirklich aufpassen. Es gehört sich einfach nicht, so lange nur den einen Mann zu haben. Mit vierzig oder auch fünfunddreißig wäre es vielleicht weniger schlimm. Aber in *deinem* Alter, Lenina! Das geht wirklich nicht. Du weißt, wie sehr der DCK gegen alles ist, was intensiv wird oder sich hinzieht. Vier Monate lang nur Henry Foster und sonst keinen – ehrlich, er wäre außer sich, wenn er es wüsste …«

»Denken Sie an Wasserdruck in einem Rohr.« Sie dachten. »Bohre ich *ein* Loch hinein«, sagte der Controller, »gibt es eine regelrechte Fontäne!«

Bohrte er aber zwanzigmal, dann gab es zwanzig mickrige Rinnsale.

»Mein Baby. Mein Baby! …«

»Mutter!« Der Wahn ist ansteckend.

»Liebster, Liebste, mein Ein und Alles, mein Herz …«

Mutter, Monogamie, romantische Liebe. Hoch schießt die Fontäne, stark und schäumend der wilde Strahl. Der Druck findet nur einen Durchlass. Mein Herz, mein Baby. Kein Wunder, dass diese armen Vormodernen verrückt und gemein und kreuzunglücklich waren. Ihre Welt gestattete ihnen nicht, die Dinge leichtzunehmen, erlaubte ihnen nicht, vernünftig, tugendhaft, glücklich zu sein. Angesichts von Müttern und Liebhabern, angesichts von Verboten, die einzuhalten sie nicht konditioniert waren, von den vielen Versuchungen und individuellen

Reuegefühlen, den vielen Krankheiten und endlos isolierenden Schmerzen, den vielen Ungewissheiten und der Armseligkeit – sie konnten gar nicht anders als stark zu empfinden. Und da sie stark empfanden (stark zumal ganz allein, in hoffnungslos vereinzelter Isolation), wie konnten sie da stabil sein?

»Du musst ihn ja deswegen nicht aufgeben. Nimm dir nur hin und wieder jemand anderen. Er nimmt doch auch andere, oder nicht?«

Lenina bejahte.

»Natürlich tut er das. Ganz der Henry Foster, wie ich ihn kenne, der vollendete Gentleman – immer korrekt. Und du musst auch an den DCK denken. Du weißt, was für ein Tugendbold …«

Lenina nickte. »Vorhin hat er mir den Hintern getätschelt.«

»Na bitte!« Fanny fühlte sich bestätigt. »Da siehst du, wo *der* steht. Eisern auf Seiten der Konvention.«

»Stabilität«, sagte der Controller, »Stabilität. Ohne gesellschaftliche Stabilität keine Zivilisation. Ohne individuelle Stabilität keine gesellschaftliche Stabilität.« Seine Stimme war eine Posaune. Ihr lauschend, fühlten die Studenten sich größer, wärmer.

Das Räderwerk dreht sich, dreht sich und muss sich drehen – immer und ewig. Stillstand ist Tod. Tausend Millionen rackern sich auf dem Erdball ab.

Die Räder beginnen sich zu drehen. Innerhalb von hundertfünfzig Jahren sind es zweitausend Millionen. Hält man das Räderwerk an, sind es innerhalb von nur hundertfünfzig Wochen wieder bloß tausend Millionen; tausend mal tausend mal tausend Männer und Frauen sind verhungert.

Das Räderwerk muss sich beständig drehen, dreht sich aber nicht ohne Wartung. Es muss Männer geben, die es warten, Männer so zuverlässig wie die Räder der Walzen, vernünftige Männer, folgsame Männer, ausgeglichen, weil zufrieden.

Klagende (mein Baby, meine Mutter, meine große, einzige Liebe), Stöhnende (meine Sünden, mein Richter, mein Gott), vor Schmerzen Schreiende, im Fieber Murmelnde, Altersschwache und Armut Leidende – wie sollten sie das Räderwerk in Gang halten können? Und wenn sie das Räderwerk nicht warten können … Die Leichname tausend mal tausend mal Tausender Männer und Frauen wären schwer zu begraben oder zu verbrennen.

»Und schließlich«, gab Fanny zu bedenken, »schadet es nicht und tut niemandem weh, neben Henry ein, zwei andere Männer zu nehmen. Du könntest also *wirklich* ein bisschen promisker sein …«

»Stabilität«, betonte der Controller, »Stabilität. Das erste und oberste Gebot. Stabilität. Daher dies alles.«

Mit einer ausholenden Geste umschloss er die Gärten, den großen Klotz des Konditionierungscenters, die nackten, sich im Gebüsch herumdrückenden oder über den Rasen tollenden Kinder.

Lenina wiegte den Kopf. »Irgendwie«, meinte sie verwundert, »war mir in letzter Zeit nicht besonders nach Promiskuität. Manchmal gibt es solche Phasen. Kennst du das nicht, Fanny?«

Fanny nickte verständnisvoll. »Aber wir müssen uns trotzdem Mühe geben«, sagte sie belehrend, »und mitspielen. Schließlich gehört jeder jedem.«

»Ja, jeder gehört jedem«, wiederholte Lenina stockend und seufzte. Sie schwieg einen Augenblick, dann ergriff sie Fannys Hand und drückte sie kurz. »Du hast vollkommen recht, Fanny. Wie immer. Ich werde mir mehr Mühe geben.«

Wenn man sie hemmt, schießen Impulse über, überfluten einen als Gefühle, als Leidenschaft, sogar als Wahn – je nach Stärke der Strömung, Höhe und Widerstandskraft der Barrieren. Ein ungehinderter Strom fließt aber geregelt durch die vorgesehenen Bahnen und mündet in stabilem Wohlbefinden. Der Embryo hat Hunger? Tagein, tagaus kreist die Blutsurrogatpumpe verlässlich bei achthundert Umdrehungen pro Minute. Das dekantierte Kind brüllt? Sofort erscheint eine Pflegerin mit einer Flasche Ektosekret.

Gefühle lauern in der Zeitspanne zwischen Bedürfnis und Befriedigung. Diese Spanne gilt es zu verkürzen, alte, hinderliche Barrieren einzureißen.

»Sie Glücklichen!«, sagte der Controller. »Keine Mühen hat man gescheut, Ihnen das Leben emotional leichtzumachen – Ihnen Emotionen so weit als möglich überhaupt zu ersparen.«

»Ford ist im Flivver«, murmelte der DCK. »In Frieden die Welt!«

»Lenina Crowne?«, bemerkte Henry Foster auf die Frage des Stellvertretenden Prädestinators, während er den Reißverschluss seiner Hose hochzog. »Aber ja, ein prächtiges Mädchen. Wunderbar pneumatisch. Ich staune, dass Sie sie noch nicht hatten.«

»Ja, ich verstehe es selbst nicht recht«, sagte der Stellvertretende Prädestinator. »Sollte ich wirklich. Hole ich bei nächster Gelegenheit nach.«

Auf der gegenüberliegenden Seite des Gangs der Umkleide hörte Bernard Marx diesen Austausch und erbleichte.

»Und ehrlich gesagt«, meinte Lenina, »wird mir allmählich ein klein wenig langweilig täglich nur mit Henry.« Sie zog ihren linken Strumpf hoch. »Kennst du eigentlich Bernard Marx?«, fragte sie in einem Tonfall, dessen übertriebene Beiläufigkeit erkennbar forciert war.

Fanny guckte verdattert. »Du meinst doch nicht …«

»Warum nicht? Bernard ist Alpha-Plus. Außerdem hat er mich eingeladen, in ein Eingeborenenreservat mitzufahren. Ich wollte schon immer mal so ein Reservat sehen.«

»Aber sein Ruf!«

»Was schert mich sein Ruf?«

»Angeblich mag er kein Hindernis-Golf.«

»Angeblich, angeblich«, äffte Lenina sie nach.

»Und außerdem bleibt er meist für sich – *allein.*« Fannys Ton verriet ihr Entsetzen.

»Nun, er wird ja nicht allein sein, wenn er mit mir ist. Warum sind die Leute bloß so gemein zu ihm? Ich finde ihn eigentlich ganz süß.« Sie lächelte still; wie aberwitzig scheu er gewesen war! Ängstlich beinahe – als wäre sie Weltcontrollerin und er Gamma-Minus-Maschinist.

»Denken Sie an Ihr eigenes Leben«, sagte Mustapha Mond. »Haben Sie je vor einem unüberwindlichen Hindernis gestanden?«

Die Antwort war ein schweigendes Nein.

»Haben Sie je eine lange Zeitspanne zwischen aufkommendem Bedürfnis und seiner Befriedigung ertragen müssen?«

»Nun«, hob einer der Jungen an und zögerte dann.

»Raus mit der Sprache!«, sagte der DCK. »Lassen Sie Seine Fordschaft nicht warten.«

»Ich musste einmal fast vier Wochen warten, bis ich ein Mädchen nehmen konnte, das ich haben wollte.«

»Und das ging mit einer starken Emotion einher?«

»Sie meinen: einer schlimmen?«

»Ganz recht: schlimm«, bestätigte der Controller. »Unsere Vorfahren waren so dumm und kurzsichtig, dass sie von dem Angebot der ersten Reformatoren, sie von diesen schlimmen Emotionen zu befreien, nichts hören wollten.«

»Von ihr zu reden, als wäre sie Frischfleisch.« Bernard knirschte mit den Zähnen. »Haben. Haben wollen. Wie eine Keule. Sie herabzuwürdigen zur Keule. Sie hat gesagt, sie würde es sich überlegen, sie hat gesagt, sie würde mir diese Woche Bescheid geben. Ford steh mir bei.« Am liebsten wäre er zu den beiden hinübergegangen und hätte sie ins Gesicht geschlagen – mit aller Wucht, wieder und wieder.

»Ja, ich kann sie Ihnen wirklich wärmstens empfehlen«, sagte Henry Foster soeben.

»Nehmen Sie die Ektogenese. Pfitzner und Kawaguchi hatten die Technik perfektioniert. Aber haben sich die Regierungen etwa darum gekümmert? Nein. Es gab das sogenannte Christentum. Frauen hatten gefälligst vivipar zu bleiben.«

»Aber er ist so hässlich!«, fand Fanny.

»Mir gefällt eigentlich, wie er aussieht.«

»Und so *klein* noch dazu.« Fanny verzog das Gesicht; Minderwuchs war so entsetzlich und typisch niedrigkastig.

»Ich finde das süß«, meinte Lenina. »Man möchte ihn am liebsten streicheln. Weißt du. Wie eine Katze.«

Fanny war schockiert. »Angeblich hat jemand gepfuscht, als er noch in der Flasche war – hielt ihn für einen Gamma und hat seinem Blutsurrogat Alkohol beigegeben. Deshalb ist er so klein geraten.«

»Unsinn!«, empörte sich Lenina.

»In England war Schlafpädagogik früher tatsächlich verboten. Es gab dort den sogenannten Liberalismus. Das Parlament, wenn Sie wissen, was damit gemeint ist, verabschiedete ein Gesetz dagegen. Die Sitzungsprotokolle sind erhalten. Reden über die Freiheit des Einzelnen. Die Freiheit, unfähig und unglücklich zu sein. Die Freiheit, ein Störfaktor zu sein.«

»Aber gern, mein Bester, selbstverständlich. Gern.« Henry Foster klopfte dem Stellvertretenden Prädestinator auf die Schulter. »Schließlich gehört jeder jedem.«

Vier Jahre lang drei Nächte die Woche hundert Wiederholungen, dachte der Hypnopädie-Experte Bernard Marx bei sich. Zweiundsechzigtausendvierhundert Wiederholungen ergaben eine Wahrheit. Kretins!

»Oder das Kastensystem. Immer wieder empfohlen, immer wieder verworfen. Es gab die sogenannte Demokratie. Als wären Menschen mehr als nur physikochemisch gleich.«

»Jedenfalls werde ich seine Einladung annehmen.«

Bernard hasste sie. Hasste sie. Aber sie waren zu zweit, sie waren groß, sie waren stark.

»Der Neunjährige Krieg begann 141 n. F.«

»Selbst *wenn* das mit dem Alkohol in seinem Blutsurrogat stimmen sollte.«

»Phosgen, Chloropikrin, Äthyljodazetat, Diphenylcyanarsen, Trichlormethylchloroform, Dichloräthylsulfid. Ganz zu schweigen von Hydrocyansäure.«

»Was ich einfach nicht glaube«, schloss Lenina.

»Das Donnern von vierzehntausend in offener Formation sich nähernden Flugzeugen. Und doch sind die Detonationen der Anthraxbomben am Kurfürstendamm und im achten Arrondissement kaum lauter als platzende Papiertüten.«

»Ich will nämlich *wirklich* ein Eingeborenenreservat sehen.«

$CH_3C_6H_2(NO_2)_3 + Hg(CNO)_2$ = was? Ein Riesenloch in der Erde, Schuttberge, ein paar Fetzen Fleisch und Schleim, ein Fuß, noch im Stiefel, der durch die Luft segelt und, plop, mitten in den Geranien landet – den roten, die in jenem Sommer so prachtvoll blühten!

»Dir ist nicht zu helfen, Lenina, ich geb's auf.«

»Die russische Technik der Verseuchung der Wasservorräte war besonders raffiniert.«

Voneinander abgewandt vervollständigten Fanny und Lenina schweigend ihre Garderobe.

»Der Neunjährige Krieg, der Große Wirtschaftskollaps. Man hatte die Wahl zwischen Weltkontrolle und Untergang. Zwischen Stabilität und …«

»Fanny Crowne ist auch eine nette«, meinte der Stellvertretende Prädestinator.

Auf der Frühlernstation ging die Grundklassenbewusstseinsstunde zu Ende, die Stimmen passten die künftige Nachfrage dem künftigen Produktionsstand an. »Ich fliege so gern«, flüsterten sie. »Ich fliege so gern, ich besitze so gern neue Kleider, ich besitze so gern …«

»Zwar war der Liberalismus natürlich an Anthrax erstickt, aber man konnte sich ja trotzdem nicht einfach mit Gewalt durchsetzen.«

»Aber längst nicht so pneumatisch wie Lenina. Nicht annähernd.«

»Alte Sachen sind ekelhaft«, ging das Flüstern immerfort weiter. »Alte Sachen werfen wir weg. Lieber ausmustern als ausbessern, lieber ausmustern als ausbessern …«

»Regieren ist eine Frage des Sitzfleisches, nicht des Handstreichs, man regiert mit Hirn und Hintern, nicht Hauruck. Ein Beispiel ist der verordnete Konsum.«

»So, fertig«, sagte Lenina, doch Fanny blieb abgewandt. »Versöhnen wir uns wieder, Fanny, Liebes.«

»Männer wie Frauen wie Kinder waren verpflichtet, soundso viel im Jahr zu konsumieren. Im Interesse der Industrie. Das Ergebnis aber …«

»Lieber ausmustern als ausbessern. Sind Flicken drin, fehlt's am Gewinn, sind Flicken …«

»Eines Tages«, lenkte Fanny schwarzmalerisch ein, »kriegst du noch richtig Ärger.«

»Verweigerung aus Gewissensgründen in ungeahntem Ausmaß. Hauptsache nicht konsumieren. Zurück zur Natur.«

»Ich fliege so gern, ich fliege so gern.«

»Zurück zur Kultur. Ja, allen Ernstes: zur Kultur. Wer herumsitzt und Bücher liest, konsumiert nicht viel.«

»Wie sehe ich aus?«, fragte Lenina. Ihre Jacke war aus flaschengrünem Acetat und an Kragen und Manschetten mit grünem Viskosepelz besetzt.

»Achthundert Subsistenzler wurden in Golders Green im Maschinengewehrfeuer niedergemäht.«

»Lieber ausmustern als ausbessern, lieber ausmustern ....«

Grüne Cordsamtshorts und unterm Knie umgeschlagene weiße Viskosewollstrümpfe.

»Dann kam es zum berühmten Massaker am British Museum. Zweitausend Kulturfans starben im Dichloräthylsulfidgas.«

Eine grünweiße Schiebermütze beschattete Leninas Augen, ihre knallgrünen Schuhe waren auf Hochglanz poliert.

»Am Ende«, sagte Mustapha Mond, »sahen die Controller ein, dass Gewalt zu nichts führte. Methoden, die langwieriger, aber unendlich viel zielsicherer waren, Ektogenese, neopawlowsche Konditionierung und Hypnopädie ...«

Und ihre Taille zierte ein mit Silber beschlagener Patronengurt aus grünem Kunstmaroquin, der mit allen vorgeschriebenen Kontrazeptiva bestückt war (denn Lenina gehörte nicht zu den Freemartins).

»Die Entdeckungen Pfitzners und Kawaguchis wurden endlich genutzt. Verstärkte Propaganda gegen vivipare Reproduktion ...«

»Phantastisch!«, rief Fanny begeistert. Leninas Charme konnte sie nie lange widerstehen. »Was für ein *allerliebster* Malthus-Gürtel!«

»In Verbindung mit einer Kampagne gegen die Vergangenheit, mit der Schließung der Museen, der Sprengung historischer Denkmäler (die zum Glück größtenteils schon im Neunjährigen Krieg zerstört worden waren), mit der Unterdrückung aller vor dem Stichjahr 150 n. F. veröffentlichten Bücher.«

»So einen muss ich mir unbedingt auch besorgen«, sagte Fanny.

»Etwa der sogenannten Pyramiden.«

»Denn mein altes schwarzes Kunstleder-Bandelier …«

»Oder der Werke eines gewissen Mannes namens Shakespeare. Sie haben von derlei natürlich nie gehört.«

»Ich muss mich mit dem ollen Ding ja regelrecht schämen.«

»Das sind die Vorzüge einer wahrhaft wissenschaftlichen Erziehung.«

»Sind Flicken drin, fehlt's am Gewinn, sind Flicken drin, fehlt's …«

»Die Markteinführung des ersten T-Models Unseres Ford …«

»Den habe ich schon fast drei Monate.«

»Wurde als Beginn unserer neuen Zeitrechnung gewählt.«

»Lieber ausmustern als ausbessern, lieber ausmustern …«

»Es gab, wie gesagt, das sogenannte Christentum.«

»Lieber ausmustern als ausbessern.«

»Die Ethik und Philosophie des Unterkonsums …«

»Ich besitze so gern neue Sachen, ich besitze so gern neue Sachen, ich besitze so gern …«

»Unentbehrlich, solange es Unterproduktion gab, in einer Ära der Maschinen und der Stickstofffixierung aber geradezu ein Verbrechen gegen die Gesellschaft.«

»Den habe ich von Henry Foster.«

»Alle Kruzifixe wurden zu Ts verkürzt. Es gab bis dahin nämlich auch einen sogenannten Gott.«

»Echter Kunstmaroquin.«

»Heute haben wir den Weltstaat. Und Ford-Feiertage, Kollektivsänge und Solidaritätsmessen.«

›Ford, wie ich sie hasse!‹, dachte Bernard Marx.

»Es gab den sogenannten Himmel, und trotzdem tranken die Menschen Unmengen Alkohol.«

›Wie Frischfleisch, einfach wie Frischfleisch.‹

»Es gab die sogenannte Seele und die sogenannte Unsterblichkeit.«

»Frage doch Henry bitte, wo er den herhat.«

»Und trotzdem wurden Morphin und Kokain konsumiert.«

›Und das Schlimmste ist, dass sie sich selbst als Frischfleisch empfindet.‹

»Zweitausend Pharmakologen und Biochemiker wurden 178 n. F. staatlich gefördert.«

»Der macht aber ein langes Gesicht«, meinte der Stellvertretende Prädestinator und deutete auf Bernard Marx.

»Sechs Jahre später lief die kommerzielle Produktion an. Die ideale Droge.«

»Wollen wir ihn ein bisschen ärgern?«

»Euphorisierend, narkotisierend, angenehm halluzinogen.«

»Warum so ein langes Gesicht, Marx?« Ein Schulterklopfen schreckte ihn auf, er blickte hoch. Es war dieses Tier Henry Foster. »Was Sie brauchen, ist ein Gramm Soma.«

»Sämtliche Vorzüge des Christentums und des Alkohols ohne ihre Nachteile.«

›Ford, ich könnte ihn umbringen!‹ Aber er sagte lediglich: »Danke nein« und schob das ihm entgegengestreckte Tablettenröhrchen weg.

»Jederzeit nach Belieben ein Kurzurlaub von der Realität und eine Rückkehr ohne jeden Kopfschmerz, ohne Mythologie.«

»Nehmen Sie«, beharrte Henry Foster. »Nehmen Sie doch.«

»Die Stabilität war damit praktisch gesichert.«

»Ein ccm hellt zehn finstere Stimmungen auf«, verkündete der Stellvertretende Prädestinator die hypnopädische Binsenwahrheit.

»Blieb nur noch die Überwindung des Alters.«

»Fordverdammich!«, brüllte Bernard Marx.

»Aber, aber.«

»Gonadenhormone, Transfusionen jungen Bluts, Magnesiumsulfate …«

»Denken Sie daran: Lieber ein Gramm als zu Missmut verdammt.« Sie entfernten sich lachend.

»Sämtliche physiologische Stigmata des Alters sind abgeschafft. Und mit ihnen natürlich …«

»Vergiss nicht, ihn nach dem Malthus-Gürtel zu fragen«, sagte Fanny.

»Mit ihnen alle Wunderlichkeiten des alten Gehirns. Jetzt bleibt jeder im Wesen ein Leben lang konstant.«

»… zwei Runden Hindernis-Golf schaffen, ehe es dunkel wird. Ich muss los.«

»Arbeit, Vergnügen – mit sechzig sind unsere Kräfte und Vorlieben noch dieselben wie mit siebzehn. In den schlimmen alten Tagen wandten sich die Alten ab, zogen sich zurück, wurden gläubig, lasen viel, dachten nach – *dachten nach*!«

»Kretins, Schweine!«, schimpfte Bernard Marx, während er den Gang hinab zum Fahrstuhl ging.

»Heute – das nennt man Fortschritt – arbeiten unsere Alten, sie kopulieren, sie haben und brauchen keine Zeit, um vom Spaß auszuspannen, nie müßige Stunden, um sich zu setzen und nachzudenken – beziehungsweise, sollte doch versehentlich eine Lücke im festgefügten Block ihrer Zerstreuungen klaffen, gibt es ja immer noch Soma, unser köstliches Soma, ein Halbgramm für den Halbfeiertag, ein Gramm fürs Wochenende, zwei Gramm für den Trip in den berauschenden Osten, drei für eine dunkle Ewigkeit auf dem Mond, so dass man sich bei der Rückkehr stets auf der anderen Seite des gähnenden Lochs wiederfindet, auf dem festen Boden der täglichen Arbeit und Feierabende, die Leute hasten von einem Fühlfilm zum anderen, von Mädchen zu pneumatischem Mädchen, vom E-Magneto-Golfplatz zu …«

»Weg da, Kleine!«, rief der DCK zornig. »Verschwinde, Kleiner! Seht ihr denn nicht, dass Seine Fordschaft zu tun hat? Geht und treibt eure Erotikspiele woanders.«

»Die armen Kleinen!«, bemerkte der Controller.

Langsam, majestätisch, liefen unter leisem Maschinensummen die Förderbänder weiter, dreiunddreißig Zentimeter pro Stunde. Im roten Dunkel blitzten unzählige Rubine.

Kapitel IV

1 Im Fahrstuhl drängten sich lauter Männer aus der Alpha-Umkleidestation, und als Lenina einstieg, erntete sie von vielen Seiten ein freundliches Nicken oder Lächeln. Sie war ein beliebtes Mädchen und hatte mit fast allen von ihnen irgendwann einmal eine Nacht verbracht.

Es waren nette Kerle, dachte sie, als sie die Grüße erwiderte. Wirklich reizende Kerle! Wenn nur George Edzels Ohren nicht gar so groß wären (vielleicht hatte man ihm an der 328-Meter-Marke doch eine Spur zu viel Parathyrin verpasst?). Und beim Anblick Benito Hoovers fiel ihr wieder ein, dass er entkleidet doch *arg* behaart war.

Als sie sich abwandte, ihr Blick leicht getrübt von der Erinnerung an Benitos schwarze Brust, entdeckte sie in der hinteren Ecke des Fahrstuhls die schmächtige Gestalt, das melancholische Gesicht von Bernard Marx.

»Bernard!« Sie schob sich näher. »Das trifft sich gut.« Ihre klare Stimme übertönte das Fahrgeräusch der steigenden Kabine. Köpfe wandten sich neugierig um. »Ich wollte mit dir nämlich noch mal über unsere New-Mexico-Pläne sprechen.« Aus dem Augenwinkel sah sie Benito Hoovers Unterkiefer herunterklappen. Der offene Mund ärgerte sie. ›Der wundert sich wohl, weshalb ich mich nicht darum reiße, wieder mit *ihm* zu verreisen!‹, sagte sie sich. Laut, aber umso herzlicher sagte sie: »Ich komme im Juli *liebend gern* eine Woche mit.« (Außerdem bewies sie damit öffentlich ihre Untreue gegen Henry. Das würde Fanny sicher freuen, selbst wenn es Bernard war.) »Das heißt«, Lenina schenkte ihm ihr allerreizendstes vielsagendes Lächeln, »wenn du noch willst.«

Bernards fahles Gesicht verfärbte sich. ›Warum denn nur?‹, fragte sie sich überrascht und zugleich gerührt von dem unerwarteten Tribut, den er damit ihrer Anziehungskraft zollte.

»Vielleicht unterhalten wir uns woanders darüber«, stammelte er und wirkte schrecklich verlegen.

Als hätte ich etwas Anstößiges gesagt, dachte Lenina. Er stellt sich an, als hätte ich einen dreckigen Witz gerissen – ihn gefragt, wer seine Mutter ist oder so.

»Ich meine wegen der vielen Leute …« Bernard wand sich.

Leninas Lachen war unverstellt und ganz ohne Häme. »Du bist vielleicht komisch!«, sagte sie, und sie fand ihn wirklich zum Brüllen komisch. »Sag mir auf jeden Fall eine Woche vorher Bescheid«, fuhr sie in verändertem Ton fort. »Wir nehmen dann wahrscheinlich die Blue Pacific, oder? Startet die vom Charing-T-Turm? Oder von Hampstead?«

Ehe Bernard antworten konnte, hielt der Fahrstuhl an.

»Dachgeschoss!«, verkündete eine knarzende Stimme.

Der Fahrstuhlführer war ein kleines, affenartiges Kerlchen in der schwarzen Tunika der Epsilon-Minus-Semi-Kretins.

»Dachgeschoss!«

Er riss das Gitter auf. Die warme Pracht der abendlichen Sonne ließ ihn blinzelnd zusammenzucken. »Ah, Dachgeschoss!«, wiederholte er in verzücktem Ton. Er schien sehr plötzlich und freudig aus einer dunklen, selbstauslöschenden Dumpfheit zu erwachen. »Dachgeschoss!«

Er blickte mit fast hündisch erwartungsvoller Verehrung in die Gesichter seiner Liftpassagiere hoch. Schwatzend und lachend traten sie hinaus ins Licht. Der Fahrstuhlführer sah ihnen nach.

»Dachgeschoss?«, sagte er ein letztes Mal, fragend.

Dann schrillte eine Glocke, und von der Fahrstuhldecke gab ein Lautsprecher ganz leise, aber sehr unmissverständlich Anweisungen.

»Runter«, befahl er, »runter. Achtzehnter Stock. Runter, runter. Achtzehnter Stock. Runter …«

Der Fahrstuhlführer knallte das Gitter zu, berührte einen Knopf und sank prompt in den dröhnenden Halbdämmer des Schachts zurück, den Halbdämmer seiner eigenen gewohnten Dumpfheit.

Auf dem Dach war es warm und licht. Der Sommernachmittag döste im Sirren der überfliegenden Helikopter; und das tiefere Dröhnen der Raketenflugzeuge, die unsichtbar fünf bis sechs Meilen über ihnen durch den hellen Himmel schossen, glich einem Kuss lauer Lüfte. Bernard Marx atmete tief durch. Er sah in den Himmel hoch, ließ den Blick rings um den blauen Horizont schweifen und heftete ihn schließlich auf Leninas Gesicht.

»Ist das nicht schön?« Seine Stimme bebte leicht.

Ihr Lächeln drückte freudiges Einverständnis aus. »Ideales Hindernis-Golf-Wetter«, sagte sie enthusiasmiert. »Ich muss mich sputen, Bernard. Henry wird ärgerlich, wenn ich ihn warten lasse. Sag mir also wegen des Termins rechtzeitig Bescheid.« Winkend trabte sie über das weite, flache Flugdeck Richtung Hangars davon. Bernard blickte dem Blitzen der entschwindenden weißen Strümpfe nach, den gebräunten, stramm gestreckten und gebeugten Knie, jetzt und jetzt, und der weicheren Rollbewegung der gut sitzenden Cordsamtshorts unter der flaschengrünen Jacke. Seine Miene war zerquält.

»Hübsch, nicht wahr?«, tönte eine gutgelaunte Stimme in seinem Rücken.

Bernard fuhr herum. Das pausbackige, rote Gesicht Benito Hoovers strahlte ihn von oben herab an – ein leutseliges Strahlen. Benito war berüchtigt für seine Gutmütigkeit. Ihm sagte man nach, dass er locker durchs Leben gehen könnte, ohne Soma überhaupt je anzurühren. Die Bosheit und Launen, von denen andere gelegentlich einen Kurzurlaub brauchten, kannte er nicht. Für Benito war die Realität stets eitel Sonnenschein.

»Außerdem pneumatisch. Und wie!« Darauf folgte in ganz anderem Ton: »Nanu, du siehst ja richtig bedrückt aus! Du brauchst ein Gramm Soma.« Sich in die rechte Hosentasche greifend, holte Benito sein Röhrchen hervor. »Ein ccm hellt zehn finstere … nanu!«

Bernard hatte sich brüsk abgewandt und eilte davon.

Benito sah ihm mit großen Augen nach. Was ist bloß mit dem los?, fragte er sich und beschloss kopfschüttelnd, dass an dem Gerücht von dem Alkohol, der im Blutsurrogat des armen Kerls gelandet war, doch was dran sein musste. Muss aufs Hirn geschlagen sein.

Er steckte sein Röhrchen Soma weg und holte stattdessen ein Päckchen Sexhormonkaugummi hervor, stopfte sich ein Stück in den Mund und schritt bedächtig mampfend auf die Hangars zu.

Henry Foster hatte seine Maschine bereits aus ihrer Box rollen lassen und saß, als Lenina eintraf, voller Ungeduld im Cockpit.

»Vier Minuten Verspätung«, lautete sein knapper Kommentar, als sie zu ihm einstieg. Er ließ den Motor an und gab Pitch. Der Helikopter schoss senkrecht in die Luft. Henry beschleunigte; die Rotoren schrillten von Hornisse zu Wespe, von Wespe zu Moskito; das Variometer zeigte eine Steigrate von knapp zwei km / Min an. London fiel unter ihnen weg. Innerhalb von Sekunden waren die riesigen Tafelberge der Gebäude kaum mehr als ein Beet geometrischer Pilze im Grün der Garten- und Parkanlagen. Aus ihrer Mitte hob dünnstängelig der schlankere Hutpilz des Charing-T-Turms seinen leuchtenden Betonschirm gen Himmel.

Schwach umrissene Torsi phantastischer Athleten ließen in der blauen Luft über ihren Köpfen träge dicke Wolkenmuskeln spielen. Aus einem stürzte plötzlich ein kleines, scharlachrotes, sirrendes Insekt.

»Ha, die Red Rocket aus New York«, sagte Henry. Er sah auf die Uhr. »Sieben Minuten Verspätung«, fügte er kopfschüttelnd hinzu. »Die sind auf ihrer Atlantikstrecke wirklich skandalös unpünktlich.«

Er drosselte die Spritzufuhr. Das Rotorsirren fiel wieder um anderthalb Oktaven ab zu Wespe zu Hornisse zu Hummel, Maikäfer, Hirschkäfer. Die Maschine verlor an Auftrieb; einen Augenblick später hingen sie schwerelos in der Luft. Henry drückte einen Hebel; es klickte. Langsam zunächst und dann immer schneller, bis vor ihren Augen nur noch ein kreisrunder Nebel zu sehen war, drehte sich der Bugpropeller. Fahrtwind begann in den Streben zu pfeifen. Henry behielt den Drehzahlmesser im Blick; als die Nadel auf 1200 stand, kuppelte er den Rotor aus. Die Maschine hatte nun allein mit den Tragflächen genügend Auftrieb.

Lenina blickte durch den Glasboden zu ihren Füßen hinab. Sie überflogen die sechs Kilometer breite Parkzone, welche die Londoner City von dem ersten Trabantenstadtgürtel trennte. Im Grün kribbelte und krabbelte es vor perspektivisch verkürzter Betriebsamkeit. Zwischen Bäumen blitzte ein Ballyhoo-Mastenwald. Bei Shepherd's Bush spielten zweitausend Beta-Minus-Mixed-Teams Riemannflächentennis. Eine Doppelreihe Fahrtreppen-Squashcourts säumte die Straße von Notting Hill bis ganz nach Willesden. Im Stadion von Ealing veranstalteten Deltas eine Gymnastikparade mit Kollektivsängen.

»Khaki ist so eine scheußliche Farbe«, bemerkte Lenina und verlieh damit dem hypnopädischen Vorurteil ihrer Kaste Ausdruck.

Das Gelände der Hounslow Fühlstudios erstreckte sich über siebeneinhalb Hektar. Unweit davon war ein Heer schwarz und khaki gekleideter Kräfte im Begriff, die Great West Road neu glaszubetonieren. Als sie vorüberflogen, wurde gerade einer der Megamobiltiegel angezapft. Die Schmelze ergoss sich in einem gleißenden Schwall über die Fahrdecke; Asbestwalzen kreuzten hin und her; am Heck eines gedämmten Berieselers stiegen Wolken weißen Dampfs auf.

Bei Brentford entsprachen die Werkanlagen der Tele-Corp den Dimensionen einer mittelgroßen Stadt.

»Bei denen ist wohl gerade Schichtwechsel«, sagte Lenina.

Wie Blattläuse und Ameisen wimmelten laubgrüne Gamma-Frauen und schwarze Semi-Kretins um die Werktore oder standen in Schlangen vor den Magnetbahnen. Maulbeerfarbene Beta-Minus schoben sich durch die Menge. Auf dem Dach der Tele-Corp-Zentrale schwebten unablässig Helikopter ein und stiegen wieder auf.

»Ich bin heilfroh, dass ich Beta bin«, meinte Lenina. »Immerhin sind wir viel besser als Gammas.«

Zehn Minuten später spielten sie in Stoke Poges bereits ihre erste Runde Hindernis-Golf.

2

Mit überwiegend gesenktem oder – wenn dieser doch auf ein anderes Menschenwesen fiel – schnell abgewandtem Blick hastete Bernard über das Dach. Als würde er verfolgt, aber verfolgt von Feinden, die er nicht sehen wollte, weil sie sich als noch feindlicher erweisen könnten als vermutet und er selbst sich als noch schuldiger und hoffnungsloser allein.

›Dieser grässliche Benito Hoover!‹ Und doch hatte der Kerl es ja gut gemeint. Was das Ganze eigentlich noch schlimmer machte. Die, die es gut meinten, benahmen sich nicht anders als die, die es bös meinten. Selbst Lenina quälte ihn. Er dachte an die Wochen verzagter Unschlüssigkeit, als er geguckt, geschmachtet und gezweifelt hatte, dass er jemals den Mut würde aufbringen können, sie zu fragen. Sollte er die Demütigung einer verächtlichen Abfuhr wirklich riskieren? Wenn sie aber ja sagte, was für ein Glücksrausch! Nun, sie hatte es gesagt, und ihm war trotzdem elend zumute – elend, weil sie an dem schönen Nachmittag nur das ideale Wetter für Hindernis-Golf zu preisen gewusst hatte, weil sie Henry Foster hinterhergetrabt war, weil sie ihn komisch gefunden hatte in seiner Scheu, vor den anderen über ihre persönlichen Angelegenheiten zu sprechen. Elend, kurzum, weil sie sich benahm, wie jedes gesunde, tugendhafte englische Mädchen sich zu benehmen hatte und nicht irgendwie anormal und ungewöhnlich.

Er schob das Tor seiner Box auf und rief ein paar herumlümmelnden Delta-Minus zu, sie möchten ihm die Maschine aufs Dach rollen. Die Hangars wurden von einer einzigen Bokanowski-Gruppe betreut, die Männer waren Zwillinge, allesamt gleich klein, schwarz und abstoßend. Bernard erteilte seine

Anweisungen in dem schneidenden, hochfahrenden, ja fast beleidigenden Ton eines Mannes, der sich seiner Überlegenheit alles andere als sicher ist. Mit Niedrigkastigen zu tun haben zu müssen, war für Bernard unweigerlich eine Qual. Denn was immer der Grund (und an den kursierenden Gerüchten über den Alkohol in seinem Blutsurrogat mochte durchaus was dran sein – weil Fehler eben passieren), Bernard machte kaum eine bessere Figur als der durchschnittliche Gamma. Zur Standardgröße eines Alpha fehlten ihm acht Zentimeter, und er war eher schmächtig gebaut. Kontakt mit Niedrigkastigen erinnerte ihn stets schmerzlich an seine körperliche Unzulänglichkeit. ›Ich bin ich und wünschte, ich wäre es nicht‹; er war sich extrem und sehr unangenehm seiner selbst bewusst. Immer, wenn er einem Delta direkt und eben nicht schräg nach unten ins Gesicht sehen musste, fühlte er sich gedemütigt. Würde ihn die Kreatur auch mit dem seiner Kaste gebührenden Respekt behandeln? Die Frage ließ ihm keine Ruhe. Nicht ohne Grund. Denn Gammas, Deltas und Epsilons waren bis zu einem gewissen Grad darauf konditioniert, Körperstatur mit sozialem Rang zu verbinden. Eine leichte hypnopädische Voreingenommenheit zugunsten der Körpergröße war sogar universell festzustellen. Weswegen Frauen, denen er Avancen machte, ihn auslachten und Männer ihn hänselten. Der Spott gab ihm das Gefühl, Außenseiter zu sein, und im Gefühl, Außenseiter zu sein, benahm er sich auch wie einer, was die Vorurteile gegen ihn verstärkte und die durch seine physische Unzulänglichkeit hervorgerufene Herablassung und Feindseligkeit steigerte. Chronische Angst, geschnitten zu werden, ließ ihn seinesgleichen meiden und Niedrigkastigen gegenüber empfindlich auf seine Würde bestehen. Wie bitter beneidete er Männer wie Henry Foster und Benito Hoover! Männer, die einen Epsilon nie anbrüllen mussten, damit er einer Anweisung folgte, Männer, die ihre Position für gegeben hielten, Männer, die sich durchs Kastensystem bewegten wie Fische im Wasser – so sehr darin zu Hause, dass sie sich weder ihrer selbst noch der Tatsache bewusst schienen, dass sie eben in ihrem Element waren.

Nachlässig und, wie ihm schien, nur widerwillig rollten die Zwillingskräfte seinen Drehflügler aufs Dach.

»Bisschen schneller!«, herrschte Bernard sie an. Einer musterte ihn. Entdeckte er in den leeren, grauen Augen etwa eine Art kreatürlichen Hohn? »Bisschen schneller!«, rief er noch lauter, und seine Stimme nahm eine hässliche Schärfe an.

Er stieg in sein Rotorflugzeug und war kaum eine Minute später Richtung Süden und Fluss unterwegs.

Die verschiedenen Referate für Propagandafragen und die Hochschule für Emotionales Engineering waren im selben sechzigstöckigen Komplex an der Fleet Street untergebracht. Im Unter- und den ersten Geschossen lagen die Druckereien und Redaktionen der drei großen Londoner Zeitungen – *The Hourly Radio* für die oberen Kasten, die blassgrüne *Gamma Gazette* und der auf Khakipapier und ausschließlich in einsilbigen Worten verfasste *Delta Mirror.* Darüber waren die Propaganda-Referate für Tele, Fühlfilm und Sprach- wie Musiksynthetik angesiedelt – zweiundzwanzig Stockwerke. Es folgten die Forschungslabors und die schalldichten Räume, in denen die Soundtrack- und Synthikomponisten ihrer diffizilen Arbeit nachgingen. Die oberen achtzehn Stockwerke waren der Hochschule für Emotionales Engineering vorbehalten.

Bernard landete auf dem Dach des Propagandahauses und stieg aus.

»Rufen Sie bitte bei Mr Helmholtz Watson durch«, befahl er dem Gamma-Plus-Pförtner, »und sagen Sie ihm, dass Mr Bernard Marx ihn auf dem Dach erwartet.«

Er setzte sich und steckte sich eine Zigarette an.

Helmholtz Watson schrieb, als die Nachricht ihn erreichte.

»Richten Sie ihm aus, dass ich komme«, sagte er und legte auf. Dann fuhr er, an seine Sekretärin gewandt, im selben offiziellen und unpersönlichen Ton fort: »Sie können die Sachen dann wegräumen«; ihr strahlendes Lächeln ignorierend, erhob er sich und schritt rasch zur Tür.

Helmholtz war kräftig gebaut, Brust und Schultern waren breit, sein Körper kompakt und doch geschmeidig und agil, der Gang federnd. Die runde, muskulöse Säule des Halses stützte einen wohlgeformten Kopf. Er hatte dunkel gelocktes Haar und markante Gesichtszüge. Er war auf eindrucksvoll emphatische Weise gutaussehend, jeder Zoll ein Alpha-Plus – wie seine Sekretärin zu betonen nicht müde wurde. Helmholtz lehrte an der Hochschule für Emotionales Engineering (Schriftfakultät), und neben seinen Lehrverpflichtungen betätigte er sich auch selbst als Emotionsengineer. Er schrieb regelmäßig für *The Hourly Radio*, verfasste Fühldrehbücher und hatte ein ausgesprochenes Händchen für Slogans und hypnopädische Reimsprüche.

»Ein fähiger Mann«, lautete das Urteil seiner Vorgesetzten. »Möglicherweise« (und dabei wiegten sie bedenklich den Kopf, senkten bedeutsam die Stimme) »etwas *zu fähig*.«

Allerdings, etwas zu fähig, da hatten sie recht. Ein mentaler Überschuss hatte bei Helmholtz Watson ähnliche Folgen gezeitigt wie in Bernard Marx' Fall ein körperlicher Defekt. Zu wenig Muskelmasse hatte Bernard von seinesgleichen gesondert, und die Erkenntnis, anders zu sein, was schließlich den geltenden Maßstäben zufolge durchaus als mentaler

Überschuss zu werten war, hatte wiederum zu noch größerer Absonderung geführt. Was Helmholtz wiederum so unangenehm seiner selbst bewusst machte und isolierte, war übermäßige Fähigkeit. Und was die beiden Männer verband, war das Wissen um ihre Individualität. Während aber der physisch unzulängliche Bernard schon sein Leben lang unter dem Gefühl der Isolation litt, war sich Helmholtz Watson erst jüngst seines mentalen Überschusses und somit dessen bewusst geworden, was ihn von seinesgleichen unterschied. Der Fahrtreppensquash-Champion, der unermüdliche Liebhaber (es hieß, er habe in weniger als vier Jahren sechshundertundvierzig verschiedene Mädchen gehabt), der vorbildliche Komiteeakteur und gute Gesellschafter hatte plötzlich erkannt, dass Sport, Frauen und soziales Engagement, jedenfalls aus seiner Sicht, billiger Ersatz waren. Eigentlich, sprich im Innersten, interessierte ihn etwas ganz anderes. Nur was? Was? Das war die Frage, die Bernard mit ihm zu erörtern gekommen war oder vielmehr – da stets Helmholtz das Wort führte – seinen Freund abermals erörtern zu hören gekommen war.

Drei reizende Mädchen aus dem Propaganda-Referat für Sprachsynthetik fielen über ihn her, als er aus dem Fahrstuhl trat.

»Ach, Helmholtz, Süßer, du musst *unbedingt* mit uns zum Picknick nach Exmoor kommen.« Sie umringten ihn flehend.

Er schüttelte den Kopf und drängte sich an ihnen vorbei. »Nein, nein.«

»Wir laden keinen einzigen anderen Mann ein.«

Doch selbst diese verlockende Aussicht brachte Helmholtz nicht ins Wanken. »Nein«, wiederholte er, »ich habe zu tun.« Und er strebte unbeirrt weiter. Die Mädchen hefteten sich an seine Fersen. Erst, als er tatsächlich in Bernards Rotorflieger gestiegen war und die Luke zugeschlagen hatte, gaben sie die Verfolgung auf. Nicht ohne Vorwürfe.

»Frauen!«, knurrte Helmholtz, als die Maschine abhob. »Frauen!« Er schüttelte stirnrunzelnd den Kopf. »Einfach grässlich.« Bernard stimmte ihm heuchlerisch zu, wünschte sich aber, während er es tat, dass er ebenso mühelos so viele Frauen haben könnte wie Helmholtz. Er verspürte auf einmal den Drang zu prahlen. »Ich nehme Lenina Crowne mit nach New Mexico«, sagte er so beiläufig, wie es ihm möglich war.

»Ach ja?«, meinte Helmholtz ohne das geringste Interesse. Nach kurzem Schweigen sagte er: »Seit ein, zwei Wochen sage ich alle Komiteetermine und Verabredungen mit Frauen ab. Du kannst dir vorstellen, was das an der Hochschule für einen Aufschrei gegeben hat. Aber ich finde, es lohnt sich. Die Folgen«, er zögerte, »sind kurios, wirklich sehr kurios.«

Physische Unzulänglichkeit konnte einen mentalen Überschuss erzeugen. Es schien jedoch auch ein umgekehrter Verlauf möglich. Mentaler Überschuss konnte, im Interesse der Selbsterhaltung, die freiwillige Blindheit und Taubheit vorsätzlicher Isolation erzeugen, die künstliche Impotenz der Askese.

Die verbleibende kurze Strecke legten sie schweigend zurück. Als sie am Ziel waren und es sich auf den pneumatischen Sofas in Bernards Wohnung bequem gemacht hatten, setzte Helmholtz neu an.

Stockend sagte er: »Kennst du das Gefühl, dass es in dir irgendetwas gibt, das nur darauf wartet, rausgelassen zu werden? Eine Art Extrakraft, die du nicht nutzt – du weißt schon, wie das viele Wasser, das über die Fälle schießt statt durch die Turbinen?« Er sah Bernard erwartungsvoll an.

»Du meinst, die ganzen Emotionen, die man vielleicht hätte, wenn die Verhältnisse andere wären?«

Helmholtz schüttelte den Kopf. »Nicht ganz. Ich meine eher so ein komisches Gefühl manchmal, dass ich etwas Wichtiges zu sagen habe und theoretisch auch die Kraft, es zu tun – nur dass ich nicht weiß, was es ist, und deshalb von der Kraft keinen Gebrauch machen kann. Wenn es doch nur eine andere Art zu schreiben gäbe … oder anderes, worüber man schreiben könnte …« Er schwieg. Schließlich fuhr er fort: »Verstehst du, ich bin ja ganz findig, was Slogans betrifft – also Formulierungen, die sitzen, die einen durchzucken wie ein Nadelstich, so pointiert scheinen sie, obwohl es bloß hypnopädische Gemeinplätze sind. Aber das reicht irgendwie nicht. Es reicht nicht, gute Slogans zu prägen; was man damit macht, sollte auch gut sein.«

»Aber was du machst, ist doch gut, Helmholtz.«

»Na ja, so weit schon.« Helmholtz zog die Achseln hoch. »Aber so weit reicht eben nicht weit. Das alles ist nicht bedeutsam genug, irgendwie. Mir ist, als könnte ich weit Bedeutsameres leisten. Intensiveres, Hitzigeres. Nur was? Was gibt es Wichtigeres zu sagen? Und wie sollte man bei den Dingen, über die man schreiben muss, hitzig werden? Richtig eingesetzt, können Wörter wie Röntgenstrahlen sein – alles durchdringen. Man liest sie und ist durchdrungen. Genau das versuche ich meinen Studenten unter anderem beizubringen: wie man durchdringend schreibt. Aber was um alles auf der Welt nützt es, von einem Beitrag über Kollektivsänge durchdrungen zu sein oder von der neuesten Innovation bei Duftorgeln? *Kann* man seine Worte überhaupt durchdringend machen – wie harte Röntgenstrahlung –, wenn man über dergleichen schreibt? Kann man etwas über nichts sagen? Darauf läuft es doch hinaus. Ich mühe und mühe mich ab …«

»Pscht!«, machte Bernard auf einmal und hob warnend einen Finger; sie lauschten. »Ich glaube, es ist jemand an der Tür«, flüsterte er.

Helmholtz erhob sich, schlich auf Zehenspitzen

durch den Raum und riss die Tür mit einem Ruck sperrangelweit auf. Da war, natürlich, niemand.

»Tut mir leid«, entschuldigte sich ein in Ton und Miene betretener Bernard. »Offenbar spielen meine Nerven verrückt. Wenn du bei anderen dauernd auf Misstrauen stößt, wirst du irgendwann selbst misstrauisch.«

Er rieb sich die Augen, seufzte und hob in klagendem Ton zu einer Verteidigungsrede an: »Wenn du wüsstest, was ich in letzter Zeit über mich ergehen lassen muss.« Ihm kamen beinahe die Tränen, sein aufwallendes Selbstmitleid stieg wie ein sprudelnder Springbrunnen. »Wenn du wüsstest!«

Helmholtz Watson hörte es mit Unbehagen. ›Der arme kleine Bernard‹, dachte er. Zugleich schämte er sich für seinen Freund. Er wünschte, Bernard hätte mehr Selbstachtung.

Kapitel V

1 Gegen acht schwand langsam das Licht. Die Lautsprecher am Clubhausturm in Stoke Poges kündigten in mehr als nur-menschlichem Ton die Schließung der Plätze an. Lenina und Henry beendeten ihr Spiel und schlenderten zum Clubhaus zurück. Vom Areal der Endo-/Ekto-Sekretions-Holding klang das Brüllen der Tausenden Rinder herüber, deren Hormone und Milch den Rohstoff für das große Werk bei Farnham Royal lieferten.

Die Abendluft war erfüllt vom unablässigen Sirren der Helikopter. Alle zweieinhalb Minuten meldeten ein Glocken- und Pfeifsignal die Abfahrt einer der Magnetbahnen, welche die niedrigkastigen Golfer von ihrem eigenen Golfplatz in die Metropole zurücktrugen.

Lenina und Henry bestiegen ihre Maschine und hoben ab. Bei achthundert Fuß drosselte Henry die Fahrt, bis sie ein Weilchen über der im Schatten versinkenden Landschaft schwebten. Wie eine gewaltige dunkle Lache erstreckte sich der Wald von Burnham Beeches bis zum hellen Strand des westlichen Horizonts. Dort verlosch scharlach-, dann orangerot, gelb und schließlich wassergrün die untergehende Sonne. Im Norden hinter und über den Bäumen funkelten alle Fenster der zwanzig Geschosse des Ento-/Ekto-Sekretions-Produktionswerks sie mit scharfer elektrischer Strahlkraft an. Direkt unter ihnen breiteten sich die Anlagen des Golfclubs aus – die Baracken der niedrigen Kasten und jenseits einer Trennmauer die kleineren Clubhäuser der Alpha- und Beta-Mitglieder. Die Zugänge zur Magnetbahnstation waren schwarz verstopft vom ameisengleichen Gewimmel der Niedrigkastigen. Unter der Glaskuppel schoss eine hell erleuchtete Bahn hervor. Ihrem südöstlichen Kurs über die dunkle Ebene folgend, wurden Henrys und Leninas Blicke von der majestätischen Architektur des Slough-Krematoriums angezogen. Zur Sicherheit der Nachtflieger waren seine vier hohen Schlote angestrahlt und oben mit karmesinroten Hindernisfeuern bestückt. Slough war eine weithin sichtbare Landmarke.

»Was sollen dort eigentlich die Plattformen um die Schlote?«, fragte Lenina.

»Phosphorgewinnung«, rief Henry telegrammartig knapp. »Auf dem Weg durch die Schlote durchlaufen die Gase vier verschiedene Behandlungszyklen. Früher verlor man das P_2O_5 bei jeder Verbrennung aus dem Kreislauf. Heute werden über achtundneunzig Prozent rückgewonnen. Bei jedem Erwachsenenleichnam über anderthalb Kilo. Das sind jährlich fast vierhundert Tonnen Phosphor allein in England.« Henry sprach mit freudigem Stolz, brüstete sich dieser Leistung, als wäre es seine. »Schöne Vorstellung, dass wir selbst nach dem Tode noch von Nutzen für die Gesellschaft sind. Den Pflanzenwuchs fördern.«

Lenina hatte unterdessen den Blick abgewandt und schaute senkrecht hinab auf die Magnetbahnstation.

»Ja, schön«, stimmte sie zu. »Nur eigenartig, dass Alphas und Betas auch nicht mehr Pflanzen wachsen lassen als die ekligen kleinen Gammas und Deltas und Epsilons dort unten.«

»Alle Wesen sind physikochemisch gleich«, ermahnte sie Henry. »Selbst Epsilons leisten unverzichtbare Dienste.«

»Selbst Epsilons …« Plötzlich fiel Lenina eine frühere Begebenheit ein, bei der sie als kleines Mädchen in der Schule mitten in der Nacht aufgewacht und sich zum ersten Mal der Einflüsterungen bewusst geworden war, die sie im Schlaf heimsuchten. Sie sah vor ihrem inneren Auge wieder den Mondstrahl, die Reihe kleiner weißer Betten, hörte erneut die unendlich sanfte Stimme, die sagte (die Wörter waren da, unvergessen, ja, nach so vielen nächtelangen Wiederholungen unmöglich zu vergessen): »Jeder arbeitet für alle anderen. Wir können auf niemanden verzichten. Selbst Epsilons sind nützlich. Wir könnten auf

Epsilons nicht verzichten. Jeder arbeitet für alle anderen. Wir können auf niemanden verzichten …« Lenina erinnerte sich an den Schreckmoment der Angst und Überraschung, an die Spekulationen in dieser durchwachten halben Stunde und schließlich, im Bann der endlosen Wiederholungen, an die allmähliche Lockerung der Gedanken, die Linderung, die Besänftigung, den verstohlen heranschleichenden Schlaf …

»Vermutlich haben Epsilons nichts dagegen, Epsilons zu sein«, sagte sie.

»Nein, haben sie nicht. Wie sollten sie? Sie kennen ja nichts anderes. Wir hätten natürlich etwas dagegen. Aber wir sind eben anders konditioniert. Außerdem beginnen wir schon mit anderem Erbgut.«

»Ich bin froh, dass ich kein Epsilon bin«, sagte Lenina bestimmt.

»Und wenn du Epsilon wärest«, sagte Henry, »würde deine Konditionierung dich ebenso dankbar machen, dass du kein Beta oder Alpha bist.« Er schaltete den Bugpropeller ein und lenkte seine Maschine nach London. Hinter ihnen waren das Scharlachrot und Orange im Westen fast verblasst, eine dunkle Wolkenbank stand im Zenit. Als sie über das Krematorium hinwegflogen, schoss ihr Helikopter im Aufwind heißer Luft aus den Schloten in die Höhe und sackte dann in der kühlen Abendluft dahinter ebenso schnell wieder ab.

»Herrlich, diese Luftlöcher!« Lenina lachte beglückt.

Doch Henrys Stimme klang einen Augenblick fast melancholisch. »Weißt du, was dieses Luftloch war?«, fragte er. »Das war ein Lebewesen, das endgültig und auf immer verschwunden ist. Als heißes Gas verpufft. Es wäre interessant, zu wissen, wer es war – Mann oder Frau, Alpha oder Epsilon …« Er seufzte. Und fügte dann in bemüht munterem Ton hinzu: »Aber eines steht fest: Wer immer es war, er war im Leben glücklich. Heute sind alle glücklich.«

»Ja, heute sind alle glücklich«, plapperte Lenina nach. Die Worte hatten sie beide zwölf Jahre lang Nacht für Nacht einhundertundfünfzig Mal gehört.

Nachdem sie auf dem Dach von Henrys vierziggeschossigem Apartmentblock in Westminster gelandet waren, glitten sie im Fahrstuhl direkt in den Speisesaal hinab. Dort genossen sie in gutgelaunter und lauter Gesellschaft ein hervorragendes Essen. Zum Kaffee wurde Soma gereicht. Lenina nahm zwei Halbgrammtabletten, Henry drei. Um zwanzig nach neun überquerten sie die Straße ins neu eröffnete Westminster Abbey Cabaret. Es war eine fast wolkenlose, sternklare Nacht ohne Mond; doch dieser insgesamt eher trostlosen Tatsache waren sich Lenina und Henry zum Glück nicht bewusst. Die äußere Finsternis wurde sehr effektiv von den vielen elektrischen Lufttafeln verdeckt. CALVIN STOPES UND DIE

SECHZEHN SEXOPHONISTEN. Riesenbuchstaben blinkten einladend von der Fassade des neuen Abbey. BESTE DUFT- UND LICHTORGEL LONDONS – ALLERNEUSTE SYNTHIMUSIK.

Sie traten ein. Drinnen war die Luft stickig und schwer vor Ambra und Sandelholz. An das Kuppelgewölbe des Saals projizierte die Lichtorgel gegenwärtig einen tropischen Sonnenuntergang. Die Sechzehn Sexophonisten spielten einen alten Hit: ›Gibt auf der ganzen Welt keine Flasche wie meine‹. Vierhundert Paare fivesteppten über das blanke Parkett. Lenina und Henry waren bald das vierhundertunderste. Die Sexophonisten jaulten wie melodisch klagende Katzen unterm Mond, stöhnten in Alt- und Tenorlagen, als erlebten sie den kleinen Tod. Harmonisch überbordend steigerten sich die Bläser zum Höhepunkt, lauter, noch lauter – bis der Dirigent schließlich mit einer Handbewegung den erschütternden Schlussakkord Äthermusik entfesselte und die sechzehn nur-menschlichen Spieler von der Bildfläche blies. Donner in As-Dur. Dann, bei fast vollständiger Stille, in fast vollständiger Dunkelheit, folgte ein allmähliches Abschwellen, ein über Vierteltöne tiefer und immer tiefer absteigendes Diminuendo, hinab bis zu einer gesäuselten Dominante, die nachklang (während der Fünfvierteltakt darunter durchlief) und die verdunkelten Sekunden mit der Spannung höchster Erwartung auflud. Und die

Erwartung wurde schließlich erfüllt. Die Sonne barst über den Horizont, und simultan legten die Sechzehn mit ihrem Song los:

Ach, liebe Flasche, ich wollt dich nicht lassen!
Beim Dekantieren wollt ich gern passen.
  Drinnen waren die Himmel so blau,
  Waren die Lüfte immer so lau;
Ah!
Gab auf der ganzen Welt nicht eine
so schöne Flasche wie meine!

Mit den anderen vierhundert Paaren im Kreis durch das Westminster Abbey fivesteppend, tanzten Lenina und Henry dennoch zu zweit allein in einer anderen Welt – der warmen, sattfarbenen, unendlich freundlichen Welt ihres Soma-Urlaubs. Wie liebenswert, wie gutaussehend, wie wunderbar amüsant alle waren! ›Ach, liebe Flasche, ich wollt dich nicht lassen …‹ Lenina und Henry mussten nichts lassen … Sie waren drinnen, hier und jetzt, drinnen geborgen in den immer so lauen Lüften, unter dem blauen Himmel. Und als die Sechzehn erschöpft ihre Sexophone beiseitegelegt hatten und die Synthimusikanlage den allerneuesten Malthus-Blues spielte, hätten sie Zwillingsembryonen sein können, die zusammen auf den Wellen eines Ballonflaschenozeans von Blutsurrogat schaukelten.

»Gute Nacht, liebe Freunde. Gute Nacht, liebe Freunde.« Die Lautsprecher hüllten ihre Kommandos in musikalisch leutselige Zuvorkommenheit. »Gute Nacht, liebe Freunde …«

Brav verließen Lenina und Henry mit allen anderen das Gebäude. Die deprimierenden Sterne waren am Himmel ein gutes Stück weitergerückt. Und obwohl der Schutzwall der Lufttafeln inzwischen weitgehend zerbröckelt war, bewahrten die beiden jungen Leute sich ihre heitere Unkenntnis der Nacht.

Eine halbe Stunde vor Schließung des Lokals geschluckt, hatte nämlich die zweite Dosis Soma zwischen dem faktischen Universum und ihrem Bewusstsein eine undurchdringliche Mauer errichtet. In ihrer Ballonflasche überquerten sie die Straße, in ihrer Ballonflasche nahmen sie den Fahrstuhl hinauf zu Henrys Zimmer im achtundzwanzigsten Stock. Und doch vergaß Lenina trotz ihrer Ballonflasche und trotz des zweiten Gramms Soma keineswegs, vorschriftsgemäß ihre kontrazeptiven Vorkehrungen zu treffen. Jahre gründlicher Hypnopädie und Malthus-Drills im Alter zwischen zwölf und siebzehn hatten diese so automatisch und unvermeidlich gemacht wie einen Lidschlussreflex.

»Ach, dabei fällt mir ein«, sagte sie, als sie aus dem Bad kam, »Fanny Crowne bat mich, dich zu fragen, wo du den hübschen grünen Kunstmaroquinpatronengurt herhattest, den du mir geschenkt hast.«

2

An jedem zweiten Donnerstag hatte Bernard zur Solidaritätsmesse zu erscheinen. Nach einem frühen Essen im Aphroditaeum (das Helmholtz gemäß Regel Zwei kürzlich zum Mitglied ernannt hatte), verabschiedete er sich von dem Freund, hielt auf dem Dach ein Taxi an und bat den Piloten, ihn an der Fordson Kollektivsängerei abzusetzen. Die Maschine stieg wenige hundert Meter, schnürte dann nach Osten und bot Bernard, als sie wendete, eine herrliche Aussicht auf den Prachtbau. In Flutlicht gebadet schwebten seine dreihundertundzwanzig Meter schneeig schimmernden Kunstcarraramarmors über dem Ludgate Hill; an jeder der vier Ecken des Helipads leuchtete ein riesiges T karmesinrot in die Nacht, und aus den Schalltrichtern der vierundzwanzig gewaltigen goldenen Posaunen grollte feierliche Synthimusik.

›Fordverdammich, ich komme zu spät‹, sagte sich Bernard beim Anblick von Big Henry, des Sängerei-Uhrturms. Und tatsächlich: Als er das Fahrgeld bezahlte, schlug Big Henry die volle Stunde. »Ford!«, tönte eine Bassstimme aus den goldenen Posaunen. »Ford, Ford, Ford …« – neunmal. Bernard stürzte zum Fahrstuhl.

Das große Auditorium für die Feierlichkeiten zum Ford's Day und andere Massenkollektivsänge lag im Parterre. Darüber befanden sich, je hundert pro Stockwerk, die siebentausend Räume für die zweiwöchentlichen Messen der Solidaritätsgruppen. Bernard sank ins dreiunddreißigste Stockwerk hinab, hetzte den Korridor entlang, blieb einen Augenblick unschlüssig vor Raum 3210 stehen, gab sich schließlich einen Ruck, zog die Tür auf und trat ein.

Fordseidank!, er war nicht der Letzte. Drei der zwölf Stühle am runden Tisch waren noch leer. Er schob sich so unauffällig wie möglich auf den nächstgelegenen, bereit, die Nase über die noch schlimmer Verspäteten zu rümpfen, sobald sie eintrafen.

Sich ihm zuwendend fragte das Mädchen zu seiner Linken: »Und wofür hast du dich heute Nachmittag entschieden – Hindernis- oder E-Magneto?«

Bernard beäugte sie (grundgütiger Ford! Es war Morgana Rothschild) und gestand errötend, dass er weder das eine noch das andere gespielt hatte. Morgana machte große Augen. Es entstand eine peinliche Pause.

Morgana wandte sich demonstrativ ab und widmete sich dem sportlicheren Mann zu ihrer Linken.

Na, das fing ja gut an, dachte Bernard bekümmert und machte sich auf das Scheitern eines weiteren Solidaritätsversöhnungsversuchs gefasst. Wenn er sich doch nur die Zeit genommen hätte, sich umzusehen, statt sich auf den nächstbesten Platz zu retten! Dann hätte er jetzt zwischen Fifi Bradlaugh und Joanna Diesel sitzen können. Stattdessen hatte er sich blindlings Morgana ausgeliefert. *Morgana!* Ford! Mit ihren schwarzen Augenbrauen – oder vielmehr Augenbraue: denn aus zweien wurden bei ihr über der Nasenwurzel eine. Ford! Und dann saß zu seiner Rechten auch noch Clara Deterding. Gewiss, Claras Augenbrauen waren nicht zusammengewachsen. Aber sie war wirklich *reichlich* pneumatisch. Während Fifi und Joanna genau richtig waren. Rundlich, blond, nicht zu groß … Und zwischen ihnen saß nun der Rüpel Tom Kawaguchi.

Als Letzte traf Sarojini Engels ein.

»Du kommst zu spät«, rügte der Gruppenvorsteher. »Sorge dafür, dass es nicht wieder vorkommt.«

Sarojini entschuldigte sich und schob sich auf den Stuhl zwischen Jim Bokanowski und Herbert Bakunin. Die Runde war damit vollständig, der Solidaritätskreis geschlossen und vollendet. Mann, Frau, Mann im Wechsel um einen Tisch. Zwölf, die eins werden sollten, zusammenkommen und verschmelzen, damit zwölf eigenständige Identitäten in einem Größeren Wesen aufgingen.

Der Vorsteher erhob sich, machte das T-Zeichen, schaltete die Synthimusik ein, entfesselte das monoton sanfte Getrommel und den Instrumentalchor – Aerophone und Superstrings –, die getragen und immer von Neuem die knappe und unausweichlich ergreifende Melodie der Ersten Solidaritätshymne wiederholten. Wieder und wieder – und es war nicht das Ohr, das den pulsierenden Rhythmus aufnahm, es war das Zwerchfell; das Klagen und Klirren der Harmonieschleifen rührte nicht ans Hirn, sondern an eine Saite des innersten Empathikus.

Der Vorsteher machte erneut das T-Zeichen und setzte sich. Die Messe begann. Die geweihten Soma-Tabletten wurden in die Tischmitte gelegt. Der Kelch Erdbeereissoma wurde von Hand zu Hand weitergereicht, und unter Herbeten der Formel »Ich trinke auf meine Auslöschung« wurde daraus zwölfmal getrunken. Dann sang man zur Begleitung des Synthiorchesters die Erste Solidaritätshymne.

Vereine, Ford, uns zwölfe hier,
  Tropfen nur, zum sozialen Fluss,
  uns darin verströmen wollen wir
flink wie Dein Flivver fliegen muss.

Zwölf sehnsuchtsvolle Strophen. Dann wurde erneut der Kelch herumgereicht. »Ich trank auf das Größere Wesen« lautete nun die Formel. Alle tranken. Unermüdlich tönte die Musik. Schlugen die Trommeln. Das Schluchzen und Schnalzen der Harmonien wurden im Innern des sich verflüssigenden Empathikus zur Besessenheit. Die Zweite Solidaritätshymne wurde angestimmt.

Kollektivfreund, du Größres Wesen,
  Komm, lösche nun zwölfe in eins!

Gerne vergehn wir, um zu genesen,
im größeren Reigen des Seins.

Wieder zwölf Strophen. Inzwischen zeigte das Soma Wirkung. Augen wurden blank, Wangen rosig, das innere Licht universellen Wohlwollens erhellte das Lächeln auf allen Gesichtern. Selbst Bernard fühlte sich milder. Als Morgana Rothschild sich ihm strahlend zuwandte, gab er sich Mühe, ebenfalls zu strahlen. Aber die Augenbraue, dieses schwarze Zwei-in-Eins – herrje, es war immer noch da, er konnte nicht darüber hinwegsehen, es ging nicht, beim besten Willen. Er war noch nicht genügend gemildert. Vielleicht, wenn er zwischen Fifi und Joanna säße … Zum dritten Mal machte der Kelch die Runde. »Ich trinke auf Sein bevorstehendes Kommen«, sagte Morgana Rothschild, deren Aufgabe es nun war, das Rundritual einzuleiten. Sie erklärte es laut, jubilierend. Sie trank und reichte Bernard den Kelch. »Ich trinke auf Sein bevorstehendes Kommen«, wiederholte er im aufrichtigen Bemühen, sich einzureden, dass dieses Kommen tatsächlich bevorstand, doch die Augenbraue ließ ihm keine Ruhe, und das Kommen schien, was ihn betraf, sehr fern. Er trank und reichte den Kelch an Clara Deterding weiter. Es wird wieder schiefgehen, sagte er sich. Ich weiß es einfach. Er rang sich trotzdem ein Strahlen ab.

Der Kelch war um den Tisch gewandert. Der Vorsteher gab mit erhobener Hand das Zeichen, und der Chor stimmte die Dritte Solidaritätshymne an.

Horcht, das Größre Wesen geht um!
  Freudig verliere ein jeder sich
in der Trommelmusik Fluidum!
  Denn ich bin du, und du bist ich.

Vers folgte auf Vers, und Stimmen bebten vor wachsender Erregung. Das jeden Moment zu erwartende Kommen elektrisierte sie. Der Vorsteher schaltete die Musik aus, und mit dem letzten verklingenden Ton der letzten Strophe trat Schweigen ein – das Innehalten überspannter Erwartung, vibrierend vor galvanischem Leben. Der Vorsteher hob die Hand, und plötzlich ertönte eine Stimme, eine tiefe, starke Stimme, melodischer als jede nur-menschliche Stimme, satter, wärmer, liebe-, sehnsuchts- und mitleidvoller, eine wunderbare, mysteriöse, übernatürliche Stimme sprach von oben herab. Gemessen. »Oh Ford, Ford, Ford« intonierte sie leiser werdend in absteigendem Klangbogen. Jedem, der ihr lauschte, strömte pulsende Wärme vom Solarplexus in alle Glieder, Tränen traten ihm in die Augen, sein Herz, sein Innerstes regte sich wie beseelt von einem Eigenleben. »Ford!«, man schmolz dahin, »Ford!«, man verging. Dann änderte sich der Ton plötzlich und unerwartet. »Horcht!«, posaunte die Stimme. »Horcht!«

Sie horchten. Nach kurzer Pause sprach die Stimme, zu einem Flüstern gedämpft, weiter, aber einem Flüstern, das durchdringender schien als der gellendste Schrei: »Die Füße des Größeren Wesens«, fuhr sie fort und wiederholte die Worte: »Die Füße des Größeren Wesens.« Das Flüstern erstarb fast. »Die Füße des Größeren Wesens sind auf der Treppe.« Dann herrschte wieder Totenstille, die Spannung ließ vorübergehend nach, dehnte sich, dehnte sich bis zum Zerreißen. Die Füße des Größeren Wesens – oh!, sie hörten sie, sie hörten sie: Schritte näherten sich langsam auf der Treppe, kamen auf unsichtbaren Stufen immer näher und näher. Die Füße des Größeren Wesens. Und plötzlich war der Zerreißpunkt erreicht. Mit vortretenden Augen und offenem Mund sprang Morgana Rothschild auf.

»Ich höre es!«, rief sie. »Ich höre es!«

»Es kommt!«, schrie Sarojini Engels.

»Ja, es kommt, ich höre es.« Fifi Bradlaugh und Tom Kawaguchi sprangen gleichzeitig auf.

»Oh! oh! oh!«, stammelte Joanna ihr Bekenntnis.

»Es kommt!«, brüllte Jim Bokanowski.

Der Vorsteher beugte sich vor und entfesselte mit einem Knopfdruck ein Delirium an Zimbeln und Hornstößen, einen Tomtomwirbel.

»Oh, es kommt!«, kreischte Clara Deterding. »Ah!«, und es klang, als durchtrennte ihr jemand die Gurgel.

Im Gefühl, auch irgendetwas tun zu müssen,

schoss Bernard ebenfalls hoch und rief: »Ich höre es, es kommt!« Aber es stimmte nicht. Er hörte nichts, und wenn man ihn fragte, kam überhaupt niemand. Niemand – trotz der Musik, trotz der steigenden Spannung. Aber er fuchtelte mit den Armen, er brüllte mit den anderen, und als diese anfingen, zu hopsen und stampfen und tanzen, hopste und tanzte er mit.

Ringsherum ging es, eine sich schlängelnde Prozession von Tänzern, jeder mit den Händen an den Hüften vor sich, herum und herum, im Chor brüllend, zum Rhythmus der Musik mit den Füßen stampfend, ihn auf den Hintern vor sich klatschend, zwölf Paar im Gleichtakt trommelnde Hände, zwölf in eins, zwölf wabbelnd schallende Hintern. Zwölf in eins, zwölf in eins. »Ich höre es, ich höre es kommen.« Die Musik beschleunigte sich, frenetischer stampften die Füße, schneller, schneller klatschten die rhythmischen Hände. Bis auf einmal eine volltönende synthetische Bassstimme die Worte bollerte, die von bevorstehender Versöhnung und dem endgültigen Vollzug der Solidarität kündeten, dem Kommen des Zwölf-in-Einem, der Fleischwerdung des Größeren Wesens. »Ringel, Ringel, Orgie«, dröhnte die Stimme, während die Tomtoms weiter ihren fiebrigen Wirbel rührten:

Ringel, Ringel, Orgie,
uns rief der Große Ford her.
Wir kreisen um den Zwölfertisch,
die Sinne wach, die Liebe frisch!

»Ringel, Ringel, Orgie«, die Tänzer griffen den liturgischen Refrain auf. »Ringel, Ringel, Orgie, uns rief der Große Ford her …« Und während sie sangen, wurde das Licht schummriger, schummriger und zugleich wärmer, röter, bis sie schließlich im blutroten Halbdämmer des Embryonenmagazins tanzten. »Ringel, Ringel, Orgie …« In der blutfarbenen, embryonalen Dunkelheit kreisten die Tänzer noch eine Weile weiter, trommelten und stampften den ewigen Rhythmus. »Ringel, Ringel, Orgie …« Dann wankte die Kette, riss und fiel in partieller Auflösung auf die als äußeren Ring den Ring des runden Tischs mit seinen planetarischen Stühlen umgebenden Sofas. »Ringel, Ringel, Orgie …« Zärtlich säuselte die volltönende Stimme; gnädig schien im roten Zwielicht eine gewaltige Negertaube über den mittlerweile rück- oder bäuchlings hingestreckten Tänzern zu schweben.

Sie standen auf dem Dach; Big Henry hatte soeben elf geschlagen. Die Nacht war still und warm.

»War es nicht herrlich?«, meinte Fifi Bradlaugh. »War es nicht einfach phantastisch?« Sie bedachte

Bernard mit einem verzückten Blick, aber Verzückung ohne jede Spur Unruhe oder Erregung – denn erregt zu sein heißt noch unbefriedigt zu sein. Bei ihr herrschte die stille Ekstase des Vollzugs, der Friede nicht satter Leere und Nichtigkeit, sondern ausbalancierter Lebenskräfte, Energien im Einklang. Ein erfüllter und lebendiger Friede. Denn die Solidaritätsmesse hatte ebenso gegeben wie genommen, geleert, um wieder zu füllen. Sie war satt, sie war vervollkommnet, sie war vorläufig noch mehr als nur sie selbst. »Fandst du es nicht auch phantastisch?«, insistierte sie und musterte Bernard mit übernatürlich leuchtenden Augen.

»Ja, ich fand es auch phantastisch«, log er und sah weg; der Anblick ihres verklärten Gesichts war Anklage und zynischer Verweis auf seine Andersartigkeit. Er fühlte sich jetzt ebenso elendig isoliert wie vor der Messe – noch stärker isoliert angesichts seiner unerfüllten Leere, seiner toten Übersättigung. Abgeschnitten und unversöhnt, wo die anderen sich zum Größeren Wesen verbunden hatten, allein selbst in Morganas Umarmung – weit schlimmer allein sogar, viel hoffnungsloser er selbst als je zuvor in seinem Leben. Er war mit bis zur Qual gesteigerten Selbstzweifeln aus dem roten Zwielicht ins gewohnt grelle elektrische Licht zurückgekehrt. Ihm war absolut elend zumute, und vielleicht (klagten ihn ihre leuchtenden Augen an) war er selbst schuld. »Ganz phantastisch«, versicherte er erneut, konnte aber die Erinnerung an Morganas Augenbraue nicht abschütteln.

Kapitel VI

1

Komischer Kauz, kauzig, schrullig, *komisch* lautete Leninas Fazit zu Bernard Marx. Und zwar derart komisch, dass sie sich in den Wochen drauf mehr als einmal gefragt hatte, ob sie sich das mit dem New-Mexico-Urlaub nicht anders überlegen und lieber mit Benito Hoover an den Nordpol fliegen sollte. Nur kannte sie den Nordpol dummerweise schon; sie war erst vorigen Sommer mit George Edzel dort gewesen, und außerdem hatte sie es ganz schön trostlos gefunden. Nichts zu tun, und das Hotel hoffnungslos antiquiert – auf den Zimmern kein Tele, keine Duftorgeln, nur verstaubte Synthimusik und gerade mal fünfundzwanzig Fahrtreppen-Squashcourts für über zweihundert Gäste. Nein, ein zweites Mal Nordpol kam wirklich nicht in Frage. Noch dazu, wo sie überhaupt erst ein einziges Mal in Amerika gewesen war. Und dann so armselig! Ein Billigkurztrip nach New York – war es mit Jean-Jacques Habibullah gewesen oder mit Bokanowski Jones? Sie wusste es nicht mehr. Spielte auch keine Rolle. Die Aussicht, erneut nach Westen fliegen zu können, und das eine ganz Woche, war sehr verlockend. Zumal sie davon mindestens drei Tage im Eingeborenenreservat verbringen würden. Am ganzen Center hatte gerade mal eine Handvoll Kollegen jemals ein Eingeborenenreservat von innen gesehen. Als Alpha-Plus-Psychologe war Bernard einer der wenigen Männer ihrer Bekanntschaft, die Anspruch auf einen Passierschein hatten. Lenina bot sich also eine einmalige Gelegenheit. Weil aber Bernard auch einmalig komisch war, hatte sie gezögert zuzugreifen, hatte tatsächlich erwogen, sich mit dem ollen Benito erneut auf den Pol einzulassen. Benito war wenigstens normal. Während Bernard …

›Alkohol im Blutsurrogat‹, lautete Fannys Erklärung für jedes exzentrische Benehmen. Henry wiederum, mit dem Lenina eines Abends im Bett verunsichert ihren neuen Liebhaber diskutierte, Henry hatte den armen Bernard mit einem Rhinozeros verglichen.

»Ein Rhinozeros ist nur bedingt lernfähig«, hatte er auf seine bündig-bestimmte Art erklärt. »Manche Männer sind fast Rhinozerosse; sie sprechen auf die Konditionierung nicht richtig an, die Ärmsten! Zu ihnen gehört Bernard. Er kann von Glück reden, dass er einen so guten Job macht. Sonst hätte ihn der Direktor nie gehalten. Aber ich denke«, hatte er beschwichtigend angefügt, »er ist eher harmlos.«

Eher harmlos, mochte sein, aber auch ganz schön

beängstigend. Schon seine Manie, so vieles privat unternehmen zu wollen. Das hieß nämlich konkret, gar nichts unternehmen. Was gab es schließlich schon, was man überhaupt privat unternehmen *konnte*? (Außer miteinander ins Bett zu gehen; aber dauernd konnte man das auch nicht.) Also was? Ausgesprochen wenig. Bei ihrer ersten Verabredung war strahlendes Wetter gewesen. Lenina hatte vorgeschlagen, im Torquay Country Club schwimmen und hinterher in der Oxford Union essen zu gehen. Aber Bernard meinte, dort werde es zu voll sein. Na ja, dann vielleicht eine Runde E-Magneto-Golf in St. Andrews? Wieder nichts: für Bernard war E-Magneto-Golf Zeitverschwendung.

»Aber wozu sollte die Zeit denn sonst da sein?«, hatte Lenina verblüfft gefragt.

Offenbar dazu, im Lake District herumzulaufen, so sein Gegenvorschlag. Auf dem Skiddaw zu landen und ein paar Stunden durch die Heide zu streifen. »Ich und du, Lenina, ganz allein.«

»Aber Bernard, wir werden doch die ganze Nacht allein sein.«

Bernard war rot geworden und hatte weggesehen. »Ich meine zum Reden allein«, hatte er gemurmelt.

»Reden? Aber worüber denn?« Gehen und reden – eine ziemlich komische Art, den Nachmittag zu verbringen, fand sie.

Am Ende hatte sie ihn ganz entgegen seiner Neigung überredet, mit ihr zum Semi-Demi-Finale der Ringerinnenmeisterschaft im Schwergewicht nach Amsterdam rüberzufliegen.

»Massenveranstaltung«, hatte er gemurrt. »Das Übliche.« Er hatte den ganzen Nachmittag hartnäckig Trübsal geblasen, mit Leninas Freunden (von denen sie in den Matchpausen Dutzende im Soma-Eissalon trafen) kein Wort gewechselt und sich bei aller Misere strikt geweigert, den Halbgramm-Himbeerbecher zu nehmen, den sie ihm aufdrängen wollte. »Ich bin lieber ich selbst«, hatte er gesagt. »Dazu verdammt, ich selbst und ekelhaft zu sein. Nicht jemand anders, ganz gleich wie aufgekratzt.«

»Lieber ein Gramm als zu Missmut verdammt«, hatte Lenina als Kleinod schlafgelernter Weisheit aufgeboten.

Bernard hatte das Glas unwirsch weggeschoben.

»Nun werd nicht gleich sauer«, hatte sie gemeint. »Du weißt doch: Ein ccm hellt zehn finstere Stimmungen auf.«

»Fordverdammich, halt endlich die Klappe!«

Lenina hatte mit den Schultern gezuckt. »Lieber ein Gramm als zu Missmut verdammt«, hatte sie kühl beharrt und den Himbeerbecher selbst geleert.

Beim Rückflug über den Kanal hatte Bernard darauf bestanden, den Bugpropeller auszuschalten und im Schwebeflug nur hundert Fuß über den Wellen zu verharren. Das Wetter hatte sich verschlechtert, es blies ein Südwester, der Himmel war bewölkt.

»Schau«, hatte er befohlen.

»Grauenhaft«, hatte Lenina gehaucht und war vor der Aussicht zurückgewichen. Die brausende Leere der Nacht entsetzte sie, das schwarze, schaumgefleckte, wogende Wasser unter ihnen, das fahle, hinter jagenden Wolkenfetzen so verhärmte, verhuschte Gesicht des Mondes. »Lass uns das Radio einschalten. Rasch!« Sie hatte nach dem Reglerknopf am Armaturenbrett gegriffen und wild daran gedreht.

»Drinnen sind die Himmel so blau«, hatten sechzehn tremolierende Falsettstimmen geflötet, »sind die Lüfte immer so lau …«

Dann ein Hicks und Stille. Bernard hatte abgeschaltet.

»Ich möchte in Ruhe das Meer betrachten«, hatte er erklärt. »Nicht einmal das kann man bei dem Gejaule.«

»Aber das Lied ist so schön. Und ich will es gar nicht sehen.«

»Ich schon«, hatte er insistiert. »Das gibt mir das Gefühl …«, er hatte gezögert, nach den richtigen Worten gesucht, »mehr *ich* zu sein, verstehst du. Mehr bei mir, nicht so komplett Teil von etwas anderem. Nicht bloß eine Zelle im Gesellschaftskörper. Geht es dir nicht auch so, Lenina?«

Doch Lenina war in Tränen ausgebrochen. »Grauenhaft, grauenhaft«, hatte sie in einem fort gejammert. »Und wie kannst du so reden: nicht Teil des Gesellschaftskörpers sein? Jeder arbeitet doch für alle anderen. Wir können auf niemanden verzichten. Selbst Epsilons …«

»Ja, ich weiß«, hatte Bernard gehöhnt. »›Selbst Epsilons sind nützlich!‹ Bin ich auch. Und ich wünschte, bei Ford, dem wäre *nicht* so!«

Lenina war von seiner Blasphemie zutiefst schockiert. »Bernard!«, hatte sie sich entsetzt, »wie kannst du nur?«

Er hatte die Frage nachdenklich in verändertem Tonfall wiederholt: »Wie ich kann? Nein, eigentlich müsste die Frage lauten: Warum kann ich nicht, oder vielmehr – da ich sehr genau weiß, warum ich nicht kann – was wäre, wenn ich könnte, wenn ich frei wäre – nicht Sklave meiner Konditionierung.«

»Bernard, was sagst du für schreckliche Dinge!«

»Wärst du nicht auch gerne frei, Lenina?«

»Ich weiß nicht, wovon du sprichst. Ich *bin* frei. Frei, mir ein herrliches Leben zu machen. Heute sind alle glücklich.«

Er hatte gelacht. »Ja, ›heute sind alle glücklich‹. Das trichtern wir den Kindern mit fünf schon ein. Aber wärst du nicht gern frei, auf andere Art und Weise glücklich zu werden, Lenina? Auf deine Art, nicht jedermanns Art?«

»Ich weiß nicht, wovon du sprichst«, hatte sie noch

mal gesagt. Dann hatte sie sich ganz zu ihm herumgeworfen. »Ach bitte, Bernard, lass uns heimkehren!«, hatte sie ihn angefleht. »Ich finde das alles so grauenhaft.«

»Bist du nicht gern mit mir zusammen?«

»Doch, Bernard, schon! Bloß nicht an diesem grauenhaften Ort.«

»Ich dachte, hier wären wir … mehr *zusammen*, umgeben nur vom Meer und dem Mond. Mehr zusammen als vorhin unter so vielen Menschen oder selbst in meiner Wohnung. Verstehst du nicht?«

»Ich verstehe überhaupt nichts mehr«, hatte sie energisch erklärt, fest entschlossen, sich ihr Unverständnis auch tunlichst zu erhalten. »Gar nichts. Erst recht nicht«, hatte sie etwas milder hinzugefügt, »warum du nicht etwas Soma nimmst, wenn dir diese schlimmen Gedanken kommen. Du würdest sie einfach vergessen. Und statt kreuzunglücklich zu sein, wärst du vergnügt. So vergnügt«, hatte sie betont, doch die bange Sorge in ihrem Blick strafte ihre vermeintlich einladende Koketterie Lügen.

Er hatte sie schweigend mit ausdruckslos ernster Miene gemustert – sehr eingehend gemustert. Lenina hatte nach wenigen Sekunden den Blick abwenden müssen, hatte nervös gelacht, überlegt, was sie sagen könnte, und nichts gefunden. Das Schweigen war drückend geworden.

Als Bernard endlich wieder sprach, hatte seine

Stimme klein und müde geklungen. »Gut«, hatte er gesagt, »dann schnell nach Hause.« Er hatte Pitch gegeben und die Maschine in den Himmel hochschießen lassen. Bei viertausend hatte er den Bugpropeller angeworfen. Sie waren ein, zwei Minuten schweigend dahingeflogen. Dann war Bernard plötzlich in helles Gelächter ausgebrochen. Eher komisches Gelächter, für Leninas Gefühl, aber immerhin.

»Geht es besser?«, hatte sie sich zaghaft erkundigt.

Zur Antwort hatte er die Hand vom Steuerknüppel genommen und, ihr den Arm um die Schultern legend, begonnen, ihre Brüste zu streicheln.

›Fordlob‹, hatte sie sich gesagt, ›er ist wieder normal.‹

Eine halbe Stunde später waren sie bereits in seiner Wohnung gewesen. Bernard hatte gleich vier Soma-Tabletten auf einmal geschluckt, Radio und Tele eingeschaltet und sich ausgezogen.

»Und?«, hatte Lenina sich nachmittags drauf neckisch erkundigt, als sie sich auf dem Dach trafen, »hat es dir gestern Spaß gemacht?«

Bernard hatte genickt. Sie waren in den Rotorflieger gestiegen. Ein Ruck, und sie waren unterwegs.

»Nun, es finden mich ja auch alle ungemein pneumatisch«, hatte Lenina beiläufig bemerkt und dabei ihre Schenkel getätschelt.

»Ungemein.« Doch in Bernards Augen lag Schmerz. ›Frischfleisch‹, dachte er.

Sie hatte besorgt hochgesehen. »Aber zu rund findest du mich nicht, oder?«

Er hatte den Kopf geschüttelt. Eine Keule.

»Du findest mich vielmehr rundum passabel?« Ein Nicken.

»Vollkommen«, hatte er laut gesagt. Und zu sich: ›Sie sieht sich selbst so. Es macht ihr nichts aus, Frischfleisch zu sein.‹

Leninas Lächeln war selbstzufrieden. Ihre Freude aber voreilig.

»Trotzdem«, hatte er nach einer kleinen Pause bemerkt. »Ich wünschte, es wäre anders gekommen.«

»Anders? Was hätte denn kommen sollen?«

»Ich wollte nicht, dass wir miteinander ins Bett gehen«, hatte er erklärt.

Lenina war fassungslos gewesen.

»Nicht gleich, nicht bei der ersten Verabredung.«

»Aber was denn sonst …?«

Und dann hatte er unverständliches und gefährliches Zeug geredet. Lenina hatte sich Mühe gegeben, sich geistig die Ohren zu verstopfen, doch dann und wann hatte sie doch den einen oder anderen Satz mitgekriegt: »… auszuprobieren, was ist, wenn ich meine Triebe zügele«, hatte sie ihn sagen hören. Die Worte hatten bei ihr einen Knopf gedrückt.

»Verschiebe nie auf morgen, wem du's heute kannst besorgen«, hatte sie gemahnt.

»Altersstufe vierzehn bis sechzehneinhalb zweimal

wöchentlich zweihundert Wiederholungen«, hatte er bloß entgegnet. Das wirre, böse Gerede ging weiter. »Ich will wissen, was Leidenschaft ist«, hatte sie ihn sagen hören, »ich hätte gern zu irgendwas starke Gefühle.«

»Wenn beim Einzelnen Gefühle wanken, gerät das ganze Kollektiv ins Schwanken«, hatte Lenina verkündet.

»Tja, aber warum sollte es nicht mal ein bisschen ins Schwanken geraten?«

»Bernard!«

Aber Bernard genierte sich kein bisschen.

»Intellektuell und während der Arbeitszeit Erwachsene«, hatte er ausgeführt, »und Kinder im Hinblick auf Gefühle und Bedürfnisse.«

»Unser Ford liebte Kinder.«

Er hatte den Einwurf schlicht übergangen. »Neulich kam mir plötzlich der Gedanke«, hatte er erläutert, »dass es eigentlich möglich sein müsste, *immer* erwachsen zu sein.«

»Ich verstehe nicht.« Lenina hatte einen energischen Ton angeschlagen.

»Das weiß ich. Und deshalb sind wir gestern miteinander ins Bett gegangen – wie Kinder –, statt uns wie Erwachsene noch zu gedulden.«

»Aber es hat doch Spaß gemacht, oder nicht?«, hatte Lenina beharrt.

»O ja, einen Riesenspaß«, hatte er versichert, aber

in einem so traurigen Ton, mit einem so unglücklichen Gesichtsausdruck, dass Leninas Triumphgefühl gleich verpufft war. Vielleicht fand er sie doch zu rundlich.

»Sag ich doch«, hatte Fanny bloß bemerkt, als Lenina sich ihr anvertraute. »Alkohol in seinem Surrogat.«

»Und trotzdem mag ich ihn«, bekannte Lenina. »Er hat so wunderbar angenehme Hände. Und wie er die Schultern bewegt – das ist sehr anziehend.« Sie seufzte. »Wenn er bloß nicht so *komisch* wäre.«

2

Vor der Tür zum Büro des Direktors blieb Bernard einen Augenblick stehen, holte erst einmal tief Luft und straffte die Schultern, um sich gegen die Abneigung und die Missbilligung zu wappnen, die ihn drinnen gewiss erwarteten. Er klopfte und trat ein.

»Wenn Sie bitte diesen Passierschein paraphieren wollen, Direktor«, sagte er so nonchalant wie möglich und legte das Formular auf die Schreibfläche.

Der Direktor bedachte ihn mit einem säuerlichen Blick. Doch das Formular trug oben den Stempel des Weltcontrollers und die schwungvoll schwarze Unterschrift Mustapha Monds. Es hatte alles seine Richtigkeit. Dem DCK blieb keine Wahl. Er setzte seine Initialen – zwei zarte kleine, demütig zu Füßen Mustapha Monds kauernde Buchstaben – darunter und wollte den Schrieb ohne ein Wort oder freundliches ›Ford befohlen‹ zurückreichen, als ihn etwas am Wortlaut des Passierscheins stutzen ließ.

»Für das Reservat New Mexico?«, fragte er, und sowohl sein Tonfall wie auch das Gesicht, das er Bernard entgegenhob, verrieten bewegte Verwunderung.

Von der Überraschung des DCK überrascht, nickte Bernard. Es entstand eine Pause.

Stirnrunzelnd lehnte sich der Direktor auf seinem Stuhl zurück. »Wie lange mag das her sein?«, sagte er mehr zu sich als zu Bernard. »Gut zwanzig Jahre, schätze ich. Wenn nicht fünfundzwanzig. Ich muss in Ihrem Alter gewesen sein …« Seufzend wiegte er den Kopf.

Bernard wurde extrem unbehaglich. Dass ein so konventioneller, so skrupulös korrekter Mann wie der Direktor einen derart unverzeihlichen Fauxpas beging! Er hätte sich die Hände vors Gesicht schlagen mögen, aus dem Raum stürzen. Nicht, weil er persönlich per se daran etwas anstößig gefunden hätte, dass jemand über eine weit zurückliegende Zeit sprach; das gehörte zu den hypnopädischen Vorurteilen, die er (wie er glaubte) vollkommen überwunden hatte. Was ihn verlegen machte, war vielmehr das Wissen, dass der Direktor seinerseits dergleichen missbilligte und sich, obwohl er es missbilligte, dennoch zu einem solch verpönten Benehmen hinreißen ließ. Von welchem inneren Zwang getrieben? Bei allem Unbehagen lauschte Bernard begierig.

»Mir ging es wie Ihnen«, sagte der Direktor. »Ich wollte mir mal die Wilden ansehen. Erhielt einen Passierschein für New Mexico und verbrachte die Sommerferien dort. Mit einem Mädchen, das ich zu der Zeit nahm. Sie war Beta-Minus, und ich glaube« (er schloss die Augen) »sie hatte gelbes Haar. Jedenfalls war sie pneumatisch, ganz besonders pneumatisch; daran erinnere ich mich noch gut. Nun, wir flogen hin, wir sahen uns die Eingeborenen an, wir ritten auf Pferden und was nicht alles. Und dann – es war fast der letzte meiner genehmigten Urlaubstage –, dann … verschwand sie. Wir waren auf einen der abscheulichen Berge hinaufgeritten, die sie dort haben, es war entsetzlich heiß und drückend, und nach dem Lunch schliefen wir ein. Oder jedenfalls schlief ich ein. Sie muss spazieren gegangen sein, jedenfalls war sie, als ich aufwachte, weg. Und dann brach ausgerechnet in diesem Moment der schlimmste Gewittersturm los, den ich je erlebt habe. Es goss, brauste und blitzte; die Pferde rissen sich los und flohen; ich stürzte beim Versuch, sie einzufangen, und verletzte mich am Knie; ich konnte kaum gehen. Trotzdem suchte ich überall, ich rief, ich suchte. Aber ich fand von ihr nicht die geringste Spur. Da dachte ich, sie müsse allein zum Rasthaus zurückgekehrt sein. Also kroch ich auf eben dem Weg ins Tal hinab, auf dem wir gekommen waren. Mein Knie schmerzte erbärmlich, und ich hatte mein Soma verloren. Es dauerte Stunden. Ich erreichte das Rasthaus erst nach Mitternacht. Aber sie war nicht da. Sie war nicht da«, wiederholte der Direktor und schwieg lange. »Nun«, fuhr er schließlich fort, »wir schickten am nächsten Tag einen Suchtrupp los. Aber wir konnten sie nirgends finden. Sie musste in eine Schlucht gestürzt oder von einem Berglöwen gerissen worden sein. Ford allein weiß es. Es war schrecklich. Es setzte mir damals sehr zu. Vielleicht mehr als nötig. Schließlich war es ein Unglück, es hätte jedem passieren können, und selbstverständlich überdauert der Gesellschaftskörper, selbst wenn sich die Zellzusammensetzung ändert.« Doch der schlafgelernte Trost zog offenbar nicht recht. Der DCK schüttelte den Kopf. »Ich träume tatsächlich noch manchmal davon«, fuhr er gedämpft fort. »Ich träume, dass mich ein gewaltiger Donnerschlag weckt und sie weg ist, ich träume davon, wie ich sie endlos unter den Bäumen suche.« Er verfiel wieder ins Grübeln.

»Das muss ein schlimmer Schlag gewesen sein«, sagte Bernard fast neidisch.

Der Klang dieser zweiten Stimme riss den betretenen Direktor in die Realität zurück; er streifte Bernard mit einem Blick, sah weg, wurde knallrot und musterte ihn dann so argwöhnisch wie arrogant. »Glauben Sie ja nicht«, meinte er hochfahrend, »dass mein Verhältnis zu dem Mädchen unziemlich war. Keineswegs emotional oder verstrickt. Zwischen uns war alles vollkommen gesund und normal.« Er reichte Bernard seinen Passierschein. »Ich weiß wirklich nicht, weshalb ich Sie mit dieser belanglosen Anekdote gelangweilt habe.« Die ganze Wut darüber, dass er sein schmachvolles Geheimnis preisgegeben hatte, ließ er nun an Bernard aus. In seinen Augen flackerte pure Feindseligkeit. »Und ich erlaube mir bei dieser Gelegenheit die Bemerkung, Mr Marx«, setzte er hinzu, »dass mir gar nicht gefällt, was mir über Ihr Benehmen außerhalb der Arbeitszeit zu Ohren kommt. Sie mögen finden, dass mich das nichts angeht. Sie irren. Ich muss an den Ruf des Centers denken. Meine Fachkräfte müssen über jeden Verdacht erhaben sein, besonders die aus den höchsten Kasten. Alphas sind emotional so konditioniert, dass sie nicht infantil sein *müssen*. Umso mehr Grund haben sie, sich um Konformität zu bemühen. Es ist ihre Pflicht, infantil zu sein, selbst gegen ihre Neigung. Ich warne Sie also, Mr Marx.« Die Stimme des Direktors bebte vor nunmehr rechtschaffener und gänzlich unpersönlicher Empörung – Ausdruck der Missbilligung des Kollektivs selbst. »Sollte ich erneut hören, dass Sie es am angemessenen Infantildekorum fehlen lassen, werde ich um Ihre Versetzung an ein Subcenter bitten – vorzugsweise auf Island. Guten Morgen.« Und damit wandte sich der Direktor auf seinem Drehstuhl ab, nahm einen Stift zur Hand und begann zu schreiben.

Das wird ihm eine Lehre sein, sagte er sich. Doch weit gefehlt. Bernard verließ das Büro mit geschwellter Brust, jubelnd geradezu, als er die Tür ins Schloss warf, bei der Vorstellung, dass er es ganz allein gegen die Ordnung der Dinge aufnahm, beflügelt von dem berauschenden Bewusstsein seiner individuellen Bedeutung und Wichtigkeit. Selbst die angedrohte Ächtung beeindruckte ihn nicht, schreckte nicht, sondern stärkte. Er fühlte sich stark genug, sich in bedrängter Lage zu stellen und zu bestehen, fühlte sich sogar Island gewachsen. Seine Zuversicht war umso größer, als er keine Sekunde lang glaubte, dass er überhaupt je irgendetwas würde bestehen müssen. Man versetzte Leute nicht wegen solcher Lappalien nach Island. Island war eine leere Drohung. Eine sehr stimulierende, belebende Drohung. Als er den Korridor hinabging, pfiff er tatsächlich.

Heroisch war der Bericht, den er am Abend von seinem Gespräch mit dem DCK lieferte. »Worauf ich«, schloss er, »ihm schlicht gesagt habe, er solle doch hingehen, wo die Vergangenheit wächst, und hinausmarschiert bin. Und das war's.« Er sah Helmholtz Watson erwartungsvoll an, hoffte auf den angemessenen Lohn an Mitgefühl, Ermutigung, Bewunderung. Aber kein Wort. Helmholtz saß stumm mit niedergeschlagenen Augen da.

Er konnte Bernard wirklich gut leiden, er war ihm als einzigem Mann seiner Bekanntschaft, mit dem er über die Dinge sprechen konnte, die ihm am Herzen lagen, dankbar. Nichtsdestotrotz gab es an Bernard auch Dinge, die er unerträglich fand. Seine Protzsucht zum Beispiel. Und die Ausbrüche kläglichen Selbstmitleids, die dieser meist auf dem Fuße folgten. Wie auch die beklagenswerte Angewohnheit, im Nachhinein Mut zu beweisen und abwesend mit ungewöhnlicher Geistesgegenwart zu brillieren. Das alles fand er unerträglich – gerade weil er Bernard wirklich gut leiden konnte. Lange Sekunden verstrichen. Helmholtz starrte weiter auf den Boden. Und plötzlich wurde Bernard rot und wandte das Gesicht ab.

3

Die Reise verlief recht ereignislos. Die Blue Pacific Rocket traf zweieinhalb Minuten vor der Zeit in New Orleans ein, verlor vier Minuten in einem Wirbelsturm über Texas, geriet jedoch bei 95 Grad westlicher Länge in ein Starkwindband und konnte daher mit nur knapp vierzig Sekunden Verspätung in Santa Fé landen.

»Vierzig Sekunden bei sechseinhalb Stunden Flugzeit. Gar nicht so schlecht«, räumte Lenina ein.

Die Nacht verbrachten sie in Santa Fé. Das Hotel war hervorragend – unvergleichlich viel besser als zum Beispiel das grauenvolle Aurora Bora Palace, in dem Lenina im letzten Sommer so gelitten hatte. Flüssigluft, Tele, Vibrovak, Radio, trinkfertige Koffeinlösung, vorgewärmte Kontrazeptiva und acht verschiedene Düfte in allen Schlafzimmern. Die Synthimusikanlage lief, als sie die Lobby betraten, und das Programm ließ nichts zu wünschen übrig. Eine Anschlagtafel im Fahrstuhl verzeichnete sechzig Fahrtreppen-Squashcourts im Haus sowie die Möglichkeit, in den Anlagen sowohl Hindernis- wie auch E-Magneto-Golf zu spielen.

»Das klingt ja alles großartig!«, rief Lenina. »Fast wünschte ich, wir könnten hier bleiben. Sechzig Fahrtreppen-Squashcourts ...«

»Die wird es im Reservat nicht geben«, warnte Bernard. »Auch keine Düfte, kein Tele, nicht einmal fließend Wasser. Wenn du meinst, das erträgst du nicht, dann bleib lieber hier, bis ich zurückkomme.«

Lenina war regelrecht beleidigt. »Selbstverständlich ertrage ich es. Ich sage nur, dass es hier großartig ist, weil ... nun ja, weil der Fortschritt nun mal großartig ist, oder nicht?«

»Altersstufe dreizehn bis siebzehn einmal die Woche fünfhundert Wiederholungen«, meinte Bernard müde wie zu sich selbst.

»Was sagst du?«

»Ich sagte, ja, der Fortschritt ist großartig. Deshalb solltest du mich auch nur dann ins Reservat begleiten, wenn du das wirklich willst.«

»Aber ja, ich will.«

»Also gut«, sagte Bernard, und es klang fast wie eine Drohung.

Ihr Passierschein musste noch vom Reservatsaufseher unterzeichnet werden, in dessen Büro sie folglich am Morgen vorsprachen. Ein schwarzer Epsilon-Plus-Pförtner nahm Bernards Karte entgegen, und sie wurden fast augenblicklich vorgelassen.

Der Aufseher war ein blonder, brachycephaler Alpha-Minus, gedrungen, rot- und mondgesichtig mit breiten Schultern und einer laut posaunenden Stimme, bestens geeignet zur Proklamation hypnopädischer Weisheiten. Er war ein unerschöpflicher Quell belangloser Informationen und unerbetener Ratschläge. Wenn er erst losgelegt hatte, hörte das Posaunen nicht so schnell wieder auf.

»... fünfhundertundsechzigtausend Quadratkilometer, unterteilt in vier einzelne Subreservate, jedes umgeben von einem Hochspannungszaun.«

Just in diesem Moment fiel Bernard aus unerfindlichen Gründen plötzlich ein, dass er in seinem Londoner Bad den Eau-de-Cologne-Hahn nicht zugedreht hatte.

»... mit Strom versorgt von der Wasserkraftstufe Grand Canyon.«

›Das wird mich ein Vermögen kosten, bis wir zurück sind.‹ Vor seinem inneren Auge sah Bernard die Nadel des Duftmessers ameisengleich unermüdlich im Kreis herum kriechen. ›Ich sollte schnell bei Helmholtz Watson anrufen.‹

»... über fünftausend Kilometer Zaun mit sechzigtausend Volt.«

»Tatsächlich?«, meinte Lenina höflich, die kein Wort von dem aufnahm, was der Aufseher erzählte, sondern sich einfach von seinen dramatischen Pausen leiten ließ. Sobald der Mann nämlich losposaunt hatte, hatte sie unbemerkt ein Halbgramm Soma geschluckt, mit dem Ergebnis, dass sie jetzt entspannt dasitzen und weder zuhören noch denken konnte, während ihre großen blauen Augen voll verzückter Aufmerksamkeit auf den Aufseher geheftet blieben.

»Den Zaun zu berühren bedeutet den sofortigen Tod«, verkündete der Aufseher feierlich. »Aus einem Eingeborenenreservat gibt es kein Entkommen.«

Das Wort ›Entkommen‹ klang verheißungsvoll. »Mir scheint«, sagte Bernard und wollte sich erheben, »wir sollten langsam aufbrechen.« Die kleine schwarze Nadel krabbelte, wie ein Insekt, knabberte an der Zeit, nagte ein Loch in seine Finanzen.

»Kein Entkommen«, wiederholte der Aufseher und winkte ihn auf seinen Stuhl zurück, und da der Passierschein noch nicht gegengezeichnet war, blieb Bernard keine andere Wahl, als sich zu fügen. »Diejenigen, die im Reservat *geboren* werden – und Sie müssen bedenken, junge Frau«, fügte er mit einem lüsternen Blick auf Lenina und anzüglich gesenkter

Stimme an, »müssen bedenken, dass Kinder in dem Reservat nach wie vor *geboren* werden, ja, tatsächlich geboren, so widerwärtig es ist ...« (Er hoffte, dass das schändlich gestreifte Thema Lenina zum Erröten bringen würde, aber sie lächelte bloß scheinaufmerksam und bemerkte: »Was Sie nicht sagen!« Enttäuscht setzte der Aufseher noch einmal neu an.) »Diejenigen, wie gesagt, die im Reservat *geboren* werden, werden dort unentrinnbar auch sterben.«

Unentrinnbar sterben ... Ein Deziliter Eau-de-Cologne pro Minute. Sechs Liter die Stunde. »Mir scheint«, versuchte es Bernard erneut, »wir sollten ...«

Sich vorbeugend klopfte der Aufseher mit dem Finger auf den Tisch. »Wenn Sie mich fragen, wie viele Menschen auf dem Reservat leben, kann ich nur sagen« – das mit Genugtuung – »wir wissen es nicht. Wir können nur raten.«

»Was Sie nicht sagen.«

»In der Tat, junge Frau, das sage ich.«

Sechsmal vierundzwanzig – nein, eher sechsmal sechsunddreißig. Bernard war inzwischen blass um die Nase, er zitterte vor Ungeduld. Unentrinnbar ging das Posaunen weiter.

»... rund sechzigtausend Indianer und Halbblut ... reine Wilde ... unsere Inspektoren statten ihnen sporadisch Besuche ab ... ansonsten, nein, keinerlei Kontakt zur zivilisierten Welt ... bewahren unverändert ihre widerwärtigen Sitten und Gebräuche ...

Ehen, wenn Sie wissen, was das ist, junge Frau … Familien … keine Konditionierung … monströser Aberglaube … Christentum und Totemismus und Ahnenkult … ausgestorbene Sprachen wie Zuñi und Spanisch und Athapaskanisch … Pumas, Baumstachler und andere wilde Tiere … ansteckende Krankheiten … Priester … Giftechsen …«

»Was Sie nicht sagen.«

Schließlich konnten sie doch noch entkommen. Bernard stürzte ans Telefon. Schnell, schnell; fast drei Minuten brauchte er, um Helmholtz Watson zu erreichen. »Als befänden wir uns bereits unter Wilden!«, beschwerte er sich. »Alles Inkompetenzler, verdammt!«

»Lieber ein Gramm«, riet Lenina.

Er weigerte sich, er zog seinen Zorn vor. Und schließlich, Fordseidank, kam er durch, und ja, es war Helmholtz am Apparat, Helmholtz, dem er erklären konnte, was passiert war, und der versprach, sofort in der Wohnung vorbeizuschauen, augenblicklich, und den Hahn zuzudrehen, ja, augenblicklich, der aber außerdem die Gelegenheit nutzte, Bernard zu warnen, was der DCK gestern, und zwar gestern Abend, und zwar öffentlich, gesagt hatte …

»Was? Er will mich ersetzen?« Bernard presste es gequält hervor. »Es steht also fest? Hat er Island erwähnt? Ja, sagst du? Gütiger Ford! Island …« Er legte auf und wandte sich nach Lenina um. Sein Gesicht war aschfahl, die Miene bestürzt.

»Was hast du?«, fragte sie.

»Was ich habe?« Er ließ sich schwer auf einen Stuhl fallen. »Ich soll nach Island versetzt werden.«

In der Vergangenheit hatte er sich oft gefragt, wie es wohl wäre, sich (somalos und aller außer der inneren Ressourcen beraubt) einer großen Prüfung stellen zu müssen, Schmerz, Verfolgung; er hatte sich regelrecht nach Bedrängnis gesehnt. Erst vor einer Woche im Büro des Direktors hatte er sich eingebildet, großer Not tapfer die Stirn geboten, sie stoisch und wortlos ertragen zu haben. Die Drohungen des Direktors hatten ihn geradezu beflügelt, hatten ihm das Gefühl gegeben, überlebensgroß zu sein. Doch hatte das, wie er nun einsehen musste, eben daran gelegen, dass er die Drohungen nicht ernst genommen, nicht geglaubt hatte, dass der DCK im Zweifelsfall handeln würde. Jetzt aber, da es so aussah, als wollte dieser seine Drohung tatsächlich wahrmachen, war Bernard entsetzt. Von dem eingebildeten Stoizismus, der theoretischen Courage blieb nicht die geringste Spur.

Er wütete gegen sich – was war er aber auch für ein Idiot! –, gegen den Direktor – wie ungerecht, ihm nicht die zweite Chance zu gewähren, die er, und daran hatte er nun nicht mehr den geringsten Grund zu zweifeln, immer zu ergreifen beabsichtigt hatte. Und dann auch noch ausgerechnet Island, Island …

Lenina schüttelte den Kopf. »War und will bringt nichts als Unbill«, zitierte sie, »nehm ich ein Gramm, bin ich auf dem Damm.«

Am Ende konnte sie ihn überreden, vier Soma-Tabletten zu schlucken. Fünf Minuten später waren Wurzeln und Früchte vergessen, rosig entfaltete sich die Blüte des Jetzt. Der Portier meldete, auf Befehl des Aufsehers warte eine Reservatssicherungskraft abflugbereit auf dem Hoteldach. Sie nahmen sofort den Fahrstuhl nach oben. Ein Achtelblut in gammagrüner Uniform salutierte und ratterte das morgendliche Programm herunter.

Eine Besichtigung von zehn oder einem Dutzend der wichtigsten Pueblos aus der Vogelperspektive, dann zum Lunch eine Landung im Malpais-Tal. Das dortige Rasthaus sei sehr komfortabel, und oben im Dorf hielten die Eingeborenen höchstwahrscheinlich gerade ihre Sommerzeremonie ab. Also sei das der beste Ort für eine Übernachtung.

Sie nahmen im Heli Platz, und es ging los. Zehn Minuten später überflogen sie die Grenze zwischen Zivilisation und Wildnis. Über Berg und Tal, über Salz- und Sandwüsten, durch Wälder und bis in die blauvioletten Tiefen der Canyons hinunter, über Klippen und Gipfel und Tafelberge zog sich endlos der Zaun, unbeirrbare Gerade, das lineare Symbol des Triumphs menschlicher Zielstrebigkeit. An seinem unterem Rand markierten da und dort ein Mosaik weißer Knochen oder ein halbzerfallener Kadaver auf lohfarbenem Grund die Stellen, wo Wild oder Vieh, Pumas, Baumstachler, Kojoten oder die gefräßigen Truthahngeier, angelockt vom Aasgeruch und verpufft gleichsam im Zeichen ausgleichender Gerechtigkeit, den vernichtenden Drähten zu nah gekommen waren.

»Sie kapieren es nicht«, sagte der grün uniformierte Pilot und zeigte auf die Gerippe hinab. »Sie werden es nie kapieren«, fügte er lachend hinzu, als hätte er über die stromexekutierten Tiere irgendwie einen persönlichen Sieg errungen.

Auch Bernard lachte; nach zwei Gramm Soma schien der Witz unerklärlich gut. Lachte und schlief dann fast augenblicklich ein, so dass er schlummernd über Taos und Tesuque, über Nambe und Picuris und Pojoaque, über Sia und Cochiti, über Laguna, Acoma und die Enchanted Mesa, über Zuñi, Cibola und Ojo Caliente hinweggetragen wurde und erst erwachte, als die Maschine wieder am Boden stand, Lenina die Koffer in ein kleines, quadratisches Haus trug und das gammagrüne Achtelblut Unverständliches zu einem jungen Indianer sagte.

»Malpais«, erklärte der Pilot, als Bernard ausstieg. »Dort ist das Rasthaus. Und heute Nachmittag gibt es im Dorf einen Tanz. Er wird Sie hinführen.« Er deutete auf den missmutigen jungen Eingeborenen. »Wird sicher komisch.« Er grinste. »Alles, was sie tun, ist komisch.« Und mit diesen Worten stieg er in seinen Helikopter und ließ den Motor an. »Bis morgen. Und denken Sie dran«, sagte er noch beschwichtigend zu Lenina, »sie sind absolut zahm; sie werden Ihnen nichts tun, die Wilden. Sie haben längst Bekanntschaft mit Gasbomben gemacht und wissen, dass sie nichts anstellen dürfen.« Immer noch lachend, setzte er die Rotoren in Gang, gab Pitch und war weg.

Kapitel VII

Die Mesa glich einem bei Flaute in einem Isthmus aus löwengelbem Staub dümpelndem Schiff. Die Enge wand sich zwischen steilen Ufern hin, und von einer Steilwand zur anderen mäandernd durchzog das Tal ein grüner Streifen – der Fluss mit seinen Feldern. Am Bug des in der Mitte des Isthmus treibenden Felsschiffs und als geometrische Steinformation gleichsam ein Teil von ihm stand das Dorf Malpais. Wie lose gestapelte Würfel, ein jeder schmaler als der darunter, ragten die hohen Behausungen wie amputierte Stufenpyramiden in den blauen Himmel. Zu ihren Füßen versammelten sich geduckte, kunterbunte Bauten, ein Gewirr von Mauern, während an drei Seiten die Steilkanten des Tafelbergs lotrecht in die Ebene stürzten. Vereinzelt stiegen Rauchsäulen vollkommen gerade in die windstille Luft und verloren sich.

»Sonderbar«, sagte Lenina. »Wirklich sonderbar.« Mit diesem Wort fällte sie für gewöhnlich ein vernichtendes Urteil. »Gefällt mir gar nicht. Und der Mann da gefällt mir auch nicht.« Sie deutete auf den

Indianer, der abgestellt worden war, sie ins Pueblo zu bringen. Das Gefühl beruhte offenbar auf Gegenseitigkeit; selbst der Rücken des Mannes schien, als er ihnen vorausging, Feindseligkeit auszudrücken, missmutige Verächtlichkeit.

»Außerdem«, sie senkte die Stimme, »stinkt er.«

Bernard machte sich nicht die Mühe, es zu bestreiten. Sie gingen weiter.

Plötzlich schien der Äther selbst sich zu beleben, zu pulsieren, unerlässlich zu pumpen wie Blut. Oben in Malpais wurde getrommelt. Unwillkürlich passten sich ihre Schritte dem Rhythmus des rätselhaften Herzschlags an; sie beschleunigten sie. Der Weg führte sie an den Fuß der Klippen. Die Bordwand des gewaltigen Mesa-Schiffs ragte über ihnen auf: dreihundert Fuß bis zum Schandeck.

»Wenn wir doch nur den Heli hätten«, sagte Lenina mit mürrisch an der schieren Flanke hoch wanderndem Blick. »Ich hasse Fußmärsche. Und man kommt sich so klein vor, wenn man am Fuß eines Abhangs steht.«

Sie gingen ein gutes Stück im Tafelbergschatten, bis sie eine Felsnase umrundet hatten und dort, in einer ausgewaschenen Schlucht, auf den Zugang stießen, gewissermaßen die Schiffstreppe. Sie stiegen. Der sehr steile Pfad verlief im Zickzack von einer Seite der Schlucht zur anderen. Manchmal war das Pulsen der Trommeln kaum zu hören, dann wieder so laut, als würden sie hinter der nächsten Biegung geschlagen.

Auf halbem Wege strich ein Adler so dicht an ihnen vorbei, dass der Wind seiner Schwingen sie kalt anwehte. In einem Felsspalt lag ein Haufen Knochen. Alles war beklemmend sonderbar, und der Indianer roch immer stärker. Schließlich traten sie aus der Schlucht ins Sonnenlicht. Die Gipfelebene des Tafelbergs war ein steinernes Deck.

»Wie der Charing-T-Turm«, bemerkte Lenina. Doch war ihr nicht vergönnt, sich lange an dieser beruhigenden Ähnlichkeit zu erfreuen. Das Scharren weicher Sohlen ließ sie herumfahren. Mit entblößter Brust, die tiefbraunen Körper mit weißen Strichen bemalt (»wie Asphalttennisplätze«, sollte Lenina später erläutern), die Gesichter wegen der roten, schwarzen und ockerfarbenen Verzierungen kaum mehr menschlich, kamen zwei Indianer auf dem Pfad auf sie zugestürmt. In ihr schwarzes Haar waren Fuchsfell- und rote Flanellstreifen geflochten. Umhänge aus Truthahnfedern umflatterten ihre Schultern, gewaltige Federdiademe grellbunt ihre Häupter. Bei jedem ihrer Schritte klirrten und schepperten Silberreife, schwerer Halsschmuck aus Knochen und Türkisplättchen. Sie näherten sich wortlos und leichtfüßig auf Hirschledermokassins. Einer der beiden hielt einen Federstab, der andere in beiden Händen etwas, was von ferne nach drei, vier dicken Seilenden aussah. Doch wand sich eines dieser Seile zuckend, und da begriff Lenina, dass es Schlangen waren.

Die Männer kamen immer näher; ihre dunklen Augen musterten sie ohne Regung, ohne den kleinsten Hinweis darauf, dass sie sie gesehen hatten oder sich überhaupt ihrer Existenz bewusst waren. Die eben noch zuckende Schlange hing jetzt wieder so schlapp herab wie die anderen. Die Männer zogen vorbei.

»Das gefällt mir nicht«, sagte Lenina. »Das gefällt mir gar nicht.«

Noch weniger gefiel ihr, was sie am Eingang zum Dorf erwartete, wo ihr Begleiter sie zurückließ, während er sich drinnen Instruktionen holte. Allein schon der Dreck, dann die vielen Abfälle, der Staub, die Hunde, die Fliegen. Sie verzog angewidert das Gesicht. Sie drückte sich ihr Taschentuch an die Nase.

»Wie können sie bloß so leben!«, rief sie in ungläubig empörtem Ton. (Das war doch nicht möglich.)

Bernard zuckte philosophisch mit den Schultern. »Na ja, sie tun es seit fünf-, sechstausend Jahren. Sie dürften sich allmählich daran gewöhnt haben.«

»Aber Reinlichkeit kommt doch gleich nach Fordlichkeit«, beharrte sie.

»Genau, und Zivilisation ist Sterilisation«, ergänzte Bernard ironisch diese zweite hypnopädische Elementarstufenlektion in Hygiene. »Nur haben diese

Menschen von Unserem Ford nie gehört, und sie sind nicht zivilisiert. Also hat es auch keinen Sinn …«

»Oh!« Sie packte seinen Arm. »Sieh nur!«

Ein fast nackter Indianer stieg mit der zittrigen Bedächtigkeit der Hochbetagten sehr langsam die Leiter vom oberen Stock eines Nachbarhauses hinab – Sprosse um Sprosse. Sein Gesicht war tief zerklüftet und schwarz wie eine Obsidianmaske. Der zahnlose Mund war eingefallen. In den Mundwinkeln und beiderseits des Kinns schimmerten wenige lange Borsten fast weiß auf der Haut. Das lange, ungeflochtene Haar umwehte sein Gesicht in dünnen grauen Strähnen. Sein gebeugter Körper war bis auf die Knochen abgezehrt, beinahe fleischlos. Überaus langsam stieg er herab, auf jeder Sprosse legte er vor dem nächsten Schritt eine Pause ein.

»Was hat er nur?«, flüsterte Lenina. Ihre Augen waren vor Schreck und Staunen geweitet.

»Er ist einfach alt«, antwortete Bernard so sorglos wie möglich. Auch er war verstört, gab sich jedoch Mühe, unbekümmert zu wirken.

»Alt?«, wiederholte sie. »Der Direktor ist alt, viele sind alt, aber doch nicht so.«

»Weil wir es ihnen nicht gestatten. Wir bewahren sie vor Krankheiten. Wir halten ihre Sekretionen künstlich im jugendlichen Gleichgewicht. Wir lassen ihren Magnesium-Calcium-Index nie unter die Werte eines Dreißigjährigen sinken. Wir geben ihnen

Transfusionen jungen Bluts. Wir regen dauerhaft ihren Stoffwechsel an. Also sehen sie natürlich nicht so aus. Zum Teil deshalb«, fügte er hinzu, »weil die allermeisten von ihnen sterben, lange bevor sie das Alter dieser Kreatur erreichen. Bis sechzig bleiben sie jung, und dann, zack!, ist es vorbei.«

Doch Lenina hörte gar nicht zu. Sie beobachtete den Alten. Langsam, langsam stieg er herab. Sein Fuß ertastete den Boden. Er wandte sich um. In ihren tiefen Höhlen waren die Augen noch von erstaunlicher Leuchtkraft. Und diese Augen betrachteten sie nun eine gute Weile ohne Ausdruck, ohne Verwunderung, als wäre sie überhaupt nicht da. Dann humpelte der alte Mann mit gebeugtem Rücken an ihnen vorbei und verschwand.

»Aber das ist ja furchtbar«, flüsterte Lenina. »Grauenhaft. Wir hätten nicht herkommen dürfen.« Sie wühlte in ihrer Tasche nach ihrem Soma und musste feststellen, dass sie das Tablettenröhrchen in bis dato ungekannter Vergesslichkeit im Rasthaus hatte liegen lassen. Bernards Taschen waren ebenfalls leer.

Lenina musste sich den Schrecken von Malpais also ungeschützt stellen. Und die folgten nun Schlag auf Schlag. Der schändliche Anblick zweier stillender junger Mütter ließ sie tief erröten und das Gesicht abkehren. Etwas so Unanständiges hatte sie in ihrem ganzen bisherigen Leben nicht gesehen. Und Bernard machte alles noch schlimmer, indem er die ekelhaft vivipare Szene auch noch freimütig kommentierte. Jetzt, da die Wirkung des Soma nachgelassen hatte, schämte er sich seiner vormittäglichen Nervenschwäche im Hotel und tat sein Äußerstes, stark und unorthodox zu erscheinen.

»Was für ein wunderbar intimes Verhältnis«, befand er bewusst frevelhaft. »Und was es für starke Gefühle hervorrufen muss! Ich habe mich oft schon gefragt, ob uns, die wir keine Mütter kennen, nicht etwas entgeht. Dir zum Beispiel, Lenina, weil du niemals Mutter sein wirst. Stell dir vor, du säßest hier mit einem eigenen kleinen Baby …«

»Bernard! Was unterstehst du dich!« Das Auftauchen einer alten Frau mit Augen- und Hautleiden lenkte sie von ihrer Entrüstung ab.

»Lass uns wieder gehen«, flehte sie. »Das gefällt mir alles gar nicht.«

Doch im selben Moment kehrte ihr Begleiter zurück, gab ihnen mit einem Handzeichen zu verstehen, sie möchten ihm folgen, und ging durch eine schmale Gasse zwischen Häusern voraus. Sie bogen um eine Ecke. Im Kehricht lag ein toter Hund, eine Frau mit Kropf lauste ein kleines Mädchen. Am Fuß einer Leiter blieb ihr Begleiter stehen, hob senkrecht die Hand und stieß sie dann im Neunziggradwinkel vor. Sie taten, wie er ihnen stumm geheißen – stiegen die Leiter hinauf und traten durch die Öffnung an deren oberem Ende in einen länglichen, schmalen, recht dunklen und nach Rauch, Bratfett und lange getragenen, lange ungewaschenen Kleidern riechenden Raum. In der gegenüberliegenden Wand gab es eine weitere Öffnung, durch die ein Sonnenstrahl fiel und durch den der Lärm, sehr laut und sehr nah, der Trommeln drang.

Sie traten über die Schwelle und fanden sich auf einer weiten Terrasse wieder. Unter ihnen, von hohen Lehmziegelbauten umschlossen, drängten sich zahllose Indianer auf einem Dorfplatz. Bunte Decken, Federn in schwarzem Haar, blitzender Türkisschmuck, dunkle, schweißglänzende Haut. Lenina presste erneut ihr Taschentuch an die Nase. Auf dem freien Areal in der Mitte des Platzes erhoben sich zwei runde Sockel aus Stein und gestampftem Lehm, Abdeckungen unterirdischer Kammern offensichtlich, denn mitten in jedem Sockel gab es eine offene Luke und eine Leiter, die aus dem Dunkel darunter emporragte. Von dort stiegen unterirdische Flötenklänge auf und verloren sich beinahe im steten, unerbittlichen Drängen der Trommeln.

Die Trommeln gefielen Lenina. Sie schloss die Augen und überließ sich ihrem sanften Donnergrollen, erlaubte diesem, immer tiefer in ihr Bewusstsein zu dringen, bis es schließlich nichts auf der Welt gab als diesen dunklen Pulsschlag aus Klang. Das erinnerte sie auf beruhigende Weise an die Synthitöne der Solidaritätsmessen und Feierlichkeiten zum Ford's Day. »Ringel, Ringel, Orgie«, flüsterte sie leise vor sich hin. Diese Trommeln hier schlugen genau die gleichen Rhythmen.

Dann erscholl urplötzlich Gesang – Hunderte Männerstimmen gellten metallisch im Chor. Ein langgezogener Ruf, dann nichts – das donnernde Nichts der Trommeln, beantwortet, in wieherndem Sopran, vom Gesang der Frauen. Dann wieder Trommeln und abermals die wild brüllende Bestätigung der Männlichkeit der Männer.

Sonderbar – das schon. Der Ort war sonderbar, und auch die Musik war es, Kleidung, Kröpfe, Hautkrankheiten und Alte waren es. Aber der Ablauf – der kam ihr gar nicht so sonderbar vor.

»Es erinnert mich an niedrigkastige Kollektivsänge«, sagte sie zu Bernard.

Wenig später aber erinnerte es sie schon sehr viel weniger an jene unschuldigen Anlässe. Denn ohne Vorwarnung war aus den runden, unterirdischen Kammern eine grause Schar Ungeheuer geschwärmt. Abscheulich maskiert oder bis zur Menschenunkenntlichkeit bemalt, begannen sie einen eigentümlich hinkenden, stampfenden Tanz um den Platz, ringsherum, ringsherum, singend, ringsherum, ringsherum, mit jeder Runde in dem Maß schneller, wie die Trommeln ihren Takt wechselten und steigerten, bis er in den Ohren zu Fieberpochen wurde; die Menge stimmte in den Gesang der Tänzer ein, lauter, lauter, und dann schrie erst eine, dann die nächste und die nächste Frau gellend, als würden sie abgestochen; und dann brach der Anführer der Tänzer plötzlich aus der Formation aus, stürzte zu einem großen Holzkasten hin, der seitlich am Platz stand, schlug den Deckel zurück und zog ein Paar schwarze Schlangen hervor. Es erhob sich tosendes Gebrüll, die übrigen Tänzer rannten mit ausgestreckten Händen auf ihn zu. Er warf den Schnellsten die Schlangen zu und griff sich aus dem Kasten die nächsten. Immer mehr wurden es: schwarze, braune, gefleckte Schlangen – er schleuderte sie von sich. Und dann begann erneut der Tanz zu einem ganz neuen Rhythmus. Ringsherum kreisten sie mit ihren Schlangen, schlängelten sich mit weichen, wiegenden Bewegungen der Knie und Hüften im Kreis herum. Ringsherum, ringsherum. Bis der Anführer ein Zeichen gab, und die Schlangen allesamt hintereinander in die Mitte des Platzes geworfen wurden, worauf ein alter Mann aus dem Untergrund aufstieg und die Schlangen mit Maismehl bestäubte, dann aus der anderen Luke eine Frau, die die Schlangen aus einem schwarzen Tonkrug mit Wasser besprengte. Der alte Mann hob die Hand; schlagartig herrschte eine Stille, die einem als Schreck durch die Glieder fuhr. Die Trommeln verstummten, alles Leben schien zum Stillstand gekommen. Der Alte zeigte auf die zwei Luken zur Unterwelt. Und langsam, von unsichtbaren Händen in der Tiefe gehoben, wuchsen aus der einen das bemalte Bildnis eines Adlers, aus der anderen das eines nackten, an ein Kreuz genagelten Mannes. Sie schwebten dort wie aus eigener Kraft, schwebten, als sähen sie zu. Der Alte klatschte in die Hände. Ein bis auf ein weißes Lendentuch splitternackter, etwa achtzehnjähriger Junge trat aus der Menge hervor und bezog vor ihm Position, die Hände über der Brust gekreuzt, den Kopf gesenkt. Der Alte machte über ihm das Kreuzzeichen und wandte sich ab. Langsam begann der Junge den Knäuel sich windender Schlangen zu umkreisen. Einmal hatte er diesen umrundet, ein zweites Mal etwa zur Hälfte, als sich aus der Schar der Tänzer ein hochgewachsener Mann mit Kojotenmaske und einer Peitsche aus geflochtenem Leder löste und auf den Jungen zulief. Der Junge ging weiter, als bemerke er ihn nicht. Der Kojotenmann hob die Peitsche, die Welt hielt den Atem an, dann ein Sausen, ein Pfeifen und das Klatschen auf Haut. Der Junge zuckte, tat aber keinen Mucks und ging im selben, gemessenen Schritt weiter. Der Kojote schlug wieder und wieder zu, und bei jedem Peitschenhieb sog die Menge scharf die Luft ein und stöhnte dann auf. Der Junge schritt weiter. Zwei-, drei-, viermal umrundete er den Platz. Das Blut lief in Strömen an ihm herab. Fünfmal, sechsmal herum. Da hob Lenina die Hände vors Gesicht und schluchzte. »Aufhören, aufhören!«, flehte sie. Doch die Peitsche sauste und sauste nieder. Unerbittlich. Sieben Runden. Mit einem Mal taumelte der Junge und fiel, immer noch ohne Laut, vornüber aufs Gesicht. Der Alte beugte sich über ihn, berührte seinen Rücken mit einer langen weißen Feder, hielt sie einen Augenblick, blutrot, vor der Menge hoch und schüttelte sie dann dreimal über den Schlangen. Ein paar Tropfen fielen, und da setzten die Trommeln wieder ein, explodierten in einem Wirbel rasender Töne; ein wilder Ruf erscholl. Die Tänzer stürzten vor, ergriffen die Schlangen und stürmten vom Platz. Männer, Frauen, Kinder, alle Welt hetzte hinter ihnen her. Kurz darauf war der Platz menschenleer, bis auf den Jungen, der reglos dort lag, wo er gefallen war. Drei alte Weiber traten aus einem der Häuser, stemmten ihn unter Mühen hoch und trugen ihn hinein. Der Adler und der Mann am Kreuz wachten noch eine Weile über das verwaiste Dorf, dann, als hätten sie genug gesehen, sanken sie langsam in ihre Luken zurück, entschwanden den Blicken in die Unterwelt.

Lenina schluchzte noch immer. »Grauenhaft!«, wiederholte sie in einer Tour, und Bernards Bemühungen, sie zu trösten, blieben vergeblich. »Grauenhaft! Das Blut!« Sie schauderte. »Ach, wenn ich doch nur mein Soma hätte.«

Im Raum hinter ihnen wurden Schritte hörbar.

Lenina regte sich nicht, sie saß da, das Gesicht in

die Hände gestützt, versunken und weit weg. Nur Bernard drehte sich um.

Die Tracht des jungen Mannes, der jetzt auf die Terrasse hinaustrat, war indianisch, sein geflochtenes Haar aber strohblond; er hatte hellblaue Augen, und seine Haut war eine weiße, lediglich gebräunte Haut.

»Seid gegrüßt«, sagte der Fremde in makellosem, aber kuriosem English. »Sie sind zivilisiert, nicht wahr? Sie kommen von dem Anderen Ort, außerhalb des Reservats?«

»Wer in aller Welt …?«, hob Bernard verdattert an.

Der junge Mann seufzte und ließ den Kopf hängen. »Ein Unglücksel'ger.« Er deutete auf das Blut in der Mitte des Platzes. »Sehen Sie jenen verdammten Fleck?«, fragte er mit vor Erregung bebender Stimme.

»Lieber ein Gramm als zu Missmut verdammt«, kam es von Lenina automatisch hinter vorgehaltenen Händen. »Hätte ich doch nur mein Soma!«

»Das hätte *ich* sein müssen«, fuhr der junge Mann fort. »Warum haben sie nicht *mich* Opfer sein lassen? Ich hätte zehn Runden geschafft, zwölf, fünfzehn. Palowahtiwa hat es nur auf sieben gebracht. Von mir hätten sie doppelt so viel Blut haben können, mit Purpur die unermesslichen Gewässer färben.« Mit großer Geste warf er die Arme auseinander und ließ sie dann kraftlos sinken. »Aber man ließ mich nicht. Ihnen missfällt meine Gestalt. So war es immer. Immer.« Dem jungen Mann standen Tränen in den Augen; er schämte sich und wandte sich ab.

Fassungslosigkeit ließ Lenina ihren Soma-Entzug vergessen. Sie nahm die Hände vom Gesicht und sah den Fremden jetzt zum ersten Mal an. »Wollen Sie damit sagen, dass Sie *gern* ausgepeitscht worden wären?«

Noch immer halb abgewandt, deutete der junge Mann Zustimmung an. »Zum Wohle des Dorfes – damit der Regen kommt und der Mais wächst. Zum Wohlgefallen Pookongs und Jesus'. Außerdem um zu beweisen, dass ich Schmerz klaglos ertrage. Ja«, sagte er, und seine Stimme wurde kräftiger, er drehte sich mit stolz gestrafften Schultern und trotzig erhobenem Kinn um, »um ihnen zu beweisen, dass ich ein Mann bin … oh!« Er schnappte nach Luft und verstummte großäugig. Er sah zum ersten Mal in seinem Leben das Gesicht eines Mädchens, deren Wangen nicht braun waren wie Kakao oder Hundsleder, deren Haar vielmehr kastanienrot war und dauergewellt, und deren Gesicht (erstaunliches Novum!) freundliches Interesse zeigte. Lenina lächelte; ›was für ein gutaussehender Bursche‹, dachte sie, ›und ein bildschöner Körper‹. Dem jungen Mann schoss das Blut ins Gesicht, er schlug die Augen nieder, hob sie kurz wieder, sah, dass sie immer noch lächelte, und war so überwältigt, dass er sich abwenden und so tun musste, als verfolge er gebannt etwas am anderen Ende des Dorfplatzes.

Bernards Fragen sorgten für Ablenkung. Wer? Wie? Wann? Woher? Den Blick auf Bernards Gesicht geheftet (denn so leidenschaftlich verlangte ihn danach, Lenina lächeln zu sehen, dass er es nicht wagte, sie auch nur anzuschauen), versuchte der junge Mann zu erklären. Linda und er – Linda sei seine Mutter (bei dem Wort wirkte Lenina peinlich berührt) – seien Fremde im Reservat. Linda sei vor langer Zeit von dem Anderen Ort gekommen, vor seiner Geburt, mit einem Mann, der sein Vater war. (Bernard horchte auf.) Sie war drüben in den nördlichen Bergen allein umhergeirrt, war an einer steilen Stelle gestürzt und hatte sich am Kopf verletzt. (»Ja, weiter, weiter«, drängte Bernard voll Ungeduld.) Jäger aus Malpais hatten sie gefunden und ins Dorf gebracht. Den Mann aber, der sein Vater war, den habe Linda niemals wiedergesehen. Sein Name sei Tomakin. (Ach nein! Der DCK hieß mit Vornamen Thomas.) Er musste ohne sie fortgeflogen sein, zurück an den Anderen Ort – ein böser, gemeiner, unnatürlicher Mann.

»Also kam ich in Malpais zur Welt«, schloss der junge Mann. »In Malpais.« Er schüttelte den Kopf.

Das Elend des kleinen Hauses am Rande des Dorfes!

Ein Streifen Staub und Unrat trennte es von der Siedlung.

Zwei halb verhungerte Hunde schnüffelten unanständig in den Abfällen vor der Tür. Drinnen herrschte bei ihrem Eintritt stinkendes, vor Fliegen brummendes Dämmerlicht.

»Linda!«, rief der junge Mann.

Aus dem Innenraum antwortete eine heisere Frauenstimme: »Komme.«

Sie warteten. In Schalen auf dem Boden lagen Überreste eines Mahls, vielleicht auch mehrerer Mahlzeiten.

Die Tür ging auf. Eine sehr füllige blonde Squaw trat über die Schwelle, blieb wie vom Donner gerührt stehen, starrte die Fremden mit vortretenden Augen und offenem Mund an. Lenina sah mit Abscheu, dass ihr zwei Schneidezähne fehlten. Und die Farbe der übrigen … Es schüttelte sie. Das hier war noch schlimmer als der alte Mann. So fett. Und die vielen Furchen in ihrem Gesicht, der schwammige Körper, die Falten. Und die schlaffen Wangen mit den purpurvioletten Flecken. Und die rotgeäderte Nase, die blutunterlaufenen Augen. Und der Hals – der Hals!, die Wolldecke, die sie über den Kopf geschlagen hatte – zerlumpt und schmutzig. Und unter der braunen, sackförmigen Tunika diese riesigen Brüste, die Kugel des Bauchs, die Hüften. Oh, weit schlimmer als der alte Mann, weit, weit schlimmer! Und dann brach aus der Kreatur plötzlich ein Schwall Wörter hervor, sie stürzte mit offenen Armen auf sie zu und – oh Ford! ofordoford!, es war einfach zu ekelhaft, gleich würde Lenina sich übergeben – drückte sie an ihren Kugelbauch, ihren gewaltigen Busen und schmatzte sie ab. Ford! küsste sie, sabberte und roch einfach ekelhaft, badete offenbar nie und stank nach dem widerlichen Zeug, das man den Deltas und Epsilons in die Flaschen gab (nein, das mit Bernard stimmte *nicht*!), stank himmelschreiend nach Alkohol. Lenina riss sich so schnell wie möglich los.

Sie blickte in ein schniefendes, greinendes Gesicht; die Kreatur heulte.

»Ach, meine Liebe, meine Liebe.« Der Wortschwall ergoss sich unter Schluchzen. »Wenn Sie wüssten, wie froh – nach so vielen Jahren! Ein zivilisiertes Gesicht. Ja, und zivilisierte Kleidung. Wo ich schon gar nicht mehr glaubte, dass ich jemals wieder echtes Acetat sehen würde.« Sie befühlte Leninas Hemdärmel. Ihre Fingernägel waren schwarz. »Und diese allerliebsten Cordsamtshorts! Wissen Sie, meine Liebe, ich habe meine alten Sachen auch noch, die, die ich anhatte, als ich herkam, in einer Truhe verpackt. Ich werde Sie Ihnen später zeigen. Obwohl das Acetat natürlich ganz zerschlissen ist. Aber ein schmuckes weißes Bandelier – auch wenn ich zugeben muss, dass Ihr Gurt aus grünem Maroquin noch hübscher ist. Nicht, dass es mir viel *genützt* hätte, mein Bandelier.« Erneut flossen Tränen. »John hat es Ihnen sicher schon gesagt. Was ich auszustehen hatte – und weit und breit kein Gramm Soma. Nur ein Schluck Mezcal dann und wann, wenn Popé was mitbrachte. Popé ist ein Junge, den ich mal kannte. Aber Mezcal bekommt einem nicht besonders, von Peyote wird einem schlecht, außerdem wurden davon die schrecklichen Schamgefühle am nächsten Morgen nur schlimmer. Und ich *schämte* mich doch so. Stellen Sie sich nur vor: Ich, als Beta – ein Kind kriegen; versetzen Sie sich mal in meine Lage!« (Schon die Aufforderung machte Lenina schaudern.) »Aber es war doch nicht meine Schuld, ich schwör's; ich weiß bis heute nicht, wie das passieren konnte, weil ich wirklich immer den Malthus-Drill befolgt habe – Sie wissen schon: die Zahlen, eins, zwei, drei, vier, immer, ich schwör's, und trotzdem ist es passiert, und natürlich gab es hier kein Abtreibungscenter oder irgendetwas in der Art. Liegt das eigentlich immer noch in Chelsea?«, wollte sie wissen. Lenina nickte. »Und wird es dienstags und freitags immer noch angestrahlt?« Lenina nickte auch hierzu. »Die hübsche rosa Keramikfassade!« Die arme Linda hob das Gesicht und ließ verzückt das helle Bild ihrer Erinnerung leuchten. »Und abends der Fluss«, flüsterte sie. Dicke Tränen quollen unter ihren geschlossenen Lidern hervor. »Und abends von Stoke Poges zurückfliegen. Dann ein heißes Bad und eine Vibrovak-Massage … je nun.« Sie holte tief Luft, schüttelte den Kopf, schlug die Augen wieder auf, schniefte ein-, zweimal, schnäuzte sich in die Finger und wischte sie an ihrer Tunika ab. »Ach, tut mir so leid!«, rief sie, als Lenina unwillkürlich das Gesicht verzog. »Das hätte ich nicht tun dürfen. Verzeihen Sie. Aber was soll man denn machen, wenn es keine Taschentücher gibt? Ich weiß noch, wie es mir anfangs zugesetzt hat, der viele Dreck, und nichts aseptisch. Ich hatte eine furchtbare Schnittwunde am Kopf, als sie mich damals herbrachten. Sie können sich nicht vorstellen, was sie draufgeschmiert haben. Dreck, einfach Dreck. ›Zivilisation ist Sterilisation‹, habe ich ihnen ständig vorgehalten. ›Streptokokken-Serotyp G finden wir nicht am Charing-T; dort blitzen die Bäder und auch die WC‹, als wären sie Kinder. Aber sie haben mich natürlich nicht verstanden. Wie sollten sie auch? Am Ende habe ich mich wohl dran gewöhnt. Und wie *soll* man auch bitte schön seine Sachen sauber halten, wenn es kein Heißwasser gibt? Sehen Sie sich doch bloß das Zeug hier an. Diese grässliche Wolle ist weiß Ford kein Acetat. Sie hält und hält. Und wenn sie reißt, soll man sie *ausbessern*. Aber ich bin doch Beta; ich habe auf der Fertilisationsstation gearbeitet; so etwas hat mir nie jemand beigebracht.

Das war nicht meine Aufgabe. Außerdem gehört es sich nicht, Kleider auszubessern. Ausmustern, wenn sie Löcher haben, und neue kaufen. ›Sind Flicken drin, fehlt's am Gewinn.‹ Stimmt doch, oder nicht? Ausbessern ist unsozial. Aber hier ist einfach alles anders. Es ist, als lebte man unter Irren. Alles, was sie tun, ist verrückt.« Sie sah sich um, sah, dass Bernard und John sich entfernt hatten und im Staub und Unrat vor dem Haus auf und ab gingen, senkte dennoch vertraulich die Stimme und beugte sich, während Lenina erstarrte und zurückwich, vor, beugte sich so dicht zu ihr vor, dass sich die Nackenhaare des Mädchens in den Restausdünstungen des Embryonengifts sträubten. »Allein wenn man bedenkt«, flüsterte sie heiser, »wie sie sich hier nehmen. Verrückt, sage ich Ihnen, vollkommen verrückt. Jeder gehört doch jedem, oder nicht? Oder nicht?«, zischte sie und zupfte Lenina am Ärmel. Lenina nickte mit abgewandtem Kopf, stieß den angehaltenen Atem aus und konnte einigermaßen unverseucht neu Luft holen. »Nun«, fuhr Linda fort, »hier darf niemand mehr als einer Person gehören. Und nimmst du jemanden auf die übliche Art, halten die anderen dich für böse und unsozial. Sie hassen und verachten dich. Einmal ist ein Haufen Weiber gekommen und hat mir eine Szene gemacht, weil ihre Männer mich besuchten. Warum auch nicht? Aber sie haben sich auf mich gestürzt … Nein, es war grauenhaft. Ich will nicht mehr darüber reden.« Linda bedeckte ihr Gesicht mit den Händen und schüttelte sich. »Sie sind so gehässig, die Frauen hier. Verrückt, vollkommen verrückt und gemein. Und sie haben natürlich keine Ahnung vom Malthus-Drill, von Flaschen, vom Dekantieren oder dergleichen. Also kriegen sie ständig Kinder – wie die Kaninchen. Es ist ekelhaft. Wenn man sich vorstellt, dass ich … Ofordoford! Trotzdem war mir John ein großer Trost. Ich weiß gar nicht, was ich ohne ihn gemacht hätte. Auch wenn er sich jedes Mal furchtbar aufgeregt hat, wenn ein Mann … schon als ganz kleiner Junge. Einmal (aber da war er schon etwas größer) hat er versucht, den armen Waihusiwa – oder war es Popé? – zu töten, bloß, weil ich sie mir manchmal nahm. Ich konnte ihm einfach nie klarmachen, dass das bei zivilisierten Leuten so ist. Ich glaube fast, Verrücktheit ist ansteckend. Jedenfalls scheint John sich bei den Indianern angesteckt zu haben. Denn mit denen hat er natürlich viel Zeit verbracht. Obwohl sie so gemein zu ihm waren und ihn nie die ganzen Dinge haben tun lassen, die die anderen Jungen machten. Was andererseits ganz gut war, weil das es mir leichter machte, ihn ein wenig zu konditionieren. Aber Sie machen sich keine Vorstellung, wie schwierig das ist. Es gibt so vieles, was ich nicht weiß; das war doch nie meine Aufgabe. Was sagt man einem Kind, das wissen will, wie ein Helikopter funktioniert oder wer die Welt gemacht hat – was sagt man ihm bloß, wenn man Beta ist und immer nur auf der Fertilisationsstation gearbeitet hat? Was soll man da *sagen*?«

Kapitel VIII

Draußen im Staub und im Müll (inzwischen wühlten vier Hunde darin), gingen Bernard und John langsam auf und ab.

»Es ist so schwer zu begreifen«, sagte Bernard, »oder nachzuempfinden. Als lebten wir auf verschiedenen Planeten in verschiedenen Zeitaltern. Eine Mutter, der ganze Dreck hier, Götter, Alter und Krankheiten …« Er schüttelte den Kopf. »Es ist fast unvorstellbar. Ich werde nie verstehen, wenn Sie es mir nicht ein wenig erklären.«

»Was erklären?«

»Das da.« Er deutete auf das Dorf. »Das hier.« Nun war es das kleine Haus außerhalb, auf das er zeigte. »Alles. Ihr ganzes Leben.«

»Aber was gibt es da groß zu sagen?«

»Alles, von Anfang an. Gehen Sie so weit zurück, wie Ihre Erinnerung reicht.«

»So weit zurück, wie meine Erinnerung reicht.« John legte die Stirn in Falten. Es entstand eine lange Pause.

Es war sehr heiß. Sie hatten viele Tortillas gegessen und Mais. Linda sagte: »Komm, leg dich her, Baby.« Sie lagen zusammen auf dem großen Bett. »Sing!«, und Linda sang. Sang ›Streptokokken vom Serotyp G‹ und ›Schlaf, Baby, schlaf, sei dekantiert noch brav‹. Ihre Stimme wurde immer leiser …

Es rumpelte, und er schreckte hoch. Ein Mann stand am Bett, riesig, beängstigend. Er sagte etwas zu Linda, und Linda lachte. Sie hatte sich die Decke bis zum Kinn hochgezogen, doch der Mann zerrte sie wieder herunter. Sein Haar war wie zwei schwarze Stricke, und um den Arm trug er einen hübschen Silberreif mit blauen Steinen darin. Der Armreif gefiel ihm, aber er hatte auch Angst; er barg das Gesicht an Lindas Körper. Linda legte eine Hand auf ihn, und da fühlte er sich besser. In den anderen Worten, die er nicht so gut verstand, sagte sie zu dem Mann: »Nein, nicht in Johns Gegenwart.« Der Mann hatte ihn und dann Linda angesehen und leise ein paar Worte gemurmelt. Linda sagte Nein. Aber der Mann hatte sich über das Bett zu ihm herabgebeugt, sein Gesicht war riesig und furchtbar; die schwarzen Haarstricke berührten die Decke. »Nein«, hatte Linda wieder gesagt und ihn fester an sich gedrückt. »Nein, nein!« Aber der Mann hatte ihn am Arm gepackt, es tat weh. Er schrie. Da packte ihn der Mann auch mit der anderen Hand und hob ihn hoch. Linda hielt ihn fest, rief noch immer: »Nein, nein!« Aber der Mann sagte etwas in barschem Ton, und plötzlich waren ihre Hände fort. »Linda, Linda!« Er hatte getreten und gestrampelt, aber der Mann trug ihn zur Tür, öffnete sie, setzte ihn im Nebenraum auf den Boden und verschwand wieder hinter der geschlossenen Tür. Er hatte sich aufgerichtet, war zur Tür gerannt. Auf Zehenspitzen kam er gerade eben an den großen hölzernen Riegel heran. Er hob ihn und drückte, aber die Tür ging nicht auf. »Linda!«, rief er. Sie antwortete nicht.

Er erinnerte sich an einen gewaltigen Raum, ziemlich dunkel, in dem große Holzrahmen mit Fäden standen und drum herum viele Frauen – die Decken webten, sagte Linda. Linda befahl ihm, sich in die Ecke zu den anderen Kindern zu setzen, während sie den Frauen half. Er spielte lange mit den kleinen Jungen. Plötzlich gab es erhobene Stimmen, und nun stießen die Frauen Linda weg, und Linda weinte. Sie ging zur Tür, er lief ihr nach. Er fragte sie, warum die anderen wütend seien. »Weil ich etwas kaputtgemacht habe«, sagte sie. Und wurde selbst wütend. »Woher soll ich denn ihre blöde Webarbeit können?«, murrte sie. »Diese blöden Wilden.« Er fragte sie, was Wilde seien. Als sie zu Hause ankamen, wartete Popé an der Tür, und er ging mit ihnen hinein. Er hatte eine große Kalebasse mit dem Zeug, das nach Wasser aussah, aber kein Wasser war, sondern stank und einem den Mund verbrannte und einen husten machte. Linda trank davon, und Popé trank davon, und dann lachte Linda viel und sprach sehr laut, und dann ging sie mit Popé in das andere Zimmer. Als Popé dann wieder weg war, ging er zu ihr hinein. Linda lag im Bett; sie schlief so fest, dass er sie nicht wecken konnte.

Popé war noch oft gekommen. Er sagte, das Zeug in der Kalebasse heiße Mezcal, aber Linda meinte, eigentlich müsse es Soma heißen, bloß dass einem davon hinterher schlecht werde. Er hasste Popé. Er hasste sie alle – alle Männer, die Linda besuchen kamen. Eines Nachmittags, als er mit den anderen Kindern gespielt hatte – es war kalt gewesen, das wusste er noch, auf den Bergen hatte Schnee gelegen –, kam er nach Hause und hörte im Schlafzimmer zornige Stimmen, und es fielen Worte, die er nicht verstand, von denen er aber wusste, dass es schlimme Worte waren. Dann, rumms!, fiel etwas um, er hörte hastige Bewegungen, dann krachte es wieder, und es gab Geräusche, als würde ein Maultier geschlagen, aber kein knochiges, und Linda schrie. »Ah, nicht, bitte nicht!«, schrie sie. Er lief hinein. Es waren drei, in dunkle Wolldecken gehüllte Frauen da. Linda lag auf dem Bett. Eine der Frauen hielt ihre Handgelenke fest. Eine andere hatte sich auf ihre Beine gelegt, damit sie nicht um sich treten konnte. Und die dritte schlug sie mit einer Peitsche. Einmal, zweimal, dreimal, und jedes Mal schrie Linda auf. Weinend hatte er an den Deckenfransen der Frau mit der Peitsche gezerrt: »Bitte, bitte!« Mit der freien Hand hatte sie ihn weggedrückt. Wieder sauste die Peitsche herab, und wieder schrie Linda. Da hatte er mit beiden Händen die große braune Pranke der Frau gepackt und zugebissen, so fest er konnte. Sie hatte aufgeschrien, ihm die Hand entrissen und ihn zu Boden gestoßen. Dort hatte sie ihm drei Hiebe mit der Peitsche versetzt. Das tat schlimmer weh als alles, was er kannte – wie Feuer. Die Peitsche sauste noch einmal nieder. Aber diesmal war Linda diejenige, die schrie.

»Aber wieso wollten sie dir weh tun, Linda?«, hatte er am Abend gefragt. Er weinte immer noch, weil die roten Schwielen auf seinem Rücken so schrecklich weh taten. Aber er weinte auch, weil die Leute so gemein und so ungerecht waren und weil er nur ein kleiner Junge war und nichts gegen sie ausrichten konnte. Linda weinte auch. Sie war zwar erwachsen, aber sie war nicht stark genug, um es mit allen dreien aufnehmen zu können. Es war auch gegen sie ungerecht. »Warum wollten sie dir weh tun, Linda?«

»Ich weiß es nicht. Woher soll ich das wissen?« Es war schwer, ihre Worte zu verstehen, weil sie auf dem Bauch lag und ihr Gesicht in die Kissen drückte. »Sie sagen, die Männer seien *ihre* Männer«, fuhr sie fort, und sie schien gar nicht recht mit ihm zu reden, sie schien mit jemandem in ihrem Innern zu reden. Es war ein langes Gespräch, das er nicht verstand, und am Ende weinte sie schlimmer als vorher.

»Nicht weinen, Linda. Nicht weinen.«

Er drängte sich an sie. Er schlang ihr den Arm um den Hals. Linda schrie auf. »Ah! Pass doch auf! Meine Schulter! Au!«, und stieß ihn, ziemlich heftig, weg. Sein Kopf schlug gegen die Wand. »Dummes Ding!«, rief sie, und dann begann sie ihn auf einmal zu ohrfeigen. Piff, paff …

»Linda!«, rief er. »Mutter, nicht!«

»Ich bin nicht deine Mutter. Ich will nicht Mutter sein.«

»Aber Linda … Au!« Sie ohrfeigte ihn.

»Zur Wilden gemacht!«, schrie sie. »Werfen müssen wie ein Tier … Wenn du nicht gewesen wärst, hätte ich vielleicht zum Inspektor gehen können, ich hätte vielleicht entkommen können. Aber mit Baby? Nein, diese Schande!«

Er sah, dass sie ihn wieder schlagen wollte, und hob schützend den Arm vors Gesicht. »Nicht, Linda, bitte nicht.«

»Kleines Tier!« Sie zerrte seinen Arm hinunter; sein Gesicht lag bloß.

»Nicht, Linda.« Er schloss in Erwartung des Schlags die Augen.

Doch sie schlug nicht zu. Als er nach einiger Zeit die Augen öffnete, sah er, dass sie ihn musterte. Er lächelte zaghaft. Plötzlich umschlang sie ihn und übersäte ihn mit Küssen.

Manchmal stand Linda tagelang überhaupt nicht auf. Sie lag im Bett und war traurig. Oder sie trank von dem Zeug, das Popé mitbrachte, dann lachte sie viel und schlief ein. Manchmal war sie krank. Oft vergaß sie, ihn zu waschen, und es gab nichts zu essen als kalte Tortillas. Er erinnerte sich, wie furchtbar sie geschrien hatte, als sie das erste Mal die kleinen Tiere in seinem Haar gefunden hatte.

Die schönsten Zeiten waren die gewesen, wenn sie ihm von dem Anderen Ort erzählte. »Und da kannst du wirklich fliegen, wann immer du willst?«

»Wann immer du willst.« Und dann erzählte sie ihm von der herrlichen Musik, die aus einem Kasten kam, und den schönen Spielen, die man spielen konnte, und den köstlichen Sachen, die es zu essen und zu trinken gab, und dem Licht, das anging, wenn man ein kleines Ding an der Wand drückte, und von Bildern, die man hören und fühlen und riechen konnte, nicht nur sehen, und von dem anderen Kasten, der gute Gerüche machte, und von den rosa und grünen und blauen und silbernen Häusern, die hoch waren wie Berge, und alle glücklich, nie traurig oder zornig, und jeder gehörte jedem, und von den Kästen erzählte sie, in denen man sehen und hören konnte, was am anderen Ende der Welt geschah, von Babys in wunderbar sauberen Ballonflaschen – alles so sauber, keine schlimmen Gerüche, kein bisschen Dreck – und die Menschen nie einsam, sondern alle beieinander und so lustig und glücklich, wie bei den Sommertänzen hier in Malpais, nur viel fröhlicher, und die Freude herrsche jeden Tag, jeden Tag … Er lauschte stundenlang. Und manchmal, wenn er und die anderen Kinder vom vielen Spielen müde waren, erzählte ihnen einer der Alten des Dorfs in den anderen Worten von dem großen Verwandler der Welt und dem langen Kampf zwischen der Rechten Hand und der Linken Hand, zwischen Nass und Trocken; von Awonawilona, der durch seine nächtlichen Gedanken einen dicken Nebel machte und aus diesem Nebel die ganze Welt erschuf, von Erdmutter und Himmelsvater, von den Zwillingsgöttern des Krieges und des Zufalls Ahaiyuta und Marsailema; von Jesus und Pookong; von Maria und der Selbsterneuerin Etsanatlehi; von dem Schwarzen Stein der Laguna und dem großen Adler und der Lieben Frau von Acoma. Seltsame Geschichte, umso schöner, weil sie in den anderen Worten erzählt und nur halb verstanden waren. Nachts im Bett dachte er an den Himmel und an London und an die Liebe Frau von Acoma und die vielen, vielen Reihen Babys in sauberen Ballonflaschen und Jesus, der flog, und Linda, die flog, an den großen Direktor der Weltbrüter und an Awonawilona.

Es kamen viele Männer Linda besuchen. Die Jungen begannen, mit dem Finger auf ihn zu zeigen. In den seltsamen anderen Worten sagten sie, Linda sei schlecht, sie gaben ihr Namen, die er nicht verstand, aber von denen er wusste, dass es schlechte Namen waren. Eines Tages sangen sie ein Lied über sie, wieder und wieder. Er bewarf sie mit Steinen. Sie warfen auch; ein spitzer Stein schlitzte ihm die Wange auf. Das Blut hörte gar nicht mehr auf zu laufen; er war blutüberströmt.

Linda lehrte ihn lesen. Mit einem Kohlestückchen malte sie Bilder an die Wand – ein kauerndes Tier, ein Baby in einer Flasche, dann schrieb sie die Buchstaben dazu: DA IST DIE MAUS. DA KOMMT DAS KIND HERAUS. Er lernte rasch und mühelos. Als er alle Worte von der Wand ablesen konnte, öffnete Linda ihre große Holztruhe und zog unter den komischen kurzen roten Hosen, die sie nie trug, ein dünnes Büchlein hervor. Er hatte es oft schon gesehen. »Wenn du größer bist«, hatte sie immer gesagt, »kannst du es lesen.« Jetzt war er groß genug. Er war stolz. »Du wirst es wahrscheinlich nicht sehr spannend finden«, sagte sie, »aber etwas anderes habe ich nicht.« Sie seufzte. »Wenn du nur die herrlichen Lesemaschinen sehen könntest, die wir in London hatten!« Er begann zu lesen. *Die chemische und bakteriologische Konditionierung des Embryo. Praktische Anleitung für*

Beta-Embryonenmagazinkräfte. Allein um den Titel zu entziffern, brauchte er eine Viertelstunde. Er warf das Buch auf den Boden. »Dummes, dummes Buch!«, rief er und fing an zu weinen.

Die Jungen sangen noch immer das schlimme Lied über Linda. Manchmal lachten sie auch über ihn, weil er so zerlumpt war. Wenn er seine Sachen zerriss, konnte Linda sie nicht flicken. An dem Anderen Ort, erklärte sie ihm, warfen die Leute Sachen mit Loch einfach weg und besorgten sich neue. »Lumpenpack, Lumpenpack!«, riefen die Jungen. ›Aber ich kann lesen‹, sagte er sich dann, ›und sie nicht. Sie wissen nicht einmal, was Lesen ist.‹ Wenn er nur fest genug ans Lesen dachte, fiel es ihm leichter, so zu tun, als machte ihm die Hänselei nichts aus. Er bat Linda, ihm das Buch noch mal zu geben.

Je mehr die Jungen mit dem Finger zeigten und sangen, desto eifriger las er. Bald konnte er alle Wörter gut lesen. Auch die ganz langen. Aber was bedeuteten sie? Er fragte Linda, doch selbst, wenn sie zu antworten imstande war, half das nicht wirklich weiter. Und meist konnte sie gar nicht antworten.

»Was sind Chemikalien?«, fragte er.

»Ach, so etwas wie Magnesiumsulfat und Alkohol, um Deltas und Epsilons klein und rückständig zu halten, oder Calciumkarbonat für die Knochen, so was.«

»Aber wie macht man Chemikalien, Linda? Wo kommen sie her?«

»Tja, weiß ich nicht. Sie kommen aus Flaschen. Und wenn die Flaschen leer sind, bestellt man aus dem Chemikalienmagazin Nachschub. Die im Chemikalienmagazin machen sie wahrscheinlich. Oder bestellen sie selbst aus dem Werk. Ich weiß es nicht. Ich habe mich mit Chemie nie befasst. Ich habe immer mit Embryonen gearbeitet.«

So war es mit allem, was er fragte. Linda schien nie die Antwort zu kennen. Die Antworten der alten Männer im Dorf waren da sehr viel genauer.

»Die Saat des Menschen und aller Geschöpfe, die Saat der Sonne und die Saat der Erde und die Saat des Himmels – sie alle hat Awonawilona aus dem Nebel der Mehrung gemacht. Nun hat aber die Welt vier Gebärmütter, und Awonawilona legte die Samen in die unterste der vier Gebärmütter. Und die Saat ging langsam auf ...«

Eines Tages (später hatte sich John ausgerechnet, dass es kurz nach seinem zwölften Geburtstag gewesen sein musste), kam er nach Hause und entdeckte auf dem Schlafzimmerboden ein Buch, das er noch nie gesehen hatte. Es war ein dickes Buch und sah sehr alt aus. Die Leinenbindung war von Mäusen zernagt, es hatte lose und zerknitterte Seiten. Er nahm es hoch und studierte das Titelblatt: Das Buch hieß *William Shakespeare – Sämtliche Werke.*

Linda lag mit einem Becher des entsetzlich stinkenden Mezcal auf dem Bett. »Das hat Popé gebracht«, sagte sie. Ihre Stimme war so schwer und rau, dass sie wie jemand anders klang. »Es lag in einer der Truhen der Antilopen-Kiva. Es soll dort Hunderte Jahre gelegen haben. Wahrscheinlich stimmt das sogar, denn ich habe reingeschaut, und in dem Buch steht nichts als Unsinn. Unzivilisiert. Aber zum Üben reicht es wohl.« Sie trank einen Schluck, setzte den Becher auf dem Boden neben dem Bett ab, drehte sich auf die Seite, hickste ein-, zweimal und schlief ein.

John schlug das Buch aufs Geratewohl auf.

nein, zu leben
Im Schweiß und Brodem eines eklen Betts,
Gebrüht in Fäulnis, buhlend und sich paarend
Über dem garst'gen Nest …

Die fremdartigen Worte rollten durch seinen Kopf, grollten wie sprechender Donner, wie die Trommeln, hätten Trommeln sprechen können, bei den Sommertänzen, wie die Männer, wenn sie das Maislied sangen, herrlich, herrlich, zum Weinen, wie der alte Mitsima, wenn er über seine Federn und seine geschnitzten Stöcke und seine Stein- und Knochenstücke den Zauber sang: *kiathla tsilu silokwe silokwe. Kiai silu silu, tsith!,* nur noch besser als Mitsimas Zauber, weil es mehr bedeutete, weil es zu *ihm* sprach, wunderbar und nur halb-verständlich sprach, schrecklich-schöner Zauber über Linda, Linda, die schnarchend dort vor ihm lag, mit dem leeren Becher neben sich auf dem Boden, von Linda und Popé, Linda und Popé.

Er hasste Popé immer mehr. Dass einer lächeln kann, und immer lächeln, und doch ein Schurke sein. Fühlloser, falscher, geiler, schnöder Bube. Was bedeuteten die Worte wirklich? Er ahnte es nur. Aber ihr Zauber war stark und grollte in seinem Kopf, und beinahe war es so, als hätte er Popé vorher nicht richtig gehasst, weil er nie hatte sagen können, wie sehr er ihn hasste. Aber jetzt hatte er diese Worte, Worte wie Trommeln, Gesänge und Zauber. Die Worte und die sehr, sehr seltsame Geschichte, aus der sie stammten (er wurde aus ihr kein bisschen schlau, aber sie war herrlich, herrlich, trotz alledem), sie gaben ihm einen Grund, Popé zu hassen; sie machten Popé überhaupt viel realer.

Eines Tages, als er vom Spielen heimkam, stand die Tür zur inneren Kammer offen, und da sah er sie zusammen schlafend im Bett liegen – die weiße Linda und der fast schwarze Popé daneben, eine Hand unter ihrer Schulter, die andere dunkle Hand auf ihrer Brust, und wie eine schwarze, würgende Schlange lag einer seiner langen Zöpfe quer über ihrem Hals.

Popés Kalebasse und ein Becher standen neben dem Bett auf dem Boden. Linda schnarchte.

Sein Herz war weg, es blieb nur ein Loch. Er war leer. Leer und kalt, übel war ihm, schwindelig. Er lehnte sich gegen die Wand, suchte Halt. Fühlloser, falscher, geiler, schnöder Bube … Wie Trommeln, wie Männer, die den Mais besangen, wie Zauber hallten die Worte in seinem Kopf. War ihm eben noch kalt gewesen, so war ihm jetzt urplötzlich heiß. Das Blut schoss ihm in die Wangen, die Kammer verschwamm vor seinen Augen und wurde schwarz. Er mahlte mit den Zähnen. »Ich bringe ihn um, ich bringe ihn um«, sagte er immerzu. Und plötzlich waren da noch andere Worte.

Wenn er berauscht ist, schlafend, in der Wut,
In seines Betts blutschänderischen Freuden …

Der Zauber war auf seiner Seite, der Zauber lieferte Gründe und gab Anweisungen. Er trat in den Vorraum zurück. ›Wenn er berauscht ist, schlafend …‹ Das Messer zum Zerteilen des Fleischs lag vor der Herdstelle. Er nahm es hoch und schlich auf Zehenspitzen wieder zur Tür zurück. ›Wenn er berauscht ist, schlafend, schlafend …‹ Er stürzte durchs Zimmer und stach zu – ah, Blut! –, stach erneut zu, als Popé sich regte, hob die Hand, um ein weiteres Mal zuzustechen, doch da war sein Handgelenk umfasst, gepackt und – ah! ah! – verdreht. Er konnte sich nicht rühren, er war gefangen, und da, dicht vor ihm Popés kleine, schwarze Augen, sie durchbohrten ihn. Er sah weg. An Popés linker Schulter waren zwei Schnitte. »Oh, so viel Blut!«, zeterte Linda. »So viel Blut!« Popé hob die andere Hand – um ihn zu schlagen, wie er glaubte. Er wappnete sich. Doch die Hand griff ihm nur unters Kinn und drehte sein Gesicht so, dass er Popé erneut in die Augen sehen musste. Eine lange Zeit, Stunden um Stunden. Und dann – er konnte nicht anders – musste er weinen. Popé lachte schallend. »Geh«, sagte er in den anderen, den indianischen Worten. »Geh, tapferer Ahaiyuta.« Er war in die äußere Kammer geflohen, um seine Tränen zu verbergen.

»Du bist fünfzehn«, sagte der alte Mitsima in den indianischen Worten. »Jetzt darf ich dich lehren, den Lehm zu formen.«

Sie hockten am Fluss und arbeiteten Seite an Seite.

»Zuerst«, begann Mitsima und nahm einen Klumpen angefeuchteten Lehm in die Hände, »formen wir einen kleinen Mond.« Der alte Mann drückte den Klumpen zu einer Scheibe, bog die Ränder auf; aus dem Mond wurde eine flache Schale.

Langsam und ungeschickt ahmte er die fingerfertigen Bewegungen des Alten nach.

»Ein Mond, eine Schale und jetzt eine Schlange.«

Mitsima rollte ein weiteres Stück Lehm zu einem langen, biegsamen Wulst, wand ihn rings um die Schale herum und drückte ihn am Rand fest. »Und noch eine Schlange. Und noch eine. Und noch eine.« Ring um Ring baute Mitsima die Wände des Tongefäßes auf; es war zuerst eng, dann weit und zum Hals hin wieder eng. Mitsima drückte und klopfte, strich und schrappte, bis schließlich vor ihnen der traditionelle Wasserkrug von Malpais stand, nur cremig weiß anstatt schwarz und noch ganz weich. Eine bucklige Parodie, sein eigener Krug, stand daneben. Beim Vergleich der beiden Krüge musste er lachen.

»Aber der nächste wird besser«, sagte er und befeuchtete neuen Lehm.

Zu formen, zu gestalten, zu spüren, wie seine Finger geschickter und kräftiger wurden, all das bereitete ihm große Freude. »A, B, C und Vitamin D«, sang er bei der Arbeit vor sich hin, »Fett in der Leber, Dorsch in der See.« Auch Mitsima sang – sein Gesang drehte sich um das Erlegen eines Bären. Sie arbeiteten den ganzen Tag, und den ganzen Tag blieb er von tiefer, selbstvergessener Freude durchdrungen.

»Im Winter«, sagte der alte Mitsima, »werde ich dich dann lehren, einen Bogen zu schnitzen.«

Er stand lange vor dem Haus, und schließlich war die Zeremonie drinnen zu Ende. Die Tür ging auf, sie kamen heraus. Zuerst erschien Kothlu mit ausgestreckter und fest verschlossener rechter Hand, als halte er darin ein kostbares Juwel. Ihm folgte mit ähnlich geschlossener Faust Kiakimé. Sie gingen schweigend, und schweigend folgten ihnen die Brüder und Schwestern, Vettern und Kusinen und alle Alten.

Sie zogen aus dem Dorf hinaus über die Mesa. Am Rande des Abgrunds hielten sie an und wandten sich der aufgehenden Sonne zu. Kothlu öffnete die Hand. Auf seinem Handteller lag weiß eine Prise Maismehl, er blies sanft darüber hinweg, murmelte ein paar Worte und warf die Handvoll weißer Körnchen dann in die Sonne. Kiakimé tat es ihm gleich. Dann trat Kiakimés Vater vor, hob einen federgeschmückten Gebetsstock, sprach ein langes Gebet und schleuderte den Stock dem Mehl hinterher.

»Es ist besiegelt«, sagte der alte Mitsima mit lauter Stimme. »Sie sind vermählt.«

»Also, wenn du mich fragst«, hatte Linda bemerkt, als sie sich abwandten, »machen sie viel Wind um sehr wenig. In zivilisierten Ländern braucht ein Junge, wenn er ein Mädchen nehmen will, nur … aber, John, wo willst du denn *hin*?«

Er beachtete sie nicht, sondern lief weiter, weg, nur weg, Hauptsache für sich und allein sein.

Es war besiegelt. Die Worte des alten Mitsima hallten in seinem Kopf wider. Besiegelt, besiegelt … Stumm und von ferne, aber doch inbrünstig, verzweifelt, hoffnungslos hatte er Kiakimé geliebt. Und nun war es besiegelt. Er war sechzehn.

Bei Vollmond würde in der Antilopen-Kiva geheimes Wissen weitergegeben, würden geheime Rituale vollzogen und ertragen werden. Sie würden als Jungen in den Kiva hinabsteigen und als Männer wieder hervorkommen. Sie warteten darauf mit ebenso viel Angst wie Ungeduld. Dann endlich war der Tag gekommen. Die Sonne ging unter, der Mond auf. Er zog mit allen seinen Altersgenossen zur Kiva. Vor dem Eingang standen die schwarzen Schatten der Männer; eine Leiter führte hinab in rotschimmernde Tiefe. Schon kletterten die ersten Jungen hinab. Da trat plötzlich einer der Männer vor, packte ihn am Arm und zerrte ihn aus der Reihe. Er riss sich los und duckte sich wieder zwischen die anderen. Da schlug ihn der Mann und zog ihn am Haar. »Du nicht, Weißhaar!« Und ein anderer Mann: »Nicht du, Sohn einer Hündin.« Die Jungen johlten. »Geh!« Doch noch immer drückte er sich am Rand der Gruppe herum. »Geh!«, brüllten die Männer. Einer bückte sich, nahm einen Stein hoch, warf ihn. »Geh, geh, geh!« Ein Steinhagel begleitete die Rufe. Blutend lief er im Dunkeln davon. Aus der rot erleuchteten Kiva stieg Gesang. Dann war auch der letzte der Jungen die Leiter hinabgeklettert. Er war ganz allein.

Ganz allein außerhalb des Dorfes auf der nackten

Ebene des Tafelbergs. Wie verblichene Knochen lagen die Felsen im fahlen Schein des Mondes, den unten im Tal die Kojoten anheulten. Seine Prellungen schmerzten, noch immer bluteten die Schnittwunden, aber nicht vor Schmerz schluchzte er, sondern weil er allein war, weil er allein hinausgetrieben worden war in die Skelettwelt von Felsen und Mond. Am Rande des Steilabbruchs hockte er sich hin. Der Mond schien in seinem Rücken, er blickte in die schwarzen Schlagschatten des Tafelbergs hinab, in den schwarzen Schatten des Todes. Er brauchte nur einen einzigen Schritt zu tun, einen Satz zu machen … Er streckte im Mondlicht die rechte Hand aus. Aus einem Schnitt an seinem Handgelenk quoll immer noch Blut. Alle paar Sekunden fiel ein Tropfen, fast farblos im toten Licht. Tropf, tropf, tropf. Morgen, und morgen, und dann wieder morgen …

Er hatte die Zeit und den Tod und Gott gefunden.

»Allein, immer allein«, sagte der junge Mann.

Die Worte erzeugten in Bernards Kopf ein trauriges Echo. Allein, allein … »Ich auch«, brach es vertrauensvoll aus ihm heraus. »Furchtbar allein.«

»Tatsächlich?« John wirkte überrascht. »Ich dachte, an dem Anderen Ort … Linda hat immer gesagt, dort sei niemand jemals allein.«

Bernard wurde vor Verlegenheit rot. »Nun«, murmelte er mit abgewandtem Blick. »Ich bin wahrscheinlich ziemlich anders als andere. Wenn man zufällig anders dekantiert wurde …«

»Ja, das ist das Problem.« Der junge Mann nickte. »Wenn man anders ist, wird man zwangsläufig einsam. Sie sind gemein zu einem. Wissen Sie, dass sie mich von allem ausgeschlossen haben? Als die anderen Jungen hinausgeschickt wurden, um die Nacht in den Bergen zu verbringen – Sie wissen schon, um im Traum das eigene heilige Tier zu schauen –, durfte ich nicht mit; keines der Geheimnisse wurde mir anvertraut. Aber ich habe es für mich allein getan«, fügte er hinzu. »Habe fünf Tage lang nichts gegessen und bin dann eines Nachts allein dort in die Berge gestiegen.« Er zeigte mit dem Finger.

Bernard lächelte herablassend. Er fragte: »Und haben Sie etwas geträumt?«

Der andere nickte. »Aber ich darf Ihnen nicht sagen, was.« Er schwieg einen Augenblick, dann fuhr er in gedämpftem Ton fort: »Einmal habe ich etwas getan, was niemand sonst getan hat: Ich habe mich mitten am Tag, mitten im Sommer mit ausgebreiteten Armen vor einen Felsen gestellt, wie Jesus am Kreuz.«

»Wozu das denn?«

»Ich wollte wissen, wie es ist, ans Kreuz geschlagen zu sein. Dort in der prallen Sonne zu hängen …«

»Aber warum denn?«

»Warum? Tja …« Er zögerte. »Weil ich fand, dass

ich es sollte. Wenn Jesus das ertragen konnte. Und wenn man etwas verbrochen hat … Außerdem war ich unglücklich; auch das war ein Grund.«

»Scheint mir eine seltsame Kur für düstere Stimmungen zu sein«, sagte Bernard. Genau besehen allerdings fand er, dass es einen gewissen Sinn ergab. Mehr jedenfalls, als die Einnahme von Soma …

»Ich habe nach einiger Zeit das Bewusstsein verloren«, sagte der junge Mann. »Ich bin aufs Gesicht gefallen. Sehen Sie die Narbe?« Er hob sein dichtes gelbes Haar von der Stirn. An seiner rechten Schläfe war helles, vernarbtes Gewebe zu sehen.

Bernard sah hin und mit einem Frösteln rasch wieder weg. Nicht, dass seine Konditionierung ihn besonders mitfühlend gemacht hätte, eher furchtbar zimperlich. Schon der Gedanke an Krankheiten oder Wunden schreckte ihn nicht nur, sondern stieß ihn ab, ja, ekelte ihn. Wie Dreck oder Missbildungen oder das Alter. Rasch wechselte er das Thema.

»Ich frage mich, ob Sie nicht vielleicht Lust hätten, mit uns nach London zurückzukehren?«, meinte er und eröffnete mit diesem Manöver einen Feldzug, an dessen Taktik er seit dem Moment insgeheim feilte, da er in dem kleinen Haus begriffen hatte, wer der »Vater« dieses jungen Wilden sein musste. »Würde Ihnen das gefallen?«

Das Gesicht des jungen Mannes leuchtete auf. »Ist das Ihr Ernst?«

»Selbstverständlich. Das heißt, wenn ich die Erlaubnis bekomme.«

»Linda auch?«

»Nun …« Gewisse Zweifel ließen ihn zögern. Diese widerwärtige Kreatur! Nein, unmöglich. Es sei denn, es sei denn … Bernard dämmerte, dass gerade das Widerwärtige sich als unschätzbarer Vorteil erweisen könnte. »Natürlich!«, rief er, um sein anfängliches Zögern durch übertrieben herzliche Zustimmung wettzumachen.

Der junge Mann holte tief Luft. »Wenn ich mir vorstelle, dass sich bewahrheiten könnte, wovon ich mein Leben lang träume. Wissen Sie noch, was Miranda sagt?«

»Wer ist denn Miranda?«

Aber der junge Mann hatte ihn offenbar nicht gehört. »Ein Wunder!«, deklamierte er mit leuchtenden Augen und erhitzten Wangen. »Wie viele herrliche Geschöpfe hier! Wie schön die Menschheit ist! O schöne neue Welt, die solche Wesen trägt!« Er wurde tiefrot; er dachte plötzlich an Lenina, diesen Engel in flaschengrüner Viskose, vor Jugend und Nährcreme schimmernd, rundlich, gütig lächelnd. Seine Stimme wankte: »O schöne neue Welt …«, hob er an und unterbrach sich plötzlich; das Blut verließ seine Wangen, bis sie weiß waren wie Papier. »Sind Sie mit ihr vermählt?«, fragte er.

»Was bitte?«

»Vermählt. Sie wissen schon: für immer. Mit den indianischen Worten sagt man ›für immer‹; es ist unauflöslich.«

»Lieber Ford, nein!« Bernard musste lachen.

John lachte auch, aber aus ganz anderem Grund – lachte vor Freude.

»O schöne neue Welt«, wiederholte er. »O schöne neue Welt, die solche Wesen trägt. Lassen Sie uns sofort aufbrechen.«

»Sie haben wirklich manchmal eine sehr wunderliche Art zu sprechen«, bemerkte Bernard und starrte den jungen Mann verdattert an. »Außerdem wäre es vielleicht ratsam zu warten, bis Sie die Neue Welt tatsächlich gesehen haben, meinen Sie nicht?«

Kapitel IX

Lenina fand, dass sie nach diesem Tag der Sonderbarkeiten und Schrecken Anspruch auf einen absoluten Kompletturlaub habe. Gleich nach ihrer Rückkehr ins Rasthaus schluckte sie sechs Halbgramm Soma, legte sich ins Bett und hatte sich binnen Minuten in die lunare Ewigkeit verabschiedet. Achtzehn Stunden mindestens würden vergehen, bevor sie wieder mit der Zeit synchron wäre.

Bernard hingegen lag grübelnd mit weit aufgerissenen Augen im Dunkeln. Erst lange nach Mitternacht schlief er ein. Lange nach Mitternacht, aber seine Schlaflosigkeit hatte Früchte getragen: Er hatte einen Plan.

Punkt zehn Uhr am nächsten Morgen stieg das grün uniformierte Achtelblut aus seinem Helikopter. Bernard wartete zwischen den Agaven schon auf ihn.

»Miss Crowne ist auf Soma-Urlaub«, erklärte er. »Dürfte kaum vor fünf wieder da sein. Also bleiben uns sieben Stunden.«

Er würde in Ruhe nach Santa Fé fliegen, alles Nötige erledigen und längst wieder in Malpais sein können, bevor sie aufwachte.

»Ich kann sie doch unbesorgt allein zurücklassen?«

»Da verwette ich meinen Heli drauf«, schwor das Achtelblut.

Sie stiegen ein und flogen sofort los. Um zehn Uhr vierunddreißig landeten sie auf dem Dach der Post in Santa Fé, um zehn Uhr siebenunddreißig hatte Bernard eine Verbindung zum Büro des Weltcontrollers in Whitehall, um zehn Uhr neununddreißig sprach er mit dem Vierten Persönlichen Assistenten Seiner Fordschaft, um zehn Uhr vierundvierzig trug er sein Anliegen noch mal dem Ersten Assistenten vor, und um zehn Uhr siebenundvierzigeinhalb hatte er die tiefe, tragende Stimme Mustapha Monds persönlich im Ohr.

»Ich habe mir erlaubt anzunehmen«, stammelte Bernard, »dass Ihre Fordschaft die Angelegenheit von hinlänglichem wissenschaftlichem Interesse fände …«

»Ich finde die Angelegenheit durchaus von hinlänglichem wissenschaftlichem Interesse«, tönte die tiefe Stimme. »Bringen Sie diese beiden Individuen mit nach London.«

»Ihre Fordschaft wissen, dass ich dazu eine Spezialgenehmigung benötige …«

»Die entsprechende Anweisung«, sagte Mustapha Mond, »geht dem Reservatsaufseher in diesem

Augenblick zu. Sie werden sich unverzüglich in sein Büro begeben. Ich wünsche einen guten Morgen, Mr Marx.«

Stille. Bernard legte auf und eilte aufs Dach.

»Büro des Reservatsaufsehers«, wies er das gammagrüne Achtelblut an.

Um zehn Uhr vierundfünfzig schüttelte Bernard dem Aufseher die Hand.

»Sehr erfreut, Mr Marx, sehr erfreut.« Sein Posaunen war ehrerbietig. »Wir haben soeben spezielle Anweisung erhalten …«

»Ich weiß«, unterbrach ihn Bernard. »Ich habe soeben mit Seiner Fordschaft gesprochen.« Sein blasierter Ton legte nahe, dass er täglich mit Seiner Fordschaft plaudere. Er ließ sich auf einen Stuhl fallen. »Wenn Sie so freundlich sein wollen, alle nötigen Schritte umgehend einzuleiten. Umgehend«, betonte er. Das Ganze machte ihm ungeheures Vergnügen.

Um elf Uhr drei hatte er alle erforderlichen Papiere in der Tasche.

»Bis dann«, sagte er gönnerhaft zum Aufseher, der ihn bis zum Fahrstuhl begleitete. »Bis dann.«

Er spazierte gegenüber ins Hotel, gönnte sich ein Bad, eine Vibrovakmassage und eine elektrolytische Rasur, lauschte den Morgennachrichten, setzte sich eine halbe Stunde vor den Televisor, nahm gemächlich ein Lunch ein und flog um halb drei mit dem Achtelblut wieder nach Malpais zurück.

Der junge Mann stand vor dem Rasthaus.

»Bernard!«, rief er. »Bernard!« Keine Antwort.

Lautlos sprang er in seinen Hirschledermokassins die Treppe hinauf und rüttelte am Türknauf. Die Tür war verschlossen.

Sie waren fort! Fort! Es war das Schlimmste, was ihm je widerfahren war. Sie hatte ihn eingeladen, sie zu besuchen, und nun waren sie fort. Er sank auf die Stufen und weinte.

Erst eine halbe Stunde später kam er auf die Idee, durchs Fenster zu spähen. Als Erstes entdeckte er einen grünen Koffer mit den Initialen L. C. auf dem Deckel. Freude loderte in ihm hoch wie eine Flamme. Er hob einen Stein auf. Drinnen klirrte zersplittertes Glas auf den Fußboden. Einen Augenblick später war er im Zimmer. Er öffnete den grünen Koffer, und mit einem Mal atmete er Leninas Parfüm, füllte seine Lungen mit ihrer Essenz. Sein Herz hämmerte wild, ihn schwindelte geradezu. Er beugte sich über den kostbaren Kasten, berührte, hob ans Licht, untersuchte. Die Reißverschlüsse an Leninas Ersatzcordsamtshorts waren ihm zunächst ein Rätsel, dann aber, einmal gelöst, helle Freude. Zzzt, und dann zzzt, zzzt und wieder zzzt; er war hingerissen. Ihre grünen Slipper waren das Schönste, was er je gesehen hatte. Er entfaltete ein Zippmiedessous, errötete und packte es rasch wieder weg, küsste jedoch ein parfümiertes Acetattaschentuch und wand sich einen Schal um den Hals. Aus einem Schächtelchen stupste er versehentlich eine Wolke Duftpuder. Seine Hände waren ganz kalkig davon. Er wischte sie sich an der Brust ab, den Schultern, den bloßen Armen. Köstlicher Duft! Er schloss die Augen, er rieb seine Wange am eigenen gepuderten Arm. Weiche Haut an seiner Wange, moschuspudriger Duft in der Nase – sie war real gegenwärtig. »Lenina«, flüsterte er. »Lenina!«

Ein Geräusch schreckte ihn auf und ließ ihn schuldbewusst herumfahren. Er stopfte sein Diebesgut in den Koffer zurück und schloss den Deckel, lauschte erneut, spähte. Kein Lebenszeichen, kein Ton. Und doch hatte er unzweifelhaft etwas gehört – ein Seufzen, eine knarrende Diele. Er schlich an die Tür, zog sie vorsichtig auf und sah vor sich einen breiten Treppenabsatz. Gegenüber gab es eine zweite Tür, die nur angelehnt war. Er wagte sich vor, schob sie auf und lugte hinein.

Dort, auf einem niedrigen Bett lag halb unter zurückgeschlagenem Laken in einem einteiligen rosa Zipppyjama Lenina und schlief von Locken umkränzt so tief, so rührend kindlich mit ihren rosa Zehen und dem ernst schlummernden Gesicht, so vertrauensselig in der Hilflosigkeit ihrer gelösten Hände und Glieder, dass ihm die Tränen kamen.

Mit unendlich großer, ganz unnötiger Vorsicht – denn es hätte schon krachend ein Schuss fallen müssen, um Lenina vor der Zeit aus ihrem Soma-Urlaub zurückzuholen – betrat er das Zimmer und sank vor dem Bett auf die Knie. Er betrachtete, er faltete die Hände, er bewegte die Lippen. »Den Blick«, murmelte er,

»den Blick, das Haar, die Wange, Gang und
  Stimme;
Handelst in deiner Red', … o liebe Hand,
Mit der verglichen alles Weiß wie Tinte
Sich selbst das Urteil schreibt; ihr sanft
  Berühren
Macht rauh des Schwanes Flaum, die feinste
  Fühlung …«

Eine Fliege umbrummte sie; er scheuchte sie fort. »Fliegen«, fiel ihm dabei ein,

»… sie
  dürfen
Das Wunderwerk der weißen Hand berühren
Und Himmelswonne rauben ihren Lippen,
Die sittsam, in Vestalenunschuld, stets
Erröten, gleich als wäre Sünd' ihr Kuss«

Sehr behutsam streckte er in der zögerlichen Art desjenigen, der einen scheuen und womöglich gefährlichen Vogel berühren will, die Hand aus. Sie verharrte zitternd kaum einen Zoll vor den schlafenden

Fingern. Durfte er es wagen? Durfte entweihen seine verwegene Hand … Nein, durfte sie nicht. Der Vogel war zu gefährlich. Seine Hand sank herab. Wie wunderschön sie war! Wie wunderschön.

Dann plötzlich schoss ihm der Gedanke durch den Sinn, dass er lediglich den Reißverschluss am Hals zu ergreifen und einmal kräftig zu ziehen brauchte … Er schloss die Augen, schüttelte den Kopf nach Art eines Hundes, der aus dem Wasser kommt. Schändlicher Gedanke! Er schämte sich. Sittsam, in Vestalenunschuld …

Es ertönte ein Summen. Wieder eine Fliege, die Himmelswonne rauben kam? Eine Wespe? Er sah sich um, konnte aber nichts entdecken. Das Sirren wurde immer lauter, ließ sich als von draußen vor den geschlossenen Läden kommend lokalisieren. Der Drehflügler! Kopflos sprang er auf, stürzte in das andere Zimmer zurück, schwang sich durchs offene Fenster hinaus und hastete eben rechtzeitig den Pfad zwischen den hohen Agaven hinab, um Bernard Marx beim Ausstieg aus dem Helikopter zu empfangen.

Kapitel X

Die Zeiger aller viertausend elektrischer Uhren in allen viertausend Räumlichkeiten des Bloomsbury Centers standen auf siebenundzwanzig Minuten nach zwei. Der »Bienenstock der Betriebsamkeit«, wie der DCK gern sagte, brummte vor Fleiß. Alle waren emsig, alles in wohlgeordneter Bewegung. Unter den Mikroskopen bohrten sich Spermatozoen mit peitschenden Schwänzen kopfüber in Eizellen, die, nunmehr fertilisiert, sich blähten, teilten beziehungsweise, sofern sie bokanowskifiziert waren, knospten und sich zu ganzen Populationen von Embryonen verzweigten. Von der Sozialprädestinationsstation surrten Fahrtreppen hinunter ins Untergeschoss, und dort, im karmesinroten Dunkel, wuchsen und gediehen – oder kümmerten, sofern sie zu Epsilons vergiftet waren – auf ihrer Bauchfellbrutunterlage die mit Blutsurrogat und Hormonen gesättigten Föten. Unter dumpfem Summen und Klappern rückten die Flaschenstellagen im Laufe der Wochen und der gerafften Äonen kaum merklich bis zu dem Moment vor, wo auf der Dekantierstation frisch entpfropfte

Babys ihren ersten Schrei des Entsetzens und Staunens taten.

Im Untergeschoss brummten die Generatoren, Fahrstühle glitten auf und ab. Auf allen elf Lernstationsstockwerken war Fütterungszeit. Aus achtzehnhundert Flaschen nuckelten achtzehnhundert sorgfältig prädestinierte Säuglinge simultan ihren Halbliter pasteurisiertes Ektosekret.

Oberhalb waren auf den zehn übereinander gelegenen Schlafetagen die Jungen und Mädchen, die noch klein genug für den Mittagsschlaf waren, so emsig wie die anderen auch, nur wussten sie es nicht, denn sie lauschten unwissentlich den hypnopädischen Lektionen zu Hygiene und Geselligkeit, zu Klassenbewusstsein und Kleinkinderlibido. Und noch darüber lagen die Spielzimmer, wo heute, weil es regnete, neunhundert ältere Kinder sich mit Klötzen und Knetmasse vergnügten, mit »Der Zippsack geht um« und Erotikspielen.

Summ, summ! Der Bienenstock brummte freudig. Heiter war der Gesang der jungen, über Reagenzgläser gebeugten Frauen; die Prädestinatoren pfiffen bei der Arbeit vergnügt vor sich hin, und auf der Dekantierstation, was wurden da beim Entleeren der Flaschen für köstliche Witze gerissen! Doch das Gesicht des Direktors, der mit Henry Foster die Fertilisationsstation betrat, war ernst und steif vor Strenge.

»Ein öffentliches Exempel«, sagte er soeben. »Und zwar hier auf dieser Station, weil hier mehr hochkastige Fachkräfte versammelt sind als auf jeder anderen des Centers. Ich habe ihn für halb drei herbestellt.«

»Er macht seine Arbeit doch sehr gut«, entgegnete Henry mit geheuchelter Großmut.

»Das weiß ich. Umso mehr Grund, hart durchzugreifen. Sein herausragender intellektueller Rang geht mit der entsprechenden moralischen Verantwortung einher. Je ausgeprägter jemandes Begabung, desto größer seine Macht, auf Abwege zu führen. Besser des einen Leid als vieler Korrumpierung. Wenn Sie die Angelegenheit einmal ganz nüchtern betrachten, Mr Foster, werden Sie einsehen, dass kein Vergehen so ruchlos ist wie unorthodoxes Verhalten. Mord tötet nur einen – und was ist schon der Einzelne?« Mit einer ausholenden Geste deutete er auf die Mikroskopreihen, die Reagenzgläser, die Inkubatoren. »Wir können mit Leichtigkeit neue hervorbringen – so viel wir wollen. Unorthodoxie aber bedroht mehr als den Einzelnen, sie trifft die Gesellschaft als solche. Ja, die Gesellschaft selbst«, wiederholte er. »Ah, da kommt er.«

Bernard schritt durch das Spalier der Fertilisatoren auf sie zu. Seine bemüht kecke Selbstgewissheit jedoch konnte die darunter liegende Nervosität nur notdürftig kaschieren. Die Stimme, mit der er »Guten Morgen, Direktor!« rief, war absurd laut, der nachfolgende, rasch korrigierte Ton, in dem er sagte: »Sie wünschten mich hier zu sprechen«, lächerlich klein, ein Quieken.

»Ganz recht, Mr Marx«, bestätigte der Direktor bedeutungsschwer. »Ich habe Sie in der Tat hergebeten. Wie ich höre, sind Sie gestern Abend aus Ihrem Urlaub zurückgekehrt.«

»Ja«, antwortete Bernard.

»So-so«, meinte der Direktor gedehnt, die »s« das Zischeln einer Schlange. Dann plötzlich hob er die Stimme. »Meine Damen und Herren!«, trompetete er, »Meine Damen und Herren!«

Der Singsang der Mädchen an den Reagenzgläsern, das selbstvergessene Pfeifen der Mikroskopisten, sie verstummten schlagartig. Tiefes Schweigen herrschte; Köpfe drehten sich.

»Meine Damen und Herren«, wiederholte der Direktor, »ich unterbreche Sie ungern bei Ihrer Arbeit. Eine unangenehme Pflicht zwingt mich dazu. Die Sicherheit und Stabilität der Gesellschaft sind in Gefahr. Jawohl, in Gefahr, meine Damen und Herren. Dieser Mann …« – er deutete anklagend auf Bernard – »… dieser Mann hier vor Ihnen, dieser Alpha-Plus, dem so viel gegeben wurde und von dem folglich entsprechend viel erwartet werden darf, Ihr Kollege – oder darf ich vorauseilend sagen Ihr Ex-Kollege? – hat auf unerhörte Weise das in ihn gesetzte Vertrauen enttäuscht. Durch seine ketzerischen Ansichten zu Sport und Soma, durch sein skandalös unorthodoxes Sexualleben, durch seine Weigerung, der Lehre Unseres Ford zu folgen und sich außerhalb der Arbeit ›wie ein Flaschenkindlein‹ (an dieser Stelle machte der Direktor das T-Zeichen) zu betragen, hat er sich als Feind der Gesellschaft erwiesen, einer, meine Damen und Herren, der die Ordnung und Stabilität untergräbt, sich gar gegen die Zivilisation verschworen hat. Ich beabsichtige daher, ihn zu entlassen, ihn in Schmach und Schande seines Postens in diesem Center zu entheben; ich beabsichtige, um seine Versetzung an ein Subcenter der untersten Kategorie zu ersuchen, und zwar im Interesse der Gesellschaft so weit wie nur möglich von jedem bedeutenden Ballungsraum entfernt. Auf Island wird er wenig Gelegenheit finden, andere durch sein unfordliches Vorbild vom rechten Wege zu locken.« Der Direktor schwieg einen Augenblick, dann verschränkte er die Arme vor der Brust, wandte sich eindrucksvoll Bernard zu und sagte: »Nun, Marx, gibt es Ihrer Ansicht nach irgendeinen Grund, der mich hindern könnte, das Urteil auf der Stelle zu vollstrecken?«

»Ja, den gibt es«, erklärte Bernard lauthals.

Etwas aus der Fassung gebracht, aber unverändert hoheitsvoll verlangte der Direktor: »Dann bringen Sie ihn jetzt vor.«

»Gern. Er steht draußen. Augenblick.« Bernard eilte zur Tür und riss sie auf. »Kommen Sie!«, rief er, und da trat der Grund ein und zeigte sich.

Ringsum wurde scharf die Luft eingesogen, ein Raunen der Verwunderung und des Grauens lief um; eine junge Fachkraft schrie auf; und weil irgendwer auf einen Stuhl gestiegen war, um besser sehen zu können, gingen zwei Reagenzgläser mit Spermatozoen zu Bruch. Aufgeschwemmt, wabbelig und zwischen den vielen festen, jugendlichen Körpern, den ungezeichneten Gesichtern ein befremdlicher, furchterregender Albtraum fortschreitenden Alters, drang Linda in den Raum vor, ihr kokettes Lächeln wegen der Zahnlücken und braunen Stümpfe eine Grimasse, ihr vermeintlich sexy wiegender Gang wegen der unförmigen Schenkel ein Watscheln. Bernard ging neben ihr her.

»Das ist er«, sagte er und deutete auf den Direktor.

»Meinen Sie, ich hätte ihn nicht erkannt?«, empörte sich Linda und sagte, zum Direktor gewandt: »Natürlich kenne ich dich, Tomakin, ich hätte dich immer und überall erkannt, unter Tausenden. Aber vielleicht hast du ja mich vergessen. Erinnerst du dich nicht? Weißt du nicht mehr, Tomakin? Deine Linda.« Den Kopf auf die Seite gelegt stand sie vor ihm, lächelnd zwar noch, aber angesichts seiner zu Abscheu versteinerten Maske zunehmend unsicher, bis ihr Lächeln schließlich bröckelte und in sich zusammensank. »Weißt du nicht mehr, Tomakin?«, wiederholte sie mit bebender Stimme. Ihr Blick wurde bange, verzweifelt. Das fleckig gerötete, triefäugige Gesicht verzerrte sich zu einer grotesken, zerquälten Fratze.

»Was, in Fords Namen«, setzte der Direktor an, »soll dieser üble …«

»Tomakin!« Ihre Wolldeckenschleppe hinter sich her schleifend, wankte Linda vor, warf dem Direktor die Arme um den Hals und barg das Gesicht an seiner Brust.

Es gab johlendes Gelächter.

»… üble Streich!«, brüllte der Direktor.

Mit hochrotem Kopf versuchte er, sich aus Lindas Umklammerung zu befreien. Sie hing an ihm wie eine Klette. »Aber *ich* bin's doch: Linda, Linda.« Ihre Worte gingen im Gelächter unter. »Deinetwegen habe ich ein Baby geboren!«, übertönte ihr Kreischen den Aufruhr. Schlagartig herrschte grausige Stille; Blicke flogen verlegen umher, wussten nicht mehr, wohin. Der Direktor wurde blass, stocksteif stand er da, die Hände reglos an ihren Handgelenken, und starrte entsetzt auf sie hinab. »Ja, ein Baby – und ich seine Mutter.« Sie schleuderte die Obszönität wie einen Fehdehandschuh ins geschockte Schweigen, dann riss sie sich plötzlich von ihm los, schlug vor Scham, ja Scham, die Hände vors Gesicht und schluchzte auf. »Es war doch nicht meine Schuld, Tomakin. Ich habe schließlich immer Vorkehrungen getroffen, oder nicht? Oder nicht? Immer … Ich weiß auch nicht, wie das … Du hast ja keine Ahnung, Tomakin, wie schrecklich … Aber er war mir ein Trost, trotz alledem.« Sie wandte sich der Tür zu. »John!«, rief sie. »John!«

Er kam sofort, hielt auf der Schwelle nur kurz inne, um sich zu orientieren, durcheilte dann lautlos auf Mokassinsohlen den Raum, sank vor dem Direktor auf die Knie und sagte mit klarer Stimme: »Mein Vater!«

Das Wort *Vater* (das weniger obszön als vielmehr – da es auf etwas jenseits der Widerwärtigkeit und moralischen Unschärfe des Gebärens verwies – schlicht krass war, eher eine skatalogische als pornographische Ungehörigkeit), dieses ulkig unanständige Wort löste die inzwischen fast unerträgliche Spannung. Es gab großes Gelächter, gewaltiges, schallendes, geradezu hysterisches Gelächter, das gar nicht mehr aufhören wollte. Mein *Vater* – und das zum Direktor! Mein *Vater*! Du lieber Ford, ofordoford! Das war einfach zu viel. Das Johlen und Wiehern entzündete sich immer wieder an sich selbst, Gesichtszüge entgleisten, es wurde Tränen gelacht. Sechs weitere Spermatozoen-Reagenzgläser mussten dran glauben. Mein *Vater*!

Weiß wie die Wand sah sich der Direktor in seiner kopflosen Pein mit wildem, hasserfülltem Blick um.

Mein *Vater*! Das Gelächter, das allmählich abzuebben begonnen hatte, erreichte neue schrille Höhen. Der Direktor hielt sich die Ohren zu und floh.

Kapitel XI

Nach der Szene auf der Fertilisationsstation riss sich Londons Kastenelite förmlich darum, das ergötzliche Wesen zu erleben, das sich vor dem Direktor City-Brüter und Konditionierung – oder vielmehr dem Ex-DCK, denn der arme Mann war gleich im Anschluss zurückgetreten und hatte nie wieder einen Fuß ins Center gesetzt – hingekniet und ihn (der Witz war fast zu gut, um wahr zu sein!) »mein Vater« genannt hatte. Linda dagegen kam gar nicht gut an; niemand verspürte die geringste Lust, Linda zu erleben. Sich als Mutter zu bezeichnen: das war nicht mehr witzig, das war schlicht obszön. Zumal sie keine echte Wilde, sondern ganz normal auf Flasche gezogen, dekantiert und konditioniert worden war und daher eigentlich nicht antiquiert denken durfte. Und dann war da noch – der bei weitem vorherrschende Grund, die arme Linda nicht erleben zu wollen – ihr Erscheinungsbild. Fett, verblüht, mit schlechten Zähnen, unregelmäßigem Teint, und dann die Figur (Ford!) – der Anblick war geradezu Übelkeit erregend, ja, wirklich: Übelkeit erregend. Die besten Kastenkreise waren fest entschlossen, Linda *nicht* zu erleben. Und Linda spürte ihrerseits keinerlei Verlangen, sie zu erleben. Die Rückkehr in die Zivilisation wurde für sie zu einer Rückkehr zu Soma, zur Möglichkeit, im Bett zu bleiben und Urlaub um Urlaub zu nehmen, ohne je mit Kopfschmerzen oder Brechreiz wieder zu sich kommen zu müssen, ohne sich je so zu fühlen, wie man sich nach Peyote unweigerlich fühlte: als hätte man etwas so beschämend Unsoziales getan, dass man der Welt nicht mehr mit erhobenem Haupt begegnen konnte. Soma spielte einem keine solch üblen Streiche. Der Urlaub, den Soma ermöglichte, war perfekt, und wenn der Morgen danach sich als unerfreulich erwies, dann nicht etwa deshalb, weil das in der Natur der Sache lag, sondern einfach im Vergleich zu den Freuden des Urlaubs. Das Gegenmittel bestand also darin, den Urlaub zu verlängern. Gierig verlangte Linda nach immer höheren, immer häufigeren Dosen. Dr. Shaw äußerte zunächst Bedenken, doch dann ließ er ihr ihren Willen. Sie nahm bis zu zwanzig Gramm am Tag.

»Was sie innerhalb von ein, zwei Monaten umbringen dürfte«, vertraute der Doktor Bernard an. »Dann nämlich, wenn ihr Atemzentrum gelähmt ist. Kein Atem mehr. Ende. Und das ist nur gut so. Könnten wir verjüngen, sähe die Sache anders aus. Aber das können wir nicht.«

Zu jedermanns Überraschung (denn immerhin

war Linda auf Soma-Urlaub niemandem im Weg) erhob John Einwände.

»Aber verkürzen Sie nicht ihr Leben, wenn Sie ihr so viel geben?«

»Auf der einen Seite schon«, räumte Dr. Shaw ein. »Auf der anderen verlängern wir es.« Der junge Mann stutzte; er verstand nicht. »Soma raubt einem zwar hier ein paar Jahre Zeit«, erklärte der Doktor, »aber denken Sie an die enorme, unermessliche Dauer, die es Ihnen dort außerhalb der Zeit gestattet. Jeder Soma-Urlaub ist ein Stück dessen, was unsere Vorfahren die Ewigkeit nannten.«

John ging ein Licht auf. »In unserm Mund und Blick war Ewigkeit«, murmelte er.

»Äh, bitte?«

»Ach nichts.«

»Natürlich darf man den Leuten«, fuhr Dr. Shaw fort, »nicht erlauben, sich in die Ewigkeit zu verabschieden, wenn sie wichtige Arbeit zu leisten haben. Aber da das bei ihr ja nicht der Fall ist …«

»Trotzdem«, beharrte John, »ich finde es nicht richtig.«

Der Doktor zuckte mit den Schultern. »Nun, wenn Sie ihre hysterischen Anfälle partout vorziehen …«

Am Ende musste John nachgeben. Linda kriegte ihr Soma. Fortan blieb sie in ihrem kleinen Zimmer im siebenunddreißigsten Stock desselben Apartmentblocks, in dem auch Bernard wohnte, blieb bei dauerlaufendem Radio, Tele und träufelndem Patschulihahn im Bett, die Soma-Tabletten stets in Reichweite, blieb dort und war doch nicht anwesend, sondern dauer-absent, unendlich weit weg, auf Urlaub, auf Urlaub in einer anderen Welt, wo die Musik aus dem Radio einem Labyrinth klingender Farben glich, einem gleitenden, pulsierenden Labyrinth, das (und zwar auf himmlisch unausweichlich gewundenen Wegen) zu einem hellen Kern absoluter Gewissheit führte, wo die tanzenden Bilder aus der Telebox Darsteller in einem unbeschreiblich köstlichen Fühlmusical waren, wo das tröpfelnde Patschuli mehr als nur ein Duft war – die Sonne, eine Million Sexophone, Sex mit Popé und viel mehr, unvergleichlich viel mehr und ewigwährend.

»Nein, verjüngen können wir nicht. Aber ich bin sehr froh um die Gelegenheit, einen Fall von Senilität beim Menschen beobachten zu dürfen«, hatte Dr. Shaw abschließend bemerkt. »Vielen Dank, dass Sie mich konsultiert haben.« Er schüttelte Bernard beflissen die Hand.

Hinter John also waren alle her. Und da John nur über seinen akkreditierten Vormund Bernard zu haben war, genoss dieser, zum ersten Mal in seinem Leben, nicht nur eine ganz normale, sondern als entscheidend einflussreiche Person sogar eine außerordentliche Wertschätzung. Keine Rede mehr von Alkohol in seinem Blutsurrogat, kein Spott über seine persönliche Erscheinung. Henry Foster überschlug sich vor Freundlichkeit, Benito Hoover hatte ihm sechs Päckchen Sexhormonkaugummi verehrt, der Stellvertretende Prädestinator buhlte um eine Einladung zu einer von Bernards Soireen. Und was die Frauen anging, so musste Bernard nur die Möglichkeit einer Einladung in Aussicht stellen, und er konnte nehmen, wen immer er wollte.

»Bernard hat mich eingeladen, am nächsten Mittwoch den Wilden kennenzulernen!«, jubelte Fanny.

»Das freut mich«, sagte Lenina. »Und jetzt gibst du ja wohl zu, dass du dich in Bernard getäuscht hast. Findest du ihn nicht auch ganz süß?«

Fanny nickte. »Ich muss gestehen«, sagte sie, »dass ich angenehm überrascht war.«

Der Füllstationschef, der Chef-Prädestinator, drei Stellvertretende Generalfertilisationsassistenten, der Fühloramadozent der Hochschule für Emotionales Engineering, der Prior der Westminster Kollektivsängerei, der Bokanowskifizierungssupervisor – Bernards Honoratorenliste wurde lang und länger.

»Und sechs Mädchen hatte ich letzte Woche«, vertraute er Helmholtz Watson an. »Montag eine, Dienstag zwei, Freitag wieder zwei, Samstag eine. Und wenn ich Zeit oder Lust gehabt hätte, wären da bestimmt noch ein Dutzend andere gewesen, die sich drum gerissen hätten …«

Helmholtz schwieg zu diesem Geprahle so niedergeschlagen missbilligend, dass es Bernard kränkte.

»Du bist nur neidisch«, sagte er.

Helmholtz schüttelte den Kopf. »Ich bin nur traurig«, entgegnete er.

Bernard verzog sich beleidigt. Nie wieder, schwor er sich, würde er mit Helmholtz auch nur ein einziges Wort wechseln.

Tage vergingen. Der Erfolg stieg Bernard prickelnd zu Kopf und versöhnte ihn in der Folge (wie es jedes ordentliche Rauschmittel sollte) mit einer Welt, die er bislang als wenig zufriedenstellend empfunden hatte. Insoweit sie ihn als wichtig anerkannte, war an der Ordnung der Dinge nichts auszusetzen. Doch wie versöhnt auch immer durch seinen Erfolg, auf das Vorrecht, diese Ordnung zu kritisieren, mochte er dennoch nicht verzichten. Denn Kritik steigerte noch sein Gefühl, wichtig zu sein, machte ihn größer. Außerdem fand er, dass es wahrhaftig Grund zu Kritik gab. (Obwohl es ihm ebenso wahrhaftig gefiel, ein solcher Publikumserfolg zu sein und so viele Mädchen nehmen zu können, wie er wollte.) Allen gegenüber, die ihn jetzt um des Wilden willen hofierten, befleißigte sich Bernard seiner unorthodoxen Krittelei. Man hörte ihm höflich zu. Doch hinter seinem Rücken schüttelten die Leute den Kopf. »Mit dem Jungen wird es noch ein böses Ende nehmen«, prophezeiten sie umso zuversichtlicher, als sie selbst beizeiten dafür sorgen würden, dass das Ende bös war. »Ein zweites Mal wird er sich nicht mit einem Wilden aus der Affäre ziehen können«, sagten sie. Bis dahin aber gab es diesen ersten Wilden; sie blieben überaus höflich. Und weil sie höflich blieben, kam Bernard sich vor wie ein Riese – gigantisch und zugleich high, federleicht, leichter als Luft.

»Leichter als Luft«, erklärte Bernard und zeigte himmelwärts.

Wie eine Himmelsperle schimmerte weit, weit über ihnen der Fesselballon des Referats für Wetterfragen in der Sonne.

›... besagten Wilden‹ – so lautete Bernards Auftrag – ›mit allen Perspektiven des zivilisierten Lebens vertraut zu machen ...‹

Bekannt gemacht wurde er vorerst mit der Vogelperspektive, und zwar von der Rampe des Charing-T-Turms aus. Auf dem Rundgang betreuten sie der Stationsvorsteher und der Standortmeteorologe. Das Wort aber führte Bernard. In seinem Erfolgsrausch verwechselte er sich mindestens mit einem Weltbereichscontroller auf offiziellem Besuch. Leichter als Luft.

Die Bombay Green Rocket fiel vom Himmel. Die Passagiere gingen von Bord. Acht identische drawidische Zwillinge in Khaki lugten aus den acht Bullaugen der Kabine – die Stewards.

»Zwölfhundertundfünfzig Kilometer pro Stunde«, erklärte der Stationsvorsteher stolz. »Wie finden Sie das, Mr Savage?«

John fand es sehr schön. »Aber Ariel«, gab er zu bedenken, »zog rund um die Erde einen Gürtel in viermal zehn Minuten.«

›Der Wilde‹, schrieb Bernard in seinem Bericht an Mustapha Mond, ›zeigt erstaunlich wenig Verwunderung über oder Ehrfurcht vor den Errungenschaften der Zivilisation. Das mag teils daran liegen, dass er von einigen bereits gehört hat, von der Beta-Minus Linda, seiner M- …‹

(Mustapha Mond hob die Brauen. ›Hält dieser Trottel mich etwa für so zimperlich, dass ich den Anblick des ausgeschriebenen Worts nicht ertrage?‹)

›… teils daran, dass sein Hauptaugenmerk dem gilt, was er ‹die Seele› nennt und beharrlich als von der physischen Welt geschiedene Entität betrachtet, während doch, wie ich ihm zu erklären versuchte …‹

Der Controller übersprang die nächsten paar Sätze und war im Begriff, auf der Suche nach Einlassungen von größerem Interesse das Blatt zu wenden, als sein Auge an einer Reihe ganz ungewöhnlicher Formulierungen hängen blieb. ›… allerdings muss ich gestehen‹, las er, ›dass ich dem Wilden recht gebe, wenn er die zivilisierte Infantilität als zu einfach – oder mit seinen Worten als nicht teuer genug – empfindet; und wenn ich darf, würde ich Ihre

Fordschaft bei dieser Gelegenheit gern darauf aufmerksam machen …‹

Mustapha Monds Ärger schlug sogleich in Erheiterung um. Die Vorstellung, dass dieser Wicht ihn – *ihn* – über die soziale Ordnung belehren zu können glaubte, war wirklich zu absurd. Der Mann musste den Verstand verloren haben. ›Ich sollte ihm eine Lektion erteilen‹, sagte er sich, warf dann aber den Kopf in den Nacken und lachte schallend. Im Augenblick jedenfalls hatte das mit der Lektion offenbar noch Zeit.

Es war ein kleines Produktionswerk, das Beleuchtungssets für Helikopter herstellte, ein Ableger der E-Anlagen-Corp. Schon auf dem Dach (denn das Empfehlungszirkular des Controllers war mehr als nur ein Türöffner) wurden sie vom Chefingenieur und dem Humanelementmanager empfangen. Sie stiegen ins Werk hinab.

»Jeden Prozess«, erklärte der Humanelementmanager, »überlassen wir möglichst einer einzigen Bokanowski-Gruppe.«

Und in der Tat bedienten dreiundachtzig fast nasenlose schwarze brachycephale Deltas die Kaltpressen. An den sechsundfünfzig Vierspindeldrehmaschinen hantierten sechsundfünfzig adlernasige, rothaarige Gammas. Einhundertundsieben hitzekonditionierte Epsilon-Senegalesen arbeiteten in der

Gießerei. Dreiunddreißig langköpfige, aschblonde weibliche Deltas mit schmalem Becken, allesamt mit einer Maximalabweichung von 20 Millimetern um die ein Meter neunundsechzig groß, schnitten Gewinde. In der Montagehalle setzten zwei Chargen Gamma-Plus-Zwerge die Dynamos zusammen. Zwei niedrige Werktische standen links und rechts von dem im Kriechtempo vorruckenden Förderband mit den Einzelteilen; siebenundvierzig blonde Köpfe hier standen siebenundvierzig braunen dort gegenüber. Siebenundvierzig Stups- siebenundvierzig Höckernasen, siebenundvierzig Unterbisse siebenundvierzig Überbissen. Die fertigen Geräte wurden von achtzehn identischen Mädchen mit kastanienbraunen Locken in Gammagrün inspiziert, von vierunddreißig kurzbeinigen, linkshändigen Delta-Minus-Männern in Kisten verpackt und von dreiundsechzig blauäugigen, flachsblonden, sommersprossigen Epsilon Semi-Kretins auf die wartenden Laster gepackt.

»O schöne neue Welt …« Eine tückische Einflüsterung legte dem Wilden die Worte Mirandas in den Mund: »O schöne neue Welt, die solche Wesen trägt …«

»Und ich kann Ihnen versichern«, beschloss der Humanelementmanager seinen Vortrag, als sie das Werk verließen, »dass wir mit unseren Kräften kaum je Scherereien haben. Im Gegenteil –«

Doch der Wilde hatte sich hastig von seinen Begleitern entfernt, und kurz darauf hörten sie ihn hinter den Lorbeerbüschen heftig würgen, als wäre der feste Boden ein Helikopter im Luftloch.

›Der Wilde‹, schrieb Bernard, ›weigert sich, Soma zu nehmen, und scheint sehr bekümmert, dass die Beta-Minus Linda, seine M- sich auf Dauerurlaub befindet. Bemerkenswert ist, dass der Wilde seine M- trotz ihrer Senilität und ihres extrem abstoßenden Äußeren häufig besucht und sehr an ihr zu hängen scheint – interessantes Beispiel dafür, wie frühe Konditionierung natürliche Impulse modifizieren oder sogar überlagern kann (in diesem Fall den Widerwillen gegen einen unschönen Anblick).‹

In Eton landeten sie auf dem Dach der Upper School. Am anderen Ende des School Yard funkelten die zweiundfünfzig Geschosse des Lupton's Tower in der Sonne. Zur Linken lag das College, rechts erhob sich der Traditionsbau der Kollektivsängerei aus Quarzglas und Stahlbeton. Im Zentrum des Quadrangles stand die altväterliche Chromstahlstatue Unseres Ford.

Der Rektor Dr. Gaffney und die Konrektorin Miss Keate empfingen sie am Heli.

»Haben Sie hier viele Zwillinge?«, fragte der Wilde besorgt gleich zu Beginn der Besichtigungstour.

»Aber nein«, versicherte der Rektor. »Eton ist ausschließlich den Jungen und Mädchen der höheren Kasten vorbehalten. Eine Eizelle, ein Erwachsener. Das macht die Erziehung natürlich schwieriger. Da unsere Schüler jedoch dazu ausersehen sind, Verantwortung zu übernehmen und mit unvorhergesehenen Problemlagen fertig zu werden, lässt sich das eben nicht ändern.« Er seufzte.

Bernard fühlte sich unterdessen sehr zu Miss Keate hingezogen. »Sollten Sie Montag, Mittwoch oder Freitag nicht anderweitige Verpflichtungen haben …«, meinte er, wies mit dem Daumen über seine Schulter auf den Wilden zurück und fuhr fort: »er ist wirklich kurios, wissen Sie, putzig.«

Miss Keate lächelte (und Bernard fand ihr Lächeln sehr charmant), bedankte sich und nahm gern eine Einladung zu einer seiner Soireen an. Der Rektor öffnete eine Tür.

Fünf Minuten im Klassenzimmer der Alpha-Doppel-Plus verwirrten John gründlich.

»Was *sind* denn Grundlagen der Relativität?«, fragte er Bernard im Flüsterton. Der versuchte zu erklären, ließ es dann aber lieber und schlug den Wechsel in eine andere Klasse vor.

Hinter einer der Türen im Korridor, der zum Erdkundesaal der Beta-Minus führte, tönte glockenhell eine Sopranstimme: »Eins, zwei, drei, vier«, dann mit langmütigem Unwillen: »Von vorn.«

»Malthus-Drill«, erklärte die Konrektorin. »Vorwiegend sind unsere Schülerinnen natürlich Freemartins. Ich selbst auch.« Sie schenkte Bernard ein Lächeln. »Doch wir haben rund achthundert Unsterilisierte, die regelmäßig gedrillt werden müssen.«

Im Beta-Minus-Erdkundesaal lernte John, dass ›ein Eingeborenenreservat ein Ort‹ sei, der ›aufgrund ungünstiger klimatischer oder geographischer Verhältnisse, insbesondere des Mangels an natürlichen Ressourcen, des Aufwands der Zivilisierung nicht für wert befunden‹ werde. Es folgte ein Klicken, der Raum verdunkelte sich, und plötzlich erschienen auf der Leinwand über dem Kopf des Lehrers die vor Unserer Lieben Frau in Acoma knienden Penitentes, exakt so klagend, wie John sie selbst hatte klagen hören, wenn sie vor dem gekreuzigten Jesus, vor dem Adlerpfahl des Pookong ihre Sünden büßten. Die Eliteschüler aber schrien vor Lachen. Klagend erhoben sich die Penitentes, entblößten ihre Oberkörper und schlugen sich ein ums andere Mal mit einer Geißel. Das Gejohle übertönte jetzt sogar das per Lautsprecher verstärkte Stöhnen.

»Aber warum lachen sie denn?«, fragte der Wilde betroffen.

»Warum?« Der Rektor drehte ihm ein höhnisch grinsendes Gesicht zu. »*Warum*? Weil es so unglaublich komisch ist, natürlich.«

Im cinematographischen Halblicht wagte Bernard ein Manöver, zu dem er sich in der Vergangenheit selbst bei absoluter Finsternis nicht erkühnt hätte. Gestärkt durch seine neue Wichtigkeit, schob er der Konrektorin einen Arm um die Taille – die sich geschmeidig fügte. Gerade wollte er den einen oder anderen Kuss stehlen, einen zärtlichen Kniff riskieren, als klackernd die Jalousien hochflogen.

»Wir müssen dann wohl weiter«, meinte Miss Keate und ging auf die Tür zu.

»Und dies«, sagte der Rektor wenig später, »ist unser Hypnopädiekontrollraum.«

Hunderte von Synthimusikboxen, eine für jeden Schlafsaal, füllten auf drei Seiten des Raums die Regale, über die vierte Wand verteilten sich die Fächer mit den Papiersoundtrackrollen der diversen hypnopädischen Lektionen.

»Die Rolle wird hier eingelegt«, schnitt Bernard mit seiner Erklärung Dr. Gaffney das Wort ab, »dann drückt man diesen Schalter hier …«

»Nicht den«, protestierte der Rektor ärgerlich.

»Dann eben diesen. Die Rolle spult ab. Die Selenizellen verwandeln Lichtimpulse in Schallwellen, und …«

»… los geht's«, schloss Dr. Gaffney.

»Lesen Ihre Schüler Shakespeare?«, fragte der Wilde, als sie auf dem Weg zu den Biochemielabors an der Schulbibliothek vorbeikamen.

»Auf keinen Fall«, empörte sich die Konrektorin errötend.

»Unsere Bibliothek«, versicherte Dr. Gaffney, »enthält ausschließlich Nachschlagewerke. Wenn unsere jungen Schützlinge Zerstreuung brauchen, haben sie ja die Fühlfilme. Dass jemand sich ganz für sich beschäftigt, dulden wir hier nicht.«

Fünf Busladungen singende beziehungsweise eng umschlungene Jungen und Mädchen rollten auf der glasbetonierten Schnelltrasse an ihnen vorbei.

»Rückkehrer vom Slough-Krematorium«, erklärte Dr. Gaffney, während Bernard sich flüsternd mit der Konrektorin für denselben Abend verabredete. »Die Todeskonditionierung beginnt schon mit achtzehn Monaten. Jeder Fratz verbringt wöchentlich zwei Vormittage im Hospiz. Dort hält man die besten Spielzeuge bereit, sie bekommen an Todestagen Schokoladenpudding. So lernen sie, den Tod als gegeben zu akzeptieren.«

»Wie jeden anderen physiologischen Vorgang«, ergänzte die Konrektorin betont geschäftsmäßig.

Acht Uhr im Savoy. Es war abgemacht.

Auf dem Rückflug nach London legten sie am Stammhaus der Tele-Corp in Brentford einen Zwischenstopp ein.

»Würdest du einen Augenblick hier warten, während ich rasch einen Anruf mache?«, fragte Bernard.

Der Wilde wartete und beobachtete. Die Haupttagesschicht war soeben beendet. Scharen niedrigkastiger Werkskräfte standen vor der Magnetbahnstation an – sieben- bis achthundert Gammas, Deltas und Epsilons beiderlei Geschlechts, die sich kaum mehr als ein Dutzend Gesichter und Staturen teilten. Jedem von ihnen schob der Schalterbeamte zusammen mit der Fahrkarte ein kleines Pillendöschen aus Pappe hin. Der Tausendfüßler aus Männern und Frauen quälte sich vor.

»Was ist in den …« (er dachte an den Kaufmann von Venedig) »… Kästchen?«, fragte der Wilde, als Bernard sich wieder zu ihm gesellte.

»Ihre Tagesration Soma«, antwortete dieser etwas undeutlich, weil er ein Stück von Benito Hoovers Kaugummi bearbeitete. »Sie bekommen sie bei Feierabend. Vier Halbgrammtabletten. Am Samstag sechs.«

Er hakte sich kameradschaftlich bei John unter, als sie zum Helikopter zurückkehrten.

Lenina kam singend in die Umkleide.

»Du scheinst ja sehr mit dir zufrieden zu sein«, sagte Fanny.

»Das bin ich«, bestätigte Lenina. Zzzt! »Bernard hat vor einer halben Stunde angerufen.« Zzzt, zzzt! Sie stieg aus ihren Shorts. »Er ist verhindert.« Zzzt! »Er hat mich gebeten, den Wilden heute Abend in einen Fühlfilm zu begleiten. Muss los!« Sie eilte ins Badezimmer.

›Die Glückliche‹, dachte Fanny bei sich, als sie ihr nachsah.

Sie stellte es ohne jeden Neid fest; die gutmütige Fanny benannte lediglich eine Tatsache. Lenina hatte *wirklich* Glück: das Glück, gemeinsam mit Bernard an der immensen Popularität des Wilden teilzuhaben, das Glück, sich als bescheidene Nebenfigur im Abglanz der so viel beachteten Sensation sonnen zu dürfen. Hatte nicht die Sekretärin des Fordlichen Vereins Junger Frauen sie jüngst erst gebeten, einen Vortrag über ihre Erfahrungen zu halten? War sie nicht zur Jahresgala des Aphroditaeum Clubs eingeladen worden? War sie nicht bereits in der Fühlorama-Schau aufgetreten – zahllosen Millionen in aller Welt sichtbar, hör- und fühlbar erschienen?

Kaum weniger schmeichelhaft war die Aufmerksamkeit, die ihr herausragende Individuen widmeten. Der Zweite Persönliche Assistent des Weltbereichscontrollers hatte sie zum Abendessen und Frühstück eingeladen. Sie hatte ein Wochenende mit dem Ford-Oberrichter verbracht, ein weiteres mit dem Erzkollektivsänger von Canterbury. Der Chef des Industrie- und Ekto-Sekretions-Trusts rief andauernd an, und mit dem Stellvertretenden Direktor der Europa-Bank war sie in Deauville gewesen.

»Es ist herrlich, keine Frage. Aber irgendwie«,

hatte sie Fanny gestanden, »komme ich mir hochstaplerisch vor. Weil natürlich alle gleich wissen wollen, wie das ist, sich einen Wilden zu nehmen. Und ich muss dann passen, weil ich es nicht *weiß*.« Sie schüttelte den Kopf. »Die Männer glauben mir natürlich nicht. Aber es stimmt. Ich wünschte, es wäre anders«, fügte sie bekümmert hinzu und seufzte. »Er sieht umwerfend gut aus, findest du nicht?«

»Mag er dich denn nicht?«, fragte Fanny.

»Manchmal denke ich, schon, manchmal denke ich, nein. Er meidet mich, wo er nur kann; verlässt den Raum, wenn ich ihn betrete, berührt mich nicht, sieht mich nicht einmal an. Aber manchmal, wenn ich mich umdrehe, ertappe ich ihn dabei, dass er mich anstarrt, und dann – na ja, du weißt doch, wie Männer gucken, wenn sie dich mögen.«

Ja, das wusste Fanny.

»Ich verstehe es einfach nicht«, sagte Lenina.

Sie verstand es nicht, und sie war nicht nur verwirrt, sondern aufgewühlt.

»Denn weißt du, Fanny, ich mag ihn.«

Mochte ihn immer lieber. Nun, jetzt endlich bot sich eine günstige Gelegenheit, sagte sie sich, während sie sich nach ihrem Bad mit Duft beträufelte. Tupf, tupf, tupf – eine echte Chance. Ihr Übermut äußerte sich in einem geträllerten Liedchen:

Drück mich bis zum High, mein Schatz;
küss mich bis ins Koma;
komm auf die Matratze, Schatz;
Liebe ist wie Soma.

Die Duftorgel setzte zu einem wunderbar belebenden Herbalcapriccio an: Auf plätschernde Arpeggios aus Thymian, Lavendel, Rosmarin, Basilikum, Myrte, Estragon folgte eine kühne Scheinmodulation über die Gewürztonarten bis zu Ambra und dann langsam vagierend zurück über Sandelholz, Kampfer, Wacholder und Wiesenheu (mit subtilen Dissonanzen: einem Hauch Nierenpudding, einer zarten Andeutung Schweinekot) bis zur elegischen Wiederaufnahme der schlichten Aromatik des Auftakts. Der letzte Thymianakkord verwehte, Applaus brandete auf, das Licht ging an. Die Synthimusikanlage spulte die Soundtrackrolle ab. Sie bot ein Trio für Hypervioline, Supercello und Oboensurrogat dar, deren Klänge nun die Luft in angenehm träge Schwingungen versetzten. Dreißig, vierzig Takte lang, dann hob vor diesem Instrumentalteppich eine mehr als nurmenschliche Stimme zu trällern an, durchlief mühelos – mal kehlig, mal kopfig, mal gehaucht wie eine Flöte, mal mit sehnsuchtsvoller Harmonik aufgeladen – Rekordtiefen wie die Gaspard Fosters an der letzten Grenze musikalischer Klangerzeugung bis hinauf zu jenem tremolierenden Fledermauston weit über dem viergestrichenen C, wie ihn (1770 in der herzoglichen Oper zu Parma zum Erstaunen Mozarts) Lucrezia Ajugari als einzige unter allen Sopranistinnen der Geschichte einmal markdurchdringend traf.

Tief in ihrer pneumatischen Nische versunken, hatten Lenina und der Wilde geschnuppert und gelauscht. Nun kamen auch Augen und Haut zu ihrem Recht.

Das Licht im Saal wurde gedimmt, flammende Buchstaben wuchsen aus dem Dunkel wie feste, selbsttragende Materie. DREI WOCHEN IM HELI. ALLSTARSINGEREI, SYNTHIDIALOG, STEREOSKOPISCHER FARBFÜHLFILM. MIT SYNCHRONDUFTORGEL.

»Sie müssen die Metallknäufe an Ihren Sessellehnen packen«, flüsterte Lenina. »Sonst verpassen Sie die Fühleffekte.«

Der Wilde tat, wie ihm geheißen.

Die flammenden Buchstaben waren unterdessen verglimmt, es folgten zehn Sekunden totaler Finsternis, dann, plötzlich, erschienen strahlend und unvergleichlich viel körperhafter als solche aus Fleisch und Blut, weit wirklicher als in der Wirklichkeit, die stereoskopischen Figuren, ein innig umschlungenes Paar: ein gigantischer Schwarzer und eine goldhaarige junge brachycephale Beta-Plus.

Der Wilde schrak zusammen. Dieses Gefühl an

seinen Lippen! Er hob die Hand an den Mund, und der Reiz schwand; sobald er jedoch die Hand auf den Metallknauf zurücksinken ließ, war er wieder da. Die Duftorgel verströmte unterdessen Moschus pur. Verhauchend gurrte eine Soundtracksupertaube ›O-oooh‹, während bei Vibrationen von nur zweiunddreißig Schwingungen pro Sekunde, ein mehr als nur-afrikanisch tiefer Bass mit einem ›A-aaah‹ antwortete. ›O-oooh! A-aaah!‹ – stereoskopische Lippen fanden einander, und wieder prickelten im Alhambra die erogenen Hauptpartien der sechstausend Zuschauer vor fast unerträglicher galvanischer Lust. ›O-oooh ...‹

Der Fühlfilmplot war denkbar schlicht. Wenige Minuten nach den ersten Ooohs und Aaahs (diesem gesungenen Duett und einer Liebesszene auf dem berühmten Bärenfell, dessen jedes Haar – da hatte der Stellvertretende Prädestinator vollkommen recht – einzeln deutlich zu spüren war) stürzte der Schwarze mit dem Heli ab und fiel auf den Kopf. Rums! wie stach das an der Stirn! Vielstimmiges Au! und Autsch! ertönte im Saal.

Die Gehirnerschütterung machte die gesamte Konditionierung des Schwarzen zunichte. Er entwickelte ausschließliche und verzehrend leidenschaftliche Gefühle für die Beta-Blondine. Sie sträubte sich. Er ließ nicht locker. Es gab Gerangel, Verfolgungsszenen, den Anschlag auf einen Rivalen und schließlich eine atemberaubende Entführung. Die Beta-Blondine wurde in den Himmel entrissen und dort drei Wochen lang einer unerhört unsozialen Zweisamkeit mit dem schwarzen Irren ausgesetzt. Schließlich aber konnten drei blendend aussehende junge Alphas sie nach etlichen Abenteuern und viel Luftakrobatik retten. Der Schwarze wurde in ein Erwachsenenrekonditionierungscenter gesteckt, und der Film endete gut und anständig mit der Beta-Blondine als Bettgefährtin ihrer drei Retter. Zusammen boten sie als kurze Einlage ein synthetisches Quartett zu voller Superorchesterbegleitung und Orgelgardenienduft. Dann kam das Bärenfell noch einmal zu Ehren, und zum Fanfarenstoß der Sexophone erlosch der letzte stereoskopische Kuss im Dunkeln, erstarb der letzte elektrische Kitzel an den Lippen wie ein verendender Nachtfalter, der zuckt, leiser und leiser, bis er schließlich ganz und gar reglos liegen bleibt.

Doch für Lenina starb der Nachtfalter nicht ganz. Selbst als das Licht im Fühlorama bereits wieder angegangen war und sie sich langsam in der Menge auf die Fahrstühle zuschoben, huschte ein Nachbeben noch über ihre Lippen, liefen ihr noch zarte Schauer der Unruhe und Lust über die Haut. Ihre Wangen waren gerötet, ihre Augen taufeucht, ihr Atem beschleunigt. Sie ergriff den wehrlosen Arm des Wilden und presste ihn an ihren Körper. Blass, angespannt, voll Verlangen und von diesem Verlangen beschämt blickte er kurz auf sie herab. Er war es nicht würdig, nicht … Ihre Blicke trafen sich. Was für Reichtümer die ihren versprachen! Ganze Schatzkammern an Reizen. Rasch sah er weg und entzog ihr den bedrängten Arm. Dunkel fürchtete er, eben das an ihr zu verlieren, dessen er sich sonst weiterhin für nicht würdig erachten könnte.

»Ich finde, so etwas sollten Sie sich nicht ansehen«, sagte er, beeilte sich quasi, die Schuld an jedem vergangenen oder künftigen Abfall von der Vollkommenheit von Lenina selbst auf die Umstände zu verlagern.

»Was meinen Sie mit ›so etwas‹, John?«

»So etwas wie diesen grässlichen Film.«

»Grässlich?« Lenina war ehrlich verdattert. »Aber ich fand ihn herrlich.«

»Er war schandbar«, empörte er sich, »er war nichtswürdig.«

Sie schüttelte den Kopf. »Ich verstehe Sie nicht.« Warum war er nur so sonderbar? Warum legte er es darauf an, alles zu verderben?

Im Taxikopter würdigte er sie kaum eines Blickes. Durch Schwüre gebunden, die er nie geleistet hatte, Gesetzen gehorchend, die längst nicht mehr galten, saß er abgewandt und schweigend da. Hin und wieder durchlief ein Schauder seinen gesamten Körper, als zupfte ein Finger eine zum Zerreißen gespannte Saite.

Der Taxikopter landete auf Leninas Apartmenthausdach. ›Endlich‹, dachte sie triumphierend, als sie ausstieg. Endlich – *obwohl* er so sonderbar gewesen war. Unter einem Lichtmast warf sie verstohlen einen Blick in ihren Taschenspiegel. Endlich. *Tatsächlich*, ihre Nase glänzte ein wenig. Sie stäubte etwas losen Puder von ihrer Quaste. Es bliebe gerade noch genug Zeit, während er das Taxi bezahlte. Sie betupfte die glänzende Stelle und dachte: ›Er sieht umwerfend gut aus. Er hat gar keinen Grund, sich wie Bernard zu genieren. Nur … Jeder andere hätte es längst getan. Nun, heute ist es endlich soweit.‹ Das kleine Stück Gesicht im runden Spiegel lächelte sie an.

»Gute Nacht«, sagte hinter ihr eine erstickte Stimme. Lenina wirbelte herum. Mit stierem Blick stand er in der Luke des Taxikopters, hatte sie offenbar beim Nasepudern die ganze Zeit angestarrt und gewartet – aber worauf? Oder gezögert: versucht, sich zu entscheiden, überlegt und überlegt – aber was für verquere Überlegungen er angestellt haben mochte, überstieg ihr Vorstellungsvermögen. »Gute Nacht, Lenina«, sagte er noch einmal und rang sich ein gequältes Lächeln ab.

»Aber John … Ich dachte, Sie würden … Nicht …?«

Er schloss die Luke und beugte sich vor, um dem Piloten das Flugziel zu nennen. Der Taxikopter schoss senkrecht in die Luft.

Durch den Glasboden sah der Wilde Leninas nach oben gewandtes, im bläulichen Schein der Lichtmasten fahles Gesicht. Ihr Mund stand offen, sie rief etwas. Der perspektivisch verkürzte Körper sank unter ihm weg, das kleiner werdende Quadrat des Dachs stürzte ins Dunkel.

Fünf Minuten später war er wieder auf seinem Zimmer. Aus seinem Versteck holte er seinen mäusezerfressenen Band hervor, schlug andächtig stockfleckige, zerknitterte Seiten um und begann, *Othello* zu lesen. Othello, entsann er sich, war wie der Held von *Drei Wochen im Heli* ein schwarzer Mann.

Lenina trocknete ihre Tränen und überquerte das Dach zum Fahrstuhl. Auf dem Weg hinab in den siebenundzwanzigsten Stock holte sie ihr Soma-Röhrchen hervor. Ein Gramm, beschloss sie, würde heute nicht reichen; heute Abend handelte es sich um einen mehr als nur Ein-Gramm-Kummer. Wenn sie aber zwei nahm, riskierte sie, am Morgen nicht rechtzeitig aufzuwachen. Sie entschied sich für den Mittelweg und schüttelte sich drei Halbgrammtabletten in die hohle Hand.

Kapitel XII

Bernard musste die verriegelte Tür anbrüllen; der Wilde machte nicht auf.

»Aber alle warten auf dich.«

»Sollen sie warten«, tönte es von der anderen Seite der Tür dumpf.

»Aber John, du weißt ganz genau (wie schwer es doch fiel, überzeugend zu sein, wenn man aus Leibeskräften brüllen musste!), dass ich sie eingeladen habe, damit sie deine Bekanntschaft machen können.«

»Dann hättest du *mich* fragen müssen, ob ich *ihre* Bekanntschaft machen will.«

»Aber du bist doch sonst immer gekommen, John.«

»Und genau deshalb komme ich jetzt nicht mehr.«

»Mir zuliebe«, flehte Bernard lautstark. »Tu es mir zuliebe!«

»Nein.«

»Ist das dein Ernst?«

»Ja.«

»Aber was soll ich denn machen?«, jaulte Bernard verzweifelt.

»Zur Hölle fahren!«, blaffte die Stimme von drinnen.

»Aber der Erzkollektivsänger von Canterbury ist heute Abend da.« Bernard war den Tränen nahe.

»*Ai yaa tákwa*!« Nur auf Zuñi vermochte der Wilde angemessen ausdrücken, was er vom Erzkollektivsänger hielt. »*Háni*!«, schickte er noch hinterher und schließlich (mit welch schneidender Wildheit!) »*Sons éso tse-ná*!« Dann spuckte er auf den Boden, wie es Popé vermutlich getan hätte.

Am Ende blieb Bernard nichts anderes übrig, als geschlagen in seine Wohnung zurückzuschleichen und der ganzen rastlosen Versammlung zu erklären, dass der Wilde an diesem Abend nicht erscheinen werde. Die Nachricht löste Entrüstung aus. Die Männer ärgerten sich schwarz, dass sie diese Null mit dem unappetitlichen Ruf und den häretischen Ansichten ganz umsonst hofiert hatten. Je höher ihr Rang in der Hierarchie, desto tiefer der Groll.

»Mir so übel mitzuspielen«, wiederholte der Erzsänger in einem fort, »*mir*!«

Die Frauen wiederum fühlten sich unter fadenscheinigem Vorwand in den Arm genommen und waren empört – in den Arm genommen von einem miesen Wicht, dem man versehentlich Alkohol in die Flasche gekippt hatte, einer Kreatur von Gamma-Minus-Statur. Es war unerhört, und das erklärten sie zunehmend lautstark. Die Konrektorin aus Eton war besonders bissig.

Einzig Lenina sagte nichts. Blass hockte sie mit von ungewohnter Melancholie verschleierten blauen Augen in der Ecke, von den übrigen Gästen durch ein Gefühl abgeschnitten, das diese nicht teilten. Sie war mit einem wunderlich bangen Hochgefühl zu der Party gekommen. ›Gleich‹, hatte sie sich beim Eintreten gesagt, ›gleich werde ich ihn wiedersehen, mit ihm sprechen, ihm sagen (denn dazu war sie fest entschlossen gewesen), dass ich ihn gern habe – mehr als alle anderen bisher. Und dann wird er vielleicht sagen …‹

O je, was *würde* er sagen? Das Blut war ihr in den Kopf geschossen.

›Warum hat er sich neulich abends nach dem Fühlfilm so komisch benommen? So sonderbar. Und doch bin ich mir absolut sicher, dass er mich ziemlich gern hat. Ich bin mir ganz sicher …‹

Just in diesem Moment hatte Bernard die Botschaft verkündet: Der Wilde würde nicht zur Party erscheinen.

Prompt stellten sich bei Lenina all die Empfindungen ein, die normalerweise den Beginn einer Heißleidenschaftssubstitutionsbehandlung begleiteten: ein Gefühl schrecklicher Leere, atemloser Bedrängnis, Schwindel. Ihr stockte das Herz.

›Vielleicht, weil er mich nicht mag‹, sagte sie sich.

Und sogleich wurde aus dem Verdacht unumstößliche Gewissheit: John weigerte sich zu kommen, weil er sie nicht mochte. Er mochte sie nicht …

»Das schlägt aber der Flasche doch wirklich den Boden aus«, sagte die Konrektorin gerade zum Direktor Krematorien und Phosphorrückgewinnung. »Wenn ich bedenke, dass ich tatsächlich …«

»Ja«, war Fanny Crowne zu vernehmen, »das mit dem Alkohol stimmt wirklich. Eine Bekannte kennt eine, die damals im Embryonenmagazin gearbeitet hat. Sie hat der Freundin, die es mir gesagt hat, erzählt, dass …«

»Eine Schande, ja wirklich, eine Schande«, bestätigte Henry Foster dem Erzkollektivsänger. »Es wird Sie interessieren zu hören, dass unser Ex-Direktor ernstlich seine Versetzung nach Island erwogen hatte.«

Mit jedem gezischelten Wort verlor Bernards praller Ballon hochfliegenden Selbstgefühls an Auftrieb. Kreidebleich, verstört, am Boden zerstört, rannte er zwischen seinen Gästen umher, stammelte unzusammenhängende Entschuldigungen, versicherte, das nächste Mal werde der Wilde gewiss da sein, bat sie, doch Platz zu nehmen und ein Karotinsandwich zu kosten, einen Happen Vitamin-A-Pâté, ein Glas Sektsurrogat zu genießen. Man ließ sich nicht zweimal bitten, man aß, ignorierte ihn aber, man trank und beleidigte ihn entweder offen oder hetzte hinter seinem Rücken so laut und ausfallend, als wäre er Luft.

»Nun, liebe Freunde«, sagte der Erzkollektivsänger von Canterbury mit derselben wunderbar tragenden Stimme, mit der er die Feierlichkeiten zum Ford's Day leitete. »Nun, liebe Freunde, ich denke, es wird Zeit …« Er erhob sich, stellte sein Glas ab, wischte die Krümel einer nicht unbeachtlichen Kollation von seiner purpurroten Viskoseweste und schritt zur Tür.

Bernard schoss vor, um ihn abzufangen.

»Erzsänger, wollen Sie wirklich schon gehen? Es ist doch noch früh. Ich hatte gehofft …«

Ja, was hatte er nicht alles gehofft, als Lenina ihm im Vertrauen erzählt hatte, dass der Erzkollektivsänger durchaus eine Einladung anzunehmen geneigt war, wenn sie ihm zuginge. »Er ist eigentlich ganz süß, weißt du.« Und sie hatte Bernard den kleinen T-förmigen Reißverschlussschieber aus Gold gezeigt, den der Erzsänger ihr als Andenken an das in der Diözesesängerei verbrachte Wochenende geschenkt hatte. *Ehrengäste: Erzkollektivsänger von Canterbury und Mr Savage.* Seinen Triumph hatte Bernard auf alle Einladungen drucken lassen. Und nun hatte Savage ausgerechnet an diesem Abend beschlossen, sich in seinem Zimmer zu verbarrikadieren, ›*Háni*!‹ zu brüllen und sogar (fordseidank verstand Bernard kein Zuñi) ›*Sons éso tse-ná*!‹ Was als krönender Moment seiner Karriere gedacht gewesen war, hatte sich als Moment seiner größten Erniedrigung entpuppt.

»Ich hatte so sehr gehofft …«, wiederholte er

stammelnd und sah den Erzwürdenträger so flehentlich wie wirr an.

»Mein lieber Freund«, sagte der Erzkollektivsänger in strengem, tragendem Ton; Schweigen senkte sich über die Versammlung. »Wenn ich Ihnen einen Rat geben darf.« Er hob einen tadelnden Finger. »Ehe es zu spät ist. Einen wohlmeinenden Rat.« (Jetzt sprach er mit Grabesstimme.) »Besinnen Sie sich eines Besseren, junger Freund, bessern Sie sich.« Er machte über Bernard das T-Zeichen und wandte sich ab. »Lenina, meine Liebe«, rief er in völlig verändertem Ton. »Begleiten Sie mich?«

Bereitwillig, doch ernst und (weil sich der Ehre, die ihr zuteilwurde, nicht bewusst) ohne jeden freudigen Überschwang verließ Lenina gemeinsam mit ihm die Wohnung. Die übrigen Gäste folgten nach einer knappen Anstandsfrist ihrem Beispiel. Der Letzte knallte mit der Tür. Bernard war allein.

Kläglich in sich zusammengesunken, ein Ballon, aus dem alle Luft raus war, ließ er sich auf einen Stuhl fallen, schlug die Hände vors Gesicht und weinte. Nach ein paar Minuten kam er auf die rettende Idee und schluckte vier Soma-Tabletten.

Oben auf seinem Zimmer las der Wilde *Romeo und Julia*.

Lenina und der Erzkollektivsänger stiegen auf dem Dach der Sängerei aus. »Beeilung, junge Dame, äh, Lenina«, rief der Erzsänger unwirsch vom Fahrstuhleingang. Lenina, die einen Augenblick zurückgeblieben war, um den Mond zu betrachten, senkte den Blick und hastete ihm übers Dach entgegen.

»Die Neue Theorie der Biologie« lautete der Titel des Aufsatzes, den Mustapha Mond eben zu Ende gelesen hatte. Er saß einige Zeit mit nachdenklich gefurchter Stirn da, dann nahm er seinen Füllfederhalter zur Hand und schrieb quer über die Titelseite: ›Des Autors mathematische Analyse des Telos-Begriffs ist neuartig und sehr scharfsinnig, allerdings ketzerisch und in Bezug auf die gegenwärtige soziale Ordnung gefährlich und potentiell umstürzlerisch. *Veröffentlichung untersagt.*‹ Letzteres unterstrich er. ›Der Autor ist zu observieren. Möglicherweise ist seine Versetzung an die Meeresbiologische Forschungsstation auf St. Helena zu erwägen.‹ Schade, dachte er, als er unterzeichnete. Die Arbeit war meisterlich. Wenn man aber erst Erörterungen von Ziel und Zweck zuließ – nun, dann musste man auf alles gefasst sein. Es war die Art Idee, die leicht zur Dekonditionierung der weniger stabilen Denker der höheren Kasten führen konnte, sie den Glauben ans Glück als höchstes Gut verlieren ließe und stattdessen davon überzeugte, dass das Ziel irgendwo hinter, irgendwo außerhalb der gegenwärtigen menschlichen Reichweite liege, dass der Zweck des Daseins nicht in der Sicherung des Wohlbefindens bestehe, sondern in einer Intensivierung und Verfeinerung des Bewusstseins, einer Erweiterung des Wissens. Was, sinnierte der Controller, womöglich stimmte. Aber unter den gegenwärtigen Umständen nicht zulässig war. Er nahm erneut den Füller zur Hand und zog unter den beiden Wörtern *Veröffentlichung untersagt* einen zweiten Strich, dicker und schwärzer noch als der erste, dann seufzte er. ›Wie vergnüglich doch alles wäre‹, dachte er, ›wenn man keine Rücksicht aufs Glück nehmen müsste!‹

Mit geschlossenen Augen und verklärtem Gesicht deklamierte John in die Leere hinein:

»Oh, sie nur lehrt den Kerzen, hell zu glühen!
Wie in dem Ohr des Mohren ein Rubin,
So hängt der Holden Schönheit an den Wangen
Der Nacht: zu hoch, zu himmlisch dem
  Verlangen!«

Der goldene T-Schieber schimmerte auf Leninas Busen. Neckisch packte ihn der Erzkollektivsänger, neckisch zog er, zog. »Vielleicht«, brach Lenina schließlich das Schweigen, »nehme ich doch lieber ein paar Gramm Soma.«

Bernard war inzwischen eingeschlafen und lächelte über das private Paradies seiner Träume. Lächelte, lächelte. Unerbittlich aber rückte alle dreißig Sekunden der Minutenzeiger der elektrischen Uhr über seinem Bett mit einem kaum hörbaren Klackern vor. Klack, klack, klack, klack … Und dann war Morgen. Bernard fand sich inmitten des Elends von Raum und Zeit wieder. Tiefer hätte seine Niedergeschlagenheit auf dem Taxiflug ins Konditionierungscenter kaum sein können. Der Rausch des Erfolgs war verflogen, er war zu seinem alten Selbst ernüchtert, und im Vergleich zum Heißluftballonflug der vergangenen Wochen schien das alte Selbst beispiellos viel schwerer als Luft.

Diesem minderen Bernard gegenüber zeigte sich der Wilde unerwartet mitfühlend.

»Jetzt bist du wieder mehr wie in Malpais«, sagte er, als Bernard ihm sein Leid klagte. »Erinnerst du dich an unser erstes Gespräch? Draußen vor dem kleinen Haus? Jetzt bist du so wie damals.«

»Weil ich wieder unglücklich bin, deshalb.«

»Nun, ich wäre lieber unglücklich als auf die falsche, verlogene Art glücklich, in der du es hier warst.«

»Du bist vielleicht gut«, meinte Bernard bitter. »Wo du doch an allem schuld bist. Dich zu weigern, zu meiner Party zu kommen, und sie alle gegen mich aufzubringen!« Er wusste genau, dass seine Worte absurd ungerecht waren, er gab zu, zunächst vor sich selbst und schließlich sogar laut, dass der Wilde mit allem recht hatte, was er daraufhin zur Wertlosigkeit von Freunden sagte, die sich aus solch nichtigem Anlass in Feinde und Verfolger verwandelten. Ungeachtet der Einsicht aber, der Zustimmung, und ungeachtet dessen, dass die Unterstützung und das Mitgefühl *dieses* Freundes sein einziger Trost waren, hegte Bernard perverserweise neben der durchaus echten Zuneigung weiter einen heimlichen Groll gegen den Wilden und erwog eine Kampagne kleiner Racheakte. Groll gegen den Erzkollektivsänger zu hegen, war schließlich zwecklos, und es bestand nicht die geringste Chance, sich am Füllstationschef und dem Stellvertretenden Prädestinator zu rächen. Eines hatte der Wilde als Opfer nämlich den anderen voraus: Er war greifbar. Eine der Hauptaufgaben eines Freundes besteht schließlich darin, (in abgemilderter und symbolischer Form) die Strafe zu erleiden, die wir liebend gern, aber leider vergeblich unseren Feinden zufügen wollen.

Bernards zweiter Freund-Feind war Helmholtz. Als er reumütig zu ihm zurückkehrte und erneut um die Freundschaft warb, die er während seines Höhenflugs zu pflegen nicht für wert befunden hatte, schenkte Helmholtz sie ihm, schenkte sie ohne Vorwurf, ohne Kommentar, als hätte er vergessen, dass es je Streit gegeben hatte. Gerührt, fühlte sich Bernard zugleich durch diese Großmut gedemütigt – eine Großmut, die umso ungewöhnlicher und daher umso demütigender war, als sie sich keineswegs Soma, sondern einzig und allein Helmholtz' Charakter verdankte. Es war der Alltags-Helmholtz, nicht der Helmholtz eines Halbgrammurlaubs, der vergaß und vergab. Bernard war entsprechend dankbar (so tröstlich, seinen Freund wiederzuhaben) und entsprechend verstimmt (so verlockend, sich an Helmholtz für seine Großzügigkeit irgendwann einmal zu rächen).

Beim ersten Wiedersehen nach ihrer Entfremdung redete Bernard sich den ganzen Kummer von der Seele und ließ sich trösten. Erst einige Tage später erfuhr er zu seiner Überraschung und leisen Beschämung, dass nicht nur er Ärger hatte. Auch Helmholtz war mit den Autoritäten in Konflikt geraten.

»Es ging um ein paar Reime«, erklärte er. »Ich hielt meine Standardvorlesung Emotionales Engineering II für die Drittsemester. Zwölf Termine, und der siebte galt eben dem Reimen. Genauer gesagt der ›Reimkunst in Moralpropaganda und Marketing‹. Zur Illustration bringe ich in dieser Vorlesung immer gern ein paar konkrete Beispiele. Diesmal hatte ich beschlossen, ein eigenes zu nehmen, neu verfasste Verse. Irrsinn, natürlich, aber ich konnte einfach nicht widerstehen.« Er lachte. »Ich war einfach neugierig auf die Reaktionen. Außerdem«, fügte er nüchterner hinzu, »wollte ich selbst etwas Propaganda betreiben: sie durch Engineering dazu bringen, so zu empfinden, wie ich bei der Abfassung empfunden hatte. Ford!« Er musste wieder lachen. »Was für ein Aufschrei! Der Dekan bestellte mich zu sich und drohte, mich auf der Stelle zu entlassen. Ich stehe auf der Abschussliste.«

»Aber wieso? Was waren das denn bloß für Reime?«, staunte Bernard.

»Es ging ums Alleinsein.«

Bernard hob die Brauen.

»Wenn du willst, gebe ich dir eine Kostprobe.« Und Helmholtz begann:

»Komitee hat getagt,
Tamtam, nunmehr stumm,
Mitternacht in der Stadt,
Flöten im Vakuum,
Münder zu, Mienen im Schlaf,
Und die Maschinen schweigen,
Plätze sind Epitaph
von buntem Treiben –
Komm, Stille, triumphier!
Heule (laut oder leis),
sprich, sprich zu mir
als was ich nicht weiß.

Abwesend sind Susans
wie auch Egerias
Arme und Busen

Lippen und … Arsch;
Aus Abwesenheit wird Präsenz;
nur wessen? Und was ist
von so absurder Essenz,
dass etwas, was nicht ist,
die leere Nacht
fühlbarer belebt
als ein Geschlechtsakt,
der keinen erhebt?

Nun, das habe ich als Beispiel gebracht, und sie haben es dem Dekan gemeldet.«

»Das überrascht mich nicht«, meinte Bernard. »Es widerspricht allem, was sie in ihren Schlaflektionen gelernt haben. Immerhin haben sie mindestens eine Viertelmillion Warnungen vor dem Alleinsein intus.«

»Ja. Aber ich wollte eben mal sehen, was es bewirkt.«

»Tja, und da siehst du's.«

Helmholtz lachte nur. »Ich komme mir vor«, sagte er nach einer Pause, »als hätte ich jetzt erst allmählich etwas zu sagen. Als lernte ich ganz allmählich, die Kraft, die ich in mir spüre – diese latente Extrakraft –, zu nutzen. Irgendetwas offenbart sich.« Trotz seiner prekären Lage machte er auf Bernard einen tief zufriedenen Eindruck.

Helmholtz und der Wilde verstanden sich auf Anhieb. Und zwar so gut, dass es Bernard einen eifersüchtigen Stich versetzte. Nach etlichen Wochen war er dem Wilden längst nicht so nahegekommen wie Helmholtz im ersten Anlauf. Wenn er die beiden zusammen erlebte, wenn er ihren Gesprächen lauschte, ertappte er sich gelegentlich bei dem missgünstigen Wunsch, er hätte sie nie zusammengebracht. Dann schämte er sich seiner Eifersucht und bekämpfte das Gefühl abwechselnd mit Willensanstrengungen und mit Soma. Doch waren seine Bemühungen nicht sonderlich erfolgreich, und zwischen Soma-Urlauben gab es notgedrungen Pausen. Das widerwärtige Gefühl meldete sich jedes Mal zurück.

Bei seiner dritten Begegnung mit dem Wilden trug Helmholtz ihm seine Reime über das Alleinsein vor.

»Wie findest du sie?«, fragte er im Anschluss.

Der Wilde wiegte den Kopf. »Hör dir *das* hier mal an«, lautete seine einzige Antwort; er schloss die Schublade auf, in der er sein mäusezerfressenes Buch aufbewahrte, schlug es auf und las:

»Lasst den Vogel lautster Lieder
Aus Arabiens ödem Hain,
Trauervoller Herold sein …«

Helmholtz lauschte mit wachsender Erregung. Bei ›Arabiens ödem Hain‹ zuckte er, bei ›krächzend heisre Eule‹ lächelte er beglückt, bei ›raubt und würgt ein Vogel‹ schoss ihm das Blut in die Wangen, während er bei ›Todtensänge‹ erbleichte und zu zittern begann. Der Wilde las:

»Keins hat Eignes mehr – zu scheiden
War ihr Selbst nicht von einand,
Was Natur zwiefach benannt,
War nicht eins, noch zwei in beiden.

Der Verstand, den dies verwirrte
Sah Getrenntes sich verschlingen …«

»Ringel, Ringel, Orgie!«, warf Bernard ein und störte den Vortrag durch ein hässlich wieherndes Lachen. »Das ist ja die reinste Solidaritätsmessenhymne.« Er wollte sich an seinen zwei Freunden dafür rächen, dass sie sich gegenseitig besser leiden konnten als ihn.

Bei den nächsten zwei, drei Treffen übte er wiederholt seine kleinliche Rache. Es war so kinderleicht und doch, weil sowohl Helmholtz als auch der Wilde von seiner niederschmetternden Besudelung eines bewunderten poetischen Kleinods so getroffen waren, äußerst effektiv. Schließlich drohte Helmholtz, ihn rauszuwerfen, wenn er es erneut wagen sollte, sie zu unterbrechen. Doch für den nächsten Eklat sorgte er seltsamerweise selbst.

Der Wilde las aus *Romeo und Julia* vor, las (weil er dabei sich als Romeo und Lenina als Julia sah) mit bebender Inbrunst. Helmholtz hatte der Darbietung der ersten Begegnung der Liebenden mit verwunderter Aufmerksamkeit gelauscht. Die Poesie der Szene im Garten hatte ihn bezaubert, die Gefühle aber, die zum Ausdruck kamen, hatte er belächelt. Sich so zu versteigen, bloß weil man ein Mädchen nehmen wollte – das erschien ihm doch reichlich albern. Sprachlich aber war es Zug um Zug eine Meisterleistung Emotionalen Engineerings! »Der Bursche«, sagte er, »lässt unsere raffiniertesten Propagandamethoden alt aussehen.« Der Wilde grinste erfreut und las weiter. Es lief auch alles halbwegs glatt, bis in der letzten Szene des dritten Akts die Capulets Julia drängten, sich mit Paris zu vermählen. Helmholtz war beim Vortrag immer zappliger geworden; als dann aber Julia, vom Wilden mit großem Pathos gegeben, rief:

»Und wohnt kein Mitleid droben in den
  Wolken,
Das in die Tiefe meines Jammers schaut?
O süße Mutter, stoß' mich doch nicht weg!
Nur einen Monat, eine Woche Frist!
Wo nicht, bereite mir das Hochzeitbett
In jener düstern Gruft, wo Tybalt liegt!«

– als Julia das sagte, platzte Helmholtz los und konnte sich gar nicht mehr einkriegen.

Mutter und Vater (groteske Obszönität) zwangen die Tochter, einen zu nehmen, den sie nicht wollte! Und das dumme Ding verschwieg, dass sie einen anderen hatte, den sie (momentan zumindest) vorzog! Die Situation erschien ihm in ihrer schmuddeligen Absurdität unwiderstehlich komisch. Unter geradezu heroischen Anstrengungen war es ihm zunächst gelungen, einen Heiterkeitsausbruch zu bezwingen, doch ›süße Mutter‹ (im leidgebrochenen Tonfall des Wilden) und der Hinweis auf den toten, aber offenbar unkremierten und somit sein Phosphor auf eine düstere Gruft verschwendenden Tybalt gaben ihm den Rest. Er lachte Tränen, lachte haltlos, während der Wilde ihn, vor Wut kreidebleich, über den Buchrand anfunkelte und schließlich, als die Heiterkeit gar kein Ende nahm, beleidigt sein Buch zuschlug, aufsprang und es ganz wie jemand, der seine Perle vor Säuen retten muss, wieder in der Schublade verschloss.

»Und doch«, sagte Helmholtz, nachdem er wieder so weit zu Atem gekommen war, dass er sich entschuldigen konnte, und nachdem er den Wilden so weit besänftigt hatte, dass dieser bereit war, sich seine Erklärung anzuhören, »weiß ich sehr wohl, dass man alberne, verrückte Situationen wie diese da braucht; nur über so etwas kann man richtig gut schreiben. Warum wohl war der alte Knabe ein so hervorragender Propagandatechniker? Weil er sich über so viele verrückte, schmerzliche Dinge erregen konnte. Man muss verletzt und aufgewühlt sein, sonst fallen einem die richtig guten, durchschlagenden, röntgenstrahligen Formulierungen nicht ein. Aber Väter und Mütter!« Er schüttelte den Kopf. »Du kannst von mir unmöglich erwarten, dass ich bei Vätern und Müttern ernst bleibe. Und wer soll sich schon darüber aufregen, ob ein Junge ein Mädchen nimmt oder nicht nimmt?« (Der Wilde verzog schmerzlich das Gesicht, was aber Helmholtz, der den Blick nachdenklich auf den Fußboden gerichtet hatte, nicht bemerkte.) »Nein«, schloss er mit einem Seufzer, »es geht nicht. Wir brauchen eine andere Form von Irrsinn und Gewalt. Nur welche? Welche? Wo finden wir sie?« Er verstummte, schüttelte den Kopf und sagte: »Ich weiß es nicht. Ich weiß es einfach nicht.«

Kapitel XIII

Aus dem Halblicht des Embryonenmagazins tauchte Henry Foster auf.

»Lust, mit mir heute Abend ins Fühlorama zu gehen?«

Lenina schüttelte wortlos den Kopf.

»Schon verabredet?« Henry interessierte immer, wer in seinem Freundeskreis gerade wen nahm. »Mit Benito vielleicht?«, fragte er.

Sie schüttelte den Kopf.

Henry fiel die Müdigkeit der violetten Augen auf, die Blässe im Lupuslicht, der Kummer in den Winkeln des unfrohen karmesinroten Munds. »Du bist doch nicht krank, oder?«, fragte er ein klein wenig nervös, besorgt, dass sie sich eine der wenigen verbleibenden ansteckenden Krankheiten eingefangen haben könnte.

Doch Lenina schüttelte nur den Kopf.

»Nun, du solltest trotzdem lieber zum Arzt gehen«, meinte Henry. »Der Arzt als Korrektiv gegen's Tief«, setzte er aufmunternd hinzu und bekräftigte den hypnopädischen Spruch mit einem Schulterklopfen. »Vielleicht brauchst du eine Graviditätssubstitution«, schlug er vor. »Oder eine extraintensive HLS. Manchmal ist die gewöhnliche Heißleidenschaftssubstitution nämlich nicht ganz –«

»Ford noch mal!«, herrschte Lenina ihn an und brach damit endlich ihr hartnäckiges Schweigen, »halt doch die Klappe!« Sie wandte sich wieder den vernachlässigten Embryonen zu.

HLS, dass sie nicht lachte! Und genau das hätte sie wohl auch getan, wäre ihr nicht eher zum Heulen gewesen. Als hätte sie nicht selbst genug HL! Laut seufzend zog sie ihre Spritze neu auf. ›John‹, murmelte sie, ›John …‹, dann ›Gütiger Ford!‹, und dann erschrocken: ›Habe ich diesem seine Schlafkrankheitsspritze nun gegeben oder nicht?‹ Sie konnte sich beim besten Willen nicht erinnern. Am Ende beschloss sie, das Risiko einer zweiten Dosis lieber nicht einzugehen, und trat am Förderband vor die nächste Ballonflasche.

Zweiundzwanzig Jahre acht Monate und vier Tage später würde in Mwanza-Mwanza ein vielversprechender Alpha-Minus-Manager an der Trypanosomiasis sterben – der erste Fall in über einem halben Jahrhundert. Seufzend ging Lenina ihrer Arbeit nach.

Eine Stunde später las ihr Fanny in der Umkleide energisch die Leviten. »Aber es ist absurd, dich da so hineinzusteigern. Einfach absurd«, betonte sie. »Und weswegen? Wegen *eines* Mannes, eines einzigen?«

»Aber es ist der Mann, den ich will.«

»Als gäbe es nicht Millionen andere Männer auf der Welt.«

»Aber die will ich nicht.«

»Woher willst du das wissen, wenn du es gar nicht versuchst.«

»Ich habe es doch versucht.«

»Mit wie vielen?«, fragte Fanny und hob verächtlich die Schultern. »Einem, zwei?«

»Dutzenden.« Kopfschüttelnd fügte Lenina hinzu: »Aber es hat nichts genützt.«

»Du musst durchhalten«, mahnte Fanny strikt. Nur war unverkennbar ihr Glaube an das eigene Rezept erschüttert. »Ohne Durchhaltevermögen erreicht man nichts.«

»Und in der Zwischenzeit …«

»Denk nicht an ihn.«

»Ich bin machtlos dagegen.«

»Dann nimm Soma.«

»Tu ich doch.«

»Nimm es weiter.«

»Aber in den Zeiten dazwischen hab ich ihn immer noch gern. Ich werde ihn immer gern haben.«

»Wenn das so ist«, meinte Fanny entschieden, »dann nimm ihn. Ob er will oder nicht.«

»Du hast ja keine Ahnung, wie *sonderbar* er sich aufgeführt hat!«

»Umso mehr Grund, hart durchzugreifen.«

»Das *sagt* sich so leicht.«

»Lass dir das nicht bieten. Unternimm etwas.« Fannys Stimme wurde zur Posaune – als hielte sie beim F. V. J.F. einen Gastvortrag vor blutjungen Beta-Minus. »Ja, unternimm etwas. Jetzt. Unverzüglich.«

»Ich trau mich nicht«, sagte Lenina.

»Du brauchst doch vorher nur ein halbes Gramm Soma zu nehmen. Und jetzt gehe ich baden.« Fanny rauschte mit ihrer Handtuchschleppe davon.

Es klingelte, und der Wilde, der an diesem Nachmittag inbrünstig auf einen Besuch von Helmholtz hoffte (denn er wollte sich endlich durchringen, mit ihm über Lenina zu sprechen, und mochte sein Bekenntnis nicht einen Augenblick mehr aufschieben), war in wenigen Sätzen an der Tür.

Mit einem freudig gerufenen »Dachte ich mir doch, dass du kommst, Helmholtz!« riss er die Tür auf.

Auf der Schwelle stand in einem Matrosenanzug aus weißem Acetatsatin und mit kess über das linke Ohr geschobenem kleinem, rundem, weißem Hut – Lenina.

»Oh!«, machte der Wilde, als hätte ihm jemand einen Schlag in die Magengrube versetzt.

Ein Halbgramm hatte genügt, um Lenina alle Sorgen und Hemmungen vergessen zu machen. »Tag, John«, sagte sie lachend und schob sich an ihm vorbei in den Raum. Er schloss automatisch die Tür und folgte. Lenina setzte sich. Es herrschte Schweigen.

»Du scheinst dich über meinen Besuch nicht gerade zu freuen, John«, sagte sie schließlich.

»Nicht freuen?« Der Wilde sah sie vorwurfsvoll an, dann sank er plötzlich vor ihr auf die Knie, ergriff ihre Hand und küsste sie inbrünstig. »Nicht freuen? Ach, wenn du wüsstest!«, flüsterte er, hob zaghaft den Blick und fuhr fort: »Bewunderte Lenina! In der Tat Gipfel der Bewunderung, was die Welt am höchsten achtet, wert.« Sie schenkte ihm ein verführerisch zärtliches Lächeln. »Doch, Ihr, oh Ihr« (sie beugte sich ihm mit leicht geöffneten Lippen entgegen), »so ohnegleichen« (näher, näher), »so vollkommen seid vom besten jeglichen Geschöpfs erschaffen«, noch näher. Plötzlich sprang der Wilde auf. »Dass ich«, sprach er mit abgewandtem Gesicht, »erst etwas vollbringen wollte … um zu zeigen, dass ich deiner würdig bin. Nicht, dass ich das je sein könnte. Aber um zu zeigen, dass ich nicht vollkommen *un*würdig bin. Wollte ich *irgendwas* …«

»Warum solltest du …?«, hob Lenina an, ließ den Satz jedoch unvollendet. In ihrer Stimme schwang leichte Verärgerung mit. Denn wenn du dich vorgebeugt hast, immer weiter vor, mit halb geöffneten Lippen, und dich dann, weil so ein Trampel sich überstürzt aufrichtet, auf einmal Luft entgegenlehnst, dann hast du durchaus, selbst bei einem Halbgramm Soma, berechtigten Grund zur Verärgerung.

»In Malpais«, stammelte der Wilde unzusammenhängend, »brachte man ihr das Fell eines Berglöwen – wenn man sie zur Frau wollte. Oder einen Wolfspelz.«

»Es gibt in England keine Löwen«, zischte Lenina.

»Und selbst wenn«, fügte der Wilde grollend mit spontaner Verachtung hinzu, »würdet ihr sie vermutlich aus Helikoptern heraus töten, mit Giftgas oder was weiß ich. *Das* würde ich nie tun, Lenina.« Er straffte die Schultern, warf ihr verstohlen einen Blick zu, erntete aber als Antwort von ihr nur einen stumm missmutigen, einen verständnislosen. Verwirrt fuhr er fort: »Alles würde ich tun ...« – dann stammelnd – »... was immer du sagst. Es gibt müh'volle Spiele, und die Arbeit erhöht die Lust dran ... So geht es mir. Für dich würde ich den Fußboden kehren, wenn du es verlangst.«

»Aber es gibt Staubsauger«, sagte Lenina konsterniert. »Das ist gar nicht nötig.«

»*Nötig* ist es natürlich nicht. Aber ›mancher schnöde Dienst wird rühmlich unternommen‹. Ich würde gern etwas rühmlich unternehmen, verstehst du das nicht?«

»Aber wenn es nun mal Staubsauger gibt ...«

»Darum geht es nicht.«

»Und Epsilon Semi-Kretins zu ihrer Bedienung«, fuhr sie fort, »*wozu* dann?«

»*Wozu?* Für dich. Für *dich*. Um dir zu zeigen, dass ich …«

»Aber was um alles in der Welt haben Staubsauger mit Löwen zu tun …«

»Um dir zu zeigen, wie sehr –«

»Oder Löwen, damit, dass du dich *freust*, mich zu sehen …« Sie wurde immer ärgerlicher.

»Wie sehr ich dich liebe, Lenina!«, brach es geradezu verzweifelt aus ihm hervor.

Sinnbild der inneren Springflut unerwarteten Hochgefühls war das Blut, das Lenina in den Kopf schoss. »Ist das wahr, John?«

»Aber ich wollte es doch nicht sagen!«, rief der Wilde und rang die Hände. »Nicht, bevor … hör zu, Lenina: In Malpais heiraten die Menschen.«

»Sie was?« Erneut machte sich Ärger in ihrer Stimme breit. Was redete er denn jetzt schon wieder?

»Für immer. Sie versprechen sich, für immer beieinander zu bleiben.«

»Was für eine schreckliche Vorstellung!« Lenina war zutiefst schockiert.

»Die Schönheit überdauernd durch ein Herz, das frisch erblüht, ob auch das Blut uns altert …«

»Bitte, *was*?«

»So ist es auch bei Shakespeare. ›Doch zerreißt du ihr den jungfräulichen Gürtel, bevor der heil'gen Feierlichkeiten jede nach hehrem Brauch verwaltet werden kann‹ …«

»Fordverdammich, John, musst du denn unbedingt in Rätseln sprechen. Ich verstehe kein Wort von dem, was du sagst. Erst sind es Staubsauger, dann Gürtel. Du treibst mich noch in den Wahnsinn.« Sie sprang auf und packte – als fürchtete sie, er könnte physisch so ausreißen wie gedanklich – sein Handgelenk. »Beantworte mir nur die eine Frage: Hast du mich nun gern oder nicht?«

Es entstand eine Pause, dann kam von ihm sehr gepresst: »Ich liebe dich über alles.«

»Aber warum sagst du das denn nicht?«, rief sie, und sie war so ungehalten, dass ihre spitzen Fingernägel sich in seine Haut bohrten. »Statt von Gürteln und Staubsaugern und Löwen zu faseln und mich wochenlang unglücklich zu machen.«

Wütend schleuderte sie seine Hand von sich.

»Wenn ich dich nicht so gern hätte«, schwor sie, »wäre ich dir furchtbar böse.«

Doch dann flogen ihre Arme um seinen Hals, er spürte ihre weichen Lippen an seinen. So köstlich zart, so warm und prickelnd, dass er unweigerlich an die verschlungenen Körper in *Drei Wochen im Heli* denken musste. Oooh! oooh! die stereoskopische Blondine und Aaah! aaah! der mehr als nur-lebensechte Mohr. Das Grauen, das Grauen … er suchte, sich zu befreien, aber Lenina umschlang ihn nur umso fester.

»Warum sagst du das denn nicht gleich?«, raunte sie, als sie den Kopf in den Nacken legte, um ihn zu betrachten. Ihr Blick war zärtlich vorwurfsvoll.

›Nicht die dämmrigste Höhle, nicht der bequemste Platz (donnerte poetisch die Stimme des Gewissens), die stärkste Lockung so unser böser Genius vermag, soll meine Ehre je in Wollust schmelzen. Niemals! Niemals!‹, schwor er sich.

»Dummerjan«, sagte sie. »Ich wollte dich so sehr. Und wenn du mich auch wolltest, wieso …«

»Aber Lenina …«, begehrte er auf, und da sie ihn unverzüglich losließ, da sie zurücktrat, glaubte er zunächst, sie habe seine stumme Andeutung verstanden. Als sie aber ihren weißen Lacklederpatronengurt löste und ihn behutsam über eine Stuhllehne hängte, ahnte er, dass er sich irrte.

»Lenina!«, wiederholte er beklommen.

Sie griff sich an die Halsgrube und zog; ihr weißes Matrosenhemd klaffte bis zum Saum; böse Vorahnung verfestigte sich zur Gewissheit. »Lenina, was *tust* du da?«

Zzzt, zzzt! Ihre Erklärung kam ohne Worte aus. Sie stieg aus ihren Schlaghosen. Ihr Zippmiedessous war hellmuschelrosa. Der goldene T-Schieber des Erzkollektivsängers baumelte auf ihrer Brust.

Denn diese Milchbrust, die durch die Fenster kirrt der Männer Augen … Die singenden, donnernden, Zauberworte machten sie doppelt gefährlich, doppelt verführerisch. Weich, weich, doch wie scharf!, sich in den Verstand bohrend, tiefer wühlend, durch die Entschlossenheit tunnelnd. Die stärksten Schwüre sind Stroh dem Feu'r im Blut. Enthalt' dich mehr, sonst …

Zzzt! Die wohlgerundete Rosigkeit zerfiel wie ein sauber geteilter Apfel. Ein Rucken der Schulter, ein Anheben erst des rechten, dann des linken Beins, und das Zippmiedessous lag leblos und welk wie ein schlapper Ballon auf dem Fußboden.

In Schuhen und Strümpfen, den kess geneigten runden weißen Matrosenhut auf dem Kopf, kam sie auf ihn zu. »Liebling. *Schatz*! Hättest du doch nur was gesagt!« Sie breitete die Arme aus.

Doch statt seinerseits »Liebling!« zu rufen und selbst die Arme breit zu machen, wich der Wilde voll Entsetzen zurück, schlackerte mit den Handgelenken, als gelte es, ein gefährliches Tier, einen Störenfried, zu verscheuchen. Vier Schritte, dann stand er mit dem Rücken zur Wand.

»Süß!«, meinte Lenina, legte ihm die Hände auf die Schultern und schmiegte sich an ihn. »Drück mich«, drängte sie. »Drück mich bis zum High, mein Schatz.« Auch sie verfügte über Poesie, kannte Worte, die sangen und trommelten, Zaubersprüche. »Küss mich«; sie schloss die Augen, sie senkte die Stimme zu einem schläfrigen Säuseln: »küss mich bis ins Koma, komm auf die Matratze, Schatz …«

Der Wilde packte sie an den Handgelenken, riss

ihre Hände herunter und stieß sie grob auf Armeslänge von sich.

»Au!, du tust mir weh, du … oh!« Sie verstummte schlagartig. Angst ließ sie den Schmerz vergessen. Denn als sie eben die Augen aufgeschlagen hatte, hatte sie sein Gesicht gesehen – nein, nicht *sein* Gesicht, das eines grimmigen Fremden: bleich, verzerrt, vor irrer, unerklärlicher Raserei zuckend. Erschrocken flüsterte sie: »Aber was ist denn, John?« Er antwortete nicht, er starrte sie nur aus irren Augen an. Die Hände, die noch ihre Handgelenke hielten, zitterten. Sein Atem ging schwer und unregelmäßig. Schwach, fast unvernehmlich, doch umso grauenerregender hörte sie ihn mit den Zähnen knirschen. »Was ist denn?«, schrie sie beinahe.

Als habe ihre Stimme ihn geweckt, packte er sie an den Schultern und schüttelte sie. »Metze!«, brüllte er. »Schamlose Metze!«

»Ah, nicht, bit-te!«, protestierte sie stoßweise.

»Metze!«

»Bit-te!«

»Schamlose Metze!«

»Ein ze-ze-em hellt ze-ehn fins-te-re …«, versuchte sie es.

Der Wilde stieß sie so heftig von sich, dass sie stolperte und hinschlug. »Hinfort!«, brüllte er, drohend über ihr aufgebaut. »Verschwinde, oder ich bringe dich um.« Er ballte die Fäuste.

Lenina hob schützend die Arme vors Gesicht. »Nein, nicht, bitte, John …«

»Schnell jetzt! Geschwind!«

Den einen Arm noch erhoben und aus dem schreckgeweiteten Augenwinkel jede seiner Bewegungen verfolgend, rappelte sie sich hoch und floh halb kauernd, ihren Kopf schützend, Richtung Bad.

Der gewaltige Klaps, der ihren Abgang beschleunigte, knallte wie ein Pistolenschuss.

»Au!« Lenina schoss vor.

Sicher im Badezimmer verbarrikadiert, hatte sie Zeit, ihre Blessuren zu begutachten. Mit dem Rücken zum Spiegel wandte sie den Kopf, sah über die linke Schulter zurück und entdeckte auf der samtigen Haut deutlich den lodernd roten Abdruck einer flachen Hand. Sie rieb die schmerzende Stelle behutsam.

Draußen im angrenzenden Raum hetzte der Wilde auf und ab, marschierte zum Wirbel der Trommeln, zur Musik der Zauberworte. »Der Zeisig tut's, die kleine goldene Fliege, vor meinem Auge buhlt sie.« Unerträglich grollten sie in seinen Ohren. »Sind Iltis nicht und hitz'ge Stute so ungestüm in ihrer Brunst. Vom Gürtel nieder sind's Centauren, wenn auch von oben Weib; nur bis zum Gürtel sind sie den Göttern eigen: jenseits alles gehört den Teufeln, dort ist Hölle, Nacht, dort ist Schwefelpfuhl, Brenne, Sieden, Pestgeruch, Verwesung – pfui, pfui, pfui! – Pah! Pah! –

Gib etwas Bisam, guter Apotheker, meine Phantasie zu würzen.«

»John!«, wagte sich eine kleine, schmeichlerische Stimme aus dem Bad. »John!«

»O du Unkraut, so reizend lieblich und von Duft so süß, dass du den Sinn betäubst – Dies reine Blatt, dies schöne Buch nur dazu da, um ›Metze‹ drauf zu schreiben? Dem Himmel ekelt's – o wärst du nie geboren –«

Doch haftete ihr Duft noch an ihm, seine Jacke war weiß von dem Puder, der ihren samtenen Körper parfümierte. »Schamlose Metze ...« Der unerbittliche Rhythmus obsiegte. »Schamlose ...«

»John, ob ich wohl meine Kleider haben könnte?«

Er packte die Schlaghosen, das Hemd, das Zippmiedessous.

»Aufmachen!«, befahl er und versetzte der Tür einen Tritt.

»Nein!« Die Stimme war trotzig verschreckt.

»Wie soll ich sie dir denn sonst geben?«

»Schieb sie durch den Lüftungsschlitz über der Tür.«

Er kam ihrer Aufforderung nach und kehrte zu seinem rastlosen Herumstreichen zurück. »Schamlose Metze! Wie der Unzuchtteufel mit dem feisten Bauch und dem Kartoffelfinger die zwei zusammenkitzelt! Siede, Lüderlichkeit, siede ...«

»John.«

Er verweigerte die Antwort. »Den feisten Bauch und dem Kartoffelfinger …«

»John.«

»Was ist?«, fragte er barsch.

»Ob du mir wohl meinen Malthus-Gürtel bringen könntest?«

Lenina saß und lauschte den Schritten im anderen Zimmer, sie fragte sich, wie lange er wohl noch so auf und ab tigern wollte, ob sie würde warten müssen, bis er die Wohnung verließ, oder ob sie, sobald sein Wutrausch nur etwas abgeklungen war, die Badezimmertür öffnen und einen Sprint wagen sollte.

In ihr ängstliches Abwägen platzte das Schrillen des Telefons draußen. Das Auf und Ab verstummte. Sie hörte den Wilden ins Nichts sprechen.

»Hallo.«

…

»Ja.«

…

»Wenn ich mir nicht zu viel über mich selbst anmaße, so bin ich es.«

…

»Ja, sagte ich doch. Mr Savage am Apparat.«

…

»Bitte? Wer ist krank? Natürlich interessiert mich das!«

…

»Aber ist die Lage ernst? Geht es ihr schlecht? Wo hat man sie hingebracht?«

…

»Lieber Gott! Die Adresse, schnell!«

…

»Three Park Lane? Ja? Nummer drei? Danke.«

Lenina hörte den Hörer klicken und gleich darauf hastige Schritte. Eine Tür knallte. Dann war alles still. War er wirklich fort?

Mit unendlicher Vorsicht öffnete sie die Tür einen Spaltbreit, spähte hinaus, schöpfte beim Anblick der Leere Mut, erweiterte den Spalt etwas und streckte den ganzen Kopf vor, schlich schließlich auf Zehenspitzen in den Raum, blieb dort sekundenlang mit rasendem Herz reglos stehen, lauschte, lauschte, huschte dann schließlich zum Eingang, zog die Tür auf, schlüpfte hinaus, schlug sie zu, stürzte los. Erst, als sie im Fahrstuhl stand und wahrhaftig den Schacht hinabglitt, fühlte sie sich halbwegs sicher.

Kapitel XIV

Das Hospiz Park Lane war ein sechziggeschossiger Turm mit pastellrosa Keramikfassade. Als der Wilde aus dem Taxikopter stieg, hob soeben ein Korso bunter Helisärge sirrend vom Dach ab und schoss über den Park davon: in westlicher Richtung, zum Slough-Krematorium. An den Fahrstühlen erteilte ihm der diensthabende Pförtner die benötigte Auskunft, und er glitt hinab auf die Station 81 im siebzehnten Stock (»Galoppierende Senilität«, hatte der Pförtner erklärt).

Er betrat einen großen, von Sonne und gelber Wandfarbe erleuchteten Saal mit zwanzig Betten, allesamt belegt. Linda starb in Gesellschaft – im Kollektiv und mit allem modernen Komfort. Fröhliche Synthimelodien beschwingten die Luft. Vom Fuße jeden Bettes glotzte dessen moribunden Nutzer eine Telebox an. Die Geräte liefen wie tröpfelnde Hähne Tag und Nacht. Und automatisch wechselte alle Viertelstunde der vorherrschende Raumduft. »Wir bemühen uns«, erklärte die Pflegerin, die sich am Eingang des Wilden angenommen hatte, »bemühen uns hier um ein rundum angenehmes Klima – ein Mittelding zwischen erstklassigem Hotel und Fühlorama, wenn Sie verstehen.«

»Wo ist sie?«, fragte der Wilde barsch und überging die höflichen Erläuterungen einfach.

Die Pflegerin war verstimmt. »*Sie* haben es aber eilig«, meinte sie.

»Gibt es noch Hoffnung?«, wollte er wissen.

»Meinen Sie etwa, dass sie nicht stirbt?« (Er nickte.) »Selbstverständlich nicht. Wer zu uns kommt, für den gibt es –«; verstört brach sie angesichts seiner leidvollen, blutleeren Miene ab. »Aber was haben Sie nur?«, fragte sie. Sie war dergleichen von Besuchern nicht gewohnt. (Nicht, dass es besonders viele Besucher gab oder überhaupt einen Grund für Besuche.) »Ist Ihnen nicht gut?«

Er schüttelte den Kopf. »Sie ist meine Mutter«, sagte er kaum hörbar.

Die Pflegerin musterte ihn erschrocken und sah gleich wieder weg. Schamesröte kroch ihr vom Hals bis an die Schläfen.

»Bringen Sie mich zu ihr«, verlangte der Wilde in bemüht normalem Ton.

Immer noch puterrot, ging sie voraus. Jugendliche, glatte Gesichter wandten sich ihnen zu (denn hier galoppierte die Senilität so schnell, dass ihr keine Zeit blieb, Wangen welken zu lassen – nur Herz und Hirn). Die Augen, die ihrem Durchzug folgten, waren die leeren, unbeschriebenen der zweiten Flaschenkindheit. Den Wilden schauderte.

Linda lag an der Wand im letzten der langen Reihe von Betten. Von Kissen gestützt, verfolgte sie das Halbfinale der südamerikanischen Riemannflächentennismeisterschaft, das in stummer Verkleinerung auf dem Schirm ihrer Telebox ausgetragen wurde. Lautlos flitzten die winzigen Figuren über das illuminierte Glasquadrat hin und her wie Fische im Aquarium – stille, aber erregte Bewohner einer anderen Welt.

Linda sah ihnen vage lächelnd verständnislos zu. Auf ihrem käsigen, aufgedunsenen Gesicht lag ein Ausdruck debilen Entzückens. Dann und wann schlossen sich die Lider, und sie schien kurz wegzudösen. Bis sie mit einem Ruck wieder erwachte – zur Aquariumskasperei der Tennismeisterschaft, zur Supervox-Wurlitzeriana-Version von »Drück mich bis zum High, mein Schatz«, zum milden Hauch des Verbenendufts, den der Ventilator über ihrem Kopf zerstäubte –, inmitten dieser Dinge oder vielmehr eines Traums dieser Dinge, dessen köstliche Komponenten vom Soma in ihrem Blut verwandelt und ausgeschmückt waren, sie lächelte abermals ihr zahnlückenhaftes und verfärbtes Lächeln infantiler Zufriedenheit.

»Nun, ich muss weiter«, sagte die Pflegerin. »Ich kriege meine Charge Kinder zu Besuch. Außerdem muss ich mich um die Nummer drei kümmern.« Sie deutete auf die mittleren Bettreihen zurück. »Könnte jeden Moment so weit sein. Aber machen Sie es sich bequem.« Sie eilte geschäftig davon.

Der Wilde setzte sich ans Bett.

»Linda«, flüsterte er und nahm ihre Hand.

Beim Klang ihres Namens wandte sie den Kopf. Ihr verschleierter Blick erfasste ihn. Sie drückte seine Hand, lächelte, bewegte die Lippen, dann plötzlich sackte ihr der Kopf auf die Brust. Sie schlief. Er saß und betrachtete sie – suchte in dem müden Fleisch, suchte und fand das junge, strahlende Gesicht, das sich über seine Kindheit in Malpais gebeugt hatte, beschwor (mit geschlossenen Augen) ihre Stimme herauf, ihre Bewegungen, die vielen Ereignisse ihres gemeinsamen Lebens. ›Streptokokken-Serotyp G finden wir nicht am Charing-T …‹ Wie schön sie gesungen hatte! Und die kindlichen Reime, wie magisch fremd und mysteriös!

A, B, C und Vitamin D,
Fett in der Leber, Dorsch in der See.

Heiße Tränen brannten unter seinen Lidern, als er an die Worte und an Lindas Stimme beim Refrain dachte. Und die Lesestunden: Da ist die Maus, da kommt ein Kind heraus, Praktische Anleitung für Beta-Embryonenmagazinkräfte. Die langen Abende am offenen Feuer oder im Sommer auf dem Dach des kleinen Hauses, wenn sie ihm Geschichten von dem Anderen Ort außerhalb des Reservats erzählte: dem wunderwunderschönen Anderen Ort, dessen Bild er sich noch ebenso heil und intakt bewahrte wie das eines Himmels, eines Paradieses der Güte und Schönheit, unbeschmutzt vom Kontakt mit der Realität des wirklichen London und seinen leibhaftigen zivilisierten Männern und Frauen.

Als unversehens schrilles Stimmengewirr über ihn hereinbrach, riss er die Augen auf, wischte sich rasch die Tränen weg und sah sich um. Ein scheinbar endloser Strom identischer achtjähriger Zwillingsjungen ergoss sich in den Saal. Zwilling um Zwilling um Zwilling – ein Albtraum. Ihre Gesichter, ihr wiederkehrendes Gesicht – denn es gab für sie alle nur eines – glotzte mopsgleich aus aufdringlichen Nasenlöchern und farblosen Glupschaugen. Sie trugen uniformes Khaki. All ihre Münder standen offen. Kreischend und plappernd fielen sie ein. Im Nu wimmelte die ganze Station von ihnen wie von Maden. Sie wuselten um die Betten, kletterten über sie hinweg, krochen unter ihnen her, spähten in die Teleboxen, schnitten den Patienten Grimassen.

Lindas Anblick aber versetzte sie in Staunen und offenbar auch Schrecken. Im Pulk umringten sie das Fußende des Betts und glotzten mit der schreckhaft stupiden Neugier von mit dem Unbekannten konfrontierten Tieren.

»Sieh nur, sieh nur!«, tuschelten sie. »Was ist nur mit der? Warum ist sie so fett?«

Ein Gesicht wie Lindas hatten sie noch nie gesehen, hatten nie ein Gesicht gesehen, das nicht jugendlich straff, einen Körper, der nicht schlank und stolz war. Denn alle moribunden Sechzigjährigen auf der Station glichen kindischen Mädchen. Linda dagegen war mit ihren vierundvierzig Jahren ein Monstrum schlaffer, entstellter Senilität.

»Schrecklich«, tuschelten sie. »Sieh dir nur die Zähne an!«

Plötzlich tauchte die Mopsvisage eines Zwillings unter dem Bett zwischen Johns Stuhl und der Wand auf und stierte Linda ins schlafende Gesicht.

»Was sagt man dazu …«, begann er, doch seine Worte gingen unvermittelt in Kreischen über. Der Wilde hatte ihn am Kragen gepackt, glatt über den Stuhl weggehoben und laut plärrend mit einem Satz heiße Ohren davongejagt.

Das Gezeter rief die rettende Oberpflegerin auf den Plan.

»Was haben Sie ihm getan?«, fuhr sie ihn an. »Ich lasse nicht zu, dass Sie die Kinder schlagen.«

»Dann halten Sie sie von dem Bett fern.« Die Stimme des Wilden bebte vor Entrüstung. »Was haben diese Rotzlöffel überhaupt hier zu suchen? Unverschämtheit!«

»Unverschämtheit? Wovon reden Sie? Sie werden

todeskonditioniert. Und ich warne Sie«, mahnte sie kampfeslustig, »wenn Sie sich weiter in ihre Konditionierung einmischen, lasse ich Personal rufen und Sie hinauswerfen.«

Der Wilde erhob sich und machte ein paar Schritte auf sie zu. Haltung und Miene waren so drohend, dass die Pflegerin erschrocken zurückwich. Er konnte sich jedoch mit Mühe bezwingen, wandte sich wortlos ab und setzte sich wieder ans Bett.

Bestärkt, aber doch etwas schrill und verunsichert auf ihre Würde bedacht, erklärte die Pflegerin: »Letzte Verwarnung.« Die allzu neugierigen Zwillinge führte sie allerdings weg und verdonnerte sie zu der Runde Zippsack-geht-um, die eine ihrer Kolleginnen am anderen Ende der Station initiiert hatte.

»Gönnen Sie sich ruhig Ihre Tasse Koffeinlösung, meine Liebe«, sagte sie zu ihr. Die ausgeübte Autorität stärkte weiter ihr Selbstvertrauen; gleich fühlte sie sich besser. »Also Kinder!«, rief sie.

Linda regte sich, schlug kurz die Augen auf, sah sich verwirrt um und nickte wieder ein. An ihrer Seite rang der Wilde darum, zu der vorigen Stimmung zurückzufinden. »A, B, C und Vitamin D«, skandierte er leise, als wären die Worte ein Zauberspruch, der die tote Vergangenheit wiederauferstehen lassen könnte. Doch der Zauber versagte. Hartnäckig weigerten sich die schönen Erinnerungen, an die Oberfläche zu steigen; es gab nur die hässliche

Auferstehung von Eifersüchteleien, Gemeinheiten und Kümmernissen. Popé und das aus der Schnittwunde an seiner Schulter rinnende Blut; eine widerlich schlafende Linda und die um den geteilten Mezcal auf dem Lehmboden neben dem Bett brummenden Fliegen; die Jungen, die ihr Namen hinterherriefen … Nein, nein! Er schloss die Augen, schüttelte abwehrend den Kopf, kämpfte mühsam gegen die Erinnerungen an. »A, B, C und Vitamin D …« Er versuchte, sich an die Zeit zu erinnern, als er auf ihren Knien gesessen, sie ihn in den Armen gehalten und gesungen hatte, wieder und wieder, ihn gewiegt hatte, in den Schlaf gewiegt. »A, B, C und Vitamin D, Vitamin D, Vitamin D …«

Die Supervox-Wurlitzeriana hatten ein schluchzendes Crescendo erreicht, und plötzlich wich im Programm des Duftumwälzers der Verbenenhauch intensivem Patschuligeruch. Linda regte sich, erwachte, starrte einige Sekunden verwirrt auf die Halbfinalisten, dann hob sie das Gesicht, schnupperte ein-, zweimal an der neuparfümierten Luft und lächelte plötzlich – ein kindisch ekstatisches Lächeln.

»Popé!«, gurrte sie und schloss die Augen. »Ja, das ist gut, das ist gut so …« Sie seufzte und sank in die Kissen zurück.

»Aber Linda!«, flehte der Wilde. »Kennst du mich nicht?« Er hatte sich solche Mühe, hatte alles gegeben, warum ließ sie ihn nicht vergessen? Fast ungestüm drückte er ihre schlaffe Hand, als wollte er sie aus ihrer Trance unwürdiger Vergnügungen zwingen, aus niedrigen und verabscheuungswürdigen Erinnerungen holen – zurück in die Gegenwart, in die Realität, die grauenvolle Gegenwart, die schreckliche Realität – aber doch sublim, doch bedeutsam, doch verzweifelt wichtig eben wegen des unmittelbaren Bevorstehens dessen, was sie so beängstigend machte. »Linda, kennst du mich nicht?«

Er spürte einen schwachen Gegendruck der Hand. Tränen schossen ihm in die Augen. Er beugte sich vor und küsste sie.

Ihre Lippen bewegten sich. »Popé!«, flüsterte sie, und ihm war, als schwappte ihm ein Kübel Jauche ins Gesicht.

Zorn wallte in ihm auf. Abermals überstaut, suchte leidenschaftlicher Schmerz ein neues Ventil, verwandelte sich in eine Raserei quälender Wut.

»Aber ich bin John!«, brüllte er. »Ich bin John!« Und vor wildem Kummer packte er sie tatsächlich an der Schulter und rüttelte heftig.

Lindas Lider zuckten und flogen auf; sie sah ihn, sie kannte ihn – »John!« –, aber sie siedelte das wirkliche Gesicht, die realen und gewaltsamen Hände in einer imaginären Welt an, der Welt der inneren und privaten Entsprechungen zu Patschuli und Superwurlitzer, der verwandelten Erinnerungen und der seltsam verschobenen Empfindungen, die den Kosmos ihres Traums ausmachten. Wohl erkannte sie in ihm ihren Sohn John, sah diesen jedoch als Störenfried im paradiesischen Malpais ihres Soma-Urlaubs mit Popé: John war wütend, weil sie Popé mochte, er schüttelte sie, weil Popé bei ihr im Bett lag – als wäre daran etwas falsch, als hielten es nicht alle zivilisierten Menschen so. »Jeder gehört je …« – ihre Stimme verröchelte jäh zu einem kurzatmigen, fast unhörbaren Krächzen, die Kinnlade klappte herunter, sie rang um Luft. Sie schien vergessen zu haben, wie man atmet. Sie wollte rufen – aber es kam nichts; nur die weit aufgerissenen Augen verrieten, was sie litt. Sie griff sich an den Hals, dann durchharkten ihre Finger die Luft – die Luft, die sie nicht länger atmen konnte, die Luft, die für sie nicht mehr da war.

Der Wilde sprang von seinem Stuhl hoch, beugte sich übers Bett. »Was ist, Linda? Was ist?« Seine Stimme war flehentlich, als bettele er darum, beruhigt zu werden.

Der Blick, mit dem sie ihn fixierte, war starr vor unaussprechlichem Grauen – Grauen, und wie ihm schien, Vorwurf. Sie wollte sich im Bett aufrichten, fiel aber sogleich in die Kissen zurück. Ihr Gesicht verzerrte sich zur Fratze, die Lippen wurden blau.

Der Wilde wirbelt herum und stürmte den Gang hinauf.

»Schnell, schnell!«, rief er. »Schnell!«

In der Mitte des Zwillingskreises, um den der

Zippsack ging, drehte die Oberpflegerin sich um. Anfängliches Erstaunen wich fast augenblicklich Missbilligung. »Schreien Sie doch nicht so! Denken Sie an die Kleinen«, sagte sie stirnrunzelnd. »Sie könnten sie dekonditionieren … Aber, was tun Sie denn da?« Er brach in ihren Zirkel ein. »Passen Sie doch auf!« Eines der Kinder fing an zu brüllen.

»Schnell, schnell!« Er packte sie am Ärmel und schleifte sie mit. »Schnell! Es ist etwas Schlimmes passiert. Ich habe sie umgebracht.«

Bis sie das andere Ende der Station erreicht hatten, war Linda tot.

Einen Augenblick lang stand der Wilde wie versteinert da, dann warf er sich neben dem Bett auf die Knie, bedeckte das Gesicht mit den Händen und schluchzte haltlos.

Die Pflegerin verharrte unschlüssig, blickte mal auf die kniende Gestalt am Bett (was für ein skandalöses Spektakel!), mal auf die Zwillinge (die armen Kinder!), die nicht mehr mit dem Zippsack umgingen, sondern vom fernen Ende der Station zu ihnen herüberglotzten, aufgerissene Augen und Nasenlöcher auf die schockierende Szene am Bett Nummer 20 ausgerichtet. Sollte sie auf den Wilden einreden? Ihn wieder zu Anstand und Vernunft bringen? Ihm in Erinnerung rufen, wo er war? Und welch fatalen Schaden er den armen, unschuldigen Kleinen möglicherweise zufügte? Indem er ihre ganze gesunde

Todeskonditionierung mit seinem unwürdigen Gezeter zunichtemachte – als wäre der Tod etwas Schlimmes, als komme es auf den Einzelnen so sehr an! Womöglich entwickelten die Kleinen nun desaströse Vorstellungen von dem Ganzen, wären so verunsichert, dass sie vollkommen falsch, ja absolut unsozial reagierten.

Sie machte einen Schritt auf den Wilden zu, sie berührte seine Schulter. »Können Sie sich nicht benehmen?«, raunte sie böse. Doch ein rascher Blick über die Schulter verriet ihr, dass ein Halbdutzend Zwillinge bereits auf den Beinen und durch die Station unterwegs war. Der Zippsack-Kreis zerfiel. Jeden Augenblick … Nein, das Risiko war zu groß, die ganze Charge würde womöglich in ihrer Konditionierung sechs, sieben Monate zurückgeworfen. Sie eilte zu ihren bedrohten Schützlingen zurück.

»Wer hat denn jetzt Lust auf ein Schokoladeneclair?«, fragte sie in betont munterem Ton.

»Ich!«, brüllte die gesamte Bokanowski-Gruppe unisono. Das Bett Nummer 20 war vergessen.

»Gott, Gott, Gott …« Der Wilde wiederholte sich. Im Chaos aus Schmerz und Reue, das sein Bewusstsein verdunkelte, blieb es das einzige greifbare Wort. »Gott!« Er flüsterte es laut. »Gott …«

»Was *sagt* er denn da?«, drang durch das Trällern des Super-Wurlitzers eine schrille Stimme zu ihm durch.

Der Wilde schrak zusammen, nahm die Hände vom Gesicht und blickte hoch. Fünf Khaki-Zwillinge mit je einem Éclairstumpf in der Rechten, die identischen Gesichter nichtidentisch mit Schokoladenschmiere verklebt, standen aufgereiht vor ihm und glotzten ihn mopsgleich an.

Sie begegneten seinem Blick und grinsten simultan. Einer deutete mit seinem Éclairstumpf.

»Ist sie tot?«, fragte er.

Schweigend musterte der Wilde sie einen Augenblick. Schweigend erhob er sich, und schweigend schleppte er sich zur Tür.

»Ist sie tot?«, wiederholte der neugierige Zwilling neben ihm hertrottend.

Der Wilde blickte auf ihn hinab und stieß ihn, immer noch wortlos, weg. Der Zwilling ging zu Boden und begann augenblicklich zu plärren. Der Wilde sah sich nicht einmal um.

Kapitel XV

Das Hilfspersonal des Hospiz Park Lane bestand aus einhundertundzweiundsechzig Deltas zweier Bokanowski-Gruppen von je vierundachtzig rothaarigen weiblichen und achtundsiebzig dunkelhaarigen, dolichocephalen männlichen Zwillingen. Abends um sechs traten diese beiden Gruppen zu Arbeitsschluss allesamt in der Eingangshalle des Hospiz' an, wo der Stellvertretende Subschatzcontroller ihnen ihre Soma-Ration aushändigen würde.

Aus dem Fahrstuhl geriet der Wilde mitten unter sie. In Gedanken war er woanders – beim Tod, bei seinem Schmerz und seiner Reue; ganz mechanisch und achtlos schob er sich daher durch die Menge.

»Wer schubst denn da so? Wo wollen Sie denn hin?«

Aus größerer oder geringerer Höhe quiekten und brummten aus vielen Kehlen nur zwei Stimmen. Endlos vervielfältigt wie in einem Spiegelkabinett wandten sich ihm verärgert zwei Gesichter zu: ein glattgesichtiger, sommersprossiger Mond mit einem Hof orangeroten Haars und eine schmale, schnabelnasige

Vogelmaske mit stoppeligem Zweitagesbart. Nur allmählich drangen ihre Worte und die Rippenstöße ihrer spitzen Ellbogen durch seine Umnachtung. Dann wurde er sich wieder der äußeren Realität bewusst, sah sich um, erkannte, was er sah – erkannte darin mit flauem Magen, mit Schrecken und Ekel das wiederkehrende Delirium seiner Tage und Nächte, den Albtraum wimmelnder, ununterscheidbarer Gleichheit. Zwillinge, Zwillinge … Wie Maden waren sie schändend über das Mysterium von Lindas Tod gekrochen. Wie Maden, nur größer, ausgewachsen, krochen sie auch jetzt über seinen Kummer und seine Bußfertigkeit. Er blieb entsetzt stehen und sah sich wild um, musterte den ihn umzingelnden Khaki-Mob, den er um Haupteslänge überragte. Wie viele herrliche Geschöpfe hier! … Die klingenden Worte verhöhnten ihn. Wie schön die Menschheit ist! O schöne neue Welt …

»Soma-Ausgabe!«, verkündete eine kräftige Stimme. »Der Reihe nach, bitte. Nicht bummeln, da hinten.«

Eine Tür war aufgegangen, man hatte Tisch und Stuhl in die Halle getragen. Die Stimme gehörte einem flotten jungen Alpha, der mit einer schwarzen, stählernen Kassette erschien. Ein zufriedenes Raunen ging durch die wartenden Zwillinge. Sie vergaßen den Wilden. Alle Aufmerksamkeit galt der Kassette, die der junge Mann auf dem Tisch abgestellt hatte und nun aufschloss. Der Deckel wurde zurückgeklappt.

»O-ooh!«, machten die hundertundzweiundsechzig gleichzeitig wie Zuschauer bei einem Feuerwerk.

Der junge Mann entnahm der Kassette eine Handvoll winziger Pillendöschen. »Nun«, erklärte er energisch, »vortreten, bitte. Der Reihe nach, und keine Rempeleien.«

Der Reihe nach und ohne Rempelei traten die Zwillinge vor. Zwei Männer, dann eine Frau, wieder ein Mann, dann drei Frauen, dann …

Der Wilde sah zu. ›O schöne neue Welt, o schöne neue Welt …‹ In seinem Kopf nahmen die klingenden Worte eine neue Tonart an. Sie spotteten seinem Elend und seiner Reue, spotteten mit einem ganz abscheulichen Unterton zynischer Verachtung! Hatten sie aber eben noch auf den niederen Schmutz, die abstoßende Hässlichkeit des Albtraums verwiesen, so bliesen sie nun plötzlich zum Angriff. ›O schöne neue Welt!‹ Miranda kündete von der Möglichkeit des Schönen, der Möglichkeit, selbst den Albtraum in etwas Gutes und Edles zu verwandeln. ›O schöne neue Welt!‹ Es war eine Aufforderung, ein Auftrag.

»Keine Rempeleien, bitte!«, polterte der Stellvertretende Subschatzcontroller. Er knallte den Deckel der Geldkassette zu. »Ich breche die Ausgabe sofort ab, wenn keine Ruhe einkehrt.«

Die Deltas murrten, schubsten noch ein bisschen

und verstummten. Die Drohung zeigte Wirkung. Entzug des Soma – entsetzliche Vorstellung!

»Schon besser«, sagte der junge Mann und klappte den Deckel wieder auf.

Linda war eine Sklavin gewesen, Linda war tot; andere sollten in Freiheit leben und die Welt schön werden. Eine Wiedergutmachung, eine Pflicht. Und plötzlich stand dem Wilden leuchtend klar vor Augen, was er zu tun hatte; als wäre eine Jalousie hoch-, ein Vorhang beiseitegezogen worden.

»Also«, sagte der Stellvertretende Subschatzcontroller.

Die nächste Khaki-Frau trat vor.

»Halt!«, rief der Wilde mit lauter, weithin hörbarer Stimme. »Halt!«

Er bahnte sich einen Weg zu dem Tisch vor, die Deltas guckten verdattert.

»Ford«, murmelte der Stellvertretende Subschatzcontroller halblaut, »der Wilde.« Ihm wurde mulmig.

»Hört mich an, ich bitte euch«, rief der Wilde redlich. »Hört mich meine Sache führen.« Er hatte noch nie öffentlich gesprochen, und es fiel ihm sehr schwer, die rechten Worte zu finden. »Nehmt dieses furchtbare Zeug nicht. Es ist Gift, Gift.«

»Hören Sie, Mr Savage«, sagte der Stellvertretende Subschatzcontroller mit einem begütigenden Lächeln, »wenn Sie vielleicht die Freundlichkeit besäßen …«

»Gift für Seele wie Körper.«

»Tja nun … Wenn ich dann vielleicht mit der Ausgabe fortfahren dürfte? Seien Sie doch so nett.« Mit der zaghaften Freundlichkeit dessen, der sich einem notorisch bösartigen Tier nähert, tätschelte er dem Wilden den Arm. »Wenn Sie erlauben …«

»Niemals!«, rief der Wilde.

»Hören Sie, alter Knabe …«

»Werfen Sie es weg, das ganze furchtbare Gift.«

Die Worte ›Werfen Sie es weg‹ drangen durch den Mantel dumpfer Verständnislosigkeit ins Bewusstseinsmark der Deltas. Zorniges Raunen erhob sich.

»Ich komme, euch die Freiheit zu bringen«, wandte sich der Wilde an die Zwillinge. »Ich komme …«

Der Stellvertretende Subschatzcontroller hörte den Rest nicht mehr; er war aus der Halle geschlüpft und schlug rasch eine Telefonnummer nach.

»Nicht bei sich daheim, nicht bei mir, nicht bei dir«, zählte Bernard auf. »Nicht im Aphroditaeum, nicht im Center oder an der Hochschule. Wo kann er nur stecken?«

Helmholtz zuckte bloß mit den Achseln. Sie waren in der Annahme von der Arbeit heimgekehrt, der Wilde werde sie an einem ihrer üblichen Treffpunkte erwarten, aber von dem Kerl fehlte jede Spur. Was ärgerlich war, weil sie vorgehabt hatten, in Helmholtz' viersitzigem Sportikopter eine kleine Spritztour nach Biarritz zu unternehmen. Sie würden zu spät zum Essen kommen, wenn er nicht bald auftauchte.

»Geben wir ihm noch fünf Minuten«, sagte Helmholtz. »Wenn er dann nicht aufkreuzt, müssen wir –«

Telefonläuten unterbrach ihn. Er nahm ab. »Hallo. Am Apparat.« Dann, nach längerem Lauschen, der Fluch: »Ford im Flivver! Ich komme sofort.«

»Was ist los?«, fragte Bernard.

»Ein Bekannter vom Hospiz Park Lane«, sagte Helmholtz. »Der Wilde ist dort. Scheint durchgedreht zu sein. Jedenfalls ist es dringend. Kommst du mit?«

Zusammen hasteten sie den Korridor hinab zu den Fahrstühlen.

»Gefällt es euch etwa, Sklaven zu sein?«, rief der Wilde gerade, als sie das Hospiz betraten. Sein Gesicht war gerötet, seine Augen brannten vor Entrüstung und Feuereifer. »Gefällt es euch, Babys zu sein? Ja, Babys! Quäkende, spuckende Babys«, fügte er hinzu, von der viehischen Blödheit eben derjenigen dazu verleitet, ihnen Beleidigungen an den Kopf zu schleudern, die er zu erretten gekommen war. Die Schmähungen prallten jedoch an ihrer dickfelligen Dummheit ab; die Deltas glotzten ihn aus leeren, dumpf grollenden Augen an. »Ja, spuckend!«, schrie der Wilde fast. Trauer und Reue, Mitgefühl und Pflicht – sie alle waren vergessen, waren gewissermaßen in einem lodernden, überwältigenden Hass auf diese weniger als nur-menschlichen Monster aufgegangen. »Wollt ihr nicht frei, nicht Männer sein? Begreift ihr nicht mal, was Mannestum und Freiheit sind?« Zorn machte ihn eloquent, er fand jetzt mühelos die Worte, sie sprudelten nur so. »Nicht?«, wiederholte er, erhielt aber keine Antwort auf seine Frage. »Gut«, fuhr er grimmig fort. »Dann werde ich sie euch lehren, ich werde euch *zwingen*, frei zu sein, ob ihr wollt oder nicht!« Er stieß ein Fenster zum Innenhof des Hospiz' auf und begann mit vollen Händen, die kleinen Pillendöschen mit Soma-Tabletten hinauszuwerfen.

Einen kurzen Moment schien der Khaki-Mob wie versteinert vor Schreck und Staunen über das Spektakel eines solch mutwilligen Sakrilegs.

»Er ist verrückt!«, zischte Bernard mit großen Augen. »Sie werden ihn umbringen. Sie …« Plötzlich stieg aus Hunderten Kehlen ein Schrei, der Mob brandete bedrohlich auf den Wilden zu. »Ford steh ihm bei!«, stöhnte Bernard und wandte den Blick ab.

»Hilf dir selbst, dann hilft dir Ford!« Lachend, ja juchzend drängte sich Helmholtz Watson durch die Menge.

»Frei, frei!«, brüllte der Wilde und pfefferte weiter mit der einen Hand Soma in den Hof, während er mit der anderen die ununterscheidbaren Gesichter seiner Angreifer boxte. »Frei!« Und plötzlich stand Helmholtz an seiner Seite – ›Der gute alte Helmholtz!‹ – und boxte mit – ›Endlich Männer!‹ – und warf zwischendurch ebenfalls mit vollen Händen Gift durchs offene Fenster. ›Ja, Männer! Männer!‹ –, bis kein Gift mehr da war. Er hob die Kassette und zeigte dem Mob schwarze Leere. »Ihr seid frei!«

Aufheulend warfen sich die Deltas mit verdoppelter Wut vor.

Am Rande des Schlachtgetümmels zögernd, murmelte Bernard: »Sie sind erledigt«, um dann, von einem unerwarteten Impuls getrieben, vorzustürzen zu ihrer Unterstützung, es sich anders zu überlegen, stehenzubleiben, beschämt wieder vorzustürzen, es sich anders zu überlegen, und sich endlos vor beschämender Unschlüssigkeit zu winden – überzeugt, *sie* müssten dran glauben, wenn er ihnen nicht zu Hilfe eilte, überzeugt, *er* werde dran glauben, wenn er es tue –, als (Ford sei Dank!) Einsatzkräfte mit Schutzbrillen und schweinsrüsselig in ihren Gasmasken die Halle stürmten.

Bernard flog ihnen entgegen. Er fuchtelte mit den Armen: Das war Aktion, er unternahm etwas. Er rief mehrmals »Hilfe!«, rief jedes Mal lauter, um sich einreden zu können, dass er half: »HILFE! HILFE! HILFE!«

Einsatzkräfte schoben ihn aus dem Weg und gingen ans Werk. Drei Männer mit geschulterten und festgeschnallten Spritzkanonen pumpten dicke Wolken Soma-Dampf in die Luft. Zwei weitere machten sich an einer tragbaren Synthimusikbox zu schaffen. Mit Sprühpistolen bewaffnet, die mit einem starken Betäubungsmittel beschickt waren, schoben sich vier andere Kollegen durch die Menge und schalteten systematisch, Strahl um Strahl, die verbissensten Kämpfer aus.

»Schnell, schnell!«, brüllte Bernard. »Wenn Sie sich nicht beeilen, bringen sie sie um … oh!« Seines Gebrabbels überdrüssig, hatte einer vom Einsatztrupp ihm eine Ladung aus seiner Sprühpistole verpasst. Ein-, zwei Sekunden lang wankte Bernard auf Beinen, die knochenlos geworden zu sein schienen, sehnenlos, muskellos, Stangen Gelee und schließlich nicht einmal mehr das, sondern Wasser: Er sank als Häuflein zu Boden.

Da ertönte mit einem Mal aus der Synthimusikbox eine Stimme. Die Stimme der Vernunft, die Stimme des Wohlwollens. Es wurde die Soundtrackrolle der Synthetischen Anti-Randalen-Rede Nummer 2 (mittelstark) abgespult. Sie kam ganz von nicht-existierendem Herzen: »Aber, aber liebe Freunde!«, sprach die Stimme in einem so herzergreifenden Ton, mit einem solch unendlich zärtlich-vorwurfsvollen Timbre, dass selbst die Augen der Einsatzkräfte hinter den Gasmasken vorübergehend feucht wurden, »was soll das bedeuten? Warum seid ihr nicht all glücklich und gut zueinander? Glücklich und gut«, wiederholte die Stimme. »Miteinander in Frieden, in

Frieden.« Sie bebte, sank zu einem Flüstern herab und erstarb zunächst. »Ach, ich möchte euch so gerne glücklich sehen«, setzte sie wieder ernstlich sehnsuchtsvoll ein. »Ich möchte euch so gerne gut zueinander sehen! Bitte, bitte seid gut zueinander und …«

Binnen zwei Minuten hatten die Stimme und der Soma-Dampf ganze Arbeit geleistet. Tränenüberströmt umarmten und küssten sich überall Deltas – ein Halbdutzend Zwillinge auf einmal in kollektiver Umklammerung. Selbst Helmholtz und der Wilde waren zu Tränen gerührt. Eine neue Charge Pillendöschen wurde aus dem Schatzcontrollcenter gebracht, hastig eine neue Ausgabe organisiert, bis schließlich die Zwillinge sich zum Klang der warm zugeneigten Baritonabschiedsworte der Stimme blubbernd zerstreuten, als müssten ihnen die Herzen brechen. »Auf Wiedersehen, meine teuren Freunde, Ford mit euch! Auf Wiedersehen, meine teuren Freunde, Ford mit euch! Auf Wiedersehen, meine teuren Freunde, Ford mit euch …«

Als auch der letzte Delta gegangen war, schaltete eine Einsatzkraft den Strom ab. Die engelsgleiche Stimme verstummte.

»Kommen Sie freiwillig mit?«, fragte der Sergeant. »Oder müssen wir anästhesieren?« Er hob drohend die Sprühpistole.

»Na gut, freiwillig«, antwortete der Wilde, der abwechselnd seine aufgeplatzte Lippe, eine Schramme am Hals und eine Bisswunde an der linken Hand befühlte.

Das Taschentuch noch an die blutende Nase gedrückt, nickte Helmholtz sein Einverständnis.

Wieder bei sich und gehfähig, wählte Bernard diesen Augenblick, um sich so unauffällig wie möglich Richtung Ausgang zu verdrücken.

»He, Sie da!«, rief der Sergeant, und ein schweinsrüsseliger Kollege eilte los und legte dem jungen Mann eine Hand auf die Schulter.

Bernard wandte sich mit entrüsteter Unschuldsmiene um. Weglaufen? Nicht im Traum hatte er an dergleichen gedacht. »Wofür Sie allerdings *mich* brauchen«, sagte er zu dem Sergeant, »kann ich mir beim besten Willen nicht vorstellen.«

»Sie sind doch mit den Festgenommenen befreundet, oder nicht?«

»Nun …«, meinte Bernard. Er zögerte. Nein, das konnte er nun wirklich nicht bestreiten. »Und wenn?«, entgegnete er.

»Dann los«, sagte der Sergeant und geleitete sie zur Tür und zum wartenden Einsatzwagen.

Kapitel XVI

Der Raum, in den die drei geführt wurden, war die Bibliothek des Controllers.

»Seine Fordschaft wird gleich bei Ihnen sein.« Der Gamma-Butler überließ sie sich selbst.

Helmholtz lachte lauthals.

»Das gleicht ja mehr einer Koffeinlösungsparty als einem Verhör«, sagte er und ließ sich in den komfortabelsten der pneumatischen Sessel fallen. »Kopf hoch, Bernard«, fügte er beim Anblick des grünen, unglücklichen Gesichts seines Freundes hinzu. Aber Bernard war untröstlich; ohne etwas zu erwidern, ohne Helmholtz auch nur eines Blickes zu würdigen, ging er zum unbequemsten Stuhl im ganzen Zimmer hinüber und setzte sich in der vagen Hoffnung darauf, so den Zorn der höheren Macht zu mildern.

Der Wilde wiederum strich rastlos umher, inspizierte mit ziellos schweifender Neugier die Bücher in den Regalen, die Soundtrackrollen und Lesemaschinenspulen in den nummerierten Ablagefächern. Auf dem Tisch unter dem Fenster lag ein Wälzer in weichem schwarzem Kunstledereinband, geprägt mit großen goldenen Ts. Er nahm ihn hoch und schlug ihn auf. MEIN LEBEN UND WERK, VON UNSEREM FORD. Das Buch war in Detroit von der Gesellschaft zur Förderung Fordischen Wissens verlegt worden. Er blätterte flüchtig, las hier einen Satz, dort einen Absatz und war soeben zu dem Schluss gelangt, dass das Buch ihn nicht interessierte, als die Tür aufging und der Weltbereichscontroller Westeuropa mit festem Schritt eintrat.

Mustapha Mond begrüßte sie alle drei mit Handschlag, doch das Wort richtete er an den Wilden. »Sie halten also nicht viel von der Zivilisation, Mr Savage«, stellte er fest.

Der Wilde musterte ihn. Er war bereit gewesen, zu lügen, zu schimpfen, sich trotzig zu verweigern, doch angetan von der freundlichen Intelligenz im Gesicht des Controllers beschloss er, die Wahrheit zu sagen, und zwar ungeschminkt. »Nein.« Er schüttelte den Kopf.

Bernard stand das Entsetzen ins Gesicht geschrieben. Was sollte der Controller bloß denken? Als Freund eines Mannes gebrandmarkt zu werden, der zugab, von der Zivilisation nichts zu halten – es unverblümt und ausgerechnet dem Controller gegenüber zugab – Katastrophe. »Aber John …«, setzte er an. Ein Blick Mustapha Monds ließ ihn zerknirscht schweigen.

»Sicher«, räumte der Wilde ein, »es gibt auch sehr

schöne Dinge. Die viele Musik in der Luft zum Beispiel …«

»Viel tausend helle Instrument' ums Ohr …«

Das Gesicht des Wilden leuchtete freudig auf. »Sie haben es auch gelesen?«, fragte er. »Ich dachte, niemand hier in England kennte das Buch.«

»Fast niemand. Ich gehöre zu den wenigen. Es ist verboten, wissen Sie. Doch da ich die Gesetze mache, kann ich sie auch brechen. Ungestraft, Mr Marx«, fügte er an, indem er sich Bernard zuwandte, »was, fürchte ich, für *Sie* nicht gilt.«

Bernard versank in noch hoffnungsloserer Trübsal.

»Aber warum ist es verboten?«, wollte der Wilde wissen. Vor Aufregung darüber, einem Mann zu begegnen, der Shakespeare gelesen hatte, hatte er vorübergehend alles andere vergessen.

Der Controller hob die Achseln. »Weil es alt ist zum einen. Hier bei uns haben wir für alte Sachen keine Verwendung.«

»Selbst wenn sie so schön sind?«

»Besonders, wenn sie so schön sind. Schönheit ist anziehend, und wir möchten eben nicht, dass sich die Menschen von alten Sachen angezogen fühlen. Wir möchten, dass sie die neuen vorziehen.«

»Aber die neuen sind dumm und grausam. Die Schauspiele, in denen bloß Helikopter herumfliegen und man fühlt, wie die Leute sich küssen.« Er verzog das Gesicht. »Ziegen und Affen!« Nur in Othellos Worten fand er den passenden Ausdruck für seine Verachtung und seinen Hass.

»Immerhin nette, zahme Tiere«, bemerkte der Controller halblaut wie in Klammern.

»Warum lassen Sie sie nicht stattdessen *Othello* sehen?«

»Zum einen, wie gesagt, weil es alt ist. Zum anderen würden sie es nicht verstehen.«

Das stimmte. Er entsann sich, wie Helmholtz über *Romeo und Julia* gelacht hatte. »Dann wenigstens«, sagte er nach kurzer Überlegung, »etwas Neues wie *Othello,* das sie verstehen würden.«

»Genau das wollen wir alle schon lange schreiben«, schaltete sich Helmholtz ein, der bisher geschwiegen hatte.

»Aber nie schreiben werden«, sagte der Controller. »Wenn es nämlich wirklich wie *Othello* wäre, würde es niemand verstehen, ganz gleich, wie neu. Und wenn es neu wäre, wäre es niemals wie *Othello.*«

»Wieso denn nicht?«

»Ja, wieso nicht?«, wiederholte Helmholtz die Frage. Auch er vergaß die unerfreuliche Realität der Situation. Grün vor Sorge und unguter Ahnung, behielt nur Bernard sie im Blick, doch ihn beachtete niemand. »Wieso nicht?«

»Weil unsere Welt nicht die Welt Othellos ist. Für Flivver benötigt man Stahl, für Tragödien gesellschaftliche Instabilität. Heute aber ist die Welt stabil. Die Menschen sind glücklich, sie haben alles, was sie wollen, und nie wollen sie, was sie nicht haben können. Es geht ihnen gut, sie leben in Sicherheit, sie sind niemals krank, sie fürchten den Tod nicht, sie wissen nichts von Leidenschaft, nichts vom Altern, sie werden nicht von Müttern und Vätern geplagt, sie haben keine Ehefrauen, keine Kinder, keine Lieben, denen ihre Gefühle gelten, sie sind so konditioniert, dass sie praktisch nicht anders können, als sich zu verhalten, wie sie es sollen. Und wenn irgendetwas schiefgeht, gibt es Soma. Das Sie im Namen der Freiheit zum Fenster hinauswerfen, Mr Savage. *Freiheit!*« Er lachte. »Von Deltas zu erwarten, dass sie wüssten, was Freiheit ist! Und überdies von ihnen zu verlangen, dass sie *Othello* verstehen. Mein Bester, also wirklich!«

Der Wilde schwieg einen Augenblick. »Trotzdem«, entgegnete er hartnäckig. »*Othello* ist gut, *Othello* ist besser als Ihre Fühlfilme.«

»Selbstverständlich«, bestätigte der Controller. »Das ist eben der Preis, den wir für die Stabilität bezahlen. Man muss wählen – zwischen dem Glück und dem, was die Menschen einst Hochkunst nannten. Wir haben die Hochkunst geopfert. Wir haben dafür Fühlfilme und Duftorgeln.«

»Aber sie sind ohne Bedeutung.«

»Sie *sind* ihre Bedeutung, ihre Bedeutung liegt im Wohlgefühl des Publikums.«

»Aber sie werden … von Idioten erzählt.«

Der Controller lachte. »Da sind Sie Ihrem Freund Mr Watson gegenüber aber nicht eben gnädig. Einem unserer Meister des Emotionalen Engineerings …«

»Er hat recht«, sagte Helmholtz finster. »Es *ist* idiotisch. Zu schreiben, wo es nichts zu sagen gibt …«

»Eben. Eben das verlangt enormen Einfallsreichtum. Sie machen Flivver aus minimalen Mengen Stahl, Werke der Kunst aus fast nichts als purer Emotion.«

Der Wilde schüttelte den Kopf. »Ich finde das alles grauenhaft.«

»Selbstverständlich. Reales Glück nimmt sich im Vergleich zu überkompensiertem Elend immer recht dürftig aus. Und natürlich ist Stabilität bei weitem nicht so spektakulär wie Instabilität. Zufrieden zu sein ist längst nicht so glamourös wie der aufrechte Kampf gegen Missstände oder so pittoresk wie das Ringen mit der Versuchung, wie die Agonie der Leidenschaft, wie tiefer Zweifel. Glück ist nie großartig.«

»Kann sein«, meinte der Wilde nach einer Pause. »Aber muss es deshalb gleich so grausig sein wie Ihre Zwillinge?« Er fuhr sich mit der Hand über die Augen, als wollte er das innere Bild der langen Reihen identischer Zwerge an den Montagebändern fortwischen, des Staus der wartenden Zwillingsherden am Eingang zur Brentford-Magnetbahnstation, der menschlichen Maden, die um Lindas Sterbebett gekrochen waren, des endlos vervielfältigten Gesichts seiner Angreifer. Er studierte seine bandagierte Linke und schüttelte sich. »Grausig!«

»Aber wie nützlich! Ich sehe, dass Sie unsere Bokanowski-Gruppen nicht mögen, aber ich versichere Ihnen, sie sind das Fundament, auf dem alles ruht. Sie sind das Kreiselinstrument, das die Rakete Staat auf stetem Kurs hält.« Die tiefe Stimme verstärkte ihr Vibrato, die gestikulierende Hand umfasste die Weite des Raums und den Schub des unaufhaltsamen Raketentriebwerks. Mustapha Monds Redekunst erreichte nahezu synthetisches Niveau.

»Ich frage mich«, meinte der Wilde, »warum Sie sie überhaupt machen – schließlich können Sie auf Flaschen ziehen, was immer Sie wollen. Warum machen Sie nicht aus jedem gleich ein Alpha-Doppel-Plus?«

Mustapha Mond lachte. »Weil wir nicht möchten, dass es uns an den Kragen geht«, antwortete er. »Wir glauben an Glück und Stabilität. Eine Gesellschaft aus nur Alphas könnte nicht anders als instabil und unglücklich ausfallen. Stellen Sie sich ein allein von Alphas bemanntes Produktionswerk vor – das heißt von einzelnen und unverbundenen Individuen bester Erbmasse, befähigt zu (begrenzt) freien Entscheidungen und Verantwortlichkeit. Stellen Sie sich das nur einmal vor!«, betonte er.

Der Wilde versuchte, es sich vorzustellen, ohne Erfolg.

»Absurd. Ein Alpha-dekantiertes, Alpha-konditioniertes Individuum würde verrückt, wenn es die Arbeit eines Epsilon-Semi-Kretins tun müsste – oder würde alles kurz und klein schlagen. Alphas können komplett sozialisiert werden, aber nur, wenn man sie für Alpha-Arbeit vorsieht. Einzig von einem Epsilon kann man erwarten, Epsilon-Opfer zu bringen, und zwar aus gutem Grund: Er betrachtet sie gar nicht als Opfer, sie stellen einfach den Weg des geringsten Widerstands dar. Seine Konditionierung bringt ihn auf das Gleis, dem er folgen muss. Er kann nicht anders, es ist ihm vorbestimmt. Auch nach dem Dekantieren lebt er in der Flasche – einer unsichtbaren aus infantilen und embryonischen Fixierungen. Wir alle verbringen natürlich unser Leben gewissermaßen in Flaschen«, sinnierte der Controller. »Wenn wir aber zufällig Alphas sind, dann sind unsere Flaschen vergleichsweise riesig. Wir würden sehr darunter leiden, eingeengt zu werden. Man kann kein hochkastiges Sektsurrogat auf niedrigkastige Flaschen ziehen. Das ist schon theoretisch einleuchtend. Aber es hat sich auch in der Praxis bestätigt. Der Zypern-Versuch lieferte den schlagenden Beweis.«

»Was war das für ein Versuch?«, fragte der Wilde.

Mustapha Mond lächelte. »Nun, sagen wir: ein Umfüllexperiment. Angefangen hat man damit 473 n.F. Die Controller ließen von der Insel Zypern alle Bewohner evakuieren und rekolonisierten mit einer eigens zu diesem Zweck präparierten Charge von zweiundzwanzigtausend Alphas. Man versorgte sie mit der notwendigen agrarwirtschaftlichen und industriellen Ausrüstung und überließ sie sich selbst. Das Resultat bestätigte alle Hypothesen. Das Land wurde nur unzureichend bestellt, alle Produktionswerke wurden bestreikt, man verweigerte der höheren Obrigkeit den Gehorsam, missachtete Befehle; alle die, die zu niederen Arbeiten eingeteilt waren, intrigierten endlos um höhere Posten, und die mit den besseren Jobs zettelten Gegenintrigen an, um sich eben diese Posten zu erhalten. Innerhalb von nur sechs Jahren tobte auf Zypern ein erstklassiger Bürgerkrieg. Als neunzehn von zweiundzwanzigtausend Alphas tot waren, ersuchten die Überlebenden die Weltcontroller einstimmig darum, die Verwaltung der Insel zu übernehmen. Und so endete die einzige Alpha-Gesellschaft der Geschichte.«

Der Wilde seufzte tief.

»Die ideale Population«, sagte Mustapha Mond, »entspricht im Aufbau einem Eisberg – acht Neuntel unter der Wasserlinie, ein Neuntel darüber.«

»Und die unter der Wasserlinie sind glücklich?«

»Glücklicher jedenfalls als darüber. Glücklicher als Ihre Freunde hier.« Er machte eine ausholende Geste.

»Trotz der Sklavenarbeit?«

»Sklavenarbeit? *Sie* sehen sie nicht so. Im Gegenteil, sie gefällt ihnen. Sie ist leicht, kinderleicht. Weder das Hirn noch die Muskeln werden beansprucht. Siebeneinhalb Stunden milder, minimal belastender Arbeit, dann die Soma-Ration, Spiele, unbegrenztes Kopulieren und Fühlfilme. Was wollen sie mehr? Zwar könnten sie«, merkte er an, »kürzere Arbeitszeiten verlangen. Und selbstverständlich könnten wir sie verkürzen. Technisch wäre es ein Leichtes, niedrigkastige Arbeitsstunden auf drei bis vier zu reduzieren. Aber wären die niedrigen Kasten darum glücklicher? Nein, wären sie nicht. Vor einhundertundfünfzig Jahren hat man die Probe aufs Exempel gemacht: Ganz Irland wurde der Vierstundentag verordnet. Das Ergebnis? Unruhen und ein steiler Anstieg des Soma-Konsums, sonst nichts. Dreieinhalb Stunden zusätzliche Freizeit waren nicht nur keine Quelle neuen Glücks, nein, sie verführten die Leute bloß dazu, Urlaub von der Freizeit zu nehmen. Das Referat für Patentfragen quillt über vor Plänen für Arbeitseinsparungen. Tausende sind es …« Mustapha Mond warf die Arme auseinander. »Warum also setzen wir sie nicht allesamt um? Um der Betroffenen willen; es wäre grausam, ihnen zu viel Freizeit aufzubürden. Das Gleiche gilt für die Landwirtschaft. Wir könnten jeden Bissen Nahrung synthetisieren, wenn wir das wollten. Wir tun es nicht. Wir ziehen es vor, ein Drittel der Bevölkerung ans Land zu binden. Zu ihrem eigenen Wohl – denn es dauert *länger*, Nahrung aus der Natur zu gewinnen, als sie in einem Werk herzustellen. Außerdem müssen wir an unsere Stabilität denken. Wir wollen keinen Wandel. Jeder Wandel bedroht die Stabilität. Ein weiterer Grund dafür, dass wir neue Erfindungen nur sehr sparsam einsetzen. Jede Erfindung der theoretischen Wissenschaft ist potentiell umstürzlerisch, selbst die Wissenschaft muss manchmal wie ein möglicher Feind behandelt werden. Ja, selbst die Wissenschaft.«

Wissenschaft? Der Wilde legte die Stirn in Falten. Er kannte das Wort. Aber was es genau bedeutete, vermochte er nicht zu sagen. Shakespeare und die Alten im Pueblo hatten von Wissenschaft nie gesprochen, und von Linda hatte er nur Andeutungen gehört: Wissenschaft war das, womit man Helikopter machte, das, was einen über die Maistänze lachen ließ, das, was verhinderte, dass man runzelig wurde und seine Zähne verlor. Verzweifelt mühte er sich zu begreifen, was der Controller meinte.

»Ja«, sagte Mustapha Mond soeben, »auch das ist ein Posten in der Kosten-Nutzung-Rechnung für die Stabilität. Nicht nur die Kunst steht dem Glück entgegen, sondern auch die Wissenschaft. Wissenschaft ist gefährlich, wir müssen sie an die Kette legen, ihr einen Maulkorb umbinden.«

»Bitte?«, staunte Helmholtz. »Aber wir reden doch dauernd davon, dass die Wissenschaft alles sei. Das ist eine hypnopädische Binsenweisheit.«

»Altersstufe dreizehn bis siebzehn drei Mal wöchentlich«, entfuhr es Bernard.

»Und was ist mit der ganzen wissenschaftlichen Propaganda, die wir an der Hochschule produzieren ...«

»Ha, aber was ist das schon für eine Wissenschaft!«, entgegnete Mustapha Mond abfällig. »Sie sind nicht wissenschaftlich geschult und können das nicht beurteilen. Ich war seinerzeit ein recht guter Physiker. Zu gut – gut genug, um zu begreifen, dass unsere gesamte Wissenschaft nichts weiter ist als ein Kochbuch, das einer orthodoxen Schule folgt, die niemand in Frage stellen und deren Rezepten nichts hinzugefügt werden darf außer mit Sondererlaubnis des Chefkochs. Jetzt bin *ich* der Chefkoch. Aber ich war einst ein neugieriger Küchenjunge. Ich habe ein paar eigene Rezepte probiert. Unorthodoxe Küche, verbotene Küche. Echte Wissenschaft nämlich.« Er verstummte.

»Was ist passiert?«, fragte Helmholtz Watson.

Der Controller seufzte. »Um ein Haar das, was Ihnen passieren wird, meine Herren. Beinahe wäre ich auf eine Insel verbannt worden.«

Diese Feststellung löste bei Bernard heftigen und ungehörigen Aktionismus aus. »*Mich* auf eine Insel verbannen?« Er schoss hoch, stürzte durch den Raum und blieb gestikulierend vor dem Controller stehen. »*Mich* können Sie doch nicht verbannen. Ich habe doch gar nichts getan. Es waren die anderen. Ich schwöre Ihnen, es waren die anderen.« Er zeigte anklagend auf Helmholtz und den Wilden. »Bitte, bitte schicken Sie mich nicht nach Island. Ich verspreche Ihnen, zu tun, was ich tun sollte. Geben Sie mir noch eine Chance. Bitte geben Sie mir noch eine Chance.« Es flossen Tränen. »Wenn ich es Ihnen doch sage! Die sind schuld!«, schluchzte er, »und bitte nicht Island. Bitte, Ihre Fordschaft, bitte …« In einer verzweifelten Unterwerfungsgeste sank er vor dem Controller auf die Knie. Mustapha Mond wollte ihn aufrichten, doch Bernard rutschte weiter auf Knien herum, und der Strom flehentlicher Worte riss nicht ab. Am Ende musste der Controller nach seinem Vierten Persönlichen Assistenten klingeln.

»Bringen Sie drei Mann«, befahl er, »und tragen Sie Mr Marx in ein Schlafzimmer. Sorgen Sie für eine starke Soma-Inhalation, legen Sie ihn ins Bett und lassen ihn dort.«

Der Vierte Persönliche Assistent verschwand und kehrte mit drei grün uniformierten Zwillingslakaien wieder. Noch immer zeternd und schluchzend wurde Bernard fortgetragen.

»Man würde glatt meinen, es ginge ihm an den Kragen«, meinte der Controller, als die Tür sich schloss. »Während er doch, wenn er nur einen Funken Verstand besäße, einsehen müsste, dass seine Strafe im Grunde eine Belohnung ist. Er wird auf eine Insel geschickt. Das heißt, er kommt an einen Ort, an dem er einigen der interessantesten Männer und Frauen der Welt begegnen wird. Denjenigen nämlich, die sich aus diesem oder jenem Grund ihrer Individualität zu sehr bewusst sind, um noch in die Gesellschaft zu passen. Denjenigen, die sich nicht mit der Orthodoxie begnügen können, die eigene Vorstellungen haben. Allen, kurzum, die wirklich zählen. Fast könnte ich Sie beneiden, Mr Watson.«

Helmholtz lachte. »Und warum sitzen Sie dann nicht selbst auf einer Insel?«

»Weil ich dem hier letzten Endes den Vorzug gab«, antwortete der Controller. »Man ließ mir die Wahl: entweder auf eine Insel verbannt zu werden, wo ich weiter reine Wissenschaft hätte betreiben können, oder in den Rat der Controller aufgenommen zu werden mit der Aussicht, zu gegebener Zeit einen der amtierenden Controller zu ersetzen. Ich entschied mich für Letzteres und gab die Wissenschaft auf.« Nach kurzem Schweigen, fügte er hinzu: »Manchmal tut es mir doch leid um sie. Das Glück ist ein harter Lehrmeister, besonders das Glück der anderen. Ein viel härterer Lehrmeister – wenn man nicht dazu konditioniert wurde, das Glück unhinterfragt zu akzeptieren –, als es die Wahrheit je sein könnte.« Er seufzte, schwieg erneut und sprach schließlich in geschäftsmäßigem Ton weiter: »Nun, Pflicht ist Pflicht. Da fragt man nicht nach persönlichen Präferenzen.

Ich interessiere mich für die Wahrheit, mir liegt an der Wissenschaft. Aber die Wahrheit ist eine Plage, die Wissenschaft eine Gefahr für die Allgemeinheit. Bisher ebenso sehr Gefahr wie Wohltat. Sie hat uns das stabilste Gleichgewicht der Geschichte beschert. China war im Vergleich hoffnungslos labil, selbst die primitiven Matriarchate waren nicht beständiger als unsere Gesellschaft heute. Dank – wie gesagt – der Wissenschaft. Nur dürfen wir nicht zulassen, dass die Wissenschaft ihre eigenen Errungenschaften aufhebt. Deshalb bremsen wir die Forschung rigoros, deshalb wurde ich um ein Haar auf eine Insel verbannt. Wir beschränken sie auf die unmittelbar zu lösenden Aufgaben. Alle anderen Forschungsvorhaben werden nachhaltig entmutigt. Es ist interessant« – er nahm den Faden nach einer kurzen Pause wieder auf – »zu lesen, was die Menschen zu Lebzeiten Unseres Ford über den wissenschaftlichen Fortschritt geschrieben haben. Sie scheinen gedacht zu haben, dass man ihm freien Lauf lassen könne, ohne Rücksicht auf Verluste. Wissen war das höchste Gut, Wahrheit der wichtigste Wert, alles andere war zweit- und nachrangig. Schon damals allerdings zeichnete sich ein Umdenken ab. Unser Ford selbst hat nicht wenig dazu beigetragen, das Augenmerk von Wahrheit und Schönheit weg, hin auf Glück und Bequemlichkeit zu lenken. Die Massenproduktion verlangte zwingend den Schichtdienst; universelles Glück hält das Räderwerk in Schwung – das können Wahrheit und Schönheit nicht. Schließlich ist es, wo immer die Massen politische Macht errangen, stets eher um Glück als um Wahrheit und Schönheit gegangen. Und trotzdem ließ man weiterhin uneingeschränkt wissenschaftliche Forschung zu. Die Menschen sprachen von Wahrheit und Schönheit immer noch so, als wären diese die höchsten Güter. Und zwar bis zum Neunjährigen Krieg. Der sorgte dann endgültig für eine neue Tonart. Was nützen schon Wahrheit, Schönheit und Wissen, wenn einem die Anthraxbomben um die Ohren fliegen? Damals fing man an, die Wissenschaft zu kontrollieren – nach dem Neunjährigen Krieg. Die Menschen waren sogar bereit, ihren Appetit zügeln zu lassen. Alles um des lieben Friedens willen. Seither kontrollieren wir einfach weiter. Das ist der Wahrheit natürlich nicht besonders förderlich. Aber dafür dem Glück. Umsonst gibt es nichts auf der Welt. Für Glück muss man zahlen. Sie bezahlen dafür, Mr Watson, bezahlen, weil Sie sich zufällig zu sehr für die Schönheit interessieren. Ich habe mich seinerzeit zu sehr für die Wahrheit interessiert; auch ich habe bezahlt.«

»Aber *Sie* mussten nicht auf eine Insel«, sagte der Wilde nach langem Schweigen.

Der Controller lächelte. »Darin bestand in meinem Fall der Preis. In der Wahl des Dienstes am Glück. Dem Glück der anderen, nicht meinem.« Er schwieg einen Augenblick und fügte dann hinzu: »Wie gut, dass es auf der Welt so viele Inseln gibt. Ich wüsste wirklich nicht, was wir ohne sie machen sollten. Euch alle in die Lethalkammer schicken, vermutlich. Übrigens, Mr Watson, was sagen Sie zu einem tropischen Klima? Den Marquesas-Inseln zum Beispiel oder Samoa? Oder hätten Sie es gern etwas rauer?«

Helmholtz erhob sich aus seinem pneumatischen Sessel. »Ich würde ein durch und durch schlechtes Klima bevorzugen«, erwiderte er. »Ich vermute nämlich sehr stark, dass man bei schlechtem Wetter besser schreibt. Etwa wenn es sehr windig ist und oft stürmt ...«

Der Controller nickte seinen Beifall. »Ihr Kampfgeist gefällt mir, Mr Watson. Gefällt mir außerordentlich. Sosehr ich ihn offiziell natürlich missbillige.« Er lächelte. »Was halten Sie von den Falkland-Inseln?«

»Ja, das könnte gehen«, erwiderte Helmholtz. »Und jetzt will ich, wenn Sie erlauben, mal nach dem armen Bernard schauen.«

Kapitel XVII

»Kunst, Wissenschaft – ihr scheint einen ziemlich hohen Preis für euer Glück bezahlt zu haben«, sagte der Wilde, als sie allein waren. »Gab es sonst noch was?«

»Nun, die Religion natürlich«, erwiderte der Controller. »Es hat einmal einen sogenannten Gott gegeben – vor dem Neunjährigen Krieg. Aber ich vergaß: Über Gott wissen Sie vermutlich bestens Bescheid.«

»Nun …« Der Wilde zögerte. Er hätte gern von dem Alleinsein gesprochen, der Nacht, von dem fahl unter dem Mond sich hinbreitenden Tafelberg, von dem Abgrund, dem Sturz in die dunklen Schatten, vom Tod. Er hätte gern darüber gesprochen, aber es gab dafür keine Worte. Nicht einmal bei Shakespeare.

Der Controller hatte unterdessen den Raum durchquert und öffnete nun einen großen, zwischen den Regalen in die Wand eingelassenen Tresor. Die schwere Tür schwang auf. In den Tiefen kramend sagte er: »Das Thema hat mich immer sehr interessiert.« Er holte ein dickes schwarzes Buch hervor. »Das haben Sie vermutlich nie gelesen.«

Der Wilde nahm die Bibel entgegen. »*Die Heilige Schrift, Altes und Neues Testament*«, las er auf der Titelseite.

»Oder dies.« Es war ein kleines Buch, dem der Umschlag fehlte.

»*Nachfolge Christi.*«

»Oder das.« Er reichte einen weiteren Band heraus.

»*Die Vielfalt religiöser Erfahrung*. Von William James.«

»Und ich habe noch etliche andere«, erklärte Mustapha Mond und nahm wieder Platz. »Eine ganze Sammlung alter pornographischer Schriften. Gott im Tresor und Ford im Regal.« Er deutete lachend auf seine offizielle Bibliothek: die Bücherregale, die Fächer voller Lesemaschinenspulen und Soundtrackrollen.

»Wenn Sie von Gott wissen, warum sagen Sie es ihnen nicht?«, empörte sich der Wilde. »Warum lassen Sie sie diese Bücher über Gott nicht lesen?«

»Aus demselben Grund, aus dem wir ihnen *Othello* vorenthalten: Es sind alte Bücher, sie behandeln den Gott von vor Hunderten von Jahren. Nicht unseren heutigen Gott.«

»Aber Gott ist unwandelbar.«

»Der Mensch leider nicht.«

»Was spielt das für eine Rolle?«

»Eine ganz entscheidende«, sagte Mustapha Mond. Er stand erneut auf und trat an den Tresor. »Es gab einmal einen Mann namens Kardinal Newman«, begann er. »Ein Kardinal«, schob er zur Erläuterung ein, »war eine Art Erzkollektivsänger.«

»›Ich, Pandulph, Kardinal des schönen Mailand.‹ Ich habe bei Shakespeare davon gelesen.«

»Aber ja, Verzeihung. Nun, es gab, wie gesagt, einen gewissen Kardinal Newman. Und das hier ist sein Werk.« Er holte es hervor. »Ach, nehmen Sie doch auch dieses, wenn wir schon dabei sind. Geschrieben von einem Mann mit dem Namen Maine de Biran. Der war Philosoph, wenn Sie wissen, was damit gemeint war.«

»Einer, dessen Schulweisheit sich weniger Ding' träumt, als es im Himmel und auf Erden gibt«, antwortete der Wilde prompt.

»Ganz recht. Gleich will ich Ihnen mal von einem ›Ding‹ vorlesen, das die Schulweisheit Maine de Birans sich *sehr wohl* träumte. Aber hören Sie erst einmal, was der alte Erzkollektivsänger sagte.« Er schlug das Buch an einer Stelle auf, in die ein Zettel eingelegt worden war, und las: »Wir gehören uns selbst so wenig, wie unser Besitz uns gehört. Wir haben uns nicht erschaffen, wir können nicht über uns stehen. Wir sind nicht unsere eigenen Herren. Wir gehören Gott. Liegt nicht in dieser Betrachtungsweise unser Glück?

Wäre es denn ein Glück, ein Trost, uns als unser *eigen* zu betrachten? Die Jungen und Erfolgreichen mögen es meinen. Sie mögen es für etwas Großes halten, vermeintlich in allem ihren Willen zu haben, auf niemanden zählen zu müssen, an nichts denken zu müssen, was außerhalb ihres Blickfelds liegt, ohne die Last des dauernden Bekenntnisses, des dauernden Gebets, der dauernden Rücksicht in ihrem Tun auf den Willen der anderen. Doch mit der Zeit stellen sie, wie jedermann, fest, dass Unabhängigkeit nicht für sie geschaffen ist, dass sie ein unnatürlicher Zustand ist – zeitweilig angehen mag, uns aber nicht sicher bis zum Ende führt …« Mustapha Mond machte eine Pause, legte das erste Buch nieder, nahm das andere zur Hand, blätterte. »Oder nehmen Sie das hier«, sagte er, und wieder ertönte seine tiefe Stimme: »Man wird alt, man spürt in sich jene grundlegende Schwäche, Lustlosigkeit und Mühsal, die das fortschreitende Alter begleiten, und indem man sie spürt, wähnt man sich lediglich krank, wiegt sich in der Gewissheit, dass dieser beunruhigende Zustand einer bestimmten Ursache geschuldet sei, von der man, wie von einer Unpässlichkeit, zu genesen hofft. Eitle Hoffnung! Diese Krankheit heißt Alter, und sie ist ein schlimmes Gebrechen. Man sagt, dass die Angst vor dem Tod und dem, was danach kommt, die Menschen mit vermehrten Jahren dem Glauben zuführt. Doch meine eigene Erfahrung lehrt mich, dass sich mit zunehmendem Alter der Glaube ganz unabhängig von solchen Schrecknissen oder Bangigkeiten einstellt, sich einstellt, weil unser Verstand, je mehr die Leidenschaften erkalten, je unaufgeregter Phantasie und Empfindungen, desto weniger in seinem Wirken gestört, weniger vernebelt wird von Bildern, Begierden und Zerstreuungen, die ihn einst so sehr eingenommen haben, woraufhin Gott wie aus Wolken hervortritt; unsere Seele spürt es, sieht es und wendet sich der Quelle allen Lichts zu, wendet sich ihr ganz natürlich und unausweichlich zu, denn jetzt, da alles, was der Welt der Sinne Lebensfülle und Reiz verlieh, uns entgleitet, jetzt, da unser Erleben der Phänomene nicht mehr von inneren oder äußeren Eindrücken gespeist wird, empfinden wir das Bedürfnis, uns auf etwas zu stützen, das währt, etwas, das uns nie im Stich lassen wird – eine wirkliche, eine absolute und ewigwährende Wahrheit. Ja, wir wenden uns unausweichlich Gott zu, denn der Glaube ist seiner Natur nach so rein, der Seele, die ihn erfährt, so förderlich, dass es uns für alle übrigen Einbußen entschädigt.« Mustapha Mond klappte das Buch zu und lehnte sich in seinen Sessel zurück. »Eines der unzähligen Dinge im Himmel und auf Erden, deren sich die Schulweisheit nicht träumte, war dies (er wedelte mit der Hand): wir, die moderne Welt. Von Gott kann man nur unabhängig sein, solange einem Jugend und Prosperität sicher sind, heißt es, Unabhängigkeit führe uns nicht sicher bis zum Ende. Nun, heute sind uns Jugendlichkeit und Prosperität bis ganz ans Ende sicher. Was folgt daraus? Offenbar kommen wir ohne Gott aus. Der Glaube entschädige uns für ›alle übrigen Einbußen‹. Aber es gibt bei uns keine Einbußen, für die man entschädigen müsste, der Glaube ist überflüssig geworden. Weshalb sollten wir einen Ersatz für jugendliche Begierden suchen, wenn jugendliche Begierden nicht vergehen? Einen Ersatz für Zerstreuungen, wenn wir die ganzen Albernheiten bis an unser Ende genießen können? Was brauchen wir Ruhe, wenn Kopf und Körper weiter nach Aktivität verlangen? Trost, wenn es doch Soma gibt? Ewigwährendes, wenn es doch die soziale Ordnung gibt?«

»Dann glauben Sie nicht, dass es einen Gott gibt?«

»Im Gegenteil, ich halte es für durchaus wahrscheinlich.«

»Aber wieso wollen Sie dann –«

Mustapha Mond unterbrach ihn. »Doch zeigt er sich unterschiedlichen Menschen in unterschiedlicher Gestalt. In vormodernen Zeiten zeigte er sich als das Wesen, das in diesen Büchern beschrieben wird. Heute …«

»In welcher Gestalt zeigt er sich heute?«, fragte der Wilde begierig.

»Heute zeigt er sich als Abwesenheit, so, als wäre er gar nicht da.«

»Daran sind Sie schuld.«

»Sagen wir, daran ist die Zivilisation schuld. Gott verträgt sich nicht mit den Maschinen, der modernen Medizin und mit universellem Glück. Man muss sich entscheiden. Unsere Zivilisation hat sich für Maschinen, Medizin und Glück entschieden. Deshalb muss ich diese Bücher im Tresor aufbewahren. Sie sind anstößig. Die Menschen wären schockiert, wenn …«

Der Wilde schnitt ihm das Wort ab: »Aber ist es nicht ganz *natürlich*, an die Existenz eines Gottes zu glauben?«

»Ebenso gut könnten Sie fragen, ob es nicht ganz natürlich sei, Hosen mit Reißverschlüssen zu schließen«, bemerkte der Controller sarkastisch. »Sie erinnern mich an einen der anderen alten Knaben, an Bradley. Der definiert Philosophie als Suche nach den falschen Gründen für das, was man instinktiv glaubt. Als glaubte man überhaupt irgendetwas instinktiv! Man glaubt etwas, weil man dazu konditioniert wurde, es zu glauben. Die falschen Gründe für das zu suchen, was man aus anderen falschen Gründen glaubt – das ist Philosophie. Die Menschen glauben an Gott, weil sie dazu konditioniert wurden, an Gott zu glauben.«

»Trotzdem«, widersprach der Wilde hartnäckig. »Es ist ganz natürlich, an Gott zu glauben, wenn man allein ist – ganz allein, nachts, und an den Tod denkt …«

»Nur *sind* die Menschen heutzutage nie allein«, gab Mustapha Mond zu bedenken. »Wir bringen sie dazu, das Alleinsein zu hassen, und wir organisieren ihre Leben so, dass ihnen das Alleinsein fast unmöglich ist.«

Der Wilde nickte betrübt. In Malpais hatte er gelitten, weil er vom Gemeinschaftsleben des Dorfs ausgeschlossen war, im zivilisierten London litt er, weil er solchen Aktivitäten nicht entkommen, nie einen stillen Moment für sich haben konnte.

»Erinnern Sie sich an diese Passage in *König Lear*?« fragte der Wilde schließlich: »›Die Götter sind gerecht: aus unsern Lüsten erschaffen sie das Werkzeug, uns zu geißeln. Der dunkle, sünd'ge Ort, wo er dich zeugte, bracht' ihn um seine Augen‹, worauf Edmund – Sie erinnern sich, er ist verwundet, er liegt im Sterben – antwortet: ›Wahr, o wahr! – Ganz schlug das Rad den Kreis, ich unterliege.‹ Was ist denn damit? Steckt dahinter nicht ein Gott, der die Dinge richtet, der bestraft und belohnt?«

»Was meinen *Sie*?«, lautete die Gegenfrage des Controllers. »Mit einem Freemartin können Sie dem Laster frönen, ohne Gefahr zu laufen, die Augen vom Sohn Ihrer Mätresse ausgestochen zu bekommen. ›Ganz schlug das Rad den Kreis, ich unterliege.‹ Nun, wo wäre Edmund heute? Säße in einem pneumatischen Sessel, den Arm um die Taille eines Mädchens, mampfte sein Sexhormonkaugummi und verfolgte einen Fühlfilm. ›Die Götter sind gerecht.‹ Zweifellos. Aber ihr Gesetzeskodex wird letzten Endes von jenen Menschen diktiert, die die Gesellschaft ordnen. Stichwortgeber des Schicksals sind Menschen.«

»Sind Sie sich sicher?«, meinte der Wilde. »Sind Sie sich wirklich so sicher, dass Ihr Edmund in dem pneumatischen Sessel nicht ebenso schwer gestraft wäre wie der Edmund, der am Boden verblutet? Die Götter sind gerecht. Haben sie seine Laster nicht zum Mittel seiner Herabsetzung gemacht?«

»Von welcher Position aber herabgesetzt? Als glücklicher, fleißig arbeitender, Güter konsumierender Zeitgenosse wäre er ohne Fehl und Tadel. Wenn man natürlich andere Maßstäbe anlegt als die unseren, dann könnte man vielleicht von einer Herabsetzung sprechen. Aber Sie müssen dann schon bei einem Satz Postulate bleiben. Man kann E-Magneto-Golf nicht nach den Regeln von Zentrifugen-Ballyhoo spielen.«

»›Doch nicht des Einzeln Willkür gibt den Wert, er hat Gehalt und Würdigkeit sowohl in eigentümlich innrer Kostbarkeit als in dem Schätzer.‹«

»Aber, aber«, tadelte Mustapha Mond, »das geht jetzt ein bisschen zu weit, finden Sie nicht?«

»Wenn ihr euch erlauben würdet, an Gott zu denken, müsstet ihr keine Herabsetzung durch Laster erfahren. Ihr hättet einen Grund, gelassen zu dulden, mutig zu handeln. Ich habe es bei den Indianern gesehen.«

»Das glaube ich Ihnen gern«, sagte Mustapha Mond. »Nur sind wir eben keine Indianer. Es besteht für einen zivilisierten Mann keine Veranlassung, echte Unannehmlichkeiten zu erdulden. Und was das Handeln angeht – Ford bewahre, dass er sich derlei überhaupt in den Kopf setzen sollte. Es würde die gesamte soziale Ordnung durcheinanderbringen, wenn die Menschen eigenständig handeln wollten.«

»Und wie steht es mit Entsagung? Wenn ihr einen Gott hättet, gäbe es Grund zur Entsagung.«

»Aber eine Industriezivilisation ist nur möglich, wenn es keine Entsagung gibt. Genusssucht bis an die Grenzen der Hygiene und Wirtschaftskraft. Sonst steht das Räderwerk still.«

»Ihr hättet Grund zur Keuschheit!«, sagte der Wilde und errötete leicht bei dem Wort.

»Doch Keuschheit bedeutet Leidenschaft, Keuschheit bedeutet Neurasthenie. Und Leidenschaft und Neurasthenie bedeuten Instabilität. Und Instabilität bedeutet das Ende der Zivilisation. Man erreicht ohne all diese Laster keine Zivilisation von Bestand.«

»Aber Gott ist der Grund für alles, was edel und fein und heldenhaft ist. Wenn ihr einen Gott hättet …«

»Mein lieber junger Freund«, sprach Mustapha

Mond, »die Zivilisation hat keine Verwendung für Edelmut und Heldentum. Dergleichen sind Symptome politischer Ineffizienz. In einer gut organisierten Gesellschaft wie der unsrigen bleibt niemandem Gelegenheit zu Edelmut oder Heroismus. Erst wenn durchweg instabile Verhältnisse herrschen, bietet sich eine solche Gelegenheit. Wo Krieg herrscht, wo es geteilte Loyalitäten gibt, wo es gilt, Versuchungen zu widerstehen, um eine Liebe zu kämpfen oder sie zu verteidigen – da ergeben Edelmut und Heroismus Sinn, das liegt auf der Hand. Doch gibt es heute keine Kriege mehr. Es wird alles getan, die Menschen daran zu hindern, eine einzige Person zu sehr zu lieben. Es gibt keine geteilten Loyalitäten, man wird so konditioniert, dass man gar nicht anders kann als zu tun, was man tun soll. Und was man tun soll, ist im Ganzen so angenehm, spricht so viele der natürlichen Impulse an, dass es wirklich keinerlei Versuchung gibt, der man widerstehen müsste. Und sollte einem durch unglückliche Umstände doch einmal Unerfreuliches widerfahren, nun, dann gibt es immer noch unser Soma, das einem einen Urlaub von der Realität gewährt. Es gibt immer Soma, das einem den Ärger nimmt, mit Feinden versöhnt, geduldig und langmütig macht. Früher war das nur durch größte Anstrengungen und nach Jahren harten moralischen Drills zu bewerkstelligen. Heute schluckt man zwei bis drei Halbgrammtabletten, und fertig! Heute kann jeder tugendhaft sein. Weil er mindestens die halbe Moral in einer Flasche mit sich herumtragen kann. Soma, das ist Christentum ohne Tränen.«

»Aber man braucht die Tränen. Erinnern Sie sich doch nur an die Worte Othellos: ›Wenn jedem Sturm so heitre Stille folgt, dann blast, Orkane, bis den Tod ihr weckt!‹ Es gibt eine Geschichte, die einer der Alten im Dorf uns oft erzählte, von der Maid von Mátsaki. Alle jungen Männer, die sie zur Frau wollten, mussten einen Morgen lang auf ihrem Maisfeld hacken. Das klingt einfach, aber es gab Fliegen und Mücken, und zwar verzauberte. Die meisten Freier hielten die Stiche auf Dauer nicht aus. Der aber, der standhielt, der gewann die Maid.«

»Wie hübsch! In zivilisierten Ländern allerdings«, sagte der Controller, »kann man Mädchen ohne Feldarbeit haben, und es gibt weder Fliegen noch Mücken, die stechen. Die haben wir vor Jahrhunderten abgeschafft.«

Der Wilde nickte mit finsterer Miene. »Abgeschafft. Ja, das sieht euch ähnlich. Alles abschaffen, was unangenehm ist, statt zu lernen, es zu erdulden. Ob's edler im Gemüt, die Pfeil und Schleudern des wütenden Geschicks erdulden, oder, sich waffnend gegen eine See von Plagen, durch Widerstand sie enden … Ihr aber tut weder das eine noch das andere. Erduldet weder noch leistet ihr Widerstand. Ihr schafft bloß Pfeil und Schleudern ab. Das ist zu einfach.«

Er verstummte, er dachte an seine Mutter. In ihrem Zimmer im siebenunddreißigsten Stock hatte Linda sich auf einem Meer singender Lichter und parfümierter Liebkosungen treiben lassen – forttreiben aus Raum und Zeit, aus dem Gefängnis ihrer Erinnerungen, ihrer Gewohnheiten, ihres gealterten, unförmigen Körpers. Und Tomakin, Ex-DCK, der immer noch auf Urlaub war – Urlaub von Demütigung und Schmerz, in einer Welt, wo er die bösen Bemerkungen, das Hohnlachen nicht hörte, das ekelhafte Gesicht nicht sah, die welken, verschwitzten Arme um seinen Hals nicht spürte, in einer schönen Welt …

»Was ihr braucht«, fuhr der Wilde schließlich fort, »ist zur Abwechslung etwas *mit* Tränen. Hier kostet einfach nichts genug.«

(»Zwölfeinhalb Millionen Dollar«, hatte Henry Foster sich empört, als der Wilde zu ihm dasselbe gesagt hatte. »Volle zwölfeinhalb Millionen Dollar hat das neue Konditionierungscenter gekostet.«)

»›Und gibt sein sterblich und verletzbar Teil dem Glück, dem Tode, den Gefahren preis für eine Nussschal'‹; ist da nicht etwas dran?«, fragte er und blickte zu Mustapha Mond hoch. »Ganz abgesehen von Gott, obwohl natürlich Gott ein Beweggrund wäre. ›Gefährlich leben‹ – ist da nicht etwas dran?«

»Eine ganze Menge«, stimmte der Controller zu. »In der Tat brauchen Männer und Frauen dann und wann einen Adrenalinschub.«

»Bitte?«, meinte der Wilde verständnislos.

»Eine der Voraussetzungen vollkommener Gesundheit. Deshalb haben wir die HLS-Behandlung zur Pflicht erhoben.«

»HLS?«

»Heißleidenschaftssubstitution. Einmal im Monat. Wir fluten den Kreislauf mit Adrenalin. Dem physiologischen Äquivalent von Angst und Aggression. Die tonische Wirkung kommt dem Mord an Desdemona beziehungsweise der Ermordung durch Othello gleich – ohne die Unannehmlichkeiten.«

»Aber ich mag die Unannehmlichkeiten.«

»Wir nicht«, entgegnete der Controller. »Wir richten die Dinge lieber komfortabel ein.«

»Ich will aber keinen Komfort. Ich will Gott, ich will Dichtung, ich will reale Gefahren, ich will Freiheit, ich will Güte. Ich will Sünde.«

»Kurzum«, bemerkte Mustapha Mond, »Sie fordern das Recht, unglücklich zu sein.«

»Also gut«, bejahte der Wilde trotzig, »dann fordere ich eben das Recht, unglücklich zu sein.«

»Ganz zu schweigen von dem Recht, zu altern, hässlich und impotent zu werden, dem Recht auf Syphilis und Krebs, dem Recht, zu wenig zu essen zu haben, dem Recht, verlaust zu sein, dem Recht, in ständiger Angst vor dem zu leben, was morgen wird, dem Recht auf Typhus, dem Recht, unaussprechliche Schmerzen aller Art zu erleiden.«

Es herrschte lange Schweigen.

»Ja, ich fordere diese Rechte, alle«, sagte der Wilde schließlich.

Mustapha Mond zuckte mit den Schultern. »Wie Sie wollen«, sagte er.

Kapitel XVIII

Die Tür war nur angelehnt; sie gingen hinein.

»John!«

Aus dem Bad kamen unverkennbare und unerfreuliche Geräusche.

»Ist alles in Ordnung?«, rief Helmholtz.

Er bekam keine Antwort. Die unerfreulichen Geräusche wiederholten sich noch ein-, zweimal, dann: nichts mehr. Kurz darauf ging die Badezimmertür mit einem Klicken auf, und es erschien, sehr blass, der Wilde.

»Nanu!«, rief Helmholtz mitfühlend. »Du siehst aber *gar* nicht gut aus, John!«

»Hast du dir den Magen verdorben?«, fragte Bernard.

Der Wilde nickte. »An der Zivilisation.«

»Bitte?«

»Sie hat mich vergiftet. Ich war verunreinigt. Und dann«, fügte er in gedämpfter Ton hinzu, »lag mir noch meine eigene Schlechtigkeit im Magen.«

»Ja, aber was …? Du hast doch eben …«

»Jetzt bin ich gereinigt«, sagte der Wilde. »Ich habe etwas Senfmehl mit warmem Wasser getrunken.«

Die anderen starrten ihn ungläubig an. »Du willst sagen, du hast das eben absichtlich getan?«, fragte Bernard.

»So reinigen sich die Indianer.« Er setzte sich und rieb sich mit einem Seufzer die Stirn. »Ich muss mich einen Augenblick ausruhen«, sagte er. »Ich bin etwas müde.«

»Das wundert mich nicht«, sagte Helmholtz und fügte nach einer Pause in verändertem Ton hinzu: »Wir sind gekommen, um uns zu verabschieden. Morgen früh geht es los.«

»Ja, morgen geht's los«, bekräftigte Bernard, aus dessen Gesichtszügen der Wilde eine neue, entschlossene Resignation herauszulesen meinte. »Übrigens, John«, ergänzte er, beugte sich in seinem Sessel vor und legte dem Wilden eine Hand aufs Knie, »wollte ich mich für das, was gestern passiert ist, bei dir entschuldigen.« Er errötete. »Ich schäme mich so …«, er machte trotz seiner brüchigen Stimme tapfer weiter, »ich schäme mich ganz …«

Der Wilde winkte ab, ergriff seine Hand und drückte sie herzlich.

»Helmholtz war großartig«, nahm Bernard seine Beichte nach einer kurzen Pause wieder auf. »Wäre er nicht gewesen …«

»Aber, aber«, protestierte Helmholtz.

Schweigen senkte sich über die drei. Bei aller Wehmut – oder dank ihrer, denn die Wehmut war ja Ausdruck ihrer Zuneigung zueinander – waren die drei jungen Männer froh.

»Ich war heute Morgen beim Controller«, sagte der Wilde schließlich.

»Wozu?«

»Um ihn zu bitten, mich mit euch auf die Inseln zu schicken.«

»Und was hat er gesagt?«, fragte Helmholtz hoffnungsvoll.

Der Wilde schüttelte den Kopf. »Er lässt mich nicht gehen.«

»Warum nicht?«

»Er meint, er würde das Experiment gern noch fortsetzen. Aber ich will verdammt sein«, setzte der Wilde aufbrausend hinzu, »verdammt will ich sein, wenn ich weiter mit mir experimentieren lasse. Da können alle Controller der Welt kommen. Auch ich werde morgen fortgehen.«

»Aber wohin?«, fragten die anderen unisono.

Der Wilde zuckte mit den Achseln. »Wohin auch immer. Das ist mir ganz gleich. Hauptsache, ich kann allein sein.«

Von Guildford folgte der Hin-Korridor dem Weytal bis Godalming, verlief dann über Milford und Witley nach Haslemere und von dort via Petersfield Richtung Portsmouth. Fast parallel dazu berührte der Rück-Korridor Worplesden, Tongham, Puttenham, Elstead und Grayshott. Zwischen dem Hog's Back und Hindhead gab es Abschnitte, wo die beiden Schneisen kaum mehr als sechs, sieben Kilometer trennten. Dieser Abstand hatte sich für sorglose Flieger als zu gering erwiesen – besonders bei Nacht und einem Halbgramm zu viel. Es hatte Unfälle gegeben. Schwere. Also hatte man den Rück-Korridor ein paar Kilometer weiter nach Westen verlegt. Zwischen Grayshott und Tongham war die alte Portsmouth-London-Verbindung noch an vier aufgelassenen Leuchtfeuertürmen zu erkennen. Über ihnen spannte sich ein stiller und verlassener Himmel. Jetzt war es der Luftraum über Selborne, Borden und Farnham, durch den schnarrende, sirrende Helis schossen.

Der Wilde hatte den alten Leuchtfeuerturm auf einem Hügelkamm zwischen Puttenham und Elstead zu seiner Einsiedelei erkoren. Er war aus Stahlbeton und in hervorragendem Zustand – fast zu komfortabel, hatte der Wilde bei seiner ersten Ortserkundung gefunden, fast zu zivilisiert luxuriös. Sein Gewissen hatte er damit beruhigt, dass er sich kompensatorisch umso härtere Selbstdisziplin, umso gründlichere Läuterung aufzuerlegen schwor. Seine erste Nacht in der Einsiedelei wurde dann auch, bewusst, eine schlaflose. Er verbrachte sie auf Knien betend, mal zu jenem Himmel, den der schuldige Claudius um Vergebung angefleht hatte, mal auf Zuñi zu Awonawilona, mal zu Jesus und Pookong, mal zu seinem Schutztier, dem Adler. Von Zeit zu Zeit breitete er die Arme aus, als hinge er am Kreuz, und hielt sie wie an den Querbalken genagelt freiwillig endlose bleierne Minuten hoch, bis die Last sich zu unerträglich zitternder Pein steigerte, während er mit zusammengebissenen Zähnen (und schweißüberströmtem Gesicht) in einem fort wiederholte: »Vergib mir! Mache mich rein! Hilf mir, gut zu sein!«, wieder und wieder, bis er vor Schmerz fast ohnmächtig wurde.

Bei Tagesanbruch glaubte er, sich das Recht verdient zu haben, den Leuchtturm zu beziehen, verdient, ja, *obwohl* die meisten Fenster noch heil waren, *obwohl* der Ausblick von der Plattform so herrlich war. Denn genau das, was ihn bewogen hatte, den Leuchtturm zu wählen, war fast umgehend zum Grund geworden weiterzuziehen. Er hatte ja gerade wegen der herrlichen Aussicht dort leben wollen, gerade weil er von der Warte aus die Inkarnation eines höheren Wesens zu schauen meinte: Nur welches Recht hatte er, sich vom täglichen, stündlichen Anblick der Herrlichkeit verwöhnen zu lassen? Welches Recht hatte er, im Angesicht Gottes zu leben? Er verdiente allenfalls einen schmutzigen Koben, ein blindes Erdloch. Steif und wund nach seiner langen Schmerzensnacht und doch gerade deshalb mit sich im Reinen, stieg er auf die Plattform seines Turms hinauf und überblickte die helle Welt des Sonnenaufgangs, die zu bewohnen er das Recht nun wiedererlangt hatte. Im Norden endete sie am langen Kalkrücken des Hog's Back, an dessen östlichem Rand die Türme der sieben Wolkenkratzer sich erhoben, die den Ort Guildford ausmachten. Bei ihrem Anblick verfinsterte sich die Miene des Wilden, aber er sollte sich bald mit ihnen anfreunden, denn nachts funkelten sie munter vor geometrischen Konstellationen oder zeigten, angestrahlt, mit schimmernden Fingern (ein Fingerzeig, den niemand außer dem Wilden in England noch verstand) feierlich ins tiefe Mysterium des Himmels.

Im Tal, das den Hog's Back von dem Sandhügel trennte, auf dem sein Leuchtturm stand, lag die bescheidene kleine, neunstöckige Ortschaft Puttenham mit Silos, einer Geflügelfarm und einem kleinen Vitamin-D-Werk. An der rückwärtigen Seite des Leuchtturms fiel das Land im Süden in sanften Heideausläufern zu einer Reihe von Teichen ab.

Jenseits, hinter den ansteigenden Wäldern erhob sich der vierzehngeschossige Turm von Elstead. Im englischen Dunst zogen Hindhead und Selborne schließlich den Blick in eine noch größere, blau-romantische Ferne. Doch nicht nur die Fernsicht hatte den Wilden zu seinem Leuchtturm hingezogen; so verlockend wie die Ferne war das Nahe. Die Wälder, die mit Heidekraut und gelbem Ginster überzogenen Flure, die Kiefernstände, die schimmernden Teiche mit ihren überhängenden Birken, ihren Seerosen, ihren Schilfbuchten – sie waren herrlich und für das an die Kargheit der amerikanischen Wüste gewohnte Auge staunenswert. Und dann die Abgeschiedenheit! Ganze Tage vergingen, ohne dass er ein einziges menschliches Wesen zu Gesicht bekam. Der Leuchtturm lag zwar nur fünfzehn Flugminuten vom Charing-T-Turm entfernt, aber verlassener als diese Heide in Surrey waren selbst die Schluchten von Malpais kaum gewesen. Die Massen, die täglich aus London hinausstrebten, taten es nur, um E-Magneto-Golf oder Tennis zu spielen. In Puttenham gab es keine Plätze, die nächsten Riemannflächen erst bei Guildford. Blumen und Landschaft waren hier die einzigen Attraktionen. Und genau deshalb, weil es an guten Gründen fehlte, hierher zu kommen, kam niemand. Die ersten Tage verlebte der Wilde allein und ungestört.

Das Handgeld, das John bei seiner Ankunft in der Zivilisation für persönliche Ausgaben erhalten hatte, hatte er nun größtenteils in seine Ausrüstung gesteckt. Ehe er von London aufgebrochen war, hatte er vier Viskosewolldecken gekauft, Seil und Bindfaden, Nägel, Leim, ein paar Werkzeuge, Streichhölzer (obwohl er baldmöglichst einen Feuerquirl herstellen wollte), ein paar Töpfe und Pfannen, zwei Dutzend Samenpäckchen und zehn Kilo Weizenmehl. ›Nein, nicht synthetische Stärke und Baumwoll-Linters-

Mehlsurrogat‹, hatte er insistiert. ›Auch wenn es mehr Nährstoffe enthält.‹ Aber bei Panglandulärzwieback und vitaminisiertem Rindfleischsurrogat hatte er den Überredungskünsten des Verkäufers nicht widerstehen können. Als er die Konserven nun musterte, geißelte er sich für seine Schwäche. Widerliches Zivilisationszeug! Er schwor sich, diese Vorräte nie anzurühren, selbst, wenn er am Verhungern wäre. ›Das wird ihnen eine Lektion sein‹, dachte er rachlüstern. Es würde auch ihm eine Lektion sein.

Er zählte sein Geld. Das bisschen, das ihm noch blieb, würde hoffentlich genügen, um über den Winter zu kommen. Im Frühjahr dann würde sein Garten genügend hervorbringen, um ihn von der äußeren Welt unabhängig zu machen. Und bis dahin gab es schließlich noch Wild. Er hatte viele Hasen gesehen und an den Teichen Wasservögel. Er machte sich sofort daran, Pfeil und Bogen herzustellen.

Unweit des Leuchtturms wuchsen Eschen, und es gab ein Gehölz wunderbar gerader Haselnusstriebe für die Pfeilschäfte. Er fällte zunächst eine junge Esche, sägte sechs Fuß ohne Äste vom Stamm, schälte ihn und schabte dann Schicht um Schicht das helle Holz ab, wie Mitsima es ihn gelehrt hatte, bis er einen Stecken von exakt seiner eigenen Körperlänge hatte, steif in der verdickten Mitte, biegsam und federnd an den schlanken Enden. Die Arbeit machte ihm große Freude. Nach den langen Wochen der Untätigkeit in

London, wo es nichts zu tun gegeben hatte, als mal einen Schalter oder Hebel zu betätigen, wenn er etwas brauchte, war es ein Hochgenuss, sich etwas vorzunehmen, was sein ganzes Können, seine ganze Geduld erforderte.

Er war fast mit dem Schnitzen fertig, als er mit Schrecken bemerkte, dass er sang – *sang*! Das war so, als hätte er sich, von außen über sich stolpernd, auf frischer Tat ertappt, eines Vergehens überführt. Er wurde schamrot. Er war schließlich nicht zum Singen hergekommen, nicht zum Vergnügen. Sondern um der weiteren Verunreinigung durch den Schmutz zivilisierten Lebens zu entkommen, um der Läuterung und Besserung, um der tätigen Wiedergutmachung willen. Mit Entsetzen wurde ihm bewusst, dass er, versunken ins Bogenschnitzen, vergessen hatte, was immer zu bedenken er sich geschworen hatte – die arme Linda und seine eigene mörderische Lieblosigkeit gegen sie, die widerwärtigen Zwillinge, die wie Läuse über das Mysterium ihres Todes gekrochen waren und durch ihre Gegenwart nicht nur seinen Kummer und seine Reue, sondern die Götter selbst beleidigt hatten. Er hatte sich geschworen, das alles in Erinnerung zu behalten, hatte geschworen, es unablässig zu büßen. Und da saß er hier fröhlich an seinem Bogenholz und sang, *sang* …

Er lief in den Turm, öffnete die Dose Senfmehl und setzte einen Kessel Wasser ins Feuer.

Eine halbe Stunde später waren drei Delta-Minus, Landwirtschaftskräfte einer der Bokanowski-Gruppen aus Puttenham, zufällig unterwegs nach Elstead und sahen zu ihrer Verwunderung oben auf dem Hügel vor dem aufgelassenen Leuchtfeuerturm einen jungen Mann mit entblößtem Oberkörper sich selbst mit einer Knotenpeitsche schlagen. Quer über seinen Rücken liefen rote Striemen, und von einem Wulst zum anderen rann in dünnen Fäden das Blut. Der Fahrer des Lasters hielt am Straßenrand und bestaunte wie seine beiden Gefährten das ungewöhnliche Schauspiel mit offenem Mund. Eins, zwei, drei – sie zählten die Hiebe. Nach dem achten unterbrach der junge Mann seine Selbstkasteiung, stürzte an den Waldrand und erbrach sich heftig. Als das überstanden war, nahm er die Peitsche erneut zur Hand und schlug weiter auf sich ein. Neun, zehn, elf, zwölf …

»Gütiger Ford!«, flüsterte der Fahrer. Das fanden seine Zwillinge auch.

»Ofordoford!«, meinten sie.

Drei Tage später trafen wie Truthahngeier, die Aas umflattern, die Reporter ein.

Der über einem schwelenden Feuer aus grünem Holz getrocknete und gehärtete Bogen war bereit. Nun fertigte der Wilde die Pfeile an. Dreißig Haselnusstriebe waren zugespitzt und gedörrt, in die Schäfte waren scharfe Nägel getrieben. Er hatte nachts einen Raubzug zur Geflügelfarm von Puttenham unternommen und genug Federn für ein ganzes Arsenal. Und eben bei der Befederung seiner Pfeilschäfte traf ihn der erste der Reporter an. Lautlos hatte er sich auf seinen pneumatischen Sohlen nähern können.

»Guten Morgen, Mr Savage«, sagte er. »Ich komme vom *Hourly Radio.*«

Wie von der Schlange gebissen sprang der Wilde auf die Füße; Pfeile, Federn, Leimtopf und Pinsel flogen in alle vier Himmelsrichtungen.

»Oh, tut mir schrecklich leid«, entschuldigte sich der Reporter aufrichtig zerknirscht. »Ich wollte Sie doch nicht …« – er tippte an seinen Zylinder, die Aluminium-Angströhre, in der sein drahtloser Funkempfänger und -sender untergebracht waren. »Verzeihen Sie, wenn ich den nicht absetze«, meinte er. »Er ist etwas schwer. Nun, ich komme, wie gesagt, vom *Hourly …*«

»Was wollen Sie?«, herrschte ihn der Wilde mit finsterer Miene an. Der Reporter bedachte ihn mit seinem gewinnendsten Lächeln.

»Tja, unsere Leser interessieren sich natürlich brennend …« – er legte den Kopf auf die Seite, und sein Lächeln wurde geradezu kokett. »Nur ein paar Worte, Mr Savage.« Und in Windeseile hatte er mit wenigen ritualisierten Handgriffen zwei Drähte entrollt und an die tragbare Batterie angeschlossen, die an seiner Taille hing, sie simultan links und rechts in seinen Aluminiumzylinder gestöpselt, einen Federverschluss an der Krone berührt, so dass Antennen ausgefahren wurden; einen weiteren am Rand der Krempe, aus der daraufhin wie ein Springteufel das Mikrophon schoss und sechs Zoll vor seiner Nase wippte; sich Kopfhörer über die Ohren geklappt, einen Schalter an der linken Hutseite gedrückt, so dass von drinnen ein leises, wespisches Brummen ertönte; auf der rechten Hutseite an einem Regler gedreht, bis das Brummen in stetoskopisches Ächzen und Knacken, in Schluckauf und unvermittelte Quietschtöne überging. »Hallo«, sprach er ins Mikrophon, »hallo, hallo …« In seinem Zylinder bimmelte es. »Bist du das, Edzel? Hier spricht Primo Mellon. Ja, ich habe ihn. Mr Savage wird jetzt ein paar Worte ins Mikrophon sprechen. Nicht wahr, Mr Savage?« Er blickte mit einem neuerlichen gewinnenden Lächeln zum Wilden hoch. »Erzählen Sie unseren Lesern doch einmal, warum Sie hergekommen sind. Weshalb Sie London (bleib dran, Edzel!) so überstürzt verlassen haben. Und dann gibt es da natürlich noch die Frage nach der Peitsche.« (Der Wilde schrak zusammen. Woher wussten sie von seiner Geißel?) »Wir sind alle ganz wild drauf, von der Peitsche zu hören. Und vielleicht etwas zur Zivilisation. Sie wissen schon, frei nach dem Motto: Was ich von zivilisierten Mädchen halte. Nur ein paar Worte, ein ganz paar nur …«

Der Wilde kam der Aufforderung auf beunruhigend wörtliche Weise nach. Fünf nämlich äußerte er und nicht mehr – fünf Worte; es waren die gleichen, die er zu Bernard über den Erzkollektivsänger von Canterbury gesagt hatte: »*Háni! Sons éso tse-ná!*« Dann packte er den Reporter an der Schulter, wirbelte ihn herum (der Kerl erwies sich als aufreizend gut gepolstert), zielte und versetzte ihm mit der Kraft und Treffsicherheit eines Fuß-und-Maulballchampions einen ganz gewaltigen Tritt.

Acht Minuten später war auf den Straßen Londons eine neue Ausgabe des *Hourly Radio* zu kaufen: DER WILDE WÜTET – HOURLY-RADIO-REPORTER KRIEGT TRITT IN COCCYX lautete die Schlagzeile. BEGEGNUNG IN SURREY BLEIBT NICHT OHNE FOLGEN.

›Folgen selbst in London‹, sagte sich der Reporter, als er bei seiner Rückkehr die Formulierung las. Und zwar schmerzhafte. Grimassierend ließ er sich zum Lunch nieder.

Von dem verprellten Kollegen und seinem misshandelten Coccyx ließen sich vier weitere Reporter, nämlich die der *New York Times*, des Frankfurter *Vierdimensionalen Kontinuums*, des *Fordian Science Monitor* und des *Delta Mirror*, nicht abschrecken, sondern sprachen noch am selben Nachmittag am Leuchtfeuerturm vor und wurden mit wachsender Gewaltbereitschaft empfangen.

Seine Hinterbacken reibend rief der Mann vom *Fordian Science Monitor* aus sicherer Entfernung: »Umnachteter Irrer! Warum nimmst du nicht einfach ein paar Gramm Soma?«

»Verschwinde!« Der Wilde schüttelte die Faust.

Der Mann trat den Rückzug an, kehrte aber nach ein paar Schritten wieder um. »Nach ein paar Gramm wird das Böse irreal.«

»*Kohakwa iyathtokyai!*« Der Ton war bedenklich höhnisch.

»Und Schmerz zur Selbsttäuschung.«

»Ach ja?«, meinte der Wilde, packte eine kräftige Haselnussrute und machte einen Schritt auf ihn zu.

Der Mann vom *Fordian Science Monitor* rettete sich in seinen Helikopter.

Danach ließ man den Wilden eine Zeitlang in Ruhe. Ein paar Helis kamen und schwirrten neugierig um den Leuchtfeuerturm. Der Wilde schoss auf den zu dessen Pech ihm am nächsten kreisenden einen Pfeil ab. Er durchdrang den Aluminiumboden der Kabine; es gab einen spitzen Schrei, und die Maschine schoss mit der größten Beschleunigung, die sein Turbolader hergab, in die Höhe. Die anderen hielten daraufhin ehrfürchtig Abstand. Ihr lästiges Sirren nicht weiter beachtend (denn er sah sich als einen der selbst angesichts des geflügelten Ungeziefers unbeeindruckten Freier der Maid von Mátsaki), grub der Wilde an dem, was sein Garten werden sollte.

Schließlich wurde dem Ungeziefer offenbar langweilig, denn es schwirrte ab; ganze Stunden am Stück blieb der Himmel über seinem Kopf leer und bis auf die Lerchen still.

Es herrschte atemberaubend heißes Wetter, Gewitter lag in der Luft. Der Wilde hatte den ganzen Morgen gegraben und ruhte sich nun drinnen auf dem Boden hingestreckt aus. Und da stand ihm plötzlich lebhaft und nackt das Bild Leninas vor Augen, die ›wie süß‹ sagte und ›Drück mich!‹ – unbekleidet bis auf Strümpfe und Schuhe, parfümiert. Schamlose Metze! Aber ach, ach, die Arme, die seinen Hals umschlangen, ihre schwellenden Brüste, ihr Mund! In unserm Mund und Blick war Ewigkeit. Lenina … Nein, nein, nein, nein! Er sprang auf und stürzte, halbnackt wie er war, aus dem Turm. Am Rand der Heide wuchs ein stacheliges Wacholdergebüsch. Er warf sich hinein, er umfing nicht den samtenen Körper seiner Begierde, sondern einen Armvoll grüner Nadeln. Tausendfach stachen ihn die harten Spitzen. Er versuchte, an die arme Linda zu denken, atemlos stumm, mit ihren ins Leere greifenden Händen und dem unaussprechlichen Grauen im Blick. Arme Linda, an die immer zu denken er sich geschworen hatte. Und dennoch verfolgte ihn das Bild Leninas. Lenina, die er zu vergessen geschworen hatte. Noch inmitten der bohrenden, brennenden Wacholdernadeln war sich sein gepeinigter Leib ihrer bewusst, war sie unentrinnbar real. ›Süß, wie süß … Und wenn du mich auch wolltest, wieso …‹

Die Geißel hing zum Einsatz gegen einfallende Reporter griffbereit hinter der Tür an einem Nagel. In seiner Raserei stürmte der Wilde zum Turm zurück, packte und schwang sie. Die Knotenriemen schnitten ihm ins Fleisch.

»Metze! Metze!«, brüllte er mit jedem Hieb, als peitschte er Lenina (und wie verzweifelt wünschte er sich das, ohne es zu wissen, dass es so wäre!), die weiße, warme, parfümierte, liederliche Lenina. »Metze!« Dann wieder, im Ton abgrundtiefer Verzweiflung: »Linda, verzeih mir. Gott, vergib mir. Ich bin schlecht. Ich bin verderbt, ich bin … Nein, nein, Metze, Metze!«

Von seinem sorgsam errichteten Hochsitz im Wald dreihundert Meter weiter weg wurde Darwin Bonaparte, der erfahrenste Großwildfotograf der Fühlorama-Corp Zeuge des ganzen Vorgangs. Geduld und Können wurden belohnt. Drei Tage hatte er im Stamm einer Kunsteiche verbracht, war drei Nächte lang auf dem Bauch durch die Heide gekrochen, um in Ginstersträuchern Mikrophone zu verstecken und Kabel im weichen grauen Sand zu vergraben. Zweiundsiebzig Stunden profunden Ungemachs. Doch jetzt war der große Augenblick gekommen – der größte vielmehr, hatte Darwin Bonaparte reichlich Zeit zu überlegen, während er zwischen seinen Instrumenten umherging, der größte, seit er seinen berühmten voll-orgelnden stereoskopischen Fühlfilm einer Gorillahochzeit gedreht hatte. ›Ausgezeichnet‹, sagte er sich, als der Wilde mit seinem Spektakel begann. ›Ausgezeichnet!‹ Er richtete seine teleskopischen Kameras sorgfältig aus, hielt unerbittlich drauf, fing jede Bewegung seines Darstellers ein, wählte eine längere Brennweite, um das frenetische, verzerrte Gesicht (vorzüglich!) ganz nah heranzuholen, schaltete eine halbe Minute auf Zeitlupe (das gäbe einen wunderbar komischen Effekt, freute er sich), lauschte zwischenzeitlich den Peitschenhieben, dem Stöhnen, dem wilden, rasenden Redestrom, der auf der Lichttonspur am Rande des Films festgehalten wurde, experimentierte ein wenig mit Verstärkern (ja, viel besser), war begeistert, als er in einer vorübergehenden Leidenspause den schrillen Gesang einer Lerche vernahm, wünschte sich, der Wilde würde sich umdrehen, damit er eine gute Halbnahe des Bluts auf seinem Rücken bekäme – was der entgegenkommende Bursche prompt tat (was für ein unverschämtes Glück!) und ihm so eine perfekte Detailaufnahme bescherte.

›Das war doch großartig!‹, sagte er sich, als alles vorbei war. ›Wirklich einmalig!‹ Er wischte sich den Schweiß aus dem Gesicht. Wenn sie im Studio noch die Fühleffekte drauflegten, hätte er einen phantastischen Film. Fast so gut, dachte Darwin Bonaparte, wie *Das Liebesleben des Pottwals*, und das wollte, bei Ford, etwas heißen!

Zwölf Tage später lief *Der Wilde im Weytal* in allen erstklassigen Fühlpalästen Westeuropas an.

Darwin Bonapartes Film zeigte sofortige und gewaltige Wirkung. Am Nachmittag nach dem Abend der Fühlpremiere wurde Johns ländliche Einsiedelei plötzlich von einer ganzen Heli-Flottille am Himmel belagert.

Er grub in seinem Garten – grub ebenso in seinen Geist, wendete mühsam den Stoff seiner Gedanken. Tod: Er trieb seinen Spaten tiefer und tiefer und tiefer. Und alle unsre Gestern führten Narr'n den Pfad des staub'gen Tods. Überzeugender Donner grollte in den Worten. Er hob einen weiteren Spaten voll Erde. Warum war Linda gestorben? Warum hatte man ihr erlaubt, langsam weniger als nur-menschlich zu werden, bis sie … Ihn schauderte. Eine Gottheit, die Aas küsst. Er stieg auf die Einstechkante des Spatens und trieb ihn in den harten Erdboden. Was Fliegen sind den müß'gen Knaben, das sind wir den Göttern; sie töten uns zum Spaß. Abermals Donner: Worte, die sich für wahr erklärten – wahrer noch als die Wahrheit selbst. Und doch hatte eben derselbe Gloster sie ewig güt'ge Götter genannt. Überhaupt: Dein bestes Ruh'n ist Schlaf, den rufst du oft, und zitterst vor dem Tod, der doch nichts weiter. Nichts weiter als Schlaf. Schlafen! Vielleicht auch träumen! Der Spaten stieß gegen einen Stein, er bückte sich, um ihn aufzuheben. Was in dem Schlaf für Träume kommen mögen …

Ein Summen über ihm wurde zum Brüllen; plötzlich stand er im Schatten, schob sich etwas zwischen ihn und die Sonne. Er sah erstaunt von der Grabarbeit, von seinen Gedanken hoch, er sah in benommener Verwirrung hoch, in Gedanken noch in jener anderen, wahrer als wahren Welt wandelnd, noch ganz bei der Unermesslichkeit von Tod und Gott, sah hoch und erblickte, dicht über sich, den Schwarm schwebender Maschinen. Wie Heuschrecken zogen sie auf, hingen in der Luft, sanken rings um ihn her ins Heidekraut. Und aus den Bäuchen der gigantischen Schrecken stiegen Männer in weißem Viskoseflanell, Frauen (denn es war heiß) in Acetat-Schantungpluderhosen oder Cordsamtshorts und ärmellosen Hemdchen mit halb geöffneten Reißverschlüssen – aus jedem ein Paar. Innerhalb weniger Minuten waren es Dutzende, sie bildeten um den Leuchtfeuerturm einen lockeren Ring, glotzten, lachten, ließen Kameras klicken, warfen ihm (wie einem Affen) Erdnüsse, Sexhormonkaugummipäckchen, panglanduläre Kekse zu. Und von Minute zu Minute – denn über dem Hog's Back riss der Luftverkehrsstrom nicht mehr ab – wurden es mehr. Aus Dutzenden wurden Mengen, aus Mengen Hekatomben.

Der Wilde hatte sich in den Schutz des Turms zurückgezogen und stand wie ein in die Enge getriebenes Tier mit dem Rücken zur Stahlbetonwand; mit starrem Blick und wie von Sinnen musterte er ein Gesicht ums andere.

Aus dieser Starre fand er erst durch den Treffer zu größerem Realitätssinn zurück, den ein gut gezieltes Päckchen Kaugummi auf seinem Jochbein landete. Ein erstaunlich schmerzhafter Ruck, und er war hellwach, wach und rabiat wütend.

»Hinfort!«, brüllte er.

Der Affe hatte gesprochen, es gab Gelächter und Applaus. »Hoch lebe Savage! Hurra, hurra!« Und inmitten des Aufruhrs hörte er die Rufe: »Die Peitsche, die Peitsche, die Peitsche!«

Auf dieses Stichwort hin riss er seine Geißel von dem Nagel hinter der Tür und drohte seinen Peinigern rüttelnd damit.

Man feuerte ihn mit ironischen Zurufen an.

Er rückte gegen sie vor. Eine Frau schrie auf. Am unmittelbar gefährdeten Punkt wankten die Reihen, schlossen sich wieder, hielten stand. Das Wissen um ihre erdrückende Übermacht verlieh den Schaulustigen eine Courage, die ihnen der Wilde nicht zugetraut hatte. Er stutzte, sein Blick ging in die Runde.

»Warum könnt ihr mich nicht in Ruhe lassen?« Sein Zorn hatte einen fast flehenden Unterton.

»Wie wär's mit ein paar Magnesiumsulfatmandeln?«, schlug ein Mann vor, der bei einem weiteren

Vorrücken gewiss das erste Ziel des Wilden wäre. Er hielt ihm ein Päckchen hin. »Sie sind wirklich gut, wissen Sie«, fügte er mit einem bange entgegenkommenden Lächeln hinzu. »Magnesiumsalz hält jung.«

Der Wilde ignorierte das Angebot. »Was wollt ihr von mir?«, fragte er ein feixendes Gesicht nach dem anderen. »Was wollt ihr von mir?«

»Die Peitsche«, brabbelten hundert Stimmen durcheinander. »Zeig uns den Peitschentrick. Wir wollen den Peitschentrick.«

Am Ende der Reihe begann eine Fraktion in schwerfälligem Takt zu skandieren: »Zeig – uns – die – Peit – sche! Zeig – uns – die – Peit – sche!«

Andere griffen den Ruf auf, der nun papageienhaft wiederholt wurde, immer wieder und immer lauter, bis etwa nach der siebten oder achten Wiederholung kein anderes Wort mehr fiel. »Zeig – uns – die – Peit – sche!«

Alle riefen es im Chor, und von Lärm, Einstimmigkeit und einem Gefühl rhythmischer Versöhnung berauscht, hätten sie wohl Stunden – fast endlos – so weitermachen können. Doch bei der fünfundzwanzigsten Wiederholung gab es eine rüde Unterbrechung. Ein weiterer Helikopter tauchte hinter dem Hog's Back auf, verharrte einen Augenblick schwerelos über der Menge und sank dann wenige Meter vom Wilden auf den freien Streifen zwischen Schaulustigen und Leuchtfeuerturm herab. Das Brausen der Rotoren übertönte kurzzeitig die skandierte Parole, bis die Maschine landete und der Motor abwürgt wurde. »Zeig – uns – die – Peit – sche, zeig – uns – die – Peit – sche!« brandete nun der monoton drängende Ruf wieder auf.

Die Helikopterluke ging auf, und es stiegen als Erster ein rotbackiger junger Mann und dann, in grünen Cordsamtshorts und weißem Hemd, eine junge Frau mit einem Käppi auf dem Kopf aus.

Bei ihrem Anblick erstarrte der Wilde, wurde bleich und wich einen Schritt zurück.

Die junge Frau blieb stehen und lächelte – ein unsicheres, flehendes, fast demütiges Lächeln. Der Moment verflog. Sie bewegte die Lippen, sie sagte etwas, doch ihre Stimme ging im lauten Skandieren der Schaulustigen unter.

»Zeig – uns – die – Peit – sche! Zeig – uns – die – Peit – sche!«

Die junge Frau griff sich mit beiden Händen links an die Brust, und auf ihrem pfirsichhellen, puppenhübschen Gesicht zeichnete sich ein seltsam gemischter Ausdruck sehnsuchtsvoller Not ab. Ihre blauen Augen schienen größer zu werden, leuchtender, und plötzlich kullerten ihr zwei Tränen über die Wangen. Unhörbar sprach sie erneut, dann streckte sie dem Wilden mit leidenschaftlich ergriffener Gebärde die Arme entgegen und machte einen Schritt auf ihn zu.

»Zeig – uns – die – Peit – sche! Zeig – uns –«

Da plötzlich bekamen sie ihren Willen.

»Metze!« Wie besessen rannte der Wilde auf sie zu. »Iltis!« Wie besessen drosch er mit seiner vielstriemigen Geißel auf sie ein.

Panisch warf sie sich herum, wollte fliehen, stolperte und stürzte ins Heidekraut. »Henry, Henry!«, schrie sie. Doch ihr rotbackiger Begleiter hatte sich hinter dem Helikopter in Sicherheit gebracht.

Juchzend und johlend wankten die Reihen der Schaulustigen, in Keilformation schwärmte eine Schar auf das magische Zentrum des Geschehens zu. Schmerz war furchterregendes Faszinosum.

»Siede, Lüderlichkeit, siede!« Rasend schwang der Wilde seine Geißel.

Gierig umringten sie ihn, schubsten und scharrten wie Schweine am Trog.

»Oh, das Fleisch!« Der Wilde mahlte mit den Zähnen. Jetzt traf die Geißel seine eigenen Schultern. »Töte es, töte es!«

Unwiderstehlich angezogen vom faszinierenden Schrecken des Schmerzes und innerlich getrieben von genormtem Kooperationswillen und dem Wunsch nach Einmütigkeit und Versöhnung, die ihnen ihre Konditionierung so unausrottbar eingeimpft hatte, begannen alle die Raserei seiner Bewegungen nachzuahmen, hieben aufeinander ein, wie der Wilde auf sein eigenes rebellisches Fleisch einhieb und auf die rundliche Verkörperung der Verderbtheit, die sich zu seinen Füßen im Heidekraut wand.

»Töte es, töte es, töte es!«, brüllte der Wilde unentwegt.

Dann plötzlich stimmte irgend jemand Ringel, Ringel, Orgie an, und bald fielen alle ein, sie sangen, sie tanzten. Ringel, Ringel, Orgie im Kreis herum und herum, im Sechsachteltakt aufeinander einschlagend. Ringel, Ringel, Orgie …

Nach Mitternacht erst hoben die letzten Helis wieder ab. Somatrunken und erschöpft nach der Dauerekstase der Sinne schlief der Wilde im Heidekraut tief und fest. Die Sonne stand bereits hoch am Himmel, als er erwachte. Einen Augenblick lag er verständnislos blinzelnd im Licht, dann plötzlich fiel ihm alles wieder ein – alles.

»O Gott! O Gott!« Er bedeckte die Augen mit der Hand.

Am Abend verdunkelte die Wolke der Helikopter, die über dem Hog's Back einschwebte, die Landschaft auf zehn Kilometern Länge. Die Beschreibung der gestrigen Versöhnungsorgie war in sämtlichen Zeitungen zu lesen gewesen.

»Savage!«, riefen die ersten Ankömmlinge, als sie aus ihrer Maschine stiegen. »Mr Savage!«

Keine Antwort.

Die Tür zum Leuchtfeuerturm war nur angelehnt.

Sie stießen sie auf und betraten das rolllädenverdunkelte Innere. Hinter dem Bogen am Ende des Raums konnten sie die Umrisse der Treppe ausmachen, die in die oberen Etagen hinaufführte. Knapp unterhalb des Bogenscheitels sahen sie ein Paar Füße baumeln.

»Mr Savage!«

Langsam, sehr langsam, ohne Hast, wie zwei Kompassnadeln drehten sich die Füße rechts herum: Nord, Nordost, Ost, Südost, Süd, Südsüdwest, hielten inne und schwangen erst nach mehreren Sekunden ohne Hast wieder links herum zurück. Südsüdwest, Südsüdost, Ost …

Vorwort des Autors

1946

Chronisches Bedauern ist nach einhelliger Meinung der Moralisten als Haltung überaus lästig. Wenn man sich schlecht benommen hat, soll man bereuen, möglichst versuchen, den Schaden wiedergutzumachen und Besserung geloben. Bloß nicht über die Missetat brüten. Im Staub zu kriechen wäscht nicht unbedingt rein.

Auch die Kunst hat ihre Moral, deren Grundsätze die gleichen sind wie die gängigen Gebote der Ethik oder ihnen zumindest vergleichbar. Bedauern ist im Hinblick auf misslungene Kunst so lästig wie bei schlechtem Benehmen. Das Misslungene muss identifiziert, anerkannt und in Zukunft möglichst vermieden werden. Über zwanzig Jahre alte Unzulänglichkeiten zu brüten, die Formfehler eines Werks zu eben der Perfektion zurechtflicken zu wollen, die es bei seiner Entstehung verfehlt hat, seine besten Jahre damit zu vergeuden, literarische Vergehen zu büßen, die jener Fremde begangen und vermacht hat, der man einst in seiner Jugend war – das alles ist verlorene Liebesmüh. Und deshalb ist diese neue *Schöne Neue Welt* die alte. Als literarisches Werk weist sie erhebliche Mängel auf, doch um sie zu beheben, müsste ich das Buch noch einmal schreiben – und als ältere und andere Person würde ich dabei vermutlich nicht nur einige Formfehler, sondern auch manchen Vorzug tilgen, den sie ursprünglich gehabt haben mag. Lieber also, als mich in künstlerischem Bedauern zu üben, lasse ich es gut – und schlecht – sein und wende mich anderem zu.

Nichtsdestotrotz lohnt es, zumindest auf den größten Lapsus meiner Geschichte einzugehen, nämlich diesen: dem Wilden werden nur zwei Möglichkeiten geboten – ein wahnhaftes Leben in Utopia oder das primitive des indianischen Dorfs, das zwar in manchem menschlicher ist, im Ganzen aber kaum weniger seltsam und anormal. Zur Zeit der Niederschrift fand ich gerade diese Vorstellung, dass dem Menschen der freie Wille gegeben sei, damit er zwischen Wahn und Umnachtung wählen könne, so amüsant wie wahrscheinlich. Allerdings werden dem Wilden um der Dramatik willen oft vernünftigere Äußerungen erlaubt, als es seine Prägung durch Anhänger eines Glaubens nahelegt, der halb Fruchtbarkeitskult, halb Penitenten-Fanatismus scheint. Selbst seine Kenntnis der Werke Shakespeares würde seine Äußerungen realiter nicht rechtfertigen. Und zuletzt wird er natürlich gezwungen, sich von der Vernunft zu verabschieden; der ihm anerzogene Penitentismus gewinnt die Oberhand, so dass dem Wilden am Schluss nur manische Selbstgeißelung und ein verzweifelter Freitod bleiben. »Und sie starben unglücklich bis an ihr Ende« – sehr zur Genugtuung des heiteren pyrrhonischen Ästheten, aus dessen Feder die Fabel stammte.

Heute liegt mir nichts an der Widerlegung jeder Aussicht auf Vernunft. Im Gegenteil; obwohl ich unverändert zu der traurigen Feststellung neige, dass Vernunft eher rar ist, halte ich sie doch für möglich und sähe durchaus gern mehr davon. Als ich das unlängst in mehreren Büchern betont und vor allem eine Sammlung dessen vorgelegt habe, was Vernünftige zur Vernunft und wie man sie erlangt gesagt haben, wurde mir von einem angesehenen Hochschulkritiker bescheinigt, der traurige Beweis für das Versagen der Intellektuellen in Krisenzeiten zu sein. Was wohl im Umkehrschluss besagt, dass der Professor und seine lieben Kollegen den komischen Erfolgsbeweis liefern. Den Wohltätern der Menschheit gebührt Anerkennung und ehrendes Gedenken. Lasst uns den Professoren ein Pantheon errichten. Es sollte in den Trümmern einer der ausgebombten Städte Europas oder Japans stehen, und über dem Portal zu diesem Beinhaus würde ich, sechs bis sieben Fuß hoch, die folgende schlichte Inschrift anbringen:

DEM ANDENKEN DER ERZIEHER DER WELT GEWEIHT. SI MONUMENTUM REQUIRIS CIRCUMSPICE.

Aber zurück zur Zukunft … Wollte ich das Buch heute noch einmal schreiben, würde ich dem Wilden einen dritten Weg bieten. Zwischen den Hörnern seines Dilemmas, dem utopischen und dem primitiven, läge die Chance zur Vernunft – und die Alternative wäre überdies von einer Gemeinschaft Exilierter und Flüchtlinge aus der *Schönen Neuen Welt* innerhalb der Grenzen des Reservats bereits in Grundzügen verwirklicht. Ökonomisch wäre ihre Gemeinschaft dezentral und an den Vorstellungen Henry Georges orientiert, politisch kropotkinesk und kooperativ. Wissenschaft und Technik würden so genutzt, als wären sie wie die Sabbatruhe für die Menschen gemacht und nicht (wie gegenwärtig und noch mehr in der *Schönen Neuen Welt*), als müssten diese ihnen angepasst und versklavt werden. Religion wäre die gezielte und intelligente Erforschung des Letzten Sinn und Zwecks menschlichen Daseins, die Uranfängliche Einheit und Immanenz des Tao beziehungsweise die Gesamtsicht des Logos, göttliche Transzendenz beziehungsweise Brahman. Und die herrschende Lebensphilosophie wäre eine Art Hochutilitarismus, der das Prinzip des Größten Glücks dem Prinzip des Letzten Sinn und Zwecks unterordnete, nach dem vordringlich in jeder Lebenslage so zu fragen und zu antworten wäre: »Wie wird dieser Gedanke, diese Tat den von mir und der größtmöglichen Zahl anderer zu erlangenden Letzten Sinn und Zweck fördern oder behindern?«

Unter Primitiven aufgewachsen, würde der Wilde (in dieser hypothetischen Neufassung des Buches) nicht nach Utopia verschleppt, ehe er Gelegenheit gehabt hätte, persönlich eine aus freiwillig kooperierenden Individuen konstituierte und auf Vernunft zielende Gesellschaft zu erleben. Diese revidierte *Schöne Neue Welt* wäre literarisch und (sofern es zulässig erscheint, ein so großes Wort auf ein fiktionales Werk anzuwenden) philosophisch in einer Weise rund, wie sie es in ihrer gegenwärtigen Form fraglos nicht ist.

Die *Schöne Neue Welt* ist ein Buch über die Zukunft, und ein Buch über die Zukunft interessiert uns jenseits von literarischen oder philosophischen Qualitäten nur dann, wenn seine Prognosen sich aller Voraussicht nach erfüllen *könnten*. Wie plausibel also erscheinen aus heutiger Warte, fünfzehn Jahre weiter abwärts auf der schiefen Bahn der Zeitgeschichte, die Voraussagen? Was ist in der schmerzlichen Zwischenzeit geschehen, was die Vorhersagen von 1931 bestätigt oder widerlegt?

Ein gewaltiges prognostisches Defizit drängt sich unmittelbar auf. Nirgends in der *Schönen Neuen Welt* wird die Kernspaltung erwähnt. Das überrascht, denn das Potential der Atomenergie war schon Jahre vor Erscheinen des Buchs Thema. Mein guter alter Freund Robert Nichols hatte dazu sogar ein erfolgreiches Bühnenstück verfasst, und ich selbst hatte sie, wenn ich mich recht entsinne, in den Zwanzigern in einem Roman am Rande erwähnt. Es überrascht daher, wie gesagt, dass die Raketen und Helikopter des siebten Jahrhunderts nach Unserem Ford nicht mittels Kernzerfall angetrieben worden sein sollten. Der Lapsus mag unverzeihlich sein, unerklärlich ist er nicht. Thema von *Schöne Neue Welt* ist nicht der wissenschaftliche Fortschritt an sich, sondern vielmehr wie sich dieser Fortschritt auf die Menschen auswirkt. Bahnbrechende Entwicklungen in den Bereichen Physik, Chemie und Engineering werden stillschweigend vorausgesetzt. An Neuerungen werden explizit bloß Erkenntnisse aus der angewandten Forschung in der Biologie, der Physiologie und der Psychologie beschrieben. Nur die Lebenswissenschaften können die Lebenswirklichkeit radikal verändern. Naturwissenschaften mögen in einer Weise Anwendung finden, die Leben zerstört oder das Leben enorm erschwert und unbequem macht; solange sie aber nicht zum Instrumentarium der Biologen und Psychologen werden, können sie die natürlichen Lebensformen und -phänomene nicht verändern. Die Entfesselung der Atomenergie markiert eine Zeitenwende in der Menschheitsgeschichte, doch nicht (vorausgesetzt, wir jagen uns nicht in die Luft und setzen somit der Geschichte ein Ende) die letzte und tiefgreifendste Wende.

Denn eine wahrhaft revolutionäre Revolution wird sich nicht in der materiellen Welt vollziehen können, sondern nur in den Seelen und Körpern der Menschen. Der Marquis de Sade berief sich, als Kind einer revolutionären Epoche, zur Rationalisierung seiner ganz eigenen Ausprägung von Wahn verständlicherweise auf die Revolutionstheorie. Robespierre hatte die oberflächlichste aller Revolutionen erreicht: die politische. Etwas tiefgreifender war dann Babeufs Versuch einer ökonomischen Revolution. Sade wiederum sah sich als Apostel der wahrhaft revolutionären Revolution, die über das nur Politische und Ökonomische hinausginge: die Revolution des Einzelnen: von Männern, Frauen und Kindern, deren Körper fortan sexueller Gemeinbesitz aller sein sollten und deren Geist von allem natürlichen Anstand, allen ihnen mühsam anzivilisierten Hemmnissen zu läutern wäre. Selbstverständlich besteht zwischen Sadismus und wahrhaft revolutionärer Revolution kein notwendiger oder zwingender Zusammenhang. Sade war ein Spinner, und das mehr oder minder bewusste Ziel seiner Revolution bestand in allgemeinem Chaos und universeller Zerstörung. Gesund kann man den herrschenden Geist in der *Schönen Neuen Welt* (im umfassenden Sinn) zwar nicht direkt nennen, geisteskrank aber sind die Controller nicht, und ihr Ziel lautet nicht Anarchie, sondern gesellschaftliche Stabilität. Um dieser Stabilität willen erzwingen sie mit wissenschaftlichen Methoden die wahrhaft revolutionäre, ultimative individuelle Revolution.

Gegenwärtig erleben wir lediglich die erste Phase der womöglich vorletzten Revolution. Die nächste könnte die der atomaren Kriege werden, und dann müssen wir uns mit Zukunftsprognosen sowieso nicht mehr aufhalten. Nicht auszuschließen ist aber, dass wir gerade noch so viel Vernunft aufbringen, den Waffengang zwar nicht komplett zu lassen, aber doch mit so kühlem Kopf vorzugehen wie unsere Vorfahren im achtzehnten Jahrhundert: Die unvorstellbaren Gräuel des Dreißigjährigen Krieges waren der Menschheit tatsächlich eine Lehre, und mehr als hundert Jahre lang widerstanden die Staatsoberhäupter und Generale Europas der Versuchung, ihre militärische Schlagkraft bis an die Vernichtungsgrenze zu nutzen beziehungsweise (in den meisten Konfliktfällen jedenfalls) bis zur vollkommenen Auslöschung des Gegners zu kämpfen. Es waren durchweg Aggressoren, gar keine Frage, geleitet von Ruhm- und Profitsucht, aber eben auch Konservative und als solche bestrebt, sich ihre Welt nach dem Grundsatz der Unternehmensfortführung zu erhalten. Seit nunmehr dreißig Jahren aber sind Konservative rar geworden, bei Rechten wie Linken geben Nationalradikale den Ton an. Der letzte konservative Staatsmann war Henry Petty-Fitz Maurice, 5th Marquess of Lansdowne, und als der in einem Leserbrief an die *Times* vorschlug, man solle den Ersten Weltkrieg durch einen Verhandlungsfrieden beenden, wie man das in der Mehrzahl der Kriege des achtzehnten Jahrhunderts getan hatte, weigerte sich der Herausgeber des ehemals konservativen Blatts, den Brief abzudrucken. Die Nationalradikalen setzten sich durch, die Folgen sind bekannt: Bolschewismus, Faschismus, Inflation, Depression, Hitler, der Zweite Weltkrieg, die Verwüstung Europas und fast weltweiter Hunger.

Angenommen also, wir ziehen aus Hiroshima in ähnlicher Weise eine Lehre wie unsere Vorfahren aus Magdeburg, dann sehen wir möglicherweise einer Epoche nicht des Friedens, aber immerhin begrenzter und nur teils ruinöser Kriege entgegen. In dieser Ära wird die Atomkraft für industrielle Zwecke nutzbar gemacht werden. Als Folge werden wir selbstredend mit einer Reihe ökonomischer und sozialer Umwälzungen von nie dagewesener Rasanz und Tragweite zu rechnen haben. Bestehende Muster menschlichen Daseins werden durchbrochen, neue im Lichte des unmenschlichen Faktums der Atomkraft improvisiert werden müssen. Der Nuklearforscher, ein Prokrustes im modernen Gewand, wird das Bett bereiten, in das die Menschheit sich wird legen müssen, und wenn die Menschheit nicht hineinpasst, nun –

Pech für sie, dann wird hier ein wenig gestreckt und dort etwas amputiert werden müssen, wie immer schon gestreckt und amputiert worden ist, seit die angewandte Wissenschaft ihren Siegeszug antrat, nur künftig um einiges rigoroser als früher. Diese alles andere als schmerzlosen Eingriffe werden von hochzentralisierten, totalitären Regierungen bestimmt werden. Unweigerlich, denn die nahe Zukunft dürfte sehr der jüngsten Vergangenheit ähneln, in der ein rasanter technischer Wandel der auf Massenproduktion angelegten Ökonomie bei überwiegend besitzloser Bevölkerung stets zu wirtschaftlichen und sozialen Turbulenzen geführt hat. Um solchen Turbulenzen zu begegnen, wurde Macht zentralisiert und die staatliche Kontrolle verstärkt. Sehr wahrscheinlich werden alle Regierungen der Welt lange vor einer umfassenden ökonomischen Nutzung der Atomenergie mehr oder minder totalitär sein; dass sie es während dieser und fortan sein werden, scheint nahezu gewiss. Nur eine breite, auf Dezentralisierung und Selbsthilfe drängende Bewegung kann den gegenwärtigen Trend zu mehr Staat aufhalten. Im Augenblick sind keinerlei Anzeichen für eine solche Bewegung erkennbar.

Natürlich muss der neue Totalitarismus nicht unbedingt dem alten gleichen. Das Regieren mit Knüppeln und Exekutionskommandos, mit künstlichen Hungersnöten, Massenverhaftungen und -deportationen ist nicht nur inhuman (das kümmert ja keinen mehr sonderlich), sondern erwiesenermaßen ineffizient – und im Zeitalter der Hochtechnologie ist Ineffizienz Sünde wider den Heiligen Geist. Der wahrhaft effiziente totalitäre Staat wäre der, in dem eine allmächtige Exekutive von Politbossen und ihr Heer von Managern eine Bevölkerung aus Sklaven kontrolliert, die man zu nichts zwingen muss, weil sie ihr Sklavendasein liebt. Sie dazu zu bringen, es zu lieben, ist in den heutigen totalitären Staaten die Aufgabe von Propagandaministerien, Zeitungsredakteuren und Lehrern. Nur sind deren Methoden noch primitiv und unwissenschaftlich. Die einstige vollmundige Behauptung der Jesuiten – »Gib mir dein Kind die ersten sieben Jahre, und es gehört mir ein Leben« – war reines Wunschdenken, und der moderne Pädagoge dürfte hinsichtlich der Konditionierung der Reflexe seiner Schüler eher noch weniger effizient sein, als es die guten Padres waren, die Voltaire unterrichteten. Nicht unternommene Schritte begründen die größten Propagandatriumphe, sondern unterlassene. Die Wahrheit ist groß, noch größer aber ist in der Praxis das Verschweigen der Wahrheit. Indem sie bestimmte Themen einfach unterschlagen, indem sie zwischen Bürgern und den von den lokalen Politbossen für unerwünscht erklärten Tatsachen oder Argumenten das herablassen, was Mr Churchill den »Eisernen Vorhang« nennt, haben die Propagandisten des Totalitarismus die öffentliche Meinung sehr viel wirkungsvoller beeinflusst, als sie es mit den wendigsten Diskreditierungskampagnen, den zwingendsten logischen Widerlegungen hätten tun können. Doch Verschweigen allein genügt nicht. Will man Verfolgung, Liquidationen und andere Symptome sozialer Reibung meiden, muss man positive Propaganda ebenso effektiv machen wie die negative. Die bedeutendsten »Manhattan Projects« der Zukunft werden breit angelegte, staatlich geförderte Studien dessen sein, was Politiker und Projektwissenschaftler die »Glücksfrage« nennen werden – mit anderen Worten die Frage, wie man Menschen dazu bringt, ihr Sklavendasein zu lieben. Liebe zum Sklavendasein wiederum ist nicht ohne ökonomische Sicherheit denkbar; ich gehe, kurz gesagt, davon aus, dass die allmächtige Exekutive und ihre Manager das Problem dauerhafter Sicherheit werden lösen können. Nur neigen die Menschen dazu, Sicherheit schon bald für selbstverständlich zu halten. Der erreichte Zustand bliebe damit eine oberflächliche, äußerliche Revolution. Die Liebe zum Sklavendasein wird sich daher in den Köpfen und Körpern der Menschen nur im Zuge einer tiefgreifenden inneren Revolution verankern lassen. Zu ihrer Verwirklichung werden wir unter anderem folgende Entdeckungen und Erfindungen benötigen: erstens deutlich verbesserte Suggestionstechniken – durch frühkindliche Konditionierung und den späteren Einsatz von Drogen wie Scopolamin; zweitens eine ausgereifte Wissenschaft menschlicher Unterschiede, damit Regierungsmanager jedem in der sozialen und ökonomischen Hierarchie seinen oder ihren Platz zuweisen können (wer Störfaktor ist, neigt zu gefährlichen Ansichten über das Gesellschaftssystem und dazu, andere mit seinen Ressentiments anzustecken); drittens (da die Realität, wie utopisch auch immer, etwas zu sein scheint, von dem die Menschen ziemlich häufig Urlaub zu benötigen glauben) einen Ersatz für Alkohol und andere Suchtgifte, etwas, was zugleich weniger schädlich und lustbringender ist als Gin oder Heroin; und viertens (aber das wäre eher ein Langzeitprojekt, das zu seinem erfolgreichen Abschluss mehrere Generationen totalitäre Kontrolle erforderte) idiotensichere eugenische Verfahren, deren Zweck die zuverlässige Standardisierung des Menschenprodukts und somit eine Erleichterung der Arbeit der Manager darstellt. In der *Schönen Neuen Welt* hat diese Standardisierung des Menschenprodukts phantastische, aber vielleicht nicht einmal unmögliche Ausmaße erreicht. Technisch und ideologisch sind wir noch weit von Flaschenbabys und den Bokanowski-Gruppen der Semi-Kretins entfernt. Aber wer weiß schon, was 600 n.F. sein wird? Von anderen Errungenschaften jener glücklicheren und stabileren Welt – neuen Ausprägungen von Soma und Hypnopädie oder einem technokratisch ausgetüftelten Kastensystems – trennen uns wahrscheinlich kaum mehr als drei oder vier Generationen. Auch die Promiskuität der *Schönen Neuen Welt* scheint nicht so entlegen. In manchen amerikanischen Städten werden heute bereits ebenso viele Ehen geschieden wie geschlossen. In wenigen Jahren wird man Eheerlaubnisse vermutlich verkaufen wie Hundemarken, mit einer Laufzeit von zwölf Monaten und ohne Klauseln gegen beliebigen Hundetausch oder Mehrhundebesitz. Je geringer die politische und ökonomische Freiheit, desto größer wird die kompensatorische Tendenz zu sexueller Freiheit sein. Und der jeweilige Diktator wird gut beraten sein, diese Freiheit zu fördern (wenn er nicht gerade Kanonenfutter braucht oder Familien zur Besiedlung menschenleeren oder eroberten Terrains). Sie wird ihm nämlich im Verbund mit der Freiheit zu Tagträumereien mittels Drogen, Kino und Radio helfen, seine Untertanen mit der Knechtschaft zu versöhnen, die ihnen beschieden ist.

Im Großen und Ganzen scheint uns Utopia also viel näher, als es irgendwer vor nur fünfzehn Jahren sich hätte denken können. Damals habe ich mein Utopia sechshundert Jahre voraus in der Zukunft angesiedelt. Heute könnte man meinen, der Horror holt uns womöglich bereits innerhalb der nächsten hundert Jahre ein. Vorausgesetzt natürlich, wir können es uns in der Zwischenzeit verkneifen, uns mitsamt unserem Planeten zu pulverisieren. Faktisch bleiben uns, wenn wir uns nicht zur Dezentralisierung und dazu durchringen können, die angewandten Wissenschaften nicht als Zweck und uns selbst als ihr Mittel zu betrachten, sondern umgekehrt Erstere als Mittel, die dem Zweck dienen, eine Menschheit freier Individuen zu schaffen, nur zwei Möglichkeiten: entweder eine Reihe nationalistischer, militarisierter totalitärer Regime, deren Fundament der Terror der Atombombe und Folge die Vernichtung der Zivilisation wäre (beziehungsweise, bei begrenzten Konflikten, die Perpetuierung des Militarismus), oder ein totalitäres, aus dem rasanten technologischen Fortschritt im Allgemeinen und der Atomrevolution im Besonderen erwachsenes supranationales Gebilde, das um der erforderlichen Effizienz und Stabilität willen die Gestalt der Wohlfahrts-Tyrannei von Utopia annähme. Wie man sich bettet, so liegt man.

Anmerkungen

Die Übersetzerin dankt Prof. Dr. Bernfried Nugel, Centre for Aldous Huxley Studies an der Westfälischen Wilhems-Universität Münster, für wertvolle Hinweise zu den erstellten Anmerkungen und Dr. Gerhard Wagner für aufmerksames Lesen.

3 *Schöne Neue Welt* – Der Originaltitel *Brave New World* ist in ironischer Absicht Shakespeares *The Tempest* entlehnt (*O, wonder! / How many goodly creatures are there here! / How beauteous mankind is! O brave new world, / That has such people in 't!*) – und war bzw. ist übersetzerisch ein Dilemma; andere Nationen, andere Klassiker: In der Übersetzung von Schlegel / Tieck ruft Miranda: »O Wunder! / Was gibt's für herrliche Geschöpfe hier! / Wie schön der Mensch ist! / Wackre neue Welt, / Die solche Bürger trägt!«. Die erste deutsche Übersetzung von *Brave New World* (Herberth E. Herlitschka) erschien 1932 in Leipzig im Insel Verlag. Der Titel des Romans bereitete Verlag und Übersetzer Kopfzerbrechen, wie die Korrespondenz zwischen Herlitschka und Anton Kippenberg belegt (s. Christa Jansohn: Titelprobleme in der anglistischen Literatur- und Übersetzungswissenschaft. In: Sprachkunst, Beiträge zur Literaturwissenschaft, 31 / 2000, S. 339– 355). Die Titelvorschläge des Ersteren – *Wackere neue Welt; Fort-*

schritt – wohin?; Welt am laufenden Band; Herrlich weit gebracht – stießen auf Ablehnung. Gegen den von Verlagsseite vorgeschlagenen Titel *Herrliche neue Welt* wiederum wehrte sich Herlitschka und plädierte für die Schlegel-Tieck-Fassung. Kippenberg entschied sich jedoch schließlich für *Welt – wohin?* Nach dem Krieg (im Dritten Reich gehörte *Welt – wohin?* ab 1938 zum »schädlichen und unerwünschten Schrifttum«) besann man sich auf den wieder als sehr aktuell empfundenen Roman und gab ihm nun den durch Schlegel / Tieck und die Mehrzahl aller vorliegenden Shakespeare-Übersetzungen sanktionierten Titel *Wackere neue Welt* (Steinberg, Zürich, 1950). Drei Jahre später wurde der Roman im Fischer-Verlag neu aufgelegt, und bei dieser Gelegenheit wurde der Titel nochmals geändert und erschien ab 1953 unter »dem von der Leitung gewählten« Titel *Schöne neue Welt* (Herlitschka in *Dreißig Jahre danach oder Wiedersehen mit der ›Wackeren neuen Welt‹*, München, Piper, 1960, S. 9), der zwar nicht dem Wortlaut der Schlegel / Tieck-Fassung entspricht, aber in anderen Versionen des *Sturms* – etwa von Adelbert Keller und Moritz Rapp (1854) – vorkam. 1978 veröffentlichte der Verlag Das Neue Berlin eine Neuübersetzung von Eva Walch, ebenfalls unter dem Titel *Schöne neue Welt*. (Im Unterschied zu Herlitschka verlegte Walch die Handlung nicht aus London weg und behielt, ebenfalls anders als dieser, die ursprünglichen Namen bei.) »Bemerkenswert scheint«, so Jansohn, »die Ausstrahlung dieses neuen Titels im deutschen Sprachraum, wo *Schöne neue Welt* selbst zu einem Zitat geworden ist, das eine Art Eigendynamik entwickelt und Anspielungen provoziert, die sich kaum auf Shakespeare, sondern in erster Linie auf Huxleys negative Utopie beziehen« (S. 355). Dem wird nun durch die konsequente Großschreibung der Adjektive im Titel Rechnung getragen.

Grundlage der vorliegenden Neuübersetzung ist die 2004er Vintage Ausgabe des 1932 bei Chatto & Windus verlegten Romans, die das von Huxley vorangestellte Zitat von Berdiajew nicht enthält. Zu geringfügigen Unterschieden zwischen der englischen und amerikanischen Fassung von *Brave New World* siehe Bernfried Nugel: »How Reliable Are the Current Huxley Texts?« in Aldous Huxley Annual Vol. 1 [2001], S. 211–225 und s. u. 314/13 *Henry Foster.*

7 *Nicolai Alexandrowitsch Berdiajew* – Das Zitat stammt aus dem Essay »La démocratie, le socialisme et la théocratie«, abgedruckt in *Un Nouveau Moyen Age* (Plon, Paris, 1927, S. 262–263), deutsch: »Demokratie, Sozialismus und Theokratie«, in *Das neue Mittelalter. Betrachtungen über das Schicksal Russlands und Europas.* Otto Reichl Verlag, Tübingen, 1950, Ü: Otto Reichl, Teil II, S. 121 f., wo es folgendermaßen lautet: »Aber es hat sich als viel leichter erwiesen, diese Utopien zu verwirklichen, als es früher den Anschein hatte. Und nun sieht man sich vor die andere quälende Frage gestellt: wie man um ihre restlose Verwirklichung herumkommen könnte. […] die Utopien sind realisierbar. […] Das Leben bewegt sich auf die Utopien zu, und vielleicht eröffnet sich für die Intelligenz und die Kulturschicht ein neues Jahrhundert des Sinnens und Träumens darüber, wie man die Utopien wohl vermeiden, wie man zum nichtutopischen, unvollkommeneren und freieren Staat zurückkehren könne.«

9 *Weltstaat* – Vom »Weltstaat« spricht auch Bertrand Russell in seiner Schrift *The Scientific Outlook* (London, George Allen & Unwin Ltd., 1931), die sich geradezu wie ein Bau-

plan zur *Schönen Neuen Welt* liest: In der Zukunft ist man gegen Kriege gesichert, eine Expertenklasse herrscht nach ökonomischen Erwägungen, implementiert eine entsprechende Erziehung und Propaganda, lehrt Treue zur Weltregierung, nutzt Eugenik, künstliche Befruchtung, die chemische und Thermalbehandlung des Embryos zur Sicherung der größtmöglichen Tauglichkeit für die jeweiligen Aufgaben der verschiedenen Klassen (manuellen Arbeitern erspart man das Nachdenken, man macht es ihnen so angenehm wie möglich, bietet ihnen leichte und triviale Unterhaltung, ersinnt neue Formen der Trunkenheit ohne unangenehme Nachwirkungen und neue Rauschgifte). Um Kinder kümmern sich in Säuglingsheimen und Kindergärten kollektiv Pflegerinnen und Lehrer; die »wissenschaftliche Gesellschaft« ist unvereinbar mit Wahrheitssuche, mit Liebe, mit Kunst; die Literaturen der Vergangenheit gelten als ungeeignet und beunruhigend – nur Geschichtsforscher mit Sondererlaubnis dürfen *Hamlet* und *Othello* studieren. (In Auszügen findet sich der Text in: *Die Wissenschaftliche Gesellschaft*. Von Lord Bertrand Russell. Aus dem Englischen übersetzt von Prof. Dr. Erwin Heinzel, SV-Schriftenreihe zur Förderung der Wissenschaft, 11. Jg., 1962/I.)

7 *Kollektivität, Identität, Stabilität* – böse satirische Verkehrung: Freiheit ist längst abgeschafft, Gleichheit und Brüderlichkeit erscheinen angesichts massenproduzierter Bokanowski-Zwillinge (s. S. 314/10) blanker Hohn

13 *auf Flaschen zog* – 1928 war es dem amerikanischen Tierarzt Gregory Pincus gelungen, Keimzellen im Reagenzglas zu befruchten und sie einem Tier erfolgreich wieder einzusetzen. Vorgeschichte: 1785 war dem Italiener Lazzaro Spallanzani die künstliche Befruchtung einer Hündin

durch Sameninjektion geglückt; 1799 wiederholte der englische Anatom John Hunter den Versuch am Menschen; 1878 konnte der Österreicher Samuel Schenk Eizellen isolieren und in einer Glasschale mit Sperma zusammenbringen. Doch erst 1937, also nach Erscheinen von *Brave New World*, gelang es, den Eisprung bei Frauen elektronisch zu überwachen, die Zellreifung medikamentös zu stimulieren, Sperma durch Tiefkühlung zu konservieren und – ab 1960 durch Robert Edwards Versuche mit Lösungen aus Traubenzucker, Kochsalz, Follikelflüssigkeit und anderen Ingredienzien – in einer Weise vorzubehandeln, dass sie die chemische Entkleidung durchliefen, ihre äußere Hülle abwarfen und in die Eizelle eindringen konnten. 1978 kam der erste in vitro gezeugte Mensch zur Welt; eine vollständige Ektogenese ist bisher nicht möglich.

13 *Bokanowski-Verfahren* – Die Namen der Figuren, Institutionen und Verfahren sind von Huxley mit viel satirischem Hintersinn gewählt und kombiniert. Entsprechende Ausführungen verdanken sich größtenteils den Vorarbeiten Jerome Meckiers (s. »Onomastic Satire: Names and Naming in Brave New World«, ders. [Hg.]: *Aldous Huxley: Modern Satirical Novelist of Ideas.* Human Potentialities Bd. 8, Berlin 2006, S. 185–225). Hier wurde z. B. das Bokanowski-Verfahren nach dem französischen Politiker Maurice Bokanowski (1879–1928), Minister für Handel, Industrie und Luftfahrt sowie enthusiastischem Verfechter der Rationalisierung benannt, der bei einem Flugzeugabsturz (sic!) ums Leben kam.

16 *Podsnap-Technik* – Mr Podsnap ist eine Figur aus Charles Dickens' Roman *Unser gemeinsamer Freund*: ein Philister und Chauvinist, der am Bestehenden und an der Routine festhält und keinerlei Abweichung duldet.

16 *Henry Foster* – nach 1. dem Gründer der Ford Motor Company Henry Ford (1863–1947), dessen Fertigungsmethoden sich als revolutionär erwiesen und der in Huxleys Weltstaat als Gott verehrt wird. Im Zuge der Überarbeitung des Manuskripts von *Brave New World* zwischen Mai und August 1931 fügte Huxley noch zahlreiche zusätzliche Anspielungen auf Ford ein, um seine Dystopie zu globalisieren, sprich zu »amerikanisieren«, denn es stehe zu befürchten, so hatte er bereits 1927 in seinem Beitrag »The Outlook for American Culture: Some Reflections in a Machine Age« für *Harper's Magazine* geschrieben, dass die Zukunft Amerikas sich als Zukunft der Welt erweisen würde; 2. dem mit dem Autor befreundeten Sir Michael Foster (1836–1907), Physiologe und Verfasser des Werks *The Elements of Embryology* (1874)

26 *Pilkington* – nach dem noch heute führenden Glashersteller, 1826 im mittelenglischen St. Helens gegründet, der seinen Erfolg der Einführung des Endlosverfahrens der Floatglas-Produktion verdankte und nicht unerheblich vom Aufschwung der Henry Ford Motor Company profitierte

28 *Lenina Crowne* – nach 1. dem russischen Revolutionär Wladimir Iljitsch Lenin (1870–1924) und 2. der »Foolish Maid« aus dem Stück »The Married Beau« des Dramatikers John Crowne (ca. 1640–1712)

26 *neopawlowsche Konditionierung* – nach dem russischen Physiologen und Nobelpreisträger Iwan Petrowitsch Pawlow (1849– 1928), der sich auf der Basis seiner Reflexforschung auch mit dem Lernen durch Konditionierung beschäftigte

34 *unter Strom setzen* – Ein solches Experiment schwebte dem Hauptbegründer des Behaviorismus, dem amerikanischen

Psychologen John Broadus Watson (1878–1958) offenbar tatsächlich vor. In seinem Hauptwerk heißt es: »Ich hoffe, einmal folgenden Versuch erproben zu können: Eine Tischplatte wird mit elektrischen Drähten in der Weise versehen, dass das Kind bestraft wird, wenn es nach Gläsern oder einer kostbaren Vase fasst; greift es hingegen nach seinen Spielsachen oder nach anderen Dingen, die es haben darf, so bekommt es keinen elektrischen Schlag. Mit anderen Worten: Ich möchte, dass die Gegenstände und Situationen des Lebens ihre eigenen negativen Reaktionen in sich tragen.« (J. B. Watson: *Der Behaviorismus.* Deutsche Verlagsanstalt, Stuttgart und Leipzig, 1930, S. 228 f. Ü: Emmy Giese-Lang)

34 *nicht scheiden* – nach Markus 10.9: »Was denn Gott zusammengefügt hat, soll der Mensch nicht scheiden.«

37 *Unser Ford* – siehe Anmerkung zu Henry Foster S. 314 / 13

37 *Reuben Rabinovitch* – nach 1. dem biblischen Ruben, erstem Sohn Jakobs, einem der Stammväter der Zwölf Stämme Israels, und 2. Emanuel Rabinovitch – auch Rudnitsky – dem bürgerlichen Namen des Künstlers Man Ray (1890–1976), mit dem Huxley bekannt war, dessen dadaistische Phase er jedoch nicht viel abgewinnen konnte (*drip, drop … they let fall their words and I am baffled* [in *On the Margin. Notes and Essays.* Chattus & Windus, 1923, S. 43 f.] – ähnlich ergeht es hier dem Unverstandenes nachplappernden Reuben)

38 *George Bernard Shaw* – Mit dem irischen Schriftsteller (1856– 1950), Bühnenautor und wichtigem Mitglied der Fabian Society war Huxley gut bekannt. Sie vertraten teils ähnliche kultur- und sozialkritische Positionen und interessierten sich beide für die zwischen den Kriegen breit diskutierten Möglichkeiten der angewandten Vererbungs-

lehre, der Eugenik. Damals sah Huxley, wie nicht wenige eher linksgerichtete Verfechter, in einer »Reform-Eugenik« durchaus eine Chance, vermeintlich degenerativen Tendenzen in der britischen Bevölkerungsentwicklung entgegenzuwirken und zur Gestaltung einer besseren Welt beizutragen. Es gibt eine Fülle von wissenschafts- und geistesgeschichtlichen Studien zur englischen Eugenik-Diskussion, doch speziell mit Huxleys Position und Rolle hat sich bisher niemand beschäftigt, so Joanne Woiak in ihrem interessanten Aufsatz »Designing a Brave New World: Eugenics, Politics, and Fiction« (The Public Historian, Vol. 29 No. 3 [Summer 2007], S. 105–129 [106, N. 3]); trotzdem ist bei der Betrachtung des sehr vielschichtigen Romans *Schöne Neue Welt* – als Gesellschaftssatire, Konsumkritik, biowissenschaftliche Horror-Vision, Kommentar zur Rolle von Forschung und Forschern, Reformutopie – seine keinesfalls nur ablehnende Haltung gegenüber der Eugenik (siehe z. B. seinen Aufsatz »A Note on Eugenics« in *Proper Studies*, Garden City, NY, Doubleday, Doran and Company, 1928, S. 329 ff.) mitzubedenken.

40 *im Schlaf beizubringen* – Seit etwa Mitte der 1920er Jahre bis heute führt die Schlafforschung Versuche zu Hirnaktivität und auch zum Lernen im Schlaf durch (Neurofeedback). Einen regelrechten Boom erlebte dieser Forschungszweig in den 60er Jahren (s. z. B. »Schule im Schlaf«, DIE ZEIT vom 16. 4. 1965: »Die neue Lehrmethode soll angeblich sehr erfolgreich sein, jedoch vorläufig nur für einfache und nicht für komplizierte Lernvorgänge. Die Hypno-Therapeutiker, wie sie sich nennen, behaupten, eine ganze Anzahl von Wissensgebieten im Schlafe lehren zu können. Auch psychologische Störungen und Charakterschwächen könnten durch das System geheilt werden.«).

44 *Einflüsterungen des Staats* – Schon in Huxleys Roman *Crome Yellow* aus dem Jahr 1921 (dt. *Eine Gesellschaft auf dem Lande*) skizziert eine der Figuren, der Zyniker Scogan, seine Version eines »rationalen Zukunftsstaats«, in dem es zu einer Trennung von Eros und Fortpflanzung kommt, endlose Reihen von Flaschen mit einer Lösung keimenden Lebens in gewaltigen staatlichen Brutkästen die Welt mit der erforderlichen Bevölkerung versorgen und die drei »Hauptarten« aus den führenden Männern der Intelligenz, den Männern des Glaubens und »der Herde« bestehen.

45 *Ballyhoo* – Bei Huxleys »bumble-puppy« handelt es sich um ein historisches, dem Bagatelle ähnelndes Spiel, dem man im Freien nachging und bei dem Murmeln oder Kugeln in Löcher befördert werden mussten; hierfür wurde der Name des frühen, 1931 von Raymond T. Moloney entwickelten Pinball-Automaten gewählt; laut Duden: marktschreierische Propaganda, Reklamerummel.

47 *Polly Trotzki* – verweist 1. auf den beliebten Namen für (nachplappernde) Papageien, 2. möglicherweise auf den Roman *Mr Polly steigt aus* (1910) des Schriftstellers und Science-Fiction-Pioniers Herbert George (H. G.) Wells (1866–1946), 3. auf den russischen Revolutionär, Politiker und marxistischen Theoretiker Lew/Leo Trotzki (1879–1940). Ursprünglich hieß die Figur bei Huxley Lenina Crown (ohne -e). (s. Anm. S. 315/23)

49 *Mustapha Mond* – Jerome Meckier zufolge nach 1. Mustafa Kemal (»Atatürk«; 1881–1938), dem ersten Präsidenten der befreiten Republik Türkei, 2. der Tragödie *Mustapha* des von Huxley geschätzten Dichter-Philosophen Sir Fulke Greville (1554–1628), 3. Alfred Moritz Mond, 1st Baron Melchett bzw. Sir Alfred Mond (1868–1927), dem

britischen Industriellen, Finanzier und Politiker – laut einer Bemerkung Huxleys »the single Henry Ford at the head of Western Europe« (Jerome Meckier [Hg.]: *Critical Essays on Aldous Huxley*, G. K. Hall, London, 1996, S. 92) –, der 1926 vier Unternehmen zur Imperial Chemicals Industries Ltd. fusionierte, einem der größten Konzerne der damaligen Zeit, und 4. dem französischen Wort *monde* (Welt)

49 *Bernard Marx* – nach 1. Claude Bernard (1817–1873), dem französischen Physiologen und Vater der experimentellen Medizin, möglicherweise 2. dem französischen Theologen und Mystiker St. Bernard de Clairvaux (1091–1153), 3. George Bernard Shaw (s. Anm. S. 315/32), 4. dem Nationalökonom, Philosophen und Sozialisten Karl Marx (1818–1883), Verfasser von *Zur Kritik der politischen Ökonomie* und *Das Kapital*

50 *Geschichte ist Humbug* – Äußerung Fords in einem Interview in der *Chicago Tribune* 25. 5. 1916 und ähnlich in der *New York Times* vom 29. 10. 1921 (»Wen interessiert es, wie oft die alten Griechen Drachen steigen ließen.«)

51 *Fühlorama* – Im Original findet sich hier der wunderbare, analog zu »talkies« (Tonfilm) gebildete Neologismus »feelies«; Huxley erlebte die »talkies« erstmals 1929 in Paris und zeigte sich alles andere als angetan von dieser »jüngsten und erschreckendsten geistsparenden Erfindung zur Herstellung standardisierter Unterhaltung« (»Silence is Golden: Being the Misanthropic Reflections of an English Novelist on First Hearing the Movies Talk«, *Vanity Fair*, July 1929, S. 72 ff., abgedruckt im Herbst desselben Jahres in der Essay-Sammlung *Do What You Will*).

53 *Fanny Crowne* – verweist 1. auf Fanny Brawne (1800–1865), Verlobte John Keats', möglicherweise 2.

Fanny Trollope (1780–1863), Mutter des Schriftstellers Anthony Trollope und selbst erfolgreiche Autorin, 3. Fanny Hill, Hauptfigur des gleichnamigen erotischen Romans von John Cleland (1709–1789)

55 *Dr. Wells* – nach dem Schriftstellerkollegen H. G. Wells, dessen Roman *Menschen, Göttern gleich* (*Men Like Gods*, 1923) Huxleys *Schöne Neue Welt* ursprünglich parodieren sollte (»all ends well that ends Wells«, *The Letters of Aldous Huxley*, ed. Grover Smith, London, Chattus & Windus, 1969, Nr. 92, S. 103), bis ihm die Sache, wie er feststellte, aus dem Ruder lief und er ganz in den Sog seiner eigenen Ideen geriet. Wells hatte bei Huxleys Großvater Thomas H. Huxley (»Darwin's bulldog«) studiert. Er gehörte wie Shaw und auch Huxley der Fabian Society an und war zeitweilig Verfechter der Eugenik.

56 *Unser Freud* – Huxley nahm gegenüber den aus seiner Sicht deterministischen Zügen der Ansätze Henry Fords, Iwan Petrowitsch Pawlows, John Broadus Watsons wie auch Sigmund Freuds, die einem entpersönlichten Bild des Menschen und Manipulationsmethoden wie in der *Schönen Neuen Welt* entgegenkamen, eine sehr kritische Haltung ein.

56 *gewissen Inseln* – Huxley kannte die Studien und Feldforschung der Anthropologen Bronisław Kasper Malinowski (*Argonauten des westlichen Pazifik*), Lucien Lévy-Brühl (*Das Denken der Naturvölker*) und Margaret Mead (*Kindheit und Jugend in Samoa*).

56 *in jeder der zwanzig palmbedeckten Hütten* – Ein solches System der »Patenschaften« ist wesentlicher Aspekt der Pala-Kultur in Huxleys »Gegenentwurf« zur *Schönen Neuen Welt*, der späten Utopie *Eiland* (*Island*, 1962).

63 *Bedürfnis und Befriedigung* – Die Gesellschaft funktioniert

nach Freuds »Lustprinzip«; im Weltstaat bleiben alle infantil; sie müssen keinerlei Frustrationen erdulden.

63 *flivver* – Im Englischen umgangssprachlich ein klappriges Automobil (besonders Fords Model T, die »Tin Lizzy«), aber auch ein von Henry Ford 1926 vorgestellter, als »Model T der Lüfte« konzipierter einsitziger, freitragender Tiefdecker, der Ford Flivver; das Projekt wurde 1928 nach dem tödlichen Absturz des mit Ford befreundeten Piloten eingestellt; der Stoßseufzer »Ford ist im Flivver, in Frieden die Welt« ist die Verballhornung einer Verszeile aus Robert Brownings Versepos *Pippa geht vorüber* (»Gott ist im Himmel, in Frieden die Welt«; Insel Verlag, Leipzig 1903. Ü: F. C. Gerden).

65 *Pfitzner und Kawaguchi* – Der deutsche Komponist Hans Erich Pfitzner (1869–1949) schuf um 1917 die Oper *Palestrina*, die das Spannungsverhältnis zwischen künstlerischer Autonomie einerseits und den Forderungen der Gesellschaft andererseits behandelt; Ekai Kawaguchi (1866–1945), buddhistischer Mönch, bereiste als erster Japaner Tibet und hielt seine Erfahrungen 1909 in dem Werk *Three Years in Tibet* fest.

72 *Malthus-Gürtel* – nach Thomas Robert Malthus (1766–1834), britischem Nationalökonom, dessen Thesen zur Überbevölkerung (*Essay on the Principle of Population*, 1798) und daraus abgeleitetes »Bevölkerungsgesetz« Eingang in Charles Darwins Evolutionstheorie fanden; Darwin kommt in der *Schönen Neuen Welt* ebenfalls zu Ehren (s. Anm. S. 335/289).

73 *neuen Zeitrechnung* – Der Ford Model T kam 1908 auf den Markt.

74 *Heute haben wir den Weltstaat* – Dem Anglisten Jerome Meckier zufolge (a. a. O S. 164) gleicht Huxleys Version

eines solchen seit der Antike durchdeklinierten utopischen Modells einem »multinationalen Konzern, dessen Religion im Zwangskonsum besteht« und dem mit Mustapha Mond ein Weltcontroller vorsteht, der »halb Diktator, halb CEO« ist.

75 *Soma* – In *Brave New World Revisited* (dt. *Dreißig Jahre danach oder Wiedersehen mit der ›Wackeren neuen Welt‹*, München 1962) schrieb Huxley 1959: »Das ursprüngliche Soma, von welchem ich den Namen dieses hypothetischen Rauschmittels entlehnte, war eine unbekannte Pflanze (möglicherweise *Asclepias acida*), welche von den alten arischen Eroberern Indiens bei einem ihrer feierlichsten religiösen Riten verwendet wurde. Der berauschende, aus den Stängeln dieser Pflanze gepresste Saft wurde von den Priestern und Adeligen im Lauf einer umständlichen Zeremonie getrunken. In den Hymnen des Veda [Soma-Pavamana-Lieder des Rigveda] wird uns gesagt, dass die Soma-Trinker auf viele Weise gesegnet seien; ihr Körper wurde gestärkt, ihr Herz mit Mut, Freude und Begeisterung erfüllt, ihr Geist erleuchtet, und in einer unmittelbaren Erfahrung des ewigen Lebens empfängen sie die Versicherung ihrer Unsterblichkeit. Aber der geheiligte Saft hatte seine Nachteile. Soma war eine gefährliche Droge – so gefährlich, dass sogar der große Himmelsgott Indra manchmal erkrankte, wenn er sie getrunken hatte. Gewöhnliche Sterbliche konnten an einer zu großen Menge sogar sterben. Doch das Erlebnis war so überaus beseligend und erleuchtend, dass das Somatrinken für ein großes Vorrecht gehalten wurde.« (Ü: Herberth E. Herlitschka)

79 *George Edzel* – vermutlich nach 1. dem progressiven amerikanischen Politökonom Henry George (1839–1897),

den Huxley in seinem 1946 verfassten Vorwort zu *Brave New World* ausdrücklich erwähnt, und 2. Edsel Bryant Ford, Sohn des Autofabrikanten

79 *Benito Hoover* – nach dem »Duce«, dem italienischen Faschisten Benito Amilcare Andrea Mussolini (1883–1945), der zur Zeit der Niederschrift des Romans Ministerpräsident war, 2. nach Herbert Clark Hoover, dem 31sten Präsidenten der USA (1929–1933) und Wirtschaftstechnokraten, der sich jedoch der Weltwirtschaftskrise nicht gewachsen zeigte und nach dem ein Elendsviertel, wie sie damals in großer Zahl um die Städte entstanden, »Hooverville« genannt wurde, und 3. möglicherweise auch der Hoover Suction Sweeper Company (ab 1922 The Hoover Company), deren Vakuumreiniger (sic!) wie Fords Automobile nach den neuen Massenproduktionsmethoden hergestellt wurden, nachdem für Hoovers ursprüngliches Geschäft, die Fertigung von Pferdegeschirren, dank Ford kein Bedarf mehr bestand

81 *Charing-T-Turm* – Anspielung auf Charing Cross mit der 21 Meter hohen Kopie des 1647 zerstörten Eleonorenkreuzes, ehemals Mittelpunkt Londons

85 *Riemannflächentennis* – Der deutsche Mathematiker Georg Friedrich Bernhard Riemann (1826–1866) erweiterte die Funktionentheorie durch eine geometrische Betrachtungsweise (Einführung der riemannschen Flächen); seine Arbeiten über die Grundlagen der Geometrie waren u. a. für die Entwicklung der Relativitätstheorie von Bedeutung.

85 *Hounslow* – Meckier sieht in dem Namen über die geographische Lage unweit der ab den 1920ern an Bedeutung zunehmenden Islington Studios der Gainsborough Pictures hinaus einen Verweis auf Philip Henslowe (gestorben

1616), den Betreiber des Londoner Rose Theatre (um 1587, gut ein Jahrzehnt vor dem »Globe«, errichtet).

90 *The Hourly Radio, Gamma Gazette, Delta Mirror* – vermutlich nach den Londoner Zeitungen *The Daily Herald, Westminster Gazette* (für die Huxley als Kritiker gearbeitet hatte) und *Daily Mirror*

90 *Helmholtz Watson* – nach 1. dem deutschen Physiker Hermann von Helmholtz (1821–1894), Entdecker des Gesetzes der Energieerhaltung, und 2. dem bereits erwähnten John Broadus Watson (s. Anm. S. 315/28)

98 *Slough-Krematorium* – Bei Slough entstand 1918 mit der Ansiedlung von Instandsetzungswerken für ausgemustertes Weltkriegsgerät (Fahrzeugmotoren) einer der ersten Industrieparks Englands.

101 *Calvin Stopes* – nach 1. dem Reformator Johannes Calvin (1509– 1564), der eine Lehre der doppelten Prädestination vertrat (überaus ironischer Verweis für den Leadsänger einer Band von Sexophonisten), bzw. 2. dem 30. Präsidenten der USA, Calvin Coolidge (1923–1929), der sich modernster Kommunikationsstrategien, etwa landesweiter Hörfunk-Ansprachen, bediente, sowie 3. der schottischen Botanikerin, Frauenrechtlerin und Aufklärerin Marie Carmichael Stopes (1880–1958), die sich vor allem dem Thema Familienplanung widmete

105 *Aphroditaeum* – Auch vor dem von Familienmitgliedern wie von ihm selbst frequentierten exklusiven Londoner Athenaeum Club macht Huxleys Spott nicht Halt.

106 *Morgana Rothschild* – möglicherweise nach 1. dem amerikanischen Unternehmer John Pierpont Morgan Jr. (1867–1943), der das von seinem Vater begründete Firmenimperium weiterführte, 2. dem amerikanischen Genetiker und Nobelpreisträger Thomas Hunt Morgan

(1866–1945), der die Anordnung der Gene auf den Chromosomen erforschte, 3. dem englischen Freibeuter Sir Henry Morgan (1635–1688), 4. der Schwester König Artus' Morgan le Fay, Königin von Avalon, und schließlich 5. Nathan Mayer Rothschild (1777–1836), dem Gründer der Bank N M Rothschild & Sons, die unter seiner Federführung zu einer der bedeutendsten in ganz Europa wurde

106 *Fifi Bradlaugh* – nach 1. »Mademoiselle Fifi«, dem Spitznamen des Major Graf von Farlsberg in der gleichnamigen Kurzgeschichte Guy de Maupassants, und 2. dem britischen Politiker und Autor Charles Bradlaugh (1833–1891), einem der prominentesten Atheisten und Freidenker Londons

106 *Joanna Diesel* – nach 1. der biblischen Johanna, die Jesus »Handreichungen von ihrer Habe tat« (Lukas 8.3, 24.10), und 2. dem deutschen Ingenieur Rudolf Christian Karl Diesel (1858–1913), Erfinder des nach ihm benannten Verbrennungsmotors

107 *Clara Deterding* – nach 1. der Gründerin des amerikanischen Roten Kreuzes, Clara Barton (1821–1912), oder 2. möglicherweise der Ehefrau Henry Fords, Clara Bryant Ford (1866–1950), und 3. dem niederländischen Industriellen, Gründer und Hauptaktionärs des Shell-Konzerns, Henri Wilhelm August Deterding (1866–1939), seinerzeit einer der reichsten Männer der Welt

107 *Tom Kawaguchi* – nach 1. dem »ungläubigen« Thomas der Bibel oder 2. dem Dominikaner und Theologen Thomas von Aquin (1125–1274), und 3. dem bereits erwähnten buddhistischen Mönch Ekai Kawaguchi (s. Anm. S. 319/56)

107 *Sarojini Engels* – nach 1. der indischen Dichterin, Suffragette und Mitstreiterin Gandhis, Sarojini Naidu (1879–1949), die Huxley auf seiner Indienreise 1925 kennen-

gelernt hatte, und 2. dem Deutschen Friedrich Engels (1820–1895), der mit Karl Marx die heute als Marxismus bezeichnete Gesellschafts- und Wirtschaftstheorie entwickelte

107 *Jim Bokanowski* – möglicherweise nach 1. dem amerikanischen Unternehmer und Selfmademan James »Diamond Jim« Brady (1856–1917), vergnügungssüchtigem Millionär und Spieler, oder 2. dem korrupten New Yorker Bürgermeister James John »Jimmy« Walker (1925–1932), dem »Night« bzw. »Jazz Mayor«, oder 3. dem irischen Arbeiterführer und Mitinitiator des Osteraufstands James (Jim) Larkin (1874–1947) und schließlich 4. dem bereits erwähnten Maurice Bokanowski (s. Anm. S. 314 / 10)

107 *Herbert Bakunin* – nach 1. dem »Metaphysical poet« George Herbert (1593–1633), einem Lieblingsdichter Huxleys, und 2. dem russischen Anarchisten Michail Alexandrowitsch Bakunin (1814–1876)

113 *Negertaube* – Hier greift wohl die rassistische Stereotype des sexuell triebhaften Schwarzen Mannes; diese und ähnliche Zuschreibungen (negrid, Mohr, Neger, Halb- und Achtelblut, Primitive) im Text müssen heute im Sinne der Postcolonial Studies eher dekonstruktivistisch gelesen werden.

116 *Jean-Jacques Habibullah* – nach 1. dem französisch-schweizerischen Philosophen Jean-Jacques Rousseau (1712–1778), der in seiner Abhandlung *Vom Gesellschaftsvertrag oder Prinzipien des Staatsrechtes* vom mündigen Bürger ausgeht, der sich freiwillig dem idealen Gemeinschaftswillen unterwirft, ohne auf seine persönliche Freiheit zu verzichten, und 2. dem 15. Emir Afghanistans, dem weltoffenen, reformfreudigen Herrscher Habibullah Khan (1872–1919)

116 *Bokanowski Jones* – nach 1. dem bereits erwähnten Maurice Bokanowski (s. Anm. S. 314/10), 2. möglicherweise dem moralinsauren britischen Dramatiker Henry Arthur Jones (1851–1929), oder 3. dem englischen Baumeister und Bühnengestalter Inigo Jones (1573–1652), der als Begründer der von Szene zu Szene wechselnden Bühnendekoration gilt, oder 4. dem amerikanischen Seehelden John Paul Jones (1747–1792) oder 5. dem US-Evangelisten Bob Jones (1883–1968), der als einer der ersten über den Rundfunk predigte, oder 6. dem britischen Psychoanalytiker und Freud-Schüler Alfred Ernest Jones (1879–1958) oder 7. dem Amerikaner Bobby Jones (1902–1971), einem der größten Golfer aller Zeiten, der seinen Erfolg dem frühen und unablässigen Training zuschrieb

139 *unbeirrbare Gerade* – Seitenhieb gegen den von Huxley angefeindeten Städteplaner und Architekten Le Corbusier, demzufolge die Gerade der Weg des Menschen und jede Krümmung ein Eselspfad ist.

146 *Obsidianmaske* – Augenzwinkernder Verweis auf den Schriftsteller David Herbert (D. H.) Lawrence (1885–1930), einen engen Freund Huxleys, zu dessen Lieblingswörtern »obsidian« gehörte.

149 *der Lärm … der Trommeln* – Huxley zog für seine Schilderung des Lebens und der Riten im Reservat D. H. Lawrences Mexiko-Texte heran, amtliche Berichte der Smithsonian Institution und vor allem die Werke des amerikanischen Ethnologen Frank Hamilton Cushing (1857–1900), Kurator an der Smithsonian, Teilnehmer der ersten Expedition zu den Pueblo-Indianern im Südwesten der Vereinigten Staaten, den Zuñi in New Mexico und den Hopi in Arizona und Pionier der teilnehmenden und einfühlenden Beobachtung. Cushing blieb fünf Jahre

bei den Zuñi – eine Erfahrung, zu welcher der Zivilisationsbesuch des »Wilden« in der *Schönen Neuen Welt* eine ironische Umkehr darstellt. Cushing wurde der »weiße Indianer«; er veröffentlichte zu seinen persönlichen Erfahrungen und zur Zuñi-Kultur mehrere Bücher, etwa *Zuñi Folk Tales* (1901 bei G. P. Putnam's Books) und Tagebücher, von denen Auszüge deutsch unter dem Titel *Ein weißer Indianer. Mein Leben mit den Zuñi*. Herausgegeben von Holger Kalweit, Walter-Verlag, Olten und Freiburg, 1983, Ü: Amelie Schenk erschienen. Diesen Quellen entnimmt Huxley ganze Passagen fast wörtlich.

154 *Unglücksel'ger* – Um die archaische Sprechweise des Wilden deutlich von derjenigen der Bewohner des Weltstaats abzusetzen, wurde nach langer Abwägung für die Wiedergabe der Shakespeare-Zitate – mit zwei Ausnahmen (s. Ausführungen zum *Sturm* in Anm. S. 311 / 3 und zu »Der Phönix und die Turteltaube« in Anm. S. 330 / 209) – die romantische Übersetzung von Schlegel / Tieck gewählt, und zwar nach der Ausgabe *William Shakespeare. Sämtliche Werke*. 4 Bde., Aufbau Verlag Berlin. Herausgegeben von Günther Klotz, aus dem Englischen übersetzt von August Wilhelm Schlegel, Dorothea Tieck und Wolf Graf Baudissin. 2. Auflage, 2003. Hier: *Die beiden Veroneser* V / 4, Z. 1–32, Bd. 1, S. 67.

154 *verdammter Fleck* – Shakespeare, *Macbeth* V / 1, Z. 25–62, Bd. 4, S. 671.

154 *Palowahtiwa* – Das junge »Schlangentanz«-Opfer ist nach Frank Hamilton Cushings Hauptgewährsmann benannt, dem »Gouverneur« oder obersten Häuptling der Zuñi, bei dem er für die Dauer seines Aufenthalts lebte.

154 *unermesslichen Gewässer färben* – Shakespeare, *Macbeth* II / 1, Z. 110–138, Bd. 4, S. 628.

155 *Gestalt* – Shakespeare, *Hamlet, Prinz von Dänemark* II/2, Z. 459–495, S. 309.

155 *Pookong* – Den Namen seines »Großen Adlers« scheint Huxley erfunden bzw. aus verschiedenen Quellen kombiniert zu haben: Po-png (anderer Name für Popé, s. Anm. S. 324/137), Pokonghoya (ältester Bruder der Zwillingsgötter des Krieges), Puukon (weiterer Kriegsgott), Poshaianhya (Gott und Kulturbringer, eine Jesus ähnliche Gestalt) und dem Zuñi-Begriff »pookong« für ein Initiationsritual.

156 *Linda* – spanisch »hübsch«; Kurzform von Melinda, ein Name, der entfernt an den der auf der Insel gestrandeten Miranda in Shakespeares *Sturm* erinnert. Außerdem besitzt Huxleys Linda dem Literaturwissenschaftler David Bradshaw, Herausgeber verschiedener Werke von Lawrence und von Huxley, zufolge Züge von D. H. Lawrences Frau Frieda (s. Aldous Huxley, *Brave New World*, Flamingo Modern Classics Series, London, Harper Collins, 1994, xiii).

159 *John Savage* – Der Name des Wilden John Savage lässt viele Deutungen zu; er verweist 1. auf Johannes den Täufer, Rufer in der Wüste und Kritiker des Herrschers (und »Ehebrechers«) Herodes; 2. auf den englischen Dichter Richard Savage (1697–1743), von dem das Gedicht »The Bastard« stammt und über dessen Leben Samuel Johnson einen vielbeachteten Bericht schrieb; zudem ist *savage* das englische Wort für den »Wilden«. In der Gestalt des Wilden parodiert Huxley in gewisser Weise die Glorifizierung des Primitiven bei seinem Schriftstellerkollegen und Freund D. H. Lawrence – vor allem die Figur des Cipriano aus dessen Roman *Die gefiederte Schlange*.

159 *Popé* – nach dem Anführer Popé (bei den Spaniern »San

Juan«), Medizinmann aus Tewa, der entscheidenden Anteil am Pueblo-Aufstand von 1680 gehabt haben soll

159 *Peyote* – wurde von den Zuñi zur visionären und spirituellen Versenkung verwendet

159 *eins, zwei, drei, vier* – vermutlich eine Anspielung auf die »arithmetische Reihe« des Bevölkerungsgesetzes von Malthus

159 *hübsche rosa Keramikfassade* – das von Christopher Wren entworfene Royal Chelsea Hospital

160 *Streptokokken-Serotyp G finden wir nicht am Charing-T* – nach dem Kinderreim: Ride a Cock Horse / To Banbury (oder auch Charing) Cross / To see a fine lady / Upon a black horse / With rings on her fingers / and bells on her toes / She shall have music wherever she goes.

162 *Waihusiwa* – nach einem gleichnamigen Gewährsmann Cushings

171 *Awonawilona* – Der Zuñi-Mythologie zufolge der Weltschöpfer (Sonne), der Mutter Erde und Vater Himmel erschuf, Ursprung aller lebenden Wesen, welche in vier Höhlen tief in der Erde geboren und von dem ersten Menschen, Poshaiyankya, ans Licht geführt wurden.

171 *Ahaiyuta und Marsailema* – entsprechend der Zuñi-Mythologie

171 *Etsanatlehi* – vermutlich nach Estsanatlehi, der Sich-selbst-Erneuernden, Schöpfergestalt der Navajo

171 *Laguna* – oder Kawaik, ein Volk der Pueblo-Kultur

171 *Liebe Frau von Acoma* – nach Unserer Lieben Frau von Guadalupe, dem bedeutendsten Marienheiligtum Mexikos

175 *Antilopen-Kiva* – Es handelt sich bei der Kiva um eine rituelle unterirdische Kammer wie die, von der in der vorausgegangenen »Schlangentanz«-Szene die Rede war, und zwar hier um eine des Antilopen-Bunds.

175 *Über dem garst'gen Nest* – Shakespeare, *Hamlet, Prinz von Dänemark*, III/4, Z. 81–113, Bd. 4, S. 338.

175 *Mitsima* – leicht abgewandelter Name des wegen seines ständigen Falschspiels von den Göttern verbannten Mítsina, der abgeschieden als Eremit lebte

175 *Kiai silu silu, tsith* – Huxley übernahm sämtliche im Roman vorkommende Zuñi-Wendungen aus Frank Hamilton Cushings bereits erwähnten *Zuñi Folk Tales*, doch nehmen sie in dem fremden Kontext, in den sie importiert werden, einen ganz eigenen Sinn an. Hier entstammt sein *kiathla tsilu / silokwe silokwe / Kai silu silu tshith[l]!* – in etwa: Hemlock der / großen Art, großen Art, großen Art / schieß auf, Hemlock, Hemlock / Zit! Zit! – der Fabel »The Trial of Lovers« (a.a.O. S. 27f.), in deren Verlauf ein junger Zuñi dank eines von Hörnchen bewirkten Zaubers und einer dadurch unnatürlich schnell wachsenden Hemlocktanne vor einem tödlichen Sturz von den Klippen bewahrt wird.

176 *ein Schurke sein* – Shakespeare, *Hamlet, Prinz von Dänemark*, I/5, Z. 80–115, Bd. 4, S. 288.

176 *geiler, schnöder Bube* – Shakespeare, *Hamlet, Prinz von Dänemark* II/2, Z. 616, Bd. 4, S. 313.

177 *blutschänderischen Freuden* – Shakespeare, *Hamlet, Prinz von Dänemark* III/3, Z. 92–102, Bd. 4, S. 335.

179 *Kothlu* – nach dem heiligen See Kothlu-walawa, in den die Seelen der Toten eingehen und aus dem zur Sommersonnenwende als Verkörperung dieser »verlorenen Anderen« Schildkröten geholt werden (s. *Ein weißer Indianer* S. 155)

180 *Kiakimé* – möglicherweise nach der Legende vom Kolibrimann, der Kiakimé am Vorabend ihrer bei allen Männern des Clans Eifersucht erweckenden Vermählung aufsucht, oder aber einer der legendären sieben goldenen Städte von

Cibola, nach denen der spanische Conquistador Francisco Vásquez de Coronado 1540 suchte: Hawikuh, Kechipbowa, Halona, Matsaki, Kiakima, Kwakina – von einer siebten Stätte haben Archäologen bisher keine Spur gefunden.

182 *und dann wieder morgen* – Shakespeare, *Macbeth* V/5, Z. 1–31, Bd. 4, S. 677.

185 *O schöne neue Welt, die solche Wesen trägt* – Um den Wortlaut des Romantitels zu erhalten (und weil auch die »Bürger« der Schlegel/Tieck-Übersetzung hier fehl am Platz wären), wurde auf die Übersetzung von Frank Günther zurückgegriffen: Shakespeare: *Der Sturm*. Zweisprachige Ausgabe, Deutscher Taschenbuchverlag, 2. Aufl., 2001, V/1, S. 155.

189 *Televisor* – Der Begriff, später auch von Orwell in *1984* verwendet, taucht in Huxleys Roman nur dieses eine Mal auf.

191 *real gegenwärtig* – satirischer Verweis auf die Realpräsenz christlicher Theologie

192 *die feinste Fühlung* – Shakespeare, *Troilus und Cressida*, I/1, Z. 27–64, Bd. 2, S. 9.

192 *wäre Sünd' ihr Kuss* – Shakespeare, *Romeo und Julia*, III/3 Z. 10–47, Bd. 4, S. 137.

193 *seine verwegene Hand* – Shakespeare, *Romeo und Julia*, I/5, Z. 93, Bd. 4, S. 105.

195 *Zippsack geht um* – im Original »hunt the zipper« nach dem bekannten Spiel »hunt the slipper«, dem wiederum das deutsche Kinderspiel »Der Plumpsack geht um« entspricht

204 *Dr. Shaw* – Wie bei der Figur Bernard Marx scheint es sich hier um einen Verweis auf George Bernard Shaw zu handeln.

205 *In unserm Mund und Blick war Ewigkeit* – Shakespeare, *Antonius und Cleopatra*, I/3 Z. 11–39, Bd. 4, S. 696.

210 *in viermal zehn Minuten* – Shakespeare, Ein Sommernachtstraum II/1, Z. 171–295, Bd. 1, S. 327 (nicht um Ariel geht es, sondern Puck/Droll)

212 *auf die wartenden Laster gepackt* – Die Beschreibung in diesem Absatz beruht auf Huxleys Eindrücken bei der Besichtigung eines Werks des britischen Autozubehörlieferanten Joseph Lucas in Acock's Green, Birmingham, im Jahr 1930, festgehalten in dem Beitrag »Sight-Seeing in Alien Englands«, *Nash's Pall Mall Magazine*, June 1931.

213 *Eton* – Huxley selbst war 1908–1911 Eton-Schüler und unterrichtete dort später, 1917–1919, Latein und Griechisch.

213 *Lupton's Tower* – Der vierstöckige Renaissancebau aus rotem Backstein mit den zwei Türmen wurde 1520 an der Ostseite des School Yard für den eben zu dieser Zeit tätigen Rektor des College Roger Lupton (1456–1540) errichtet und nach diesem benannt.

213 *Chromstahlstatue Unseres Ford* – Tatsächlich steht dort die Bronzestatue des College-Stifters König Heinrich VI.

213 *Dr. Gaffney* – nach der amerikanischen Philanthropin Margaret Gaffney Haughery (1814–1882), als »Mutter der Waisen« bekannt

213 *Miss Keate* – nach 1. John Keate (1773–1852), dem strengen Head Master von Eton College 1809–1834, einem ausgesprochenen Freund körperlicher Züchtigung, 2. dem Dichter John Keats (1795–1821) – in allen drei Fahnendurchgängen musste Huxley den vom Lektorat überall reflexartig in »Keats« geänderten Namen zu »Keate« rückkorrigieren (vgl. Jerome Meckier a. a. O., S. 215), 3. wird

ein Bezug zu der so leicht errötenden Dickens-Figur Miss Podsnap aus dem Roman *Unser gemeinsamer Freund* vermutet (s. Anm. S. 314/13).

215 *Penitentes* – hispanische und indigene Mitglieder römisch-katholischer Bruderschaften in Teilen des nordamerikanischen Südwestens, die den Leidensweg Christi durch Fasten- und Geißelungsriten ehren

221 *Gaspard Foster* – Gemeint ist Caspar Förster (der Jüngere; 1616–1673), deutscher Komponist und Sänger, dessen »Temperament« sich nach Johann Mattheson immer zum Bass neigte: »daher gewöhnte er sich auch bald dazu, erlangte durch die beständige Uebung nicht nur eine ungewöhnliche Höhe und Tiefe, sondern vornehmlich eine sehr anmuthige Stimme, die bey dergleichen Bässen was seltenes ist« (Mattheson: *Grundlage einer Ehren-Pforte*, In Verlegung des Verfasser, Hamburg, 1740, S. 73).

229 *Ai yaa tákwa* – Der Ausruf entstammt Cushings *Zuñi Folk Tales*, und zwar der Fabel »The Young Swift-Runner Who Was Stripped of His Clothing by the Aged Tarantula«; dort verhöhnt mit diesen Worten die Alte Tarantel einen Krieger, dem sie durch eine List seine kostbare zeremonielle Tracht entwenden konnte (und der Erzkollektivsänger beschwert sich ja dann auch, wie übel ihm mitgespielt worden sei). Cushing liefert an dieser Stelle keine Übersetzung der Zuñi-Wörter.

229 *Háni* – bezeichnet in *Zuñi* den Verwandtschaftsgrad zwischen Geschwistern – und das im Weltstaat, wo *Mutter* und *Vater* schmutzige Wörter sind und Bokanowski-Gruppen eine Verhöhnung des Verhältnisses von Brüdern und Schwestern darstellen.

229 *Sons éso tse-na* – *Sons éso* bedeutet in etwa »wahrhaftig«

oder »wahrlich«; in der Verbindung mit *tse-na* wird es zur Zurechtweisung: »Jetzt halt endlich den Rand!« (vgl. Cushings *Zuñi Folk Tales*, S. 399).

234 *Neue Theorie der Biologie* – Als Vorbild für den anonymen Verfasser, der – wie Napoleon – auf die Insel St. Helena verbannt werden soll, diente dem Autor Jerome Meckier zufolge (s. »Our Ford, our Freud and the Behaviorist Conspiracy in Huxley's Brave New World a. a. O. S. 159 f.) der Journalist, Rundfunkautor und Schriftsteller Henry Fitzgerald (Gerald) Heard (1889–1971), dessen Themen von der Religionsphilosophie über Meditation und Hypnose bis zur Parapsychologie reichten, den Huxley 1928 kennenlernte, der ihn für ein konkretes pazifistisches Engagement gewann und ihn später, als wichtigster intellektueller Weggefährte der amerikanischen Jahre, an Mystik und Meditation heranführte; auch die Figur Helmholtz Watson trägt Züge von ihm.

235 *zu himmlisch dem Verlangen* – Shakespeare, *Romeo und Julia* I/5, Z. 18–48, Bd. 4, S. 103.

236 *falsche, verlogene Art* – John Savages Urteil über die »Schöne Neue Welt« fällt so vernichtend aus wie Mr Barnstaples in H. G. Wells' *Menschen, Göttern gleich* über Utopia euphorisch ist.

242 *Getrenntes sich verschlingen* – In seiner Elegie »Der Phönix und die Turteltaube« wandelt Shakespeare den Mythos des aus der Asche wiederauferstehenden Vogels ab: In einer chiffrierten Sprache, die sich volkstümlicher Vorstellungen ebenso wie der philosophischen Terminologie bedient, thematisiert er die Einswerdung von Schönheit und Liebe und ihren Aufstieg zur Vollkommenheit. Weil die von Huxley zitierten Zeilen sich in der Fassung von Alexander Neidhardt (*Shakespeare's kleinere Dichtungen.*

Hoffmann & Comp., Berlin o. J., XX, 2. 203 ff.) besser in den Text fügten, wurden diese statt der üblicherweise zitierten von Gottlob Regis gewählt.

243 *wo Tybalt liegt* – Shakespeare, *Romeo und Julia* III/5, Z. 193–229, Bd. 4, S. 149.

243 *gar nicht mehr einkriegen* – Für die Reaktion Helmholtz' hat Huxley sich von Margaret Meads 1928 veröffentlichtem *Coming of Age in Samoa* (dt. *Kindheit und Jugend in Samoa*) anregen lassen. Dort berichtet Mead von dem höhnischen Gelächter, mit dem die sexuell promisken Samoer auf eine Lesung aus *Romeo und Julia* reagierten (s. Jerome Meckier a. a. O. S. 158, N. 35).

250 *was die Welt am höchsten achtet, wert* – Shakespeare, *Der Sturm* III/1, Z. 24–55, Bd. 2, S. 635.

250 *Doch, Ihr, oh Ihr* – Shakespeare, *Der Sturm* III/1, Z. 24–55, Bd. 2, S. 635.

250 *vom besten jeglichen Geschöpfs erschaffen* – Shakespeare, *Der Sturm* III/1, Z. 24–55, Bd. 2, S. 635.

251 *die Arbeit erhöht die Lust dran* – Shakespeare, *Der Sturm* III/1, Z. 1–24, Bd. 2, S. 634.

251 *wird rühmlich unternommen* – Shakespeare, *Der Sturm* III/1, Z. 1–24, Bd. 2, S. 634.

252 *ob auch das Blut uns altert* – Shakespeare, *Troilus und Cressida* III/2, Z. 143–176, Bd. 2, S. 59.

253 *nach hehrem Brauch verwaltet werden kann* – Shakespeare, *Der Sturm* IV/1, Z. 1–24, Bd. 2, S. 647.

254 *nicht der bequemste Platz* – Shakespeare, *Der Sturm* IV/1, Z. 1–24, Bd. 2, S. 647.

254 *je in Wollust schmelzen* – Shakespeare, *Der Sturm* IV/1, Z. 1–24, Bd. 2, S. 647.

254 *kirrt der Männer Augen* – Shakespeare, *Timon von Athen*, IV/3, Z. 94–127, Bd. 4, S. 968.

255 *Enthalt' dich mehr* – Shakespeare, *Der Sturm* IV/1, Z. 26–57, Bd. 2, S. 648.

256 *Metze!* – Shakespeare, *Othello* IV/2, Z. 45–80, Bd. 4, S. 470.

257 *vor meinem Auge buhlt sie* – Shakespeare, *König Lear* IV/6, Z. 82–116, Bd. 4, S. 580.

258 *meine Phantasie zu würzen* – Shakespeare, *König Lear* IV/6, Z. 117–153, Bd. 4, S. 581.

258 *o wärst du nie geboren* – Shakespeare, *Othello* IV/2, Z. 45–80, Bd. 4, S. 470.

258 *Siede, Lüderlichkeit, siede* – Shakespeare, *Troilus und Cressida* V/2, Z. 32–56, Bd. 2, S. 97.

259 *Feisten Bauch und dem Kartoffelfinger* – Shakespeare, *Troilus und Cressida* V/2, Z. 32–56, Bd. 2, S. 97.

259 *so bin ich es* – Shakespeare, *Was ihr wollt* I/5, Z. 190–227, Bd. 1, S. 744.

261 *Hospiz Park Lane* – eine recht exklusive Adresse für Huxleys »Hospital for the Dying«: Die Park Lane bildet die Grenze zwischen dem vornehmen Stadtteil Mayfair und Hyde Park; zur Zeit der Niederschrift von *Brave New World* waren hier gerade die neuen Luxushotels The Dorchester und Grosvenor House Hotel entstanden.

277 *meine Sache führen* – Shakespeare, *Julius Caesar* III/2 Z. 9–43, Bd. 4, S. 227.

287 *Instrument' ums Ohr* – Shakespeare, *Der Sturm* III/2, Z. 121– 156, Bd. 2, S. 641.

288 *Ziegen und Affen!* – Shakespeare, *Othello* IV/1 Z. 246–275, Bd. 4, S. 467.

293 *höhern Obrigkeit* – Shakespeare, *Coriolanus* III/1, Z. 143–177, Bd. 4, S. 854.

302 *Kapitel XVII* – In der nachfolgenden Debatte zwischen dem Wilden und dem Weltbereichscontroller klingt Dostojewskijs »Legende vom Großinquisitor« aus *Die Brüder Karamasow* an. Auf sie nimmt Huxley im letzten Kapitel von *Brave New World Revisited* (dt. *Dreißig Jahre danach oder Wiedersehen mit der ›Wackeren neuen Welt‹*, München, 1962) ausdrücklich Bezug.

303 *Nachfolge Christi – De imitatione Christi*, geistliches Werk von Thomas a Kempis, anonym erschienen um 1418.

303 *Die Vielfalt religiöser Erfahrung* – lautete der Titel einer 1901 in Edinburgh gehaltenen Vorlesung des Religionspsychologen William James (Bruder Henry James'), die wenige Wochen später im Druck erschien und durchschlagenden Erfolg hatte. Es geht James nicht um Glaubenssätze, sondern um ein gemeinsames Muster, das allen religiösen Erfahrungen jenseits von den jeweiligen Überzeugungen zugrunde liegt.

304 *des schönen Mailand* – Shakespeare, *König Johann* III/1, Z. 132–167, Bd. 3, S. 38.

304 *auf Erden gibt* – Shakespeare, *Hamlet, Prinz von Dänemark* I/5, Z. 144–176, Bd. 4, S. 290.

305 *bis zum Ende führt* – Das Zitat stammt aus John Henry Newmans *Plain and Parochial Sermons*, 1891, Vol. 5, Remembrance of Past Mercies (Ü: Uda Strätling; eine ältere Fassung der Arbeitsgemeinschaft der Benediktiner von Weingarten, 1953, liegt im Schwabenverlag Stuttgart vor: *Predigten I. Pfarr- und Volkspredigten.* Siehe dort die 6. Predigt, Dankbarkeit für frühere Erbarmungen, S. 102 f.)

306 *für alle übrigen Einbußen entschädigt* – Das Zitat stammt von Maine de Biran; Huxley hat die Passage nach dem von Henri Gouhier herausgegebenen mehrbändigen *Journal intime* übersetzt und etwas eingekürzt. Eine ältere deutsche Übersetzung als die hier angefertigte findet sich in:

Maine de Biran. *Tagebuch*. Auswahl und Übersetzung von Otto Weith. Mit einer Einleitung von Gerhard Funke. Felix Meier Verlag, Hamburg, 1977 (Das Bleibende – II, 127 f., S. 139 f.).

308 *instinktiv glaubt* – nach dem britischen Philosophen Francis Herbert Bradley (1846–1924): »Die Metaphysik ist das Finden von schlechten Gründen für das, was wir aus Instinkt glauben, aber das Finden der Gründe ist nicht weniger Instinkt.« (*Erscheinung und Wirklichkeit. Ein metaphysischer Versuch*. Vorrede, XXVII, Verlag von Felix Meiner, Leipzig, 1928, Ü: Friedrich Blaschke)

309 *ich unterliege* – Shakespeare, *König Lear* V/3, Z. 163–196, Bd. 4, S. 599.

310 *als in dem Schätzer* – Shakespeare, *Troilus und Cressida*, II/2, Z. 27–64, Bd. 2, S. 37.

313 *bis den Tod ihr weckt* – Shakespeare, *Othello* II/1, Z. 178–207, Bd. 4, S. 419.

313 *Mátsaki* – nach der Zuñi-Legende, wie Frank Hamilton Cushing sie von dem Geschichtenerzähler des Pueblo Waihusiwa hörte

313 *durch Widerstand sie enden* – Shakespeare, *Hamlet, Prinz von Dänemark* III/1, Z. 55–89, Bd. 4, S. 316.

314 *Dollar* – ein weiteres Indiz, dass Huxley nicht zuletzt eine Kritik US-amerikanischen Konsumdenkens im Sinn hatte

314 *für eine Nussschal'* – Shakespeare, *Hamlet, Prinz von Dänemark* IV/4, Z. 49–68, Bd. 4, S. 350.

der schuldige Claudius – Anspielung auf Shakespeare, *Hamlet, Prinz von Dänemark*, III/3, Z. 56-91, S. 334, wo Claudius, König von Dänemark, sich zum Beten niederkniet: *O Jammerstand! O Busen, schwarz wie Tod! / O Seele, die, sich frei zu machen ringend, / Noch mehr verstrickt wird! – Engel, helft! versucht! / Beugt euch, ihr starren*

Knie'! Gestähltes Herz, / Sei weich wie Sehnen neugeborner Kinder! / Vielleicht wird alles gut, und über die Namenswahl indirekt auf den Inzest des römischen Kaisers Claudius

328 *Primo Mellon* – nach 1. Miguel Primo de Rivera y Orbaneja, Marqués de Estella (1870–1930), General und zur Zeit der Niederschrift des Romans Militärherrscher Spaniens, dessen Söhne 1933 die faschistische Falange gründeten, und 2. dem amerikanischen Banker und Freimaurer Andrew William Mellon (1855– 1937), unter Coolidge und Hoover Finanzminister (1921–1932), Mitgründer der T. Mellon & Sons Bank, des späteren Finanzkonzerns Mellon Financial (heute Bank of New York Mellon)

329 *Fuß- und Maulballchampion* – Hier wurde nach intensiven, aber ergebnislosen Recherchen zu Huxleys wunderlichem Einfall »foot-and-mouthball champion« – in dem neben der »foot-and-mouth-disease« (Maul- und Klauenseuche; entsprechend übersetzt von Eva Walch mit »Maul- und Klauenchampion«) und die idiomatische Wendung »to put one's foot in one's mouth« (ins Fettnäpfchen treten; denkbar wäre also auch ein »Tritt- und Fettnapfchampion«) möglicherweise weitere Konnotationen sowie natürlich der innertextliche Verweis auf Helmholtz Watsons Können als »Fahrtreppensquash-Champion« (S. 79) stecken – vor allem deshalb die seinerzeit »autorisierte« Version Herberth E. Herlitschkas beibehalten, weil der Übersetzer womöglich mit Huxley selbst über die Stelle gesprochen hat.

330 *Kohakwa iyathtokyai* – Die Äußerung stammt von dem bereits erwähnten »Eremiten« Mítsina, der sich mit dem Ausruf zu einem guten Wurf beim traditionellen Stock-Spiel beglückwünscht und dadurch Leichtgläubige dazu

verleiten will, gegen ihn anzutreten, sich schlagen und ausnehmen zu lassen (s. Cushings *Zuñi Folk Tales*, The Hermit Mítsina, S. 387).

332 *Darwin Bonaparte* – nach 1. dem Begründer der modernen Evolutionstheorie Charles Robert Darwin (1809–1882), und 2. Napoleon I. oder Napoleon Bonaparte (1769–1821), der zuletzt – wie in *Schöne Neue Welt* der Verfasser der »Neuen Theorie der Biologie« – auf die Insel St. Helena verbannt wurde

334 *Pfad des staub'gen Tods* – Shakespeare, *Macbeth* V/5 Z. 1–31, Bd. 4, S. 677.

334 *die Aas küsst* – Shakespeare, *Hamlet, Prinz von Dänemark* II/2, Z. 173–206, Bd. 4, S. 301.

334 *töten uns zum Spaß* – Shakespeare, *König Lear* IV/1, Z. 26–54, Bd. 4, S. 568.

334 *ewig güt'ge Götter* – Shakespeare, *König Lear* IV/6 Z. 223–248, Bd. 4, S. 584.

334 *nichts weiter* – Shakespeare, *Maß für Maß* III/1, Z. 1–26, Bd. 2, S. 153.

334 *Vielleicht auch träumen* – Shakespeare, *Hamlet, Prinz von Dänemark* III/1, Z. 55–89, Bd. 4, S. 316.

335 *Träume kommen mögen* – Shakespeare, *Hamlet, Prinz von Dänemark* III/1, Z. 55–89, Bd. 4, S. 316.

342 *Vorwort des Autors* – Huxley befasste sich noch mehrfach eingehend mit seiner Dystopie: 1946 für sein hier mit aufgenommenes Vorwort zur Neuauflage von *Brave New World*; 1956, als er – was wenig bekannt ist – auf der Grundlage des Romans ein erst 2001 wiederentdecktes Musical schuf (s. Bernfried Nugel: »Brave New World – A Musical Comedy by Aldous Huxley« in: Aldous Huxley Annual Vol. 3 (2003), LIT Verlag, Münster) und 1958 im Rahmen seiner »Bestandsaufnahme« der zwischenzeit-

lichen Entwicklungen in *Brave New World Revisited* (Harper & Brothers, 1958; Chatto & Windus, 1959; dt. *Dreißig Jahre danach oder Wiedersehen mit der ›Wackeren neuen Welt‹*, München 1962).

344 *eine Sammlung* – seine »Philosophia perennis« (*The Perennial Philosophy*, Chatto & Windus, London 1946; dt. *Die ewige Philosophie*, Steinberg Verlag, Zürich 1949)

345 *Si monumentum requiris circumspice* – »Suchst du sein Denkmal, so siehe dich um« – Epitaph Sir Christopher Wrens in der von ihm erbauten St. Paul's Cathedral in London

345 *kropotkinesk* – nach dem russischen Anarchisten Pjotr Alexejewitsch Kropotkin (1842–1921) – ein Widersacher besonders des sozialdarwinistischen Großvaters des Autors Thomas H. Huxley (s. Anm. S. 317 / 318 / 47) –, der eine staats- und herrschaftsfreie, egalitäre, selbstverwaltete Gesellschaftsordnung mit freiwilligen und solidarischen Formen des Wirtschaftens propagierte

347 *Bühnenstück* – Robert Nichols: *Wings Over Europe. A Dramatic Extravaganza on a Pressing Theme* (1928), ein Stück, in dem in der No. 10 Downing Street um ein Haar eine Atombombe gezündet wird

347 *in einem Roman am Rande erwähnt* – Es handelt sich um *Kontrapunkt des Lebens*, wo Philip Quarles sich im Kapitel 34 über die Quantenphysik, Wellen- und Relativitätstheorie äußert: »›Abgesehen von dem Spaß an der Sache‹, sagte Philip, ›ist der Nutzen vielleicht irgendeine erstaunliche praktische Entdeckung, wie etwa das Geheimnis der Atomspaltung und die Freisetzung unerschöpflicher Quellen von Energie.‹« (Piper, München, 1967 [1951], S. 470, Ü: Herberth E. Herlitschka)

349 *Unternehmensfortführung* – ist ein Begriff aus dem Rech-

nungswesen; von ihr ist auszugehen, wenn der Fortbestand eines Unternehmens für einen Zeitraum von mindestens einem Jahr nach dem Bilanzstichtag sichergestellt ist

350 *5th Marquess of Lansdowne* – sein Brief vom 29. November 1917 erschien stattdessen im *Daily Telegraph*

350 *Magdeburg* – Gemeint ist die Zerstörung der Stadt 1631 im Dreißigjährigen Krieg.

352 *Eisernen Vorhang* – Diesen Begriff für den abgeschotteten »Ostblock« verwendete Churchill erstmals am 12. Mai 1945 in einem Telegramm an den amerikanischen Präsidenten Harry S. Truman und vor größerem Publikum dann anlässlich einer Rede am Westminster College in Fulton, Missouri, am 5. März 1946.

354 *Scopolamin* – synthetisch herstellbares Beruhigungsmittel; in den 50ern als Wahrheitsserum eingesetzt

Was ist neu an Aldous Huxleys Schöner Neuer Welt?

Ein Nachwort von Tobias Döring

Eins lässt sich mit Sicherheit vorhersagen, denn der Zusammenhang erscheint schlicht unvermeidlich: Wann immer eine Meldung über biotechnologische Entwicklungen die Schlagzeilen beherrscht, wird sogleich Huxleys Roman oder jedenfalls sein Titel aufgerufen, um das Gemeldete anschaulich zu machen und entsprechend zu bewerten. Zuletzt war dies im Mai 2013 zu verfolgen. Wie alle Medien unter Berufung auf das Fachmagazin *Cell* prominent berichten, ist es einem Forscherteam an der Oregon Health and Science University in Portland erstmals gelungen, einen menschlichen Embryo zu klonen, und zwar durch Kerntransfer, dieselbe Methode wie seinerzeit beim Klonschaf Dolly. Damit scheint endgültig Wirklichkeit geworden, was neun Jahre zuvor ein südkoreanischer Stammzellenforscher bereits behauptet, aber, wie sich bald herausstellte, gefälscht hatte: die technische Machbarkeit des Menschen. Zwar geben viele der Experten, die aktuell zu Wort gebeten werden, sich offenkundig Mühe, den therapeutischen Nutzen von Stammzellenproduktion zu erklären und den Unterschied zum sogenannten reproduktiven Klonen auszuweisen, doch die öffentliche Debatte, die sich anschließt, thematisiert den epochalen Schritt zum letzten Tabubruch und illustriert ihn – ganz wie bei früheren Meldungen dieser Art – mithilfe des Romans. »Die erste Lesermail, die bei uns im Ressort ankam«, berichtet die Wissenschaftsredaktion von Spiegel online, »bezog sich auf Aldous Huxleys *Schöne Neue Welt*«. Daran schließen viele weitere Kommentare an. »Wann wird der erste künstliche Mensch erschaffen?«, fragt die Schlagzeile auf Bild.de, bei faz.net ist die Rede, wenn auch mit deutlicher Distanz, von den »Menschenzuchtvisionen nach dem Strickmuster von Aldous Huxleys *Schöne Neue Welt*«, und kath-kommentar. de erklärt: »Die Horrorvisionen von Aldous Huxleys *Schöner Neuer (Klon-)Welt* rücken erschreckend nahe.« Was immer sonst aus dieser Diskussion zu schließen ist, sie bietet den Beleg dafür, dass Huxleys Erfolgsroman von 1932 weiterhin ein starkes Muster bildet, mit dem wir uns auch mehr als 80 Jahre nach seinem Erscheinen über unsere eigene Welt verständigen. Der Mensch im Zeitalter seiner technischen Reproduzierbarkeit – das ist der neue Mensch, den Huxley offenbar für uns entwirft.

Unklar ist, wie viele Leser den Roman und seine

Weltvision – seit langem schon zählt *Brave New World* zur Schullektüre und ist im Geschäft ein *long seller* – tatsächlich kennen. Klar aber ist, dass sein Titel so weite Verbreitung und sprichwörtliche Griffigkeit gefunden hat, dass er sich in solcherlei Zusammenhängen gut und gern zitieren lässt. Dabei wäre zu bedenken, dass Huxleys Titel selbst schon ein Zitat darstellt, mit dem der Romantext ein spätes Stück von William Shakespeare aufgreift und für seine Zwecke nutzt. Eine solche literarische Reverenz an die große Tradition, wie sie der Romanhandlung durchweg zur Kontrastfolie dient, bringt erhebliche ironische Effekte mit sich, die genauere Betrachtung lohnen (s. u.). Doch diese spielen für die Chiffrenhaftigkeit, mit der sein Titel regelmäßig aufgerufen und im öffentlichen Diskurs funktional wird, so gut wie keine Rolle. Diesseits aller ethischen und gesellschaftlichen Fragen, die in der Biotechnologie ohne Zweifel anstehen, wäre daher zunächst einmal die Frage aufzuwerfen, was der erstaunliche Zusammenhang, wie er hier zwischen literarischer Fiktion und medizinisch-wissenschaftlicher Innovation immer wieder neu gestiftet wird, eigentlich bedeuten mag und wie genau er funktioniert.

Vom englischen Autor Aldous Huxley und seiner überaus reichhaltigen Produktion – neben *Brave New World* gibt es ein Dutzend Romane, außerdem zahlreiche Essays, Artikel, Reiseberichte, Kurzgeschichten, Gedichte, Drehbücher und Dramen – ist bei uns so gut wie nichts bekannt. Umso bemerkenswerter, dass uns dieser eine Roman Bilder und Begriffe wie auch Figuren und Verfahren anbietet, mit denen wir das Neue oder vielleicht Schöne, jedenfalls das Unverstandene und Unvorstellbare, das aus unserer eigenen Welt gemeldet wird, vorstellbar zu machen suchen und der Kritik unterziehen können. Das Ausgedachte einer fiktionalen Wirklichkeit wird so zu einer Messlatte, mit der wir unsere Gegenwart taxieren oder mindestens vergleichen wollen, um den eignen Standort zu bestimmen und begreifen. Damit wird der Romantext zugleich im Modus der Vorhersage fixiert; er bildet eine Prophezeiung für die Zukunft, die sowohl Beunruhigung (»Horrorvision«) als womöglich auch Gewissheit oder mindestens Vorhersehbarkeit (»Strickmuster«) stiftet und uns jedenfalls befähigt, Unbekanntem zu begegnen. Wer *Schöne Neue Welt* gelesen hat, weiß immerhin das Neue zu benennen.

Huxley selbst war an dieser Festlegung auf den Modus der Prognose maßgeblich beteiligt. Zwar schreibt er aus den USA, wo er sich 1926 erstmals aufhielt und viele Alltagseindrücke gewann, die fünf Jahre später in die Konzeption der Schönen Neuen Welt eingehen sollten, nach England, wie sehr ihm die Aufmerksamkeit in den Medien zur Last fällt: »Du kannst Dir nicht vorstellen, wie berühmt man in Amerika ist. Es ist schrecklich. Ich wünschte, ich wäre wieder im eigenen Land. Es gefällt mir gar nicht, ein Prophet zu sein.« (Murray 184) Doch als er 1959 *Brave New World Revisited* herausbringt, mitten im Atomzeitalter und im Kalten Krieg, eröffnet er die Reflexionen über den fast drei Jahrzehnte zuvor entstandenen Roman mit der selbstbewussten, kaum aber selbstverständlichen Erklärung, dass die aktuellen Entwicklungen seine Fiktion einzuholen drohen: »Die Prophezeiungen von 1931 werden viel früher wahr, als ich dachte.« Damit übernimmt er rückblickend die Rolle als Prophet und Zukunftsdeuter, der damals sah, was heute oder schon sehr bald der Fall ist, und dessen Wirkungsmacht sich im Erfüllungspotential erweist. Dies ist, außerhalb des Religiösen, durchaus ungewöhnlich, zumal für Romanciers. Prognose ist kein Modus des Erzählens, der in der Moderne besonders häufig oder gängig wäre und eigentlich nicht mal plausibel ist. Erzähler sind, wir wissen es von Thomas Mann, »raunende Beschwörer des Imperfekts«; ihre Kernzeit ist der Abend, oft der Lebensabend, ihr Ort zumeist die Schwelle zum Vergangenen und ihr bevorzugter Gestus die Rückschau, in der sich ein Geschehen zu sinnhaften Zusammenhängen ordnet – Diagnose also eher als Prognose. Denn von der Zukunft gibt es, recht besehen, nicht viel zu erzählen, außer dass sie uns bevorsteht und mutmaßlich Alternativen zum Bestehenden bereitstellt.

Daher ist es ganz bezeichnend, dass die Tradition des utopischen Erzählens mit ihrem Ahnherrn Thomas Morus seit dem 16. Jahrhundert strenggenommen eine *räumliche* Distanz, keine zeitliche, zur uns bekannten Alltagswirklichkeit gestaltet und dass sie sich folglich als ein Reisebericht, als Kunde also eines fernen Ortes inszeniert. Darauf deutet bereits der modellbildende Name *Utopia*, den Morus seiner fernen Insel gibt, dem U-Topos, was bekanntlich sowohl Gut-Ort als auch Nicht-Ort heißen kann. Darauf deutet aber auch seine Konstruktion des gesamten Buches als ein Dialog, in dessen Rahmen uns ein Seefahrer und Weltreisender vom Leben der Utopier, das ihn tief beeindruckt hat, berichtet. Irgendwo im Westen in der Neuen Welt gelegen, wie es heißt, bietet dieses ideale Staatswesen den Widerpart zur Wirklichkeit der Adressaten in England und Europa, denen dieser Reisende davon erzählt, und bildet zugleich das Modell, um die eigene, alte Welt daran zu messen und deren Fehlerhaftigkeit in Zukunft hoffentlich zu korrigieren. Die Dimension des Zeitlichen kommt also sekundär ins Spiel, und zwar im Zuge der politischen Kritik, die das utopische Erzählen an den bekannten Zuständen der Gegenwartsgesellschaft übt. Der andere Ort soll Vorsatz oder Vorbild werden, um die bestehenden Verhältnisse am eignen Ort zu ändern. Der eigentliche Modus des Utopischen ist damit weniger Vorhersage als Zeitkritik.

Das gilt auch für Huxley und für *Brave New World*. Alles Neue, von dem uns der Roman erzählt, ist eine Extrapolation der Gegenwartsverhältnisse und dient vornehmlich deren Kenntlichmachung, wenn auch satirisch zugespitzt. Dies war bereits in den fünf Vorgängerromanen die Spezialität und bewährte Strategie des Autors, der sich auf diese Weise seinen Namen als scharfsichtiger Porträtist der britischen Zwischenkriegsgesellschaft gemacht hat. Unabhängig von der Frage, ob man bei *Brave New World* zutreffender von einer Dystopie sprechen sollte, da seine Vision von der Neuen Welt so offenkundig in ein Schreckbild kippt; unabhängig auch von den ausführlich präsentierten Geschichtslektionen, mit denen die erzählte Welt die Gegenwart des frühen 20. Jahrhunderts als ihre Vorvergangenheit ausweist und sich sogar an unsere Zeitrechnung datierbar anschließt – wenn der neue Kalender »nach Ford« im Jahr 1908 n. Chr. beginnt, als beim Autofabrikanten Henry Ford das erste T-Modell vom Band läuft, spielt die Handlung des Romans im Jahr 2540 unserer Zeitrechnung; unabhängig drittens von der Rolle als Prophet, die Huxley retrospektiv, wie gesehen, annimmt und die seither fast die gesamte Rezeption des Textes prägt, ist dieser Roman zunächst einmal für seine diagnostischen Merkmale zu würdigen und als ein Ausdruck aktueller Gesellschaftskritik der Entstehungszeit zu lesen.

Geschrieben im Sommer 1931 in Frankreich, wo

der Autor, Mitte dreißig und durch zahlreiche Veröffentlichungen so erfolgreich wie bekannt, damals mit seiner Familie lebte, verarbeitet er Eindrücke aus den USA, wo Huxley sich im Zuge einer Weltreise mit seiner Frau, von Asien kommend, fünf Jahre zuvor umgesehen hatte. Auf der Schiffspassage über den Pazifik entdeckt er in der Bordbibliothek *My Life and Work* von Henry Ford, die Memoiren jenes amerikanischen Industriellen und Pioniers der Massenproduktion, dem im System der Schönen Neuen Welt die Gottesrolle zugewiesen werden soll. In Kalifornien und später an der Ostküste entdeckt er die moderne Massen- und Konsumgesellschaft, die sich in der Hemmungslosigkeit der Lustbefriedigung, wie es ihm scheint, besinnungslos zu Tode amüsiert – von Los Angeles spricht Huxley seinerzeit als »the City of Dreadful Joy«, der Stadt also des furchterregenden Vergnügens (Murray 182). Hauptpunkt seiner Kritik ist daher nicht etwa die Wissenschaft, wie gemeinhin kolportiert, und schon gar nicht die Biologie, die in der eigenen Familie durch den Großvater Thomas Huxley, den großen englischen Verfechter Darwins, wie die Brüder Julian und Andrew sehr prominent vertreten ist und der auch Aldous' frühe Leidenschaft wie seine jugendliche Lebensplanung gilt (aufgrund eines akuten Augenleidens, das ihn mit 17 Jahren zeitweise erblinden lässt, muss er das Berufsziel Biologe schweren Herzens aufgeben). Zielscheibe der

Kritik und Gegenstand aller satirischen Attacken werden für ihn die Erscheinungsformen einer bis ins Letzte durchorganisierten Warenwelt, in der das Angebot die Nachfrage wie die Abnahme prinzipiell übersteigt, in der daher die Spanne von Begehren zu Erfüllung ausgemerzt und damit alle Möglichkeiten, das Hoffen wie das Wünschen, das Leiden wie auch das Entsagen als menschliche Erfahrung zuzulassen, ausgeschlossen sind. Kurz nach dem Höhepunkt der Weltwirtschaftskrise und mitten in der Depression entwirft er in seinem Roman eine Welt im Überfluss und konfrontiert uns mit der Vorstellung totaler wie totalitärer Bedürfnisbefriedigung, die jedoch nicht wie das alte Schlaraffenland auf Hunger und Entbehrung ruht, sondern auf völlig enthemmter und daher ins Leere gehender Lust. Die Stillstellung alles Verlangens: innerhalb der Schönen Neuen Welt heißt das Stabilität.

Darin ganz wie Thomas Morus zielt Huxleys Text also auf kritische Gesellschaftsdiagnose, weniger auf Zukunftsprophezeiung, und ebenfalls gemäß dem großen Genre-Modell der *Utopia* wird die fremde Wirklichkeit für uns als Leser von Anfang an im Modus eines Reiseberichts präsentiert. Die ausführliche Besichtigungstour, mit der Huxleys Roman einsetzt und deren Zeigegestus im Grunde sein gesamter Verlauf folgt, nutzt die Fremdenführung als Erzählverfahren, um den eifrig mitschreibenden Studenten stellvertretend für uns Leser die Schöne Neue Welt, von der erzählt wird, vorzuführen. Eben diesem Ziel dienen im weiteren auch die Ansprachen, die weltanschaulichen Vorträge und Debatten des Romans wie die vielen Reisen der Romanfiguren, die uns mit ihren Rundgängen und Rundflügen und sonstigen Erkundungstrips schrittweise in jene fremde Wirklichkeit einführen, in der wir letztlich unsere eigene erkennen sollen. Ihre Sicht gibt so der unseren die Richtung vor. Auch dies ist eine Strategie, die aus der Geschichte der Reiseliteratur bekannt und spätestens seit der Aufklärung im 18. Jahrhundert oft erprobt ist: einen kunstvoll distanzierten Außenblick auf die heimische Gesellschaft richten, wie von Montesquieu mit den fiktiven persischen Gesandten in seinen *Lettres Persanes* (1721) unternommen, um durch das Kopfschütteln von erfundenen Fremden über die absurde Welt, von der sie da berichten, der eigenen Leserschaft die Verzerrtheit herrschender Verhältnisse zu zeigen. Die angeblich unverstellte Sicht der anderen enthüllt, was alles bei uns falsch läuft – eine moralische Form der Autoethnographie, in der die Rolle des teilnehmenden Beobachters konstruiert ist. In eben dieser Weise nutzt auch Huxleys Roman zur Ausgestaltung seiner Schönen Neuen Welt, wie die Anmerkungen zum Text der vorliegenden Ausgabe an vielen Stellen wunderbar verdeutlichen, erstens eine Fülle an ethnologischem Material und zweitens jene doppelte Blickrichtung, mit der Reisende, sobald sie das Erfahrene vermitteln wollen, nicht nur in die Ferne, sondern immer zugleich auf die Heimat schauen müssen. Dem Zwecke der Konsumkritik dienen Huxley überwiegend Mittel derartiger Reisefiktionen. Das Neue an der Welt, die er präsentiert, ist vornehmlich die Perspektive, in der sie uns erscheint.

Funktionsfiguren hierfür sind die Außenseiter, vor allem Bernard Marx, in dem Adorno »eine skeptisch mitfühlende Judenkarikatur« zu erkennen glaubte (109), und John Savage, der eine Sonderform jenes Edlen Wilden ist, mit dessen Hilfe die Kulturkritik seit dem Anbruch der Moderne ihre Selbst- und Wertvorstellungen gern verhandelt. Marx und Savage: beide sind sie *misfits* einer stillgestellten Spaßgesellschaft, die gegen jegliche Veränderung immunisiert ist; beide befragen und durchbrechen mit Vorsatz starre Hierarchien, etablieren eine Außenperspektive, bringen Bewegung ins Sozialgefüge und zugleich Handlungselemente in den Roman, der sich ansonsten selbst der Statik der Konsumwelt, die er ausmalt, auszuliefern droht. Womöglich kann man den Stabilitätsfetischismus, mit dem die Zehn Weltcontroller ihr Idealsystem vor allem Wandel zu bewahren suchen, als eine kritische Wendung Huxleys gegen die Tradition von Sozialutopien à la Platon, Morus oder

Campanella und ihrer Fixierung auf den idealen Staat verstehen – zeitenthoben, stabil und unwandelbar. Sicher aber birgt deren Programm der Veränderungslosigkeit in erster Linie eine Schwierigkeit für den Erzähler, der sich der Autor wohl bewusst war – nicht von ungefähr bezeichnet er sich selbst als einen Essayisten von Beruf, der nebenher manchmal Romane schreibt (Murray 161). Romane jedoch brauchen Handlung, nicht nur statische Beschreibung, und Handlung beginnt mit Grenzüberschreitung. Eben dies verlangt Akteure, die sich gegebenen Strukturen widersetzen und deren Abgrenzung durchkreuzen. Als Zeitdiagnostiker, Satiriker und Kritiker bestehender Verhältnisse steht Huxley vor dem Problem, wie sich die Wirklichkeitsversion, die er entwirft, dynamisieren und erzählbar machen lässt. Das leisten seine Außenseiter.

Generell sind Außenseiter, so Hans Mayer, Bruchstellen und Probefälle für das Projekt der bürgerlichen Aufklärung. An den Fremden muss sie sich bewähren oder scheitern, denn eine »umfassende Konzeption von Aufklärung gedachte, ohne den Sonderfall von Fremdheit innerhalb der Gesellschaft auszukommen« (29). Doch die geschichtliche Entwicklung seit dem 18. Jahrhundert lief auf anderes hinaus und fand Leitbilder just in jenen Grenzfiguren, die auch für Huxleys Wilden von Belang sind: »Shakespeares Caliban ist im 18. Jahrhundert nicht mehr der ›Stranger‹, sondern ein Erzieher zur allgemeinen Humanität: eine Herausforderung. Die edlen Wilden bei Montesquieu in den ›Lettres persanes‹, bei Voltaire, oder bei J.M Lenz im ›Neuen Menoza‹ sollten die Einübung in der Gleichheit befördern, nicht bloß in einer ›Toleranz‹, welche den Außenseiter und Anderen zwar erträgt, aber nicht integriert.« (ebd.) Was aber geschieht wenn die Totalgesellschaft ihre *dropouts* oder *misfits* als Spektakel feiert und auf diese Weise im Akt der Umarmung gewaltsam integriert? Dies lässt sich an Huxleys Savage, der bei weitem spannendsten Romanfigur, beispielhaft erörtern.

John Savage ist ein Wilder, der seinem Namen ironischerweise dadurch Ehre macht, dass er die Werke unserer Hochkultur, vor allem Dramen und Zitate aus dem Shakespeare-Kanon, fortwährend im Munde führt. Das sogenannte Wilde, das sich in ihm darstellt, erscheint also gerade nicht als ein Naturzustand paradiesischer Unschuld oder vorzivilisatorischer Ursprünglichkeit, sondern verhält sich gegenläufig zur Kulturgeschichte des Edlen Wilden, die er aktualisiert: als Opposition zum herrschenden Kulturverbot. Gegen das verordnete Vergessen aller schönen Künste hält er vorsätzlich, fast trotzig die Erinnerung an das wach, was vormals an literarischer Tradition und Überlieferung bekannt war. Er zitiert und stellt in vielen Szenen dar, was im kulturellen Gedächtnis der Konsumgesellschaft ansonsten ausgelöscht zu sein hat, und verkörpert damit eine kuriose Kreuzung von Naturbursche und Kunstfigur. Von einer Mutter leibhaftig zur Welt gebracht – und damit schon ein geradezu obszönes Skandalon im mutterlosen Klonstaat –, wird er zum Leser und Literaturfetischisten, der in der Schrift die Anleitung zum Leben findet. Im Alter von zwölf Jahren entdeckt er jenes Buch, das ihm fortan ein Rollenskript für alle Lebenslagen bietet, *William Shakespeare – Sämtliche Werke.* Schon als er es zum ersten Male aufschlägt und in einen Hamlet-Monolog reinliest, folgt die Lektüre dem Modell des Bibelstechens: das zufällig im Buch Entdeckte muss für den Leser von Belang sein. Und bis hin zu seiner Liebe zu Lenina oder seinem leidensvollen Ende borgt er sich alle relevanten Stichworte sämtlich aus Shakespeares Dramen, um stets zu wissen, was er grad erlebt. Adorno weist in seinem Aufsatz »Aldous Huxley und die Utopie« schon auf den Umstand hin, dass der Autor als Kritiker der Massen- und Konsumgesellschaft der »Sphäre der Bedürfnisbefriedigung korrektiv eine andere entgegen« setzt, »die jener verdächtig ähnlich sieht, welche das Bürgertum die höhere zu nennen pflegt« (112). Shakespeare wird – und hier liegt dieser Roman ganz auf der Linie eines etablierten Kulturkonservatismus – zum Inbegriff und Ausweis jenes elitären Kulturbegriffs, der für die Produktionen der Moderne wie Jazz und Film und Musical nicht länger Geltung haben soll. In der Umkehrung der Werte, wie die Schöne Neue Welt sie vorführt, braucht es daher einen sogenannten Wilden, um diesen Norm- und Kampfbegriff von Hochkultur im allgemeinen Amüsement hochzuhalten. Doch noch bemerkenswerter ist vielleicht der Umstand, dass wir John Savage fortwährend als einen Rollenspieler und *impersonator* vorgeführt bekommen, der sich in vorfindlichen Masken oder Mustern fast zwanghaft selbst entwirft: eine Existenz in Kunst- und Schriftform. Von den massenproduzierten Normexistenzen der Schönen Neuen Welt mag sie womöglich weniger drastisch abweichen, als es auf den ersten Blick erscheint, denn vom Warenfetischismus unterscheidet sie sich hauptsächlich durch die Auswahl des identitätsgebenden Musters: für John sind Shakespeares Werke die Retorte, die sein Lebensprogramm birgt.

Für einen Roman, der immerhin schon seinen Titel programmatisch einem Shakespeare-Stück entlehnt, ist das gewiss von Belang. »O wonder! / How many goodly creatures are there here! / How beauteous mankind is! O brave new world, / That has such people in't!« Diese Serie von Ausrufen stammt aus dem letzten Akt von Shakespeares Alterswerk *Der Sturm* (1611), einem Rache- und Reisedrama aus der Zeit der großen Amerikafahrten, das mit dem Topos einer fernen Insel zugleich den utopischen Diskurs aufruft. Es zeigt uns, wie ein italienischer Herzog, der vor Jahren von der Macht gestürzt und ins Exil getrieben wurde, seine rechtmäßige Stellung wiederherstellt. Die Zeit des Exils verbringt er mit Miranda, seiner Tochter, in der Einsamkeit der Insel. Dort wächst sie auf und findet ihre einzige Gesellschaft in den Inselkreaturen Ariel und Caliban, einem androgynen Luftgeist und einem monströsen Sklaven, wie es im Stücktext heißt, die dem Vater beide durch Zwang zu Dienst verpflichtet sind. Weitere Vertreter der Menschheit sieht sie überhaupt zum ersten Mal, als es die alten Widersacher ihres Vaters durch einen mit Zauberkraft entfachten Sturm auf die Insel verschlägt; es ist der Anblick dieser Schiffbrüchigen, der sie zu dem zitierten Ausruf des Entzückens treibt. Ironisch ist ihre Begeisterung für diese »schönen Menschen« nicht nur deshalb, weil es sich da um jene machtgierigen Schurken handelt, die einst den Vater zu Fall brachten; ironisch ist sie zudem, weil es ja italienische Aristokraten, mithin Vertreter eigentlich der Alten, nicht der Neuen Welt sind, die ihr zu Gesicht kommen. »'Tis new to thee«, lautet denn auch der trockene Kommentar des Vaters: alt und neu sind Ansichts- und Erfahrungssache. Ironisch ist diese Begeisterung drittens, weil Miranda eigentlich just einem Bräutigam übergeben worden ist, dem einzigen Mann nach dem Vater, den sie bis dahin je gesehen hat, als der Anblick dieser Schönen offensichtlich weitere Lust in ihr weckt. Und ironisch ist es schließlich, wenn das Rollenzitat aus Shakespeares *The Tempest* nunmehr auch den Titel von Huxleys Roman abgibt, weil dieser sich mit einer solchen Übernahme gewissermaßen das Verfahren von John Savage zu eigen macht und mit Shakespeare vorgeprägte Deutungsmuster für den aktuellen Sinnbedarf übernimmt. Als Leser sind wir eingeladen, derlei ironischen Verwicklungen zu folgen.

Das ist nicht zuletzt aus dem Grund reizvoll, weil auch Shakespeares *Sturm* eine wirkmächtige Reisefiktion bildet, in der sich Alte Welt und Neue Welt, Europa und Amerika, in einem Vexierbild überlagern. Das muss Huxley fasziniert haben. 1928 publizierte er einen Aufsatz mit dem Titel »The Outlook for American Culture: Some Reflections in a Machine Age«, der die Eindrücke seiner USA-Reise essayistisch reflektiert und in vielen Punkten auf den folgenden Roman vorausweist (Murray 203). Darin heißt es, dass Amerikas Zukunft die Zukunft der Welt sei – die Neue Welt ist also heute schon, was die Alte Welt noch werden wird, wenn sie sich künftig erneuert. Andererseits gilt jedoch, dass dieser emphatische Begriff von Amerika seit jeher ein Produkt europäischer Phantasien und Projektionen ist, angefangen mit dem Namen – abgeleitet von Amerigo Vespucci, dem Reisenden und Namensgeber in der Frühen Neuzeit –, über die Erneuerungshoffnungen zivilisationsmüder Kritiker in der Moderne bis hin zu den Schreckvisionen europäischer Kulturpessimisten, die gern dem Untergang des Abendlands entgegensehen: Die Neue Welt tritt stets als Spiegelung und Umkehrung der Alten in Erscheinung. Auch davon findet sich in Huxleys Satz ein Echo: »The future of America is the future of the world« zitiert spiegelverkehrt einen berühmten Satz des Aufklärers John Locke, der im *Second Treatise of Civil Government* (1690) erklärt: »in the beginning all the world was America«. Somit muss Amerika Anfangspunkt und Endpunkt der Geschichte abgeben, Paradies und Klonfabrik, Naturzustand und den totalen Staat: In beidem ist die Schöne Neue Welt ein Selbstverständigungsmodell der Alten.

Diese Spannung zwischen Zukunft und Vergangenheit inszeniert der Roman prominent mit dem speziellen Reservat, in dem John Savage aufgefunden wird und von wo man ihn, wie tatsächlich seit der Frühen Neuzeit viele Einwohner der Neuen Welt, als Schauobjekt nach London bringt. Das Reservat fungiert als Insel des Urtümlichen in der ansonsten überstrukturierten Warenwelt, ein Reich der Mütter, Überbleibsel des Archaischen und Enklave jener Zustände, die aus Sicht der Herrschenden die Vorgeschichte aller zivilisatorischen Errungenschaften bilden. Die Fahrt dorthin erscheint daher als Zeitreise, bei der Protagonisten wie Lenina schaudernd jenen

Existenzformen begegnen, die sie hinter sich gelassen haben wollen, denn sämtliche Residuen des Alterns und des Alten, die es dort zu besichtigen gibt, sind aus der Schönen Neuen Welt verbannt. Warum aber werden sie dann vom Roman mit derart erheblichem Erzählaufwand gestaltet? Aufschluss dazu bieten uns die Quellen (in den Anmerkungen zum vorliegenden Text ausführlich ausgewiesen), die Huxley hier verarbeitet und die durchweg dem Kontext früher ethnographischer Erkundungen der indigenen Pueblo-Kulturen im Südwesten der USA, vor allem in New Mexico, entstammen. Mit der Wende zum 20. Jahrhundert sind diese Kontaktzonen vielfach zu einem Paradefall von Fremd- und Selbstbegegnung moderner Sinnsucher geworden.

Kennzeichnend dafür ist zumal das sogenannte Schlangenritual, im Roman in Kapitel VII in einiger Ausführlichkeit geschildert, das auf eine oft besuchte, oft beobachtete und sehr oft medial verarbeitete Regen-Zeremonie der Hopi-Indianer zurückgeht. Sie war für mehrere Jahrzehnte »das touristisch und massenmedial erfolgreichste nordamerikanische Ritual, das von gerade unterworfenen Bewohnern des Subkontinents gefeiert und von ihren Kolonisatoren rezipiert und mitgefeiert wurde« (Bender et al 9). D. H. Lawrence, der englische Schriftsteller, lebensphilosophische Zivilisationskritiker und persönliche Freund Huxleys, besuchte diese Ritual-Vorstellung ebenso wie vor ihm Theodore Roosevelt, der amerikanische Präsident, oder Aby Warburg, der Kulturhistoriker, der ihm mit dem Kreuzlinger Vortrag 1923 einen seiner populärsten Texte widmete. Hauptquelle und Gewährsmann für Huxleys Vorstellung vom Schlangenritual und der Kultur des Reservats jedoch war, wie gut belegt, ein amerikanischer Ethnologe des 19. Jahrhunderts namens Frank Hamilton Cushing, ein Forscher an der Smithsonian Institution in Washington, der viel daransetzte, selbst zum Indianer zu werden – eine vorsätzliche Mimikry an seinen Forschungsgegenstand, die einiges vom Unbehagen in der westlichen Kultur verrät. Wenn Cushing 1890 in einem autobiographischen Vortrag erzählt, wie er an seinem Schreibtisch in der Smithsonian eines Nachts einschläft und von den Weiten einer unberührten Prärie träumt (Cushing 41), erzählt er beispielhaft die Träume vieler Modernisten, dem Zwang des Zivilisatorischen durch Flucht in das Ursprüngliche des Lebens zu entkommen. Auch Huxleys Roman träumt davon. Das Reservat mit seinem Schlangenritual und weiteren indianischen Reminiszenzen ist auch bei ihm der Gegenort zur überstrukturierten Welt, ein Ort der Fremdwahrnehmung und utopischen Emphase, an dem sich die Moderne ihrer Anfänge erneut zu vergewissern sucht.

Zugleich entwirft Huxley mit diesem Ort einen

Chronotopos für seine Erzählung, der uns ansonsten aus den Imperialfiktionen der Jahrhundertwende bekannt ist wie beispielsweise Joseph Conrads *Heart of Darkness* (1899), einer der großen Schwellenerzählungen der Moderne, in der die koloniale Schiffsreise ins Innere des fremden Kontinents zur Fahrt ins Primitive oder Primordiale menschlicher Psyche und Geschichte gerät. Bei Conrad wie bei Huxley bewegen sich Figuren durch den Raum, um in der Zeit zu reisen, sei es zurück zu den vermeintlichen Ursprüngen präkultureller Existenz oder vorwärts in die vorgestellte Zukunft postkultureller Zwangsgesellschaft. Die räumliche Mobilität imaginiert in beiden Fällen eine Verfügungsmacht über die Zeit, bei der Vergangenheit wie Zukunft der Erkenntnis und Erzählbarkeit geöffnet sind und in deren Zuge der gesamte Raum der Reise unversehens zu einer Bühne europäischer Sinn- und Selbstsuche gerät. Mit der Figur von Bernard Marx bedient sich *Brave New World* aus diesem Repertoire. Im selben Maße wie uns der Roman als Leser zu kritischer Betrachtung solcher Topoi fordern mag, nutzt er sie doch zugleich für seine Textcollage, mit der er uns durchweg Versatz- und Bruchstücke utopischer Diskurse zur Besichtigung vorführt. Jedenfalls erklärt sich damit, warum Huxleys Schöne Neue Welt auch in dieser Hinsicht eher alt erscheint.

Nicht anders als in der *Traumdeutung* – auch dies

ein Schlüsseltext der europäischen Moderne, der zu diesem kulturellen Kontext zählt – ist alle Vorhersage des Künftigen hier also weniger Programm als Wunscherfüllung, und zwar unabhängig davon, dass die öffentliche Diskussion Huxleys Roman gewiss auch weiterhin den Sprechakt des Prophetischen zuweist. Und warum auch nicht? Gerade nämlich angesichts der Ungewissheit, mit der wir aller Zukunft prinzipiell entgegengehen, gewinnen Akte des Erzählens ihre eigene Relevanz, denn wo Gewissheit fehlt, muss stets Wahrscheinlichkeit herhalten. Das ist seit jeher die Domäne des Romans, eben weil seine Erzähler in der Rückschau des Erzählens Ordnungsmuster schaffen oder freilegen und damit Fortschreibungen der Geschichte nahelegen oder mindestens ermöglichen. Wenn wir schon nie sicher wissen können, was künftig geschehen wird, können wir es immerhin in Kenntnis des Geschehenen mutmaßen. Seit seinen bürgerlichen Anfängen im frühen 18. Jahrhundert mit Daniel Defoes *Robinson Crusoe* setzt das Romangenre viel ein, um der Kontingenz moderner Welterfahrung auf diese Weise durch ein Kalkül des Wahrscheinlichen vorläufig zu begegnen. Durch Erzählung und Fiktion können wir uns so als Leser, ganz wie der schiffbrüchige Robinson auf seiner fernen Insel, immerhin doch provisorisch in der vorfindlichen Wirklichkeit einrichten.

Und das ist ja zugleich das Schöne an der Neuen

Welt, von der uns Huxleys Roman erzählt: dass sie bei allem Schrecklichen, das sie uns gewiss bietet, derart wahrscheinlich wie daher letztlich auch vorsehbar erscheint. Denn was in dieser Welt ließe sich je mit Sicherheit vorhersagen?

Zitierte Literatur

Adorno, Theodor W., 1977. »Aldous Huxley und die Utopie«. *Kulturkritik und Gesellschaft I. Prismen. Ohne Leitbild.* Gesammelte Schriften, Bd. 10.1. Frankfurt a. M: Suhrkamp, S. 97–122.

Bender, Cora, Thomas Hensel, Erhard Schüttpelz, Hg., 2007. *Schlangenritual. Der Transfer der Wissensformen vom Tsu'ti'kive der Hopi bis zu Aby Waburgs Kreuzlinger Vortrag.* Berlin: Akademie Verlag.

Cushing, Frank Hamilton, 1979. *Zuñi: Selected Writings of Frank Hamilton Cushing.* Ed. Jesse Green. University of Nebraska Press.

Huxley, Aldous, 1960. *Dreißig Jahre danach oder Wiedersehen mit der Wackeren Neuen Welt.* [*Brave New World Revisited*, 1959]. Übers. Herberth E. Herlitschka. München: Piper.

Mayer, Hans, 1975. *Außenseiter.* Frankfurt a. M.: Suhrkamp.

Murray, Nicholas, 2002. *Aldous Huxley: An English Intellectual.* London: Little Brown.

Warburg, Aby, 1988. *Schlangenritual. Ein Reisebericht.* Berlin: Wagenbach.

Nobelpreisträger bei Fischer Klassik

Ernest Hemingway
Wem die Stunde schlägt
Aus dem Amerikanischen
von Paul Baudisch
Band 90322

Elias Canetti
Die Blendung
Band 90321

William Golding
Herr der Fliegen
Aus dem Englischen
von Hermann Stiehl
Band 90323

Thomas Mann
Buddenbrooks
Band 90305

Selma Lagerlöf
Gesammelte Erzählungen
Aus dem Schwedischen
von Marie Franzos
Band 90383

Boris Pasternak
Doktor Shiwago
Aus dem Russischen
von Thomas Reschke
Band 90329

Pearl S. Buck
Die Frauen des Hauses Wu
Aus dem Amerikanischen
von Justinian Frisch
Band 90398